第六辑

Review of World Chinese Literature

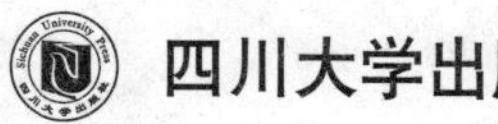

四川大学出版社

项目策划：谢正强
责任编辑：谢正强
责任校对：袁　捷
封面设计：墨创文化
责任印制：王　炜

图书在版编目（CIP）数据

华文文学评论．第六辑 / 曹顺庆，张放主编．— 成都：四川大学出版社，2019.4
ISBN 978-7-5690-2858-4

Ⅰ．①华… Ⅱ．①曹…②张… Ⅲ．①华文文学－现代文学－文学评论 Ⅳ．①I106

中国版本图书馆 CIP 数据核字（2019）第 064946 号

书名　华文文学评论（第六辑）

主　　编	曹顺庆　张放
出　　版	四川大学出版社
地　　址	成都市一环路南一段 24 号（610065）
发　　行	四川大学出版社
书　　号	ISBN 978-7-5690-2858-4
印前制作	四川胜翔数码印务设计有限公司
印　　刷	四川盛图彩色印刷有限公司
成品尺寸	170mm×240mm
印　　张	19
字　　数	379 千字
版　　次	2019 年 10 月第 1 版
印　　次	2019 年 10 月第 1 次印刷
定　　价	58.00 元

◆ 读者邮购本书，请与本社发行科联系。
电话：(028)85408408/(028)85401670/
(028)86408023　邮政编码：610065
◆ 本社图书如有印装质量问题，请寄回出版社调换。
◆ 网址：http://press.scu.edu.cn

四川大学出版社
微信公众号

目 录

金庸研究

刘正伟研究

文学茶吧

百家成阵

华裔文学研究

汉学·比较文学

宝岛文心

余光中研究

消失了，满天壮丽的霞光

——余光中诗文里的生与死

黄维樑

【黄维樑按：承四川大学文学与新闻学院李怡院长、张放（张叹凤）教授邀请和安排，2018年10月杪我在成都做了两场报告：10月29日夜晚七时至九时在四川大学双流校区；10月30日夜晚七时至九时在西南民族大学武侯校区。两场的报告都以“消失了，满天壮丽的霞光——余光中诗文里的生与死”为题；第一场的主持人是张放教授，第二场是西南民大文学院院长杨荣教授。本文根据第二场报告的录音整理而成。现场录音由四川师范大学的张叉教授和他的硕士研究生余秋蓉同学整理成书面记录，我感谢他们两位辛劳的工作。我阅读书面记录，对内容极小幅度地加以增删，对文句则有很多改动和修饰，成为下面文本。本文保留杨荣教授在报告前对我的介绍、报告后同学和我之间的问答，以及杨荣教授的结语。】

为什么讲余光中?

杨荣：我们的讲座马上要开始了，今天我们非常荣幸地邀请到了香港著名学者、作家黄维樑教授。黄先生毕业于香港中文大学中文系，获一级荣誉学士学位；是美国俄亥俄州立大学的博士。黄维樑博士曾任香港中文大学中文系教授、香港作家协会主席；对中国文学、中西比较文学研究都有成就。刚才我在迎接黄老师的时候说，我年轻的时候，就读过黄老师的作品。今天我们在这里将聆听黄老师的学术演讲。我很荣幸，今天黄老师亲自签名送了我他的一本大著《从〈文心雕龙〉到〈人间词话〉》——本书是从前我读过、近年由北京大学出版社再版的。黄维樑教授的学术著作有很多本，此外还有多册散文集。我说得太多了，朋友们都说，杨老师你少说话，还是多听黄老师讲吧。好，现在我们以热烈的掌声，请黄老师给我们讲余光中。

黄维樑：很高兴来到你们学校——西南民族大学。成都我来过很多次，你们学校呢，是第一次，我特别高兴。还有更高兴的，是见到这么多年轻可爱的面孔。刚才杨院长说，青年的时代读过我的书。他一直非常年轻，而我不再年轻，已经身处后中年时代了。

四川大学的张放（张叹凤）教授建议我讲余光中。余光中先生去年（2017 年）12 月辞世，张教授建议我讲包括余先生去世前的一些事情。我根据他的建议，定了这样一个题目："消失了，满天壮丽的霞光——余光中诗文里的生与死。"余光中，你们都听过这个名字，也读过他的作品吧？读过《乡愁》啦，是不是？《乡愁》之外，有没有读过他别的作品？（座中同学有反应）啊，也有。为什么要讲余光中呢？余先生年轻时在四川待过七年，后来写过诗和散文讲四川的山水和人物。他来过成都好几次，在这里演讲、诵诗，参加过杜甫草堂的盛大活动。

为什么讲余光中呢？最重要还是因为他的文学成就非常大，是非常杰出的诗人、散文家、批评家、翻译家。他说他在四度空间写作，我说他还有第五度空间，即编辑作业，所以我用"璀璨的五彩笔"来形容。我先朗读余先生的诗《苍茫时刻》中一个片段：

看落日在海葬之前
用满天壮丽的霞光
像男高音为歌剧收场
向我们这世界说再见

所引第二行是这次演讲题目的出处。这首诗跟死亡有关系，下面会再引述和解说。

我先略道他的生平。余光中 1928 年出生于南京，原籍福建永春。曾在南京大学、厦门大学读书；1950 年到台湾，毕业于台湾大学外文系。1958 年赴美国进修，得到爱奥华大学的艺术硕士学位。先后在台湾师范大学、台湾政治大学、香港中文大学、台湾中山大学教书。1974 年余先生从台湾到香港，在中文大学教书。他本来在台湾是在外文系教书的，到了香港则在中文系。我 1976 年回到母校香港中文大学任教。余先生从 1974 年教到 1985 年，才离开香港返回台湾。换言之，有九年我们是同事。1985 年起他在高雄市的中山大学任文学院院长，退休后成为"荣休讲座教授"。这是来自英美大学的一个名衔：特别杰出的教授，退休后获得这个荣誉，英文是 professor emeritus。

他在中国的大陆、台湾、香港、澳门都教过学、讲过学，得过好几个大学的荣誉文学博士学位。最近，港珠澳大桥通车，这桥贯通了三地，三地的人都非常高兴。有一年余光中在北京大学任“驻校诗人”——英文是 poet-in-residence。

余光中的著作非常丰富，包括诗集约 20 本、散文集十多本，还有多本翻译作品。有一本他翻译的书《梵谷传》，在其翻译作品中特别销得好，影响特别大。近年出版的诗集有《太阳点名》，散文集有《粉丝与知音》；今年出版的《从杜甫到达利》则是遗作了。成都有杜甫草堂，中国大诗人杜甫大家都知道；达利呢，他是欧洲一个现代主义的画家。余光中中西古今融会贯通，这本评论集是个例子。

对余光中作品的评论，中国的大陆、香港、台湾都出版了很多本书。这里略提及我的几本。1979 年出版了我编著的《火浴的凤凰》，1994 年出版了我编著的《璀璨的五彩笔》；2014 年出版了我个人著作的《壮丽：余光中论》。我著作的《文化英雄拜会记：钱锺书、夏志清、余光中的作品和生活》，是香港中文大学出版社今年（2018 年）才出版的。李元洛跟我合著的《壮丽余光中》也在今年出版。

为什么讲余光中？刚才说过，因为他非常杰出，是文学大师。各地的学者、批评家对他的评价非常高，这里引述几位的意见。

在美国的夏志清教授 1974 年写道：“台湾散文‘创新’最有成绩的要算余光中。”

在香港的胡菊人 1976 年写道：“在台港现代诗人中，余光中是最富儒家入世精神的一人。”

Julia C. Lin 教授 1985 年在美国出版的 *Essays on Contemporary Chinese Poetry* 一书写道：余光中的“作品极为繁富”，“在诗艺上多创意”，“他的诗融汇古今中外；当代一些新诗，极端地扭曲文字，内容则晦涩难明，使一般读者望而生畏。余氏的诗，没有这样的弊病”。

台湾大学外文系教授颜元叔 1985 年写道：“余光中先生应为中国现代诗坛的祭酒。”

大概在 20 世纪 80 年代中期，时在台湾的梁实秋教授称“余光中右手写诗，左手写文，成就之高一时无两”。

1985 年菲律宾资深报人施颖洲以浪漫主义情怀写道：“余光中如非新文学运动以来最伟大的作家，至少也是今日最伟大的作家。以作品成就而论，新文学运动至今，无人可望余光中之项背，无论是质是量。”

1988 年四川诗人流沙河写道：余光中在香港（1974—1985 年）“完成龙门一跃，成为中国当代大诗人”。

武汉的古远清教授 2016 年说：“两岸谁的文学成就高？团体赛大陆是冠

军……但是台湾有很多单打冠军。……余光中是两岸诗文双绝的单打冠军。”

香港的陶杰2017年2月发表的文章《拈花微探余光中》中写道：“中国文学史三千年，余光中是创作力最旺盛，世界足迹涉游最广、时期风格变化最繁丰，而诗作题材最阔、气势最宏大的一位”，他还称余光中是“现代的诗圣”。

余光中逝世后，各地悼念的文字涌现，以下摘录若干评论。

台湾的陈幸蕙称余光中为当代中华文学的大师，又说：“不论在台湾、大陆、东南亚、海外地区、整个华人世界，余光中都是非常受尊崇的、极少数的文学巨头之一。”

马来西亚南方大学院资深副校长王润华说“余光中诗歌影响力无远弗届”。

湖南长沙的李元洛写道：“这位罕见的全能型的文学天才，其成就大略有如宋代的苏轼。”

诗翁仙逝次日，台湾《联合报》报道：“同为诗坛大家的郑愁予昨受访时指出，论全方位的文学表现，以及高洁之人格表现，余光中是‘诗坛第一人’，在华文现代诗坛‘没人可超越他’。”

夏志清遗孀王洞在《敬悼余光中，兼忆蔡思果》一文中说：“像余先生这样学贯中西、精通绘画音乐的大诗人、大散文家、大翻译家，可谓前无古人后无来者。”

彦火（潘耀明）：“余光中是世界级大诗人、大作家。”

香港中文大学前校长金耀基的《人间有知音：金耀基师友书信集》（香港：中华书局，2018）中，作者对余光中有极高的评价，他说：“黄维樑以‘壮丽’状其文采，可谓余的诗、文之解人。……余光中没有获诺贝尔奖，很难说是余光中还是诺贝尔奖的遗恨；几乎可以肯定的，余光中将与李白、杜甫……苏东坡等中华诗坛骄子共在，中华的文学殿堂中不能不为光中设一把座椅。”

一些文友谬许我是“余学”专家，对余光中的评语我搜集多年，得来不易，这里容许我不成比例地放纵引录了——其实只引了极少的几则而已，我自己的全无顾及。

“凡大天才，没有不怕死的”

今天讲余光中诗文里的生与死。古人说“死生亦大矣”，意思是死与生是大事情，其实说的是死。王羲之著名的《兰亭序》说“修短随化，终期于尽”，接下来引孔子的话，就是“死生亦大矣”；人必有一死，“岂不痛哉？”死亡是令人悲痛、悲伤的事。你们都年轻，今天来听演讲，等于“加班”来上课，本来不应该听这么严肃、这么令人伤感的内容，讲死亡啊什么的，听了可能也会悲伤起来。不过，讲余光中去世前的事，不能不讲到死亡。

不管在中国，在外国，人都害怕死亡，很害怕的。我今天发给诸位的讲义，第一段来自余光中的散文《鬼雨》：“莎士比亚最怕死。一百五十多首十四行诗，没有一首不提到死，没有一首不是在自我安慰。……千古艰难惟一死，满口永恒的人，最怕死。凡大天才，没有不怕死的。愈是天才，便活得愈热烈，也愈怕丧失它。在死亡的黑影里思想着死亡，莎士比亚如此。李贺如此。济慈和狄伦·汤默斯亦如此……哪怕你是金童玉女，是 Anthony Perkins 或者 Sandra Dee，到时候也不免像烟囱扫帚一样，去拥抱泥土。”

《鬼雨》是余光中 1963 年 35 岁时写的。有没有同学读过这篇散文？余先生夫妇一共生养了四个女儿，第二个女儿之后有一个儿子，出生就夭折了。他很伤心，化悲伤为文章，就是该文。莎士比亚怕死，其他中西诗人也都怕死。“愈是天才，便活得愈热烈，也愈怕丧失”生命。余光中引了中西古代的诗人，再说到现代的美国电影明星，所谓“金童玉女”，莫不如此。生命永恒，谁不想？肉体的生命，不可能永恒；余光中寄望于文学，希望作品永久流传。他有一首诗《与永恒拔河》，说的就是这个希望；后来出版诗集，也以此为书名。

余光中曾在台湾的好几所大学教书，教英国诗歌，教莎士比亚。《鬼雨》提到莎士比亚，我想象他儿子夭折，为了消解忧伤，上课时他就朗读莎士比亚剧本《哈姆雷特》（*Hamlet*）最有名的片段给学生听，即“To be or not be”那个片段。“To be or not be”在汉语中有很多不同的翻译：“是生还是死？”“是活还是不活”“是存在还是毁灭？”几乎每一个翻译剧本的译法都不同。

To be, or not to be — that is the question:
Whether'tis nobler in the mind to suffer
The slings and arrows of outrageous fortune
Or to take arms against a sea of troubles,
And by opposing end them. To die-to sleep—
No more; and by a sleep to say we end.

意思是：生还是死，是个大问题。到底你要忍受人生的种种痛苦、灾难，还是武装起来，对抗如海洋那么多、那么大的烦恼和苦难。到底哪一个做法好呢？这个丹麦王子非常困惑。这个独白 20 多行，有四五次提到“death”或者“die”这个字：

To grunt and sweat under a weary life,
But that the dread of something after death—
The undiscover'd country, from whose bourn
No traveller returns—puzzles the will,
And makes us rather bear those ills we have
Than fly to others that we know not of.

有一些东西使得我们恐惧，是死了之后的东西使我们恐惧。是什么东西呢？没有人发现过死后是个什么样子的世界；从来没有人去过冥间后返回阳界，告诉我们到底冥间是什么样子。就这样，我们宁可忍受人生种种的苦难；如果知道冥间是个好地方，我们自然会飞到那里去。

还有一段同样有名，在另一个悲剧《麦克白》（*Macbeth*）里面，也是独白：

Tomorrow, and tomorrow, and tomorrow.
Creeps in this petty pace from day to day.
To the last syllable of recorded time;
And all our yesterdays have lighted fools
The way to dusty death.

意思是：明天、明天又明天，一天一小步慢慢地爬，一直爬到时间所记录的最后一分一秒。我们所有的昨天，不过就照亮了一条路；这条路通往哪里？通向尘土一样的死亡。上面几行后跟着是：

Out, out, brief candle!
Life's but a walking shadow, a poor player
That struts and frets his hour upon the stage
And then is heard no more.

熄灭了，熄灭了，短暂的蜡烛！人生就像短暂的蜡烛。人生是个行走的阴影，是个可怜的演员，在舞台上插科打诨几个小时，然后，我们听不到他的声音了。最后两行非常悲观：

It is a tale Told by an idiot, full of sound and fury,
Signifying nothing.

生命是一个白痴讲的故事，喧哗吵闹，毫无意义。

人生短暂，寿命没有金石那么坚硬。不管是东方，还是西方，我们对生命难免有这些悲观的看法；这正是钱锺书说的“东海西海，心理攸同”。人都怕死亡，有虔诚宗教信仰的人可能不一样。

余光中怕不怕死亡呢？他怕。在他生命最后的一年多（2016—2017 年），因为跌倒流血，伤得重，住院，从此身体差了，死亡的阴影几乎挥之不去。他2014年在西安的时候，与同行者去参观大雁塔，也叫慈恩寺塔，就是杜甫曾经攀登过的。一群人到了登塔的门口，售票员对余先生说："老先生您不能登塔，60岁以上的老人都不能登。"余先生那时候84岁了，可是他说："我要登，我要登，我来西安，就是古代的长安，一定要登杜甫所登过的塔。"同行好些人都不登，而他一马当先，从塔底下拾级到了塔顶。我想，余先生那时豪气干云，心中一定有杜甫《同诸公登慈恩寺塔》的诗句；还有杜甫另一首诗的句子"一览众山小"，他把整个西安都看了。想不到三年之后，他就去世了——到天上和杜甫见面?

2017年我有三次到高雄：6月、10月和12月。6月和妻儿一起去，专程探望余先生夫妇；10月参加他89岁的祝寿会；12月那次，则是出席他的丧礼了！10月那一次，生日派对的前一晚有饭局，吃饭期间，他好几次要上洗手间，我搀扶着他。我抓住他的手臂，他本来就很瘦——我想大概跟想象中的杜甫一样瘦，可能更瘦（李白呢，大概是胖的，可能相当胖）；我感觉他的手臂好像没有什么肉似的。唉，"可怜太瘦生，想为从前作诗苦"！那一晚，吃完饭下楼梯，两位女士搀扶着他，灯光不很亮，我听到余先生低微的声音："为什么这里这么黑?"声音透露恐惧感。过了一个多月，他就去世了。余先生自己一定想不到那么快就去世，他爸爸活到了90多岁，而他本人一直到80多岁身体都还健朗。他害怕的事情降临了。

"当我死时，葬我，在长江与黄河之间"

余光中很多首诗都写到死亡。1966年写的《当我死时》传诵多年。顺便问：有没有同学除了《乡愁》之外还读过这首诗?1966年余光中在美国，非常想念自己的国家——请注意，他的"乡愁"不是1972年写《乡愁》时才有的，而是早就有了。写《当我死时》的那一年，他在美国密歇根湖旁边一所大学教书，在冬天的夜里，又黑又冷又孤独，非常想念故国，特别是重庆。他在重庆待过七年，是在他的中学时期。他和四川关系密切，在生时在家里与妻子讲话，讲的是四川话。在四川出生或与四川有密切关系的文学家，古有李白、杜甫、苏东坡等；现代有巴金、郭沫若、李劼人等，还有健在的流沙河、阿来等。我前几天在江油开会，知道最近四川省选出了第一批文化名人，好像是十个。以后再选，我认为应该考虑余光中。

根据加拿大文学批评家弗莱（Northrop Frye）的理论"原型论"，一年四季的春夏秋冬，可跟人生的四个阶段，以及文学的四种体裁相比；人生的四个阶段是出生、青壮年、晚年、解体（死亡）；文学的四种体裁是喜剧、传奇、悲剧、反讽性诗文。写作《当我死时》时余光中 38 岁，已想到死亡后葬在哪里。《当我死时》是这样的：

当我死时，葬我，在长江与黄河
之间，枕我的头颅，白发盖着黑土。
在中国，最美最母亲的国度，
我便坦然睡去，睡整张大陆，
听两侧，安魂曲起自长江，黄河
两管永生的音乐，滔滔，朝东。
这是最纵容最宽阔的床，
让一颗心满足地睡去，满足地想，
从前，一个中国的青年曾经，
在冰冻的密西根向西瞭望，
想望透黑夜看中国的黎明，
用十七年未餍中国的眼睛
饕餮地图，从西湖到太湖，
到多鹧鸪的重庆，代替回乡。

写中国，他用的是“最美最母亲的国度”。他自言死后要葬“在长江与黄河之间……睡整张大陆”；你们看，他气魄多大，多以国家自豪。我们读他另一首与死亡有关的诗，1998 年 70 岁时写的《苍茫时刻》：

温柔的黄昏啊唯美的黄昏
当所有的眼睛都向西凝神
看落日在海葬之前
用满天壮丽的霞光
像男高音为歌剧收场
向我们这世界说再见
即使防波堤伸得再长
也挽留不了满海的余光
更无法叫住孤独的货船
莫在这苍茫的时刻出港

今天我演讲的题目，就来自这首诗的第四行。人的死亡，像太阳落下去一样，是延迟不了的。但人可以死得壮丽啊！你们看，“像男高音为歌剧收场”，收结得多么昂扬华丽！在修辞方面，余光中这里用了个比喻“像男高音为歌剧收场”；他又用了通感（synaesthesia）手法：霞光诉诸视觉，男高音诉诸听觉，这里的不同感官打通了。诗人的想象力实在丰富。亚里士多德论修辞，认为演说也好，写文章也好，有三大技巧，其中一个是用比喻。他认为好的比喻得来不易，甚至说“创造比喻是天才的标志”（The creation of metaphor is a mark of genius）。我们中国古代的《毛诗序》有赋、比、兴三大写作技巧之说，其中的比就是比喻。古今的文豪诗宗，都是比喻大师，余光中是非常杰出的一位。《苍茫时刻》的“诗眼”是“像男高音为歌剧收场”，这里充分显示余光中的人生观：人生下来一直到死亡，要活得充实（To live life to its fullness），要愈活愈壮丽。读这个“诗眼”，我们仿佛听到意大利男高音帕瓦罗蒂雄浑壮美的歌唱。

流沙河初读余光中：“吾始见真龙！”

余光中在2016年7月跌了一跤，几个月之后，他写了一篇文章《阴阳一线隔》讲这次意外，死亡的巨大阴影笼罩着他。正如上述，之前他的很多首诗已提到死亡。他也常常写黄昏。成都的著名诗人流沙河说，余光中五十多岁的诗，已有浓浓的“向晚意识”。流沙河真是余光中的知音，他们两位“文人相亲”。流沙河本姓余，名勋坦，和余光中没有亲戚关系。流沙河对余光中的诗评价极高。他20世纪80年代初读其诗，感到“震动”；读到《当我死时》《飞将军》诸篇，“想起孔子见老聃时所说：‘吾始见真龙！’”

流沙河在2004年发表《昔年我读余光中》一文，这样写道：“天下之诗汗牛充栋……可读的却很少；可读而又可讲的更少。余光中诗不但可读，且读之而津津有味；不但可讲，且讲之而振振有词。”余诗之不同凡响如此。流沙河讲余光中，讲“上了瘾”。有人请他讲，“有请必到。千人讲座十次以上，每次至少讲两小时，兴奋着魔，不能自已”。这样的盛况，绝对是一项纪录；在余光中的“接受史”上，应大书特书。在座诸位年轻的同学，“汝生也晚”，未睹盛况；也许当年四川大学的曹顺庆教授、张放教授，还有四川师范大学的张叉教授、西南民族大学的杨荣教授，对此有些印象。当年有人向流沙河借了《余光中诗选》，熬了一个通宵，把整本诗集抄录了。

在《昔年我读余光中》中，流沙河引述他自己讲过的话：“余光中的诗作儒雅风流，具有强烈的大中华意识。余光中光大了中国诗，他对得起他的名字。”

写诗对抗死亡:“与永恒拔河”

余光中的诗怎么个好法?我下面讲他的诗如何面对死亡,一边讲一边说明他那些诗好在哪里,“儒雅风流”在哪里。他年轻时已有浓厚的死亡意识,如何对抗死亡?莎士比亚说“to take arms against a sea of troubles”(“武装起来,对抗人生的千辛万苦”),余光中的武器是写作。他年轻时经历抗战的苦难岁月,父亲不在身边,与母亲相依为命,逃难时差点死掉。长大了,他认定写作为一生的志业。古人有“三不朽”说,指的是立德、立功、立言。余光中以立言为人生致力的目标。他对事事物物敏感善应,一生写了一千多首诗、几百篇散文,还有对古今中外作品的评论,还翻译了诗歌、戏剧、小说和人物传记,还有编辑工作。他天赋颖异、精力充沛、十分勤奋。他用写作来对抗生命的短暂,说要“与永恒拔河”。他有一首诗名为《与永恒拔河》,后来出版收有此诗的集子,也以此为书名。余光中奋力写作,希望作品不朽。他用尽气力拔河,如果把“永恒”拉到他这边来,就是赢了“永恒”,即是作品得以不朽。人最终会死,但作品不死,即是战胜了死亡。1991 年余光中 63 岁时写的《五行无阻》,是面对死亡时为自己“壮胆”之作。诗这样开头:

任你,死亡啊,谪我到至荒至远
到海豹的岛上或企鹅的岸边
到麦田或蔗田或纯粹的黑田

他的诗总是意象丰盈,他向来不空洞地抒情,不抽象地说理。跟着诗云:

到梦与回忆的尽头,时间以外
当分针的剑影都放弃了追踪
任你,死亡啊,贬我到极暗极空……

一般的钟表有时针、分针,这里的“分针”用“剑”来比喻,为什么?因为剑有杀伤力,会把人杀死,也就是与死亡有关。跟着有好几段这里不加以引述。接着说诗人被死亡贬谪,突破不了死亡设立的五个黑关,但他奋勇无惧:

金木水火土都闭上了关
城上插满你黑色的战旗
也阻拦不了我突破旗阵
那便是我披发飞行的风遁
风里有一首歌颂我的新生

颂金德之坚贞
颂木德之纷繁
颂水德之温婉
颂火德之刚烈
颂土德之浑然
唱新生的颂歌，风声正洪
你不能阻我，死亡啊，你岂能阻我
回到光中，回到壮丽的光中

金木水火土设下的关都不能拦住他，诗人一定会回到光中，而且是“壮丽的光中”。余光中对“打败”死亡充满自信，也许自信心太强了。这首诗在意象丰沛的铺陈中直抒胸臆，明朗可读；正如流沙河的评论一样，可读，还可讲，且讲之而振振有词：它气势连贯、结构井然；修辞极为考究，如对金德、木德、水德、火德、土德的形容，其精准鲜明，有多少现代诗人比得上？

余光中的诗风可以这样概括：明朗而耐读；是形象思维，擅用各种视觉、听觉等感官，正是《文心雕龙·总术》里所说的“视之则锦绘，听之则丝簧，味之则甘腴，佩之则芬芳”。顺便说一句：我们中国1500年前这本文学理论的用词，跟现代常用的什么视觉意象、听觉意象，有什么两样？还有，余光中的诗，章法严谨，有句又有篇——就是常有佳句，而且结构紧密。新诗至今有百年历史，但有不少人仍然认为新诗不“成熟”，甚至根本看不起新诗：新诗是糟糕的分行散文，长长短短的“诗行”，不押韵，不知所谓，读来读去读不懂。余光中的新诗，形式不怪异，阅读不困难；他的诗艺高超，佳作杰作迭出。他建立了新诗的体式，建立了一种半自由、半格律的诗，一种押韵但不严谨押韵的诗。他维护了新诗的尊严，这是在新诗百年史上值得大书特书的。余光中诗内容方面的特点是有儒家精神，充满“正能量”，有《文心雕龙》所说“炳耀仁孝”的作用，当然也是值得大书特书的。

以热爱生命来对抗死亡

余光中以诗文创作来对抗死亡，以热爱生命来对抗死亡。他天资聪颖，对事事物物充满好奇心，擅于观察，敏于感应，加上精力充沛、异常勤奋，一生作品繁富。下面我们只读他的几篇诗文，看看他怎样爱人爱物，付出怎样的感情；当然，还看他表现怎样的文学才华。

余光中爱父母，写了不少与父母有关的诗文，这里读他一首写母子感情的诗。1995年67岁时写的《今生今世》短小简明，挥洒的却是一支大手笔：

今生今世
我最忘情的哭声有两次
一次，在我生命的开始
一次，在你生命的告终
第一次，我不会记得，是听你说的
第二次，你不会晓得，我说也没用
但两次哭声的中间啊!
有无穷无尽的笑声
一遍一遍又一遍
回荡了整整三十年
你都晓得，我都记得

母亲诞下儿子时，儿子发出哭声。你们大概从妈妈的口中，知道这是什么一回事：婴儿出了娘胎时，会大哭一声；不哭的话，护士大力拍一下屁股，就哭了。母亲去世，儿子悲哀痛哭，是另一次发出哭声。这写的都是人生的实况。两次哭声，谁记得、谁晓得，诗里都有交代。“两次哭声的中间啊”，母亲与儿子都有基本上美好快乐的人生，这才会有笑声；母子关系和谐亲密，才会有笑声。“有无穷无尽的笑声/一遍一遍又一遍”正道出了这样的境况。如何才能有一遍一遍无穷无尽的笑声？当然要看人是否活得乐观积极，是否履行仁义礼智信诸种美德？明朗易解的诗，却隐含深刻的人生道理，让我们细细思索。

人生是苦是乐，应该乐观还是悲观，哲学家思索了百年千年。我顺便介绍钱锺书的说法：人最后必有一死，长线而言，只能悲观。然而，人就因此天天愁眉苦脸，没有任何作为，甚至要自杀，对不对？不对，短线而言，应该乐观；换言之，要珍惜当下眼前，好好地、乐观地过日子。《今生今世》这首诗，还让我们看到“记得”“晓得”两个词如何在前在后巧妙地呼应和对比。呼应和对比，是诗文写作的重要章法。有同学也许会问我，为什么说“回荡了整整三十年”呢？余光中出生（1928 年），至其母亲去世（1958 年），前后刚好三十年。三十这个数字，因此有传记性价值。

夫妻情：晶莹的珍珠和并排燃烧的红烛

略道亲情之后，说夫妻情。余光中写的爱情诗达一百多首，有写恋爱情景的，有写婚姻生活的；1986 年 58 岁时写的《珍珠项链》，是对夫妻结婚三十周年的“珍珠婚”的庆祝和回顾。那年夏天，夫妻从高雄经香港要到北美洲去；在购物天堂的“东方之珠”买珍珠项链送给妻子，真是“顺理成章”——顺着连理枝而成诗章。先说说笑话。余光中戏称自己是“艺术的多妻主义者”，意思是他爱好多种文学艺术，也可说他“兼爱”。各位同学，你们听过他说的“大陆是母亲，台湾是妻子……”这串比喻吗？还有下文——“香港是情人，欧洲是……”欧洲是什么？“欧洲是外遇”！很多余光中的粉丝都知道，“外遇”说只是个玩笑。有聪明的粉丝知道余光中在美国读过书、教过书，前后待过五六年，那么美国是什么呢？虽然是笑谈，又有情人又有外遇，余光中已经是香港人说的“花心大少爷”了。殊不知余光中竟然回答说“美国是弃妇”。弃妇是先被爱而后被弃的妇人，美国人听到这句话，一定会集体抗议他诽谤吧！不然，说这是“假新闻”也是可以的。言归正传。诗云：

　　滚散在回忆的每一个角落
半辈子多珍贵的日子
以为再也拾不回来了
却被那珠宝店的女孩子
用一只蓝磁的盘子
带笑地托来我面前，问道
十八寸的这一条，合不合意？
　　就这样，三十年的岁月成串了
　　一年还不到一寸，好贵的时光啊
每一粒都含着银灰的晶莹
温润而饱满，就像有幸
跟你同享的每一个日子
　　每一粒，晴天的露珠
　　每一粒，阴天的雨珠
　　分手的日子，每一粒
　　牵挂在心头的念珠
串成有始有终的这一条项链
依依地靠在你心口
全凭这贯穿日月
十八寸长的一线姻缘

根据西方的礼俗，结婚十年是纸婚，25 年叫银婚，30 年是珍珠婚，50 年是金婚；假如有 75 年，那不得了了，是钻石婚，真是“情比金坚”。余光中在香港的珠宝店选购礼物，边选边想，也许是购买之后才回忆，想什么？想怎样把选购礼物或庆祝珍珠婚的情景写成诗。正如他旅行时，会一边参观一边构思，准备把所见所闻写成诗文。是在看美加边境的尼加瓜拉大瀑布吗?该如何不同凡笔地写出其雄浑壮丽呢?

《珍珠项链》的情景简单：珠宝店的店员拿出一串18寸长的珍珠项链，问客人中意不中意，客人边观赏边沉思忆念，就是诗的内容了。30年珍贵的日子，好比这一粒一粒晶莹的珍珠，银灰的晶莹，温润而饱满。美好的日子、美好的珍珠，这是一段长长的美好姻缘。诗人高明的地方是化繁为简，用三种珠子来比喻："晴天的露珠"比喻愉悦快乐的日子；"阴天的雨珠"比喻不如意、气氛阴沉的日子；"分手的日子，每一粒牵挂在心头的念珠"，比喻夫妻不在一起时互相思念的日子。三粒小珠子显示诗人的大手笔。

余光中从中国和西方的诗歌艺术吸取营养。西方诗歌如弥尔顿名作《失乐园》所展示，常常有十行八行构成的长句。余光中的诗和文，如这首《珍珠项链》就只是一个长句。句子长而不乱，语法清晰，写得高妙。

再来一首也是关于夫妻的，写到死亡了。1993年63岁的时候写了一组诗，题为《三生石》，其中一首名为《红烛》：

三十五年前有一对红烛
曾经照耀年轻的洞房
——且用这么古典的名字
　　追念厦门街那间斗室
迄今仍然并排地烧着
仍然互相眷恋地照着
照着我们的来路、去路
　　烛啊越烧越短
　　夜啊越熬越长
最后的一阵黑风吹过
哪一根会先熄呢，曳着白烟?
剩下另一根流着热泪
独自去抵抗四周的夜寒
最好是一口气同时吹熄
让两股轻烟绸缪成一股
同时化入夜色的空无
那自然是求之不得，我说
但谁啊又能够随心支配
无端的风势该如何吹?

这组诗一发表，就感动了很多台湾和香港的读者。其中著名历史小说家高阳，欢喜感动之余，用旧体诗七绝的形式，重写这组诗。《红烛》把夫妻比喻为一对红烛，两者并排在一起，从花烛洞房那一夜开始，燃烧着，互相眷恋着。可是烧啊，烧啊，“红烛越烧越短，夜啊越熬越长”。“最后的一阵黑风吹过”——你看诗人刻意用黑色这个意象，黑色可象征不祥，常跟死亡有关。在参加葬礼时，西方人是穿黑色衣服的。“哪一根会先熄呢，曳着白烟?”一根蜡烛先熄灭，就是夫妻中一个先去世了，那么剩下的怎么办呢？剩下的蜡烛流着烛泪，剩下的人也流眼泪。你们看，高明的诗人，在这首诗中，人与烛无缝地结合在一起了。杜牧有诗云“蜡烛有心还惜别，替人垂泪到天明”；读《红烛》至此，文学修养好的读者，自然会联想到杜牧的诗句，也因此增添了此诗又儒雅又悲凉的气氛。（讲到这里，手机消息传来香港小说家金庸辞世的噩耗，讲者表示难过之余，讲了金庸和杜甫草堂等题外话。）

《红烛》的作者希望，一阵风把两根蜡烛同时吹熄，那就好了。可是谁能够支配呢？谁能够支配死亡呢？这首诗也有余光中诗在形式方面的特色：形象性强、章法严密、一贯的半自由半格律写法。

“不薄今人爱古人”

人愈热爱生命，就愈痛恨死亡。余光中爱他的朋友，写过很多诗怀念朋友，或者悼念朋友去世。你们听，又说到死亡了，因为这是今天晚上的主题所在。这里只举一首悼念的诗《送梦蝶》：台湾诗人周梦蝶在 2014 年去世，享年 94 岁。周、余两人认识数十年，颇能相亲。诗友辞世，虽然高寿，到底不舍得。一般的送别话语是“一路走好”“我们永远怀念你”之类；余光中有恰如其分的奇思妙想。诗云：

孤独王国九十四年后
终于降下了半旗
有一个号手向暝色
用黄铜深长的咽喉
吹奏送别的低调
边界的另一头
也不愁无人迎接
纳兰性德，黄仲则
苏曼殊，弘一法师，周弃子
下午二时四十八分

哀沉的号音终止
然后是一片肃静
二时四十九分起，听
九重天上，一重一重
城阙开闭的声音
所有天使都加了班

周梦蝶去世时，凡间的人送别，天上则有亦仙亦人者迎接。周梦蝶有一本诗集名为《孤独国》，所以首行即用“孤独王国”；他喜爱的诗人有纳兰性德等，所以这些名字在诗中出现。这种写法切合逝者生平，可说是为逝者“度身定做”。作者确然了解周梦蝶这个朋友。他隐隐然把周梦蝶尊称为孤独国王，所以国王逝世时，下半旗致哀伤，有号手吹奏哀乐。读到号手奏乐这里，我想起一部美国电影 *From Here to Eternity*（《从现在到永恒》，香港翻译作《红粉忠魂未了情》)。它讲以珍珠港事变为背景的爱情故事，非常伤感。结尾是一个军人号角手吹奏低沉的哀乐，余音袅袅。诗中“用黄铜深长的咽喉/吹奏送别的低调”让我联想到电影中这个情景。

凡间送别的景象如此，天上迎接周梦蝶呢，隆重其事：“九重天上，一重一重/城阙开闭”，为了迎接他而非常忙碌。我们怎知道非常忙碌？从“所有天使都加了班”这一句知道。“所有天使都加了班”真是神来之笔、天上之笔！余光中擅长“形象思维”的艺术，他有崇敬逝者的“思维”，但他不直说，而用“形象”来表达。《送梦蝶》非常明朗，而其耐读有如是者。金庸仙逝了，香港内外一定悼念者众多，有没有人写悼念的诗呢？一定有。写法如何，有没有像《送梦蝶》那样高明？

余光中爱古人，如李白、杜甫、苏轼这些和四川关系密切的诗人。我前几天在江油出席一个名为《“一带一路”李白文化高端论坛》的研讨会。长沙的散文家李元洛为论坛写了一篇论文，讲余光中笔下的谪仙李白。余光中写李白的诗，杰篇佳句迭出，传诵远近。绵阳市“青莲李白诗歌小镇”有一座很大的李白举杯邀明月的白色雕塑，酒和月是了解李白诗的关键词，余光中把握关键，其《寻李白》一诗，最为“经典”的句子是“酒入豪肠，七分酿成了月光/余下的三分啸成剑气/绣口一吐就半个盛唐”。也许有同学读过或听过这几行，是不是？那座雕塑，如果要附加说明文字（英文所谓 caption)，就非余光中这几句莫属了。喝酒和写月之外，李白曾任侠求仙，在文学史上，他与杜甫的诗歌平分了盛唐的天下——“绣口一吐就半个盛唐”正是此意，而说得如何豪迈浪漫！酒诉诸味觉、触觉，月光诉诸视觉，如今“酒入豪肠，七分酿成了月光”用的正是“通感”的手法。日前在江油的论坛，开幕式上一位领导致辞，他引了“绣口一吐就半个盛唐”一句，可见这几行真的脍炙人口。

新诗从五四时期开始到现在，有一百年的历史。有很多人仍然不能接受新诗，原因复杂，其中一个是读不懂。很多深受西方现代主义思潮影响的分行书写，即如此。余光中的诗可读可解，流沙河先生还说不但可读，而且可讲，“且讲之而振振有词”；上面我已表述过他激情燃烧的讲诗岁月。我昨天跟流沙河先生通了电话，他患眼疾，现在身体比较弱，87 岁了。他是位值得大家尊敬的杰出散文家、评论家，还是一位自成一格的书法家。他是余光中最佳的知音之一。

我前不久“遇到”另一位余光中的知音。无意中看到一位网友的评论，他说余光中以《乡愁》起家，他的诗实在没有什么了不起的。后来改观了。他偶然读到《如果远方有战争》，大为惊喜，反战的诗可以这样写，对余光中另眼相看了。这首反战的诗，表现诗人对人类受苦受难的不忍之情，表现“民胞物与”的人类之爱，情景震撼人心，各位同学有时间一定要拿来一读。

今晚从余光中的散文《鬼雨》起讲，死亡的阴影在弥漫。现在比较轻松地讲他如何爱朋友，如何开朋友的玩笑吧！1974—1985 年余光中在香港中文大学中文系教书，中大位于沙田，他结识了校内校外文化界不少朋友，1978 年写了一篇妙文《沙田七友记》，描述高克毅（乔志高）、宋淇、思果、陈之藩、胡金铨、刘国松，还有我，共七个人。宋淇本身是翻译家、评论家、红学家，也是张爱玲遗产的继承人。说到最后这个身份，不认识宋淇的，应该有认识了。其他诸位不及介绍。（七友中前五位已先后作古，想念及此，难免伤感。）

这里举记述思果的一个片段。话说高克毅在香港中文大学完成他的编辑和翻译工作，将返回美国；几位同事和友人，包括宋淇太太，到机场（那时是启德机场）送行。高克毅在美国生活几十年，行西方的礼仪，向送行的女性包括宋太太拥抱一下，亲亲脸颊。思果在场。机场送别后回到校园，有一次大家聊天，说起送别的事情来。思果对送别时的情景念念不忘，再三叹道：“怎么可以这样？当众拥吻人家的太太？”余光中听后说：“怎么样？当众不行？难道要私下做吗？”这个片段还有下文，就此打住。

爱自然、爱国家

热爱亲人、友人、古人；热爱人类，还热爱大自然。余光中喜欢旅行，观赏人文胜迹和山水美景。现今一句箴言“金山银山，比不上绿水青山”，教我们爱护环境；余光中希望继续“山水有清音”，写了很多诗，表示对美好环境的关爱。1985 年秋他从香港回到台湾，在中山大学当文学院院长，对当时的环境污染发出了抗议的声音。1986 年春 48 岁时写了《控诉一支烟囱》，是声讨污染的檄文。高雄是重工业城市，很多工厂烟囱冒出黑烟——我去过高雄多次，是我曾经亲眼看到的：黑色、黄色、橙色、紫色，是空气“灿烂”的污染。余光中这样控诉（以下所引，略去了开头六行）：

你破坏朝霞和晚云的名誉
把太阳挡在毛玻璃的外边
有时，还装出戒烟的样子
却躲在，哼，夜色的暗处
向我噩梦的窗口，偷偷地吞吐
你听吧，麻雀都被迫搬了家
风在哮喘，树在咳嗽
而你这毒瘾深重的大烟客啊
仍那样目中无人，不肯罢手
还随意掸着烟屑，把整个城市
当作你私有的一只烟灰碟
假装看不见一百三十万张
——不，两百六十万张肺叶
被你熏成了黑恹恹的蝴蝶
在碟里蠕蠕地爬动，半开半闭
看不见，那许多蒙蒙的眼瞳
正绝望地仰向
连风筝都透不过气来的灰空

这里烟囱被形容为流氓，它喷吐脏话，破坏朝霞和晚霞的名誉，又挡住太阳；环境恶劣得连麻雀都搬了家，风在哮喘，树在咳嗽……余光中仿佛是个法庭上控方的大律师，举出被告的大量犯罪证据，且说得生动逼真；这场官司一定胜诉，把被告置诸死地，把他定罪。果然，此诗引起高雄环保机构的重视，并有以回应。这是一首发挥实际效用的诗，在当代的诗坛中，极为罕见。此诗又一次彰显比喻大师的本色，此诗前后则作对比式的呼应；这样的诗歌艺术也值得大家欣赏和借鉴。

余光中爱国。在 1998 年 70 岁写的《从母亲到外遇》说：“大陆是母亲，台湾是妻子，香港是情人，欧洲是外遇。”他怎样爱大陆这位“母亲”

呢？——“烧我成灰，我的汉魂唐魄仍然萦绕那一片后土。”与前面所引《当我死时》的爱国情怀，并无二致。1949 年离开大陆，1992 年重回，这一年他 64 岁了，写了这样的诗句：“掉头一去是风吹黑发/回首再来已雪满白头。”顺便点评一下：这是一双对仗的句子，属于钱锺书所说的“宽对”，以别于对联和律诗所属的“严对”。钱锺书、余光中等“不薄今人爱古人”的学者作家，其文采一定包括相当多的用典和对仗。《从母亲到外遇》继续抒怀：“这许多年来，我所以在诗中狂呼着、低呓着中国，无非是一念耿耿为自己喊魂。不然我真会魂飞魄散，被西潮淘空。”

有个句子，在余光中诗文中出现多次的，是“蓝墨水的上游是汨罗江”，意为他的诗歌源头是屈原（屈原自沉于汨罗江）。他又说过，自己是屈原、李白、杜甫等我国诗人的传人。余光中这样爱古典中国，他怎样看目前的大陆呢？2002 年 74 岁，他初次返回大陆之后的第十年，在《新大陆，旧大陆》一文写道：“是啊，我回去的是这样一个新大陆：一个新兴的民族要在秦砖汉瓦、金缕玉衣、长城运河的背景上，建设一个崭新的世纪。这民族能屈能伸，只要能伸，就能够发挥其天才，抖擞其志气，创出令世界刮目的气象来。”他用“秦砖汉瓦、金缕玉衣、长城运河”这些意象，而不是直截了当地说“中国历史”，因为他是余光中，是强于形象思维的大诗人。

壮丽的霞光消失了，明天会再现

我有说不尽的余光中。夜晚了，诸位同学“加班”上课辛苦了，我做一个小小的总结。人必有一死，你们年轻，还有 70 年、80 年、90 年、100 年的美好岁月在前面，真令我这个“长者”羡慕。（香港用“长者”，内地喜欢用“老人”，因为敬老吗?）可是“修短随化，终期于尽”，余光中去年走到生命的尽头。他和常人一样害怕死亡，而他要突破、超越死亡；他跟永恒拔河，他要冲破五行的阻拦，回到“壮丽的光中”。他用五彩笔来立言，他的笔挥洒出壮丽的霞光，他是内容博大、风格壮丽的文学大师。

他已去世，壮丽的霞光消失了。不过，天空的霞光今晚消失了，明天会再出现。“李杜文章在，光焰万丈长。”余光中这位中华的诗宗文豪，其壮丽之光应会万丈长。我希望如此，也相信如此。谢谢诸位听讲，谢谢你们的耐心。

【附录：老师、同学和我继续谈论余光中】

杨荣：有机会请得黄维樑教授给我们做了精彩的学术讲座，还是给同学们时间，向黄老师讨教，互动一下吧。

学生1：讲到死亡，真的是很沉重的话题。刚才您提到莎士比亚，也在余光中先生的诗中、散文中提到，您引了“to be or not to be”的一段话。我们联系到莎士比亚的信仰背景，我想他在提出这个问题的时候，他不只是说“生存还是灭亡”的。可能有一种疑问：“到底他心里信不信仰上帝？”对于哈姆莱特来说，如果真的相信，那他所经历的苦难都会有答案，就像《圣经》所说，人人都有一死，死后且有审判；又说上帝爱世人，一些人不会灭亡，会得永生。这是莎士比亚提出来的疑问，就像您说的余光中的拔河。他可能是在寻找一种答案，关键在于他相不相信。您如何看待他这样一种西洋背景给他带来的对死亡问题的询问和回答？

黄维樑：你问我莎士比亚和余光中的信仰，对不对？我先略微说一下莎士比亚。我们说莎士比亚在1564年4月23日出生，根据什么呢？根据莎士比亚受洗的那个文件：一般来说在婴儿出生之后三天，就有一个受洗礼仪。我们知道，英国是个基督教的国家，英国的基督教我们称为圣公会（Anglican Church）。莎士比亚从出生开始就是基督徒，他的作品里面固然有很多地方讲到上帝、讲到耶稣，可是他不像一个传道人，像牧师一样，三句不离上帝或者耶稣。我讲座引的话来自两个悲剧《哈姆莱特》和《麦克白》，两段话都非常悲观。你们去查书、上网，去回味一下，很悲观。这个代表不代表莎士比亚的思想？很难说。也许是他的思想；也许不是，而只是他根据所塑造人物的需要，而有这些独白（soliloquy）：“to be or not to be”和“tomorrow, tomorrow and tomorrow”两段。我们看他154首十四行诗里面，说到死亡的很多。他用什么来抵抗死亡呢？跟余光中说的差不多：诗。所以，他在十四行诗中说：你看那些已经去世的什么帝王、什么将军，他们华美的碑座怎么样？碑座比不上我这些诗句长寿！到底莎士比亚的信仰如何？他个人想法如何？有不少莎翁专家讨论过，相关著作甚至可以说汗牛充栋。我不是莎士比亚专家，只能说我们很难清楚知道他实际的信仰。读他的作品，包括戏剧和十四行诗，我们发现他有一种“生命有限，艺术无穷”的思维。

余光中呢，我跟他交往前后差一点就50年了。我第一次见他在1969年。同年我大学毕业，留学美国。第二年暑假打工赚了钱，买了一部老爷车，在秋天一个人开车六百英里（近乎一千公里），到他所在丹佛市的大学去看他。1976年我回到香港，在母校中文大学教书。余光中在1974年已到中文大学任教授。我们一共有九年是同事。1985年他离开香港返回台湾之后，我经常跟他联系、见面、聚会。这么多年来，我没有发现他有过什么宗教的仪式。比方说，基督徒吃饭前要先祷告这些。他倒是在晚年有多次到高雄附近的佛光山，有一年在该地度过生日。去年 12 月，在他葬礼的最后，出现了几位和尚。我听他的次女说，又听他的一位晚辈说，余光中的第四个女儿是虔诚的基督徒，向一般人传福音，也向父母传福音。据说余光中弥留之际，幺女要父亲信教；那时余先生要讲话讲不出来，却好像有一点肯定的表示。这个动作大概像朦胧诗一样朦胧。在余光中一生里，我看不出来他有什么明显的宗教信仰。不过他到欧洲，一定会去参观当地出名的教堂，有时还会在其中静思冥想的。他尊重宗教，但我认为他不是教徒。

学生 2：我想请问：根据老师自己的喜好和标准来说，怎样的诗歌才算是美的诗歌？

黄维樑：我简单地说吧。诗有各种不同的风格、写法和题材，可以表达不同的主题。我认为诗一定得让读者读得懂。我欣赏、喜爱余光中的诗。他的诗明朗，但绝非浅陋、索然无味，而是耐读，经得起分析，流沙河说的“可以讲”。耐读在哪里？在有创意、有警句、有章法，即有句有篇。上面我举出的诗，都是好诗、杰出的诗；你要写诗、要评诗的话，应该再细读，应该琢磨琢磨，应该学习。学习他的写法，把他的写法当作一种非常好的写法——当然不是唯一或唯二或唯三的写法。近几十年来，我们有很多很多“分行的书写”，属于现代主义、后现代主义或者我所谓极端现代主义的；我正襟危坐读一遍二遍三遍，读不懂。对不起，我不再读了，我放弃了。我为什么要折磨自己？我有时间为什么不去读或者重读公认的经典？现代的议会要立法，法案要通过，也只是三读而已；你们说对不对？某大学有一位文学教授，他教当代小说，要学生读马尔克斯的《百年孤独》，很多学生说读来读去读不懂；这位教授告诉学生：“你读不懂的作品，这些作品才有伟大的可能。”唉，这样论伟大、这样教学生，我夫复何言？

杨荣：我们听过黄老师的学术报告，他讲的是余光中和他的作品。我听了报告，感受是很深的，有几点感想要和大家分享。

一是黄老师讲余光中的诗文，立足文本来进行分析。在分析的过程里，我们看到黄老师对文本细读的功夫。他解读诗文，注意到社会的、历史的深远背景；解读作品的时候，还有一种传记学的视野，即是从余光中个人的经历和体验，来解说他诗文里面的生死观。根据黄老师所讲，余光中 30 多岁就有一种死亡意识，而他一生以自己的文字作为武器，来对抗人生的苦难，来对抗死亡。这是中国传统文化中的“立言”方式。黄老师对余光中诗文里的生与死给我们做了深入浅出、形象生动的解读，还细致地分析了余光中诗作的比喻、章法等艺术手法。这是我听了黄老师报告的一个感受。

二是黄老师的学术报告，给我这样的印象：黄老师评论、赞美余光中等古今人物，都涉及他们深厚的文化素养。我们听黄老师的报告，也感受到他本人融贯古今中外的学问。他对古今中外的经典名著，不管是中文的还是英文的，信手拈来，出口成诵。他大概从青年时代一直吟诵到今天，功底是我们很多人不可企及的。黄老师对余光中的阅读和关注整整有 50 年，从 1968 年的大学年代，一直持续到今天。黄老师引用金耀基教授对他的形容：黄老师是余光中作品一位真正的“解人”。我同意这个说法。这是我的第二个感受。

第三点，虽然他今晚谈的是个沉重的话题：关于余光中诗文里的生与死；但是我听完以后，却没有沉重感，为什么？正如黄老师演讲里一直贯穿的观点，人生必有一死，我们应该像余光中那样勇于对抗死亡，有与永恒拔河的气概，冲破五行的阻挠，从而发出万丈壮丽之光。这样一种讲解，既有学术的、也有人生的启迪。刚才演讲进行中，黄老师接到电话传来的消息，说武侠小说大师金庸去世了；昨天我们为中央电视台知名主持人李咏 50 岁就去世而刷屏。昨天和今天，我们很多人感受到震撼。我想今天我们听到黄老师这一场学术讲座，除了引领我们去关注中国文化发展史上的这样一些作家和作品，另一方面，对我们的人生，应该也是有无穷激励作用的。

黄维樑教授于四川大学讲座

最后，为庆幸度过这个诗意与学识的晚上，请让我们再一次把掌声送给黄维樑教授。（热烈掌声）

（讲座完）

（据演讲录音记录，整理者：张叉、余秋蓉）

在高寒的天顶：余光中的文学地位与现实处境

陈义芝

余光中先生辞世，我除觉哀伤，还有深沉的感慨。这一学期，在台师大研究所的课堂，我多次讲到余先生的成就与影响，希望有学生写他的研究论文，不论是现代散文或现代诗。图书馆明年规划“跟着诗人游历世界”的系列演讲，馆员问我人选，我推荐了余光中及洛夫、杨牧等人。诗人遽然逝世，最让我落空的是，不久前我应蔡振念教授邀请去中山大学，还与郑慧如聊到她的博士指导教授，稍后陈育虹在电话里谈起她要去高雄文藻大学演讲，我们相约翻过年一道去探望余先生。然而，终于嫌晚而无法兑现了。

我曾说过“余光中是中文世界最受瞩目的宗师型诗人”。华文世界赞扬他的、诋毁他的，加总起来，绝对当得起那一个“最”字。赞扬的人，肯定余先生在 20 世纪 50 年代末、60 年代初新诗论战的功劳，60 年代迄今他引领或修编台湾现代散文、现代诗的发展，《左手的缪斯》《掌上雨》有多篇掷地有声的论文；1968 年译作《英美现代诗选》二册，对战后世代诗人的影响也大。持续创作至九十岁，意志坚定，思维清晰，文笔雄深雅洁，这世上能有几人？

然而，余先生却因四十年前《狼来了》一文，遭受长期严厉指责，复因五年前为马英九被批评的“bumbler”做“新解”而再次受伤。这两件事，或与余先生惯于站在风头、有机趣、好讲冷笑话，以及好创新词的个性有关。若因而抹杀其文学表现，毕竟不公，是脱离了文学范畴。而今因其辞世，余光中的文学史地位，超越这一转折多变的社会，一切纷扰的尘埃或可落定，得到较纯正的认定。

我开始写诗的 1972 年，余先生早已名满天下。当时我虽熟读他的诗文，却无机缘近身接触，不像与《创世纪》诗人群多有来往。一直到 20 世纪 80 年代我在联合报副刊工作，后来又参加了台湾地区笔会、当选理事，才有较多和他通电话或碰面的机会，感觉他在冷肃中有温热、轻松的一面，在大人的面孔底下，也有孩子天真的性情，并不是不能开玩笑的人。1999 年国际笔会在莫斯科举行，朱炎会长领队，欧茵西教授是俄国通，安排与会者一行走访托尔斯泰故居、普希金纪念馆、屠格涅夫笔下的老桦树林……我发现，余先生可以随兴自在地躺在草地或攀着墙柱留影，不时流露一丝顽皮的神采。

1986 年我获得中华文学奖的那首长诗《出川前纪》，曾获余先生好评，那是我第一次在写作上直接受教于他。1989 年我出版《新婚别》(收入了那首得奖作)，请余先生作序，是写作上第二次得余先生指点。余先生把写序当正式的文学批评看待，不会为了情面而只讲优点，总会点明瑕疵，甚至提出修改建议。回想他当年论战笔锋之犀利，及作序之认真批评（见其《井然有序》序文集），相对于缺乏严肃文评艺评、只送花篮的台湾“文艺圈”，是有典范意义的。

中午时分，联副主编宇文正告知余先生逝世的消息，匆促之间，我并无法深论他的多元表现、多方成果，仅以下述几段录自我过去所写有关余先生的文字，追思一代诗翁：

余光中是少见的既修习西洋文学而又精通中国古典文学的诗人，对西洋文学、艺术的涉猎，亦称全面，所谓“广义的现代主义”可以从他的这一学养加以解读。

他融会传统美学的作品以 1964 年出版的《莲的联想》为代表；论意象的精巧、心识的深沉、想象力的奇崛，则推 1969 年出版的两册诗集《敲打乐》《在冷战的年代》最令人赞赏（按，20 世纪 70 年代的《白玉苦瓜》也是代表作）。这段时期余光中的作品特色，例如传统的回归、历史的观察、现实经验的介入、“感时忧国”的主体意识的建立，都是广义的现代主义的具现。——《声纳：台湾现代主义诗学流变》，第 86～87 页。

因为余光中，新诗在台湾能广泛传播，自边缘趋向中心，快速取得诗学主流地位。这也是从文化研究角度察探余光中诗与中国古典，很重要的一个因果启示。……1985 年余光中回高雄定居，衔接起 1950 至 1958 年在台湾的生活经验，台湾的地理实境再次化成他笔底风云，延展出另一条流脉。相对于民族古地图的饕餮，他对台湾乡情的描绘，是另一幅新地图的展开。——《现代诗人结构》，第 72 页。

在人生现场，余光中以伦理精神强调感受美学，不求超脱避世。他的诗倾向与人交心，而非迂曲幽闭的自我独语，例如：《车过枋寮》歌咏屏东土地的肥美，《雾社》礼赞原民酋长，《你仍在岛上》怀念一位台湾画家，《高雄港上》为他居住的港都写生，《余光中六十年诗选》中的最后一首《台东》，更是南北城乡互映的一幅写意画。在这样的认知基础上，我们读他的诗集《太阳点名》(2015)，想象他为何要一祭再祭两千年前的屈原，一会再会当代人的诗会，登山有诗，读信有诗，看眼科医生有诗，吃茂谷柑有诗……应能体会：人间情怀实是余光中写诗的立场，呈现的姿态。——《所有动人的故事：

文学阅读与批评》，第 115～116 页。

余光中创作生涯逾六十年，成诗千首，写给其妻范我存的诗约 40 首，或直接抒情告白，或侧写生命情节，论质与量，可单独成册。……余光中的诗，业已入了文学史，他与夫人范我存的爱情也已成为传说。——《风格的诞生：现代诗人专题论稿》，第 73、88 页。

来不及更深入、细致地解读余光中先生的诗、文；来不及找更多机会听他谈文学知识；也来不及向他表示感谢，谢谢他参与、引领的台湾文学坚实的开展！但有幸与如此杰出的创作者身在同一个时代舞台，又是多么有意义的人生。余先生曾作《吊济慈》诗，说济慈留下比恒星长寿的诗章，透过时间的云彩，在高寒的天顶隐隐闪亮。而今他奉召白玉楼，当年吊诗所言，当可借为今人对他的礼赞。

原载 2017 年 12 月 15 日台湾《联合报》，录入本辑略有删略。

（作者系台湾师范大学教授）

我眼中的余光中先生

寒山碧

余光中先生享高寿而终，网络和报刊议论蜂起，我虽非余先生之门生故旧，也有几句话想说。我当年泅水抵港之后就得闻余先生之大名，余先生以诗名，但对余先生之诗坊间评价不一，褒者如黄维樑兄等，几乎要棒之为诗圣；贬者如蓝海文，贬损得只值一钱，并为之动手术（改余光中的诗）。我读余先生之诗不多，也不想对余诗作深入的评价，我浮表的感觉是，间有佳作，也有些诗为我所不喜。我年轻时写新诗，我的诗与余先生的诗风格迥异，我尽量避免评别人的诗，不想因诗风与自己不同就贬损人家，也不想与自己相同而吹之捧之，但回忆我写的第一篇文艺评论却是评论诗歌的，正因余光中先生而起。

我与余光中先生的两次商榷

1971 年，台湾巨人出版社推出一套大型的《中国现代文学大系》，1972 年在港发行，我初读余光中先生写的《序》，心中大感不快。我不服余先生在《序》中对几十年中国新诗的损毁与否定，便发起傻劲，花耗多月时间到香港大学冯平山图书馆找资料，写成一万多字的《略论中国新诗的成就和发展——与余光中先生商榷》。其时，余光中先生是著名的现代派大诗人，又是香港中文大学中文系的名教授，而我只是一个来港不久的文艺青年。我赖卖文维生，却没有固定的专栏，靠四处投稿，生活朝不保夕，家里妻哭儿啼。我只要稍多为家计着想，就不会做这样的傻事。因为我的“商榷”，不仅会得罪余光中先生，还会得罪余先生的学生和故旧，甚至会吓怕一些编辑。可惜我那时既不谙世故，性情又冲动，傻劲发作，便不顾一切。幸而《文坛》的卢森先生肯拨出篇幅，1972 年末刊出我这篇长文。“文章发表后没有任何回响，余光中先生当然不会理睬我，其他‘大家’也许不屑一顾。我看到的唯一勉强算是回响的，是历经二十六年后（1998 年）郑炜明（苇鸣）君在香港大学亚洲研究中心和台湾佛光大学协办的‘香港新诗国际研讨会’上提到几句，他在《日渐湮没的风景线——六十年代香港新诗》中说：'……诗集末有一篇附录文章《略论中国新诗的成就和发展——与余光中先生商榷》，今天看来，文章中大部分意见，仍然值得我们进一步思索，例如他提出"新诗是纵的继承"这个观点，与横的移植唱反调，仍算是一家之言，不应抹杀。'"①。我这次的"商榷"，算不算是与余光中先生有了"过节"呢？我自己也不知道。

我第二篇比较严肃的文艺论文，坦率说也是由余光中先生催生。我在我唯一一本文艺论文集《我的文学思考》的后记《为而弗志也》中说："《试论戴望舒和他的诗》却下了更多功夫，花耗相当多时间到港大冯平山图书馆找资料，企图对戴望舒和他的诗作比较全面和深入的评价。《戴》文的产生，肇因又是余光中先生，一九七五年时在香港中文大学任教的余光中先生，在《明报月刊》上评戴望舒的《雨巷》，认为'《雨巷》音浮意浅，只能算为一首二三流的小品'，认为《雨巷》'这样的诗令人想起"前拉非尔"的浮光掠影。两段十二行中，唯一真具象的东西，是那把"油纸伞"，其余只是一大堆形容词，一大堆软弱而低沉的形容词'。我看后心里不服，为戴望舒抱屈，傻劲又发作，便花耗心血写这篇《试论戴舒和他的诗》，也感谢当时的《大任》杂志肯分两期发表我这篇长文。"其时，《文坛》已经停刊，我估计我这篇论文无论投给《明报月刊》或《当代文艺》都不可能有发表的机会。《大任》杂志刚创刊不久，主编孙宝刚我与他虽未曾谋面，但我相信他在黄震遐先生或《万人杂志》处应该知道我，所以便擅自投寄。不料我这篇两万多字的长稿很快就刊出。可惜的是《大任》杂志寿命不长，大约一年半载后便停刊，我相信图书馆中保存着的《大任》杂志应该不多。坦白说，"我并非有意跟余光中先生过不去，余先生的诗虽然有一些我不太欣赏，但也有很多我是欣赏的，我一再与余先生抬杠，非为创作，而仅局限于对余先生论文观点有不同意见。'诗无达诂'，欣赏别人的诗已不容易，更不要说去改人家的诗了，当年余光中先生改戴望舒的诗，我表示反对，二十年后有人（蓝海文）改余光中先生的诗，我也同样坚决反对。"②

20世纪70年代，余光中先生早已名成利就，香港中文大学的薪俸冠绝亚洲，经济条件优渥，我觉得他颇有点睥睨诗国，目无余子。他如果不是心高气傲，如果尚存一点谦卑，相信就不会写出《中国现代文学大系》里那样的《序》，也不会擅自删改前辈诗人戴望舒的名作《雨巷》。

① 郑炜明《日渐湮没的风景线——六十年代香港新诗》，见《香港新诗的"大叙事"精神》，台湾佛光大学南华管理学院1998年12月初版。

② 寒山碧《我的文学思考》"后记：为而弗志也！"，天地图书有限公司2008年9月初版。

“乡土文学论战”中余光中自毁形象

我更进一步认识余光中先生，是在又两年后的台湾“乡土文学论战”中，20 世纪 70 年代后期，台湾爆发了一场“乡土文学”论战，这场论战不仅令我对余光中先生有进一步的认识，也令我对胡秋原、郑学稼先生有进一步的认识。“乡土”是文学中的地域性，文学必须植根于土壤，鲁迅《阿 Q 正传》《孔乙己》《祥林嫂》的乡土是浙江绍兴；老舍《骆驼祥子》的乡土是北平；张爱玲《金锁记》《半生缘》的乡土在上海。70 年代台湾一批青壮年作家陈映真、尉天骢、王拓、王祯和等植根于台湾乡土，提倡“乡土文学”。这本来是不值得大惊小怪的事，可是 1977 年夏秋之交，手执台湾舆论界大权的彭歌却发动一场“乡土文学”论战，旨在围剿肃清所谓左翼文学在台湾的影响。彭歌是国民党中央机关报《“中央”日报》总主笔，他首先在台湾第一大报《联合报》上发表一篇《不谈人性，何有文学?》，点名指责王拓、陈映真和尉天聪三位‘乡土文学’作家，把描写台湾下层人民生活的‘乡土文学’，说成是鼓吹阶级斗争，文章气势汹汹，颇有姚文元的架势。军中作家王蓝、司马中原等相继响应，加入讨伐“乡土文学”的行列，而最为凶猛的是余光中先生。他在《狼来了》一文中引用毛泽东语录，以此来证明台湾的“乡土文学”就是大陆的“工农兵文学”，由此要把“乡土文学”处之死地。余光中咬定“乡土文学”的观点与毛泽东延安文艺座谈会有暗合之处，一顶红帽子扣下来，“乡土文学”诸君再也不敢回嘴。须知在戒严时期，扣红帽子是会人头落地的。形势相当危急，警总磨刀霍霍，准备抓人。陈映真这样记述：“由于问题一开始就以异乎寻常的、明显的政治词语提出，加上攻击者同伴的呐喊和威吓，整个文坛一时落在悲愤、焦虑和恐怖的噤默中。一直到 9 月，中华杂志登出胡秋原先生《谈‘乡土’与‘人性’之类》，对于前揭的彭歌《不谈人性，何有文学?》提出了有力的批评；10 月，中华杂志又刊出徐复观先生《评台北有关‘乡土文学’之争》，这才扭转形势。彭歌等不敢向胡、徐两位老前辈扣红帽子，因为两蒋对胡、徐两公都知之甚深。”[①] 由于胡秋原、徐复观等的介入，不仅压下国民党内文化专制主义者的气焰，而且掩护了陈映真等免再度遭受牢狱之灾。笔者亲自听过胡秋原和郑学稼先生说，他们探悉“总作战部”主任王升上将就要动手抓人，两人亲自前往劝阻，王升才作罢。所以

---

① 陈映真《中国文学的一条广大的出路——纪念〈中国人立场之复归〉发表两周年，兼以寿胡秋原先生》，见《胡秋原先生之生平与著作——祝胡秋原先生七十寿辰文集》，学术出版社 1981 年 5 月初版。

陈映真在庆祝胡秋原九十大寿时带有深情地说："东渡以后的胡秋原先生一直不是国民党统治集团权力核心中的人，正相反，他在很多时候，一直是被国民党当局视同异己。他所主宰的《中华杂志》，一向是国民党军队、机关和政治监狱所禁阅的杂志，就是一证。这样一个无权无势的知识分子，在当时极端独裁的政治下，能够以他瘦弱的胳臂，单薄的衣袖，庇护了众皆欲杀的台湾乡土文学。胡先生的万钧之力之所以来，无他，正是一生涵养的知识、思想的力量。"①

笔者没有听说过余光中先生与陈映真等人有何私怨，但他们在人生理念和文学见解方面的不同却是显而易见的，然而仅因见解和价值观的不同而在戒严时给别人扣红帽子，至少是不慎和不厚道的。徐复观先生称《狼来了》为取人首级的血滴子，并非言过其实，如果不是胡秋原、郑学稼的力保，"乡土文学"诸君子已经有人系狱。自此余光中先生在知识分子和一些读者中形象大告低落。大概他自己也感觉得到，所以曾经多次解释和申辩，可是这种白纸黑字铸成的污点，岂是轻易所能清除的？

在短暂会晤中余先生留给我的印象

我与余光中先生在2007年之前，从未见过面，也没有任何交往，我与余先生唯一一次见面是2007年2月。其时，中文笔会和国际笔会代表在香港西贡举行会议，而我恰担任香港艺术发展局文学组委员会主席。我认为文学艺术不应太顾虑政治立场，进门都是客，中文笔会和国际笔会既然在香港开会，文学组至少应略尽地主之谊请他们吃一顿饭。经过请示获得香港艺术发展局上层批准，我前往西贡出席国际笔会，并邀请国际笔会代表和一些与会代表吃晚饭。可是"艺发局"仅批准我请一席，我想多请几个人都没有办法。国际笔会代表我邀请了笔会会长等几位洋人，台湾代表我只请余光中及张晓风，大陆代表我只请沙叶新，香港代表只请香港"中国笔会"会长喻舲居夫妇等。因此惹来香港和大陆一些作家在背后骂我"看不起人"，其实全部代表我都想宴请，广结善缘，但上头不批准我没有办法。

这次我与余光中先生会晤中，他给我的印象是一位瘦弱的谦谦君子，虽不多言但礼貌周到。我曾顾虑他会拒绝我的邀请，但没有，我一邀请他就毫不犹豫地答应了。我不相信他不知道我是谁，也不相信他没有看过或不知道

① 陈映真《秉理直言，不媚世俗——敬寿胡秋原先生》，见《胡秋原先生80－90寿辰纪念文集》165页，学术出版社2001年1月初版。

我那两篇“商榷”的文章，他已年届八十，大概已无往日的傲气，不再计较以往的小事。余光中先生业已仙逝，俱往矣，但相信他的诗文仍会长留人世间。

2017年12月26日

（作者寒山碧先生系香港著名作家、学者、出版家）

参加寒山碧先生主持宴会的余光中先生（前排右一）

余光中诗文作品中的生死观

张 叉 余秋蓉

摘 要：余光中的诗文作品中有大量直接与间接的关于生死问题的描写，流露了他对死亡的恐惧。对人生必死铁定的规律有清醒的认识是余光中对死亡产生恐惧的根本原因，而其漂泊飞散、亲人离世与暮年意识又强化了这种心理。面对死亡的恐惧，余光中采取了坚持积极进取、从事文学活动、胸怀祖国统一、珍惜现世生活、看重亲情友谊、纵情日月山水等方式予以消解，从而让内心在一定程度上趋于平和与宁静。余光中诗文作品中所反映出来的生死观既体现了中国儒佛道文化的精神，又蕴涵着西方文化的思想，是中西方文化交错穿插、彼此融合的高度的统一体。

关键词：余光中　诗文作品　生死观

余光中（1928—2017）的文学作品中有大量或直接，或间接关于生死问题的描写，折射出了他的生死观。关于他作品中的生死观，学界已有一些研究，但是还有进一步研究的空间。鉴于此，本文在前人研究的基础上，对余光中文学作品中的生死观作进一步的研究。

一、对死亡的惧怕

说到余光中的生死观，惧怕死亡是其核心要素。

人是无法摆脱始而必终、生而必死的命运的，所以很自然，“生死是人哲学思考和文学创作的重要命题”①。《庄子·德充符》载：“仲尼曰：‘死生亦大矣，而不得与之变，虽天地覆坠，亦将不与之遗。审乎无假而不与物迁，命

① 张叉：《陶渊明和华兹华斯的生死观》，《东方丛刊》2004 年第 1 期，第 226 页。

物之化而守其宗也。’”[①]《诗经·唐风·山有枢》：“宛其死矣，他人是愉。”华兹华斯《追思》：“年轻时叱咤风云，心高气傲，/到头来却难逃一死。”[②] 余光中也把生死问题作为其哲学思考的命题，并将其作为文学创作的主题。于是，他“诗歌中的‘死亡’意识随处可见，其中有怀恋母亲、童年和故乡的‘小乡愁’，有缅怀故国盛世文化名人、控诉分裂苦难的‘大乡愁’，有对自然、人生的悲剧性感受”[③]。他在《鬼雨》中说：“千古艰难惟一死，满口永恒的人，最怕死。”[④] 其实，他就是这样一个“满口永恒”而却“最怕死”的人。在他看来，死亡是无法避免的，死亡是惨痛的，死亡是令人恐惧的，这样的心理在他的一些作品中一览无余，《森林之死》即是一例：

白血流下，自钢齿钢齿间
所有的年轮在颤栗，从根须
从纵横的虬髯到飒爽的叶尖
每一根神经因剧痛而痉挛[⑤]

对于这首诗，蒋林欣评论说：“余光中不但善于从‘美’中发现‘死亡’，而且还常常对其进行烘托渲染，增强‘死亡’的恐惧效果。”“砍伐树木本为司空见惯之景，人们对此多怀痛惜之情，而余光中却写出了‘白血’汩汩、‘尸体’颤栗、‘神经’痉挛，最后‘在族人的巨尸堆中，哗然倒下’等可怖的画面，以此渲染‘森林之死’，使本来‘痛’而不‘惧’的事上升到了一种‘惨烈’的程度。”[⑥] 这样的评论是很到位的。余光中对生死问题进行探讨的作品除了《森林之死》外还有很多，比如《乡愁》《舟子的悲歌》《月光光》《星之葬》《火浴》《中元月》等，皆是显例。

人生而必死是一条任何人也无法超越的、铁定的规律，对这一规律有清醒的认识是余光中对死亡产生恐惧的根本原因，在这一点上，他同李白、陶渊明、威廉·莎士比亚（William Shakespeare，1564—1616）与威廉·华兹华斯（William Wordsworth，1770—1850）等伟大的诗人并无二致。与其他诗人稍微不同的是，他漂泊飞散、亲人离世与暮年意识等个人生活经历又进一步强化了他对死亡的恐惧。

---

① 《诸子集成》第三册，中华书局，1954年，第31页。
② 华兹华斯：《华兹华斯诗歌精选集》，杨德豫译，北岳文艺出版社，2000年，第210页。
③ 蒋林欣：《殊途而同归的“死亡”抒写》，《名作欣赏》2009年第4期，第89页。
④ 余光中：《月光还是少年的月光》，江苏凤凰文艺出版社，2017年，第5页。
⑤ 余光中：《风筝怨》，江苏凤凰文艺出版社，2017年，第102页。
⑥ 蒋林欣：《殊途而同归的“死亡”抒写》，《名作欣赏》2009年第4期，第88～89页。

（一）漂泊飞散对死亡恐惧的强化

余光中漂泊“飞散”（Diaspora）的生活经历对他关于死亡的惧怕有着强化的作用。“飞散”原指“散播开来”，后用来表示“在家园以外生活而又割不断与家园文化种种联系”[①]。余光中 1928 年生于南京，1937 年到重庆求学。1949 年初，内战正处于白热化阶段，兵荒马乱，人若飘叶，命运难于自主，于是随母亲自南京逃往上海，俄而转到厦门，入厦门大学，7 月跟父母亲迁至香港，失学一年。1950 年 5 月离港入台，9 月考入台湾大学，从此长时间同祖国大陆隔绝。1958 年远赴美国，进入爱荷华大学（The University of Iowa）学习，这可是典型的漂泊飞散的生活。需要一提的是，在美国学习期间，地理和文化上的距离让他时常笼罩在一种撕扯的、割裂的痛苦之中，与身居中国大陆的母亲望不见尽头的割裂又衍生出一种“暗恐心理”，这加重了他对死亡的惧怕，让他惧怕自己直到死亡的那一天其躯体和文化仍然还处于“无根”的状态。他在《舟子的悲歌》中说：

昨夜，
月光在海上铺一条金路，
渡我的梦回到大陆。
在那淡淡的月光下，
仿佛，我瞥见脸色更淡的老母。
我发狂地跑上去，
（一颗童心在腔里跳舞！）
啊！何处是老母？
荒烟衰草里，有新坟无数！[②]

这里，余光中一方面借“梦”回到故土，展现了对祖国、对母亲的眷恋和归依，另一方面也用“坟”这个意象显露出他怕回到故乡见到“老母埋于荒草”中的画面。余光中常常将死亡的渲染与故土、母亲融为一体，共同凝练成他浓浓的、化不开的乡愁与忧虑。[③] 在现实生活中，在孤寂的黑夜里，台湾海峡阻隔大陆与台湾，也阻隔他与母亲，这种“无根”的状态强化了他对死亡的恐惧之感。

---

① 童明：《飞散》，赵一凡、张中载、李德恩主编：《西方文论关键词》（第一卷），外语教学与研究出版社，2017 年，第 113 页。

② 余光中：《乡愁》，长江文艺出版社，2008 年，第 5 页。

③ 段舒：《置之死地而后生——余光中诗歌中的死亡意识和渲染》，曹顺庆、张放主编，《华文文学评论》第 5 辑，四川大学出版社，2017 年，第 59 页。

（二）亲人离世对死亡恐惧的强化

对余光中而言，亲人的相继离世对他关于死亡的恐惧也有强化作用。一般来说，人最重要的亲人莫过父母亲了，这对余光中来说也是如此。然而，不幸的是，1958 年，他母亲乘仙鹤西去了，那年他才 30 岁。2008 年，他父亲又故去了，那年他已 80 岁，可谓耄耋之年丧父。至此，在人世间，他再也没有父母为自己遮风挡雨了。他在《失帽记》中凄凉地写道：

寒流来时，
风势助威，
我站在岁末的风中，
倍加畏冷。①

他直言说，他已经失去了与父亲相连的帽子，从此再也体会不到寒流来袭中帽子带来的一抹暖意，于是，他渐渐承受不住天寒地冷了。

如果说父母的相继离去是人老而必去的、岁月流逝无法阻止的自然定律所决定了的话，那么儿子的夭折则是有悖于常情因而无论如何也难于接受了。儿子的夭折是余光中心里最难平复的伤痕，这是死神冰冷无情的极好佐证。余光中在《鬼雨》中写道："医生说实在太危险了……再不来，恐怕就……你的孩子已经……你就来办理手续？"② 他在这里记录儿子死亡事件时，并未直接使用"死亡"字样，取而代之以省略号。"死亡"二字像尖刀利刃直逼心脏或者像盐巴直撒伤口一样，他是完全无法直面的，于是只好略去，可见，他内心的悲痛是多么的深刻。面对儿子死亡的现实时，他措手不及。他无法陪伴儿子，只能办理冷冰冰的死亡证明手续，此悲此痛，非言词能够表述。从此，余光中困在森冷的雨季之中，忍受无尽的荒寂和震惊，雨里充满了鬼魂，"湿漓漓，阴沉沉，黑淋淋，冷冷清清，凄凄惨惨切切"③。亲人遭遇死亡的偶然性、突发性与残酷性大大强化了他对死亡的恐惧。

（三）暮年意识对死亡恐惧的强化

人之衰老，谁其能挡？1978 年，余光中 50 岁，进入了老年期，给他带来了越来越浓烈的迟暮之感，这进一步强化了他对死亡的恐惧。1980 年之后，他作品里逐渐增多了"白发"与"碑石"等意象，他在《五十岁以后》中说，"五尺三寸，顶上已伸入了雪线/黑松林疏处尽是皑皑，触目惊心这一片早

---

① 余光中：《人生如逆旅，我亦是行人》，北京联合出版社，2018 年，第 43 页。
② 余光中：《月光还是少年的月光》，江苏凤凰文艺出版社，2017 年，第 3 页。
③ 同上，第 9 页。

白”①。这分明在感叹自己年届半百，岁月流逝给他带来了“白发”的焦虑。他在《两相惜》中希望“赠我仙人的金发梳/梳去今朝的灰发鬓/梳来往日的黑发丝”②，更直白地传达出了对白发的焦虑乃至惧怕之情。他在《老来》中讲，“任海峡无情的劲风/欺凌一头寥落的白发”③，显露出因年迈而渐渐无力抵抗风寒的脆弱。

2000 年，余光中 72 岁，已进入古稀之年，暮年意识更加浓厚了。他在《风筝怨》中写道：

正惊心于老境
而无情之大限已隐隐相催
碑石是从来不开玩笑的④

在这样的诗句里，我们能够感觉到他更加直露、坦诚地倾吐的、愈到暮年愈深感死亡将近的恐惧与隐痛。流沙河等学者认为，余光中的这类作品已显现出叹老的“向晚意识”，认为随着他年龄的增长，不免对生死有了更多的思考和忧虑。⑤ 据记载，余光中在最后的那一年，因为身体流血严重而住院，形消体瘦，身体已经有些变形了。黄维樑 2018 年 10 月 29 日在四川大学演讲时回忆说，他那年去看望老朋友余光中，在搀老朋友下楼梯时，“我抓住他的手，感觉手臂好像都没什么肉了”。分明灯火辉煌，但是余光中却视力极差，因此轻声地抱怨：“为什么这里这么黑?”声音中透露着恐惧感。可见，死亡如黑影一般已经笼罩在他心里。他愈到暮年，愈觉得自己体力不支，愈哀叹前方无路，而唯有黑暗，唯有死亡。人之将死，痛何如哉。

二、对死亡恐惧的消解

对于人生而必死的铁定的规律有清醒认识所带来的死亡恐惧和个人经历对死亡恐惧的强化，余光中采取了坚持积极进取、从事文学活动、胸怀祖国统一、珍惜现世生活、看重亲情友谊、纵情日月山水等方式加以消解，从而让内心在一定程度上趋于平和与宁静。

---

① 余光中：《风筝怨》，江苏凤凰文艺出版社，2017 年，第 163 页。

② 余光中：《乡愁》，长江文艺出版社，2008 年，第 115 页。

③ 余光中：《风筝怨》，江苏凤凰文艺出版社，2017 年，第 14 页。

④ 同上，第 170 页。

⑤ 史言：《“泥香”与“土香”的辩证——论余光中诗歌的休息之梦与抵抗意志》，《江汉大学学报》（人文社科版）2011 年第 4 期，第 18 页。

（一）坚持积极进取

中国传统文化主张积极入世，积极入世意味着不断进取，《周易·乾》："天行健，君子以自强不息。"①《孟子·离娄下》："源泉混混，不舍昼夜，盈科而后进，放乎四海。"② 诸葛亮《诫子书》："淫慢则不能励精，险躁则不能治性。年与时驰，意与日去，遂成枯落，多不接世，悲守穷庐，将复何及！"③《论语·卫灵公》："君子疾没世而名不称焉。"④ 余光中深受中国传统文化这一价值观的影响，而乐观向上、积极进取的人生态度能够让他在有限的人生中创造出无限的价值，从而在一定程度上消解对死亡恐惧。他进金陵大学，转厦门大学，入台湾大学，赴爱荷华大学学习、深造，完成学位攻读走上工作岗位后，又奔走于中国各地以及美国、澳大利亚、菲律宾等地之间，或培养学生，或进行研究，或阅读图书，或从事创作，或登台演讲，或交朋结友，展示出了积极进取的精神、昂扬奋斗的风貌与威武不屈的意志，从而有了一个比常人更加灿烂、辉煌的人生。

在余光中的诗文里，我们可以看勇敢对抗死亡的斗士形象。英国诗人西格夫里·萨松（Siegfried Sassoon，1886—1967）有一句名言："In me the tiger sniffs the rose."余光中把它翻译为："我心里有猛虎在细嗅蔷薇。"他解释道："人生原是战场，有猛虎才能在逆流里立定脚跟，在逆风里把握方向，做暴风雨中的海燕，做不改颜色的孤星。"⑤ 也就是说，人生奋斗何其艰难，唯有猛虎才有战胜挫折的气魄与意志，才能更好地面对死亡，挣脱"五行"的阻挠。所以一方面他在《老来》中宣言，"无论海风有多长，多强劲/不已仍是暮年的壮心/一颗头颅仍不肯服低"⑥，直到老去，他都要坚定"守夜人"的姿态，任岁月无情催生白发，海风劲劲呼啸，内心亦如壮年的斗士一样永不低头。

生命是有限的，生命的长度是难于延长的，而人生的奋斗却是无限的，人生的价值是易于增加的，因此，余光中坚持积极进取，自然也就成了他消解死亡恐惧的重要手段。

（二）从事文学活动

张叉说："文人学士在人生不得意的情况下，常转而从事文学活动，借以

---

① 阮元校刻：《十三经注疏》上册，中华书局，1980 年，第 14 页。
② 阮元校刻：《十三经注疏》下册，中华书局，1980 年，第 2727 页。
③ 段熙仲、闻旭初编校：《诸葛亮集》，中华书局，1960 年，第 28 页。
④ 阮元校刻：《十三经注疏》下册，中华书局，第 2518 页。
⑤ 余光中：《人生如逆旅，我亦是行人》，北京联合出版社，2018 年，第 128 页。
⑥ 余光中：《风筝怨》，江苏凤凰文艺出版社，2017 年，第 14 页。

排遣心中的苦闷，化解心理矛盾。”[①] 陶渊明说“乐琴书以消忧”[②]，明确表明读书能够消解内心的矛盾与痛苦。余光中也不例外，从事文学活动成了消解死亡恐惧的一个途径。他热爱书籍，热爱读书，承认“读书极大地丰富了精神世界，扩大了人类的生存空间”[③]。他不仅推崇读书之道，而且还积极从事文学创作，驱散死亡的黑影。

1. 从事文学阅读

读书能使文人在现实生活中获得一定的乐趣。余光中曾在《失帽记》中提到，父亲“多次为我启蒙，苦口婆心引领我进入古文的世界，点醒了我的汉魄唐魂”。[④] 因此，在父亲的教育影响下，他从小就培养了对文学的兴趣。他说，即使“在书荒的抗战时代，我也曾为了喜欢一本借来的天文学入门，在摇曳如梦的桐油灯下逐页抄录”[⑤]。可见他对阅读的喜爱程度之浓厚、之深切。余光中喜欢读书，喜欢徜徉在浩瀚的书海里，读尽人间书。他若有得意，便可像李白那样高歌“人生得意须尽欢，莫使金樽空对月”[⑥]，可见，他自有一种豪情。他若有失意，亦能像陶渊明那样畅吟“诗书敦宿好，林园无世情”[⑦]。总之，文学阅读成了他的一种乐趣、一抹慰藉，可以冲淡其死亡恐惧。

2. 从事文学创作

张叉说：“文学创作对于化解文人心理矛盾、抒写感时情怀发挥着一定的作用。”[⑧]《左传·襄公二十四年》：“太上有立德，其次有立功，其次有立言，虽久不废，此之谓不朽。”[⑨] 可见，文学创作是可以让人不朽的。莎士比亚用“他的蓝墨水冲淡死亡的颜色”，写下“只要人类在呼吸，眼睛看得见，/我这诗就活着，使你的生命绵延”[⑩] 的妙语警句，用诗歌传递“生命有限，艺术无穷”的思想。余光中积极从事文学创作，力图以此对抗死亡，获得永恒。他在《五行无阻》中用诗行为自己壮胆：

任你，死亡啊，谪我到至荒至远

---

① 张叉：《陶渊明和华兹华斯的“静”中之“动”》，《四川师范大学学报》（社会科学版）2000年第5期，第92页。

② 陶渊明：《归去来兮辞》，逯钦立校注：《陶渊明集》，中华书局，2018年，第179页。

③ 余光中：《开卷如开芝麻门》，《我来过，我爱过》，复旦大学出版社，2008年，第71页。

④ 余光中：《人生如逆旅，我亦是行人》，北京联合出版社，2018年，第42页。

⑤ 余光中：《我来过，我爱过》，复旦大学出版社，2008年，第77页。

⑥ 李白：《将进酒》，王琦注：《李太白全集》上册，中华书局，1977年，第179页。

⑦ 陶渊明：《辛丑岁七月赴假还江陵夜行途口》，逯钦立校注：《陶渊明集》，第75页。

⑧ 张叉：《陶渊明和华兹华斯的“静”中之“动”》，《四川师范大学学报》（社会科学版）2000年第5期，第93页。

⑨ 阮元校刻：《十三经注疏》下册，中华书局，1980年，第1979页。

⑩ 莎士比亚：《莎士比亚诗歌全编：十四行诗》，屠岸译，北方文艺出版社，2016年，第62页。

到海豹的岛上或企鹅的岸边
到麦田或蔗田或纯粹的黑田
到梦与回忆的尽头,时间以外
当分针的剑影都放弃了追踪
任你,死亡啊,贬我到极暗极空
到树根的隐私虫蚁的仓库
也不能阻拦我
回到正午,回到太阳的光中①

余光中要跟死亡拔河。无论死亡有多么可怕,有多么力大无穷,将他贬谪到“至荒至远,极暗极空”,也阻挡不了他用五彩笔写下壮丽的诗文,追寻绚烂明媚的正午之光。他在《守夜人》中以“挺着一支笔”的姿态宣告,将“守最后一盏灯,只为撑一幢倾斜的巨影”②。黄维樑评价说:“余氏一人同时手握‘璀璨的五彩笔’,以紫色笔写诗,以金色笔写散文,以黑色笔写评论,以红色笔编辑,以蓝色笔翻译。”③ 余光中用“璀璨的五彩笔”挥洒了数十年,从不倦怠。

的确,余光中一生勤于笔耕,绝无懈怠,纵横于诗歌、散文、评论和翻译的“四维空间”之中。据不完全统计,他写下诗歌1000多首,出版诗集21种,散文集11种,评论集5种,翻译集13种,产量非常丰硕。文学活动尤其是文学创作成了他与死亡斗争的一大武器。余光中虽然去世了,但是他留下的文学作品却成为一笔巨大的、可资共享的精神财富,他也将因此而不朽,这正好证明了为什么他要把文学活动特别是文学创作作为与死亡抗争从而消解死亡恐惧的方式。

(三)胸怀祖国统一

余光中对死亡的消解还体现在他胸怀祖国统一上。对个体生命的爱惜是小爱,对国家的热爱才是大爱,对于有些人来说,大爱可以压倒小爱,余光中就是这样的人。徐学说:“对大众的深厚同情,对民族命运的无限关切,是中国诗史上许多大师的创作特色。”“余光中诗作继承了这一传统。”④ 这种看法是正确的。余光中在诗作中感叹,“中国中国你令我伤心”,“中国中国你逼

---

① 余光中:《五行无阻》,台北九歌出版社,1998年,第179页。

② 余光中:《风筝怨》,江苏凤凰文艺出版社,2017年,第13页。

③ 黄维樑:《文化英雄拜会记——钱锺书、夏志清、余光中的作品与生活》,台北九歌出版社,2004年,第114页。

④ 徐学:《余光中诗作与华夏诗学传统——以沙田时期为例》,《台湾研究集刊》2011年第2期,第76页。

我发狂”，“中国中国你令我昏迷”，“中国中国你令我早衰”[①]，没有对祖国深沉的热爱，是写不出这样的句子的。他胸怀祖国统一大业，对祖国怀有深沉的热爱，是非常具有“对民族命运的无限关切”情怀的，而最能体现这一点的当属其家喻户晓的诗作《乡愁》中最后四句了：

而现在，
乡愁是一湾浅浅的海峡，
我在这头，
大陆在那头[②]。

这首诗作从内在感情上继承了中国古典诗歌中的民族感情传统，蕴涵着深厚的历史感和民族感，是余光中渴望祖国早日统一良好愿望的酣畅淋漓的表达。即使在因一湾海峡隔绝而无法重回大陆母亲怀抱的现实下，他也并未选择逃避，反而“把‘精神家园’建立在深沉的爱国热忱和美好的文化想象之上，以此来‘驱逐’死亡的黑影”[③]。他畅吟祖国大好河山，书写对祖国的热爱和美好企盼，如《白玉苦瓜》：

久朽了，你的前身，哎，久朽
为你换胎的那手，那巧腕
千眄万睐巧将你引渡
笑对灵魂在白玉里流转
一首歌，咏生命曾经是瓜而苦
被永恒引渡，成果而甘[④]

祖国虽遭遇诸多苦难，“皮靴踩过，马蹄踩过/重吨战车的履带踩过”，如一个味涩的苦瓜，但经岁月的打磨，苦瓜也能变得甘甜，获得永恒。因此余光中虽然一生漂泊多多，死亡黑影环绕着他，但是他相信，经过生命的积淀，是能得到永恒的。大爱之下，小爱黯然失色，因此余光中热爱祖国、胸怀祖国的统一稀释了他对个体生命终将消亡的恐惧。

（四）珍惜现世生活

余光中的诗文里也有珍惜现世生活的凡人形象。他在解释为什么要把萨

---

① 转引自周毅、王蓉：《生死焦虑与文化乡愁——一枝独秀的表现主义诗人余光中》，《宜宾学院学报》2007年第11期，第24页。

② 余光中：《风筝怨》，江苏凤凰文艺出版社，2017年，第32页。

③ 吴鹛：《论余光中诗歌创作中的中华文化因子——以文化身份认同为参照》，《江苏师范大学学报》（哲学社会科学版）2016年第5期，第56页。

④ 余光中：《余光中集》（第二卷），百花文艺出版社，2003年，第330～331页。

松的名言“In me the tiger sniffs the rose”翻译为“我心里有猛虎在细嗅蔷薇”时说：“人生又是幽谷，有蔷薇才能烛影显幽，体贴入微。”[①] 只有静下心来细致地观察生活才会获得纯真，看到美好的世界。《呼吸的需要》写道：

在死的背景上画生命，
更具有浮雕的美了。
因此，我是如此的
想把握这世界，
而伸出许多手指来抓住泥土，
张开许多肺叶来呼吸，
早春的，处女空气。[②]

在对死亡的沉思中，余光中明白了生命的真谛，“抓住泥土”，“张开肺叶呼吸”，那就是要珍惜现世生活，珍惜身边的一切，切实把握住当下。

（五）看重亲情友谊

史铁生在《我与地坛》中提到了“生命的意义在于创造过程的美好与精彩，生命的价值在于能够镇静而又激动地欣赏过程的美丽与悲壮”[③]。余光中珍惜生命，倾向于用热爱生活的积极态度，珍惜与亲朋好友的缘分与感情来直面死亡的消极与残酷，厚实了生命的意义与价值。

1. 亲情

亲人给了余光中最大的关爱、帮助与慰藉。他的母亲在他30岁的时候便去世了，但是关于母子之间的美好记忆永远保存在了余光中的脑海中。他在《母亲的墓》中将母亲称为“可爱的女人”，母亲的“一种笑容，是我唯一的气候”，“凡颅所顶，凡足所履，凡身所衣”都来自母亲的巧手。为了感谢母亲的爱，余光中将这首诗作为“她永生的陵寝/保存一种美好的形象/防腐，防火，防盗，而且透明”[④]。在他追述母子感情的作品中，《今生今世》也是情真意切、非常感人的：

有无穷无尽的笑声
一遍一遍又一遍
回荡了整整三十年

---

① 余光中：《人生如逆旅，我亦是行人》，北京联合出版社，2018年，第128页。
② 余光中：《乡愁》，长江文艺出版社，2008年，第23页。
③ 史铁生：《我与地坛》，人民文学出版社，2011年，第109页。
④ 余光中：《风筝怨》，江苏凤凰文艺出版社，2017年，第150页。

你都晓得，我都记得[①]

余光中对于父亲也是情深意笃的。他在回忆父亲时说：“天气越寒，尤其风大，帽内就愈加温暖，仿佛父亲的手掌正护在我头上，掌心对着脑门。”[②]父亲的爱是不苟言辞的爱，但是它却像一座巍峨的大山为余光中遮风挡雨、提供庇护。

余光中对妻子也是一往情深的。1992 年他应邀访问欧洲，非常想家，《风筝怨》：

风太劲了，这颗绷紧的心
正在倒数着归期，只等
你在千里外收线，一寸一分。[③]

在《东京新宿驿》中，余光中寄托了“三十年一回头只成一驿/但愿一同上车，也一同到站”[④] 的美好希冀；在《红烛》中，余光中也提到即使死亡也要“一口气同时吹熄/让两股轻烟绸缪成一股/同时化入夜色的空无”[⑤]。有妻子的陪伴，死亡也变得不再那么可怕了。

2. 友谊

余光中是十分看重朋友情谊的。他曾经写过一篇《朋友四型》的文章，专门讨论朋友问题：“一个人命里不见得有太太或丈夫，但绝对不可没有朋友。即使是荒岛上的鲁滨逊，也不免需要一个‘礼拜五’。”[⑥] 他一生中有不少朋友，其中，著名的有周梦蝶、吴鲁芹、夏志清、黄维樑、王蒙、李镇东等。他非常看重同他们的友情，珍惜与他们相处的过程，用文字把生命中的每一份缱绻情谊、美好记忆都记录了下来。他的诗文作品中不乏对友人风骨的溢美之词，在《爱弹低调的高手》中，他高度赞叹吴鲁芹潇洒超然的大家之风，认同“人总归不免一死，能俯仰俱无愧，当然很好，若是略有一些愧怍，亦无大碍”[⑦] 的道家自然态度，夸赞吴老宽己恕人，温厚可亲。他同周梦蝶相识、相交、相好数十年，结下了深厚的情谊。2014 年，周梦蝶去世，他非常悲伤，写下了《送梦蝶》，一反通常的“一路走好”“我们永远怀念你”“音容宛在”与“万古流芳”之类的陈词滥调，而是别出心裁地发挥想象，说孤独

---

① 余光中：《余光中集》（第三卷），百花文艺出版社，2004 年，第 463 页。
② 余光中：《人生如逆旅，我亦是行人》，北京联合出版社，2018 年，第 41 页。
③ 余光中：《风筝怨》，江苏凤凰文艺出版社，2017 年，第 31 页。
④ 同上，第 25 页。
⑤ 同上，第 30 页。
⑥ 余光中：《心有猛虎，细嗅蔷薇》，江苏凤凰文艺出版社，2018 年，第 125 页。
⑦ 余光中：《一无所有，却拥有一切》，江苏凤凰文艺出版社，2017 年，第 51 页。

王国降下了半旗，九重天的城阙一重一重地开闭，所有天使都加班迎接周梦蝶升天，仪式非常隆重。余光中用这种赞美的方式追悼周梦蝶，足见他们之间的友谊有多么的深厚。

余光中看重亲情友谊，而反过来，他的亲人、朋友也给了他不少帮助和安慰。在他晚年身体日渐虚弱之际，黄维樑等友人多次去探望他，陪他说话，宽慰他的心。亲人朋友给予他的关心爱护，让他在一定程度上消解了对死亡的恐惧。

（六）纵情日月山水

张叉说："在中外文学史上，都有失意文人通过采撷自然景物消解人生痛苦的现象。微风细柳、鲜花芳草、鸟鸣泉响、青天碧水、山川草木、鸟兽虫鱼、风花雪月、长河落日等美丽的自然景物可为他们带来感官的愉悦与欢乐，还能转移他们的视线，让他们忘却内心的烦恼和痛苦，求得心灵的平衡和宁静。"[①] 余光中面对死亡，心中充满恐惧，内心不免痛苦，而在消解痛苦方面，他同陶渊明和华兹华斯也有相同之处，这就是徜徉自然，纵情日月自然风光。他出生于南京，江南的莺啼绿映、小桥流水陶冶了他的审美情趣，使他对自然有一种天生的热爱之情。他一生游历过很多地方，青山绿水，鸟语花香，山川草木，长河落日等旖旎的自然风光让他陶醉于感官享受，冲淡了死亡的黑影。他在《木棉花》中写道：

一场醒目的清明雨过后
满街的木棉树
约好了似的，一下子开齐了花
像太阳无意间说了个笑话
就笑开城南到城北
那一串接一串镶黑的红葩
看亮了行人道上的眼睛[②]

这里，他用比喻的手法将"木棉树的开花"写作"太阳的咧嘴笑"，"城南到城北"，满城开花，满城人心花怒放，自然风光为全城的人带来了愉悦的感官享受，缓解了人生的迷茫与忧愁，他也因之获得了巨大的心理愉悦，死亡恐惧潜意识地得到舒缓了。

余光中还将对日月山水的热爱升华至加入到呼吁对自然环境加以爱护的

---

① 张叉：《陶渊明和华兹华斯的"静"中之"动"》，《四川师范大学学报》（社会科学版）2000年第5期，第91～92页。

② 余光中：《乡愁》，长江文艺出版社，2008年，第123页。

队伍中来。在《控诉一枝烟囱》中，他化身“守护自然家园”的斗士形象，控诉工厂排放的废气使得“麻雀都被迫搬了家/风在哮喘，树在咳嗽”，让大自然生了病，斥责它们“用那样蛮不讲理的姿态/翘向南部明媚的青空/一口一口，肆无忌惮”，把工厂比喻成“流氓”，把自然比作“纯真的女童”，把废气比作“脏话”：“像一个流氓对着女童/喷涂你满肚子不堪的脏话”[①]，生动形象，抒发了对自然的喜爱与爱护之情，死亡恐惧在一定程度上被冲淡了。

三、生死观的文化根源

余光中诗文作品中体现出来的生死观固然同他个人的生活经历有关系，但是更主要的还与他的文化背景相关。粗略地说，他的生死观既体现了中国儒佛道文化的精神，又蕴涵着西方文化的思想，是中西方文化交错穿插、彼此糅合的结果。

（一）中国传统文化

韩雪评论余光中说：“他把‘怀乡’以一种追忆中国传统文化的方式抒发出来，怀乡的情感内核是对中国文化精神的皈依。”[②] 李伟也有类似评价：“在余光中的精神脉络里，有着一以贯之的中国传统文化气质。”[③] 这些评论都是中肯的。余光中早在少年时期就广泛阅读中国古典文学作品，包括《阿房宫赋》《滕王阁序》等古典散文，《三国演义》《水浒传》等古典小说，唐诗、五代词与宋词等古典诗词，觉得“性之相近，习以为常，可谓无师自通，当然起初也不是真通，只是感性上觉得美”[④]。成年后，他对中国文学、文化的热爱、执着也是从未中断的。可以肯定的是，传统文化的基因是深深植根于余光中的骨髓中的，在他身上打下了深深的烙印。

1. 儒家文化

儒家文化主张积极入世，关注社会心忧天下，推崇慷慨豪气、刚健进取[⑤]的士人风骨，将“修身，齐家，治国，平天下”作为中国知识分子追求的理想人格。余光中曾在《失帽记》中提到父亲“多次为我启蒙，苦口婆心引领

---

① 余光中：《乡愁》，长江文艺出版社，2008 年，第 134 页。

② 韩雪：《余光中留美诗作中的文化民族主义》，《名作欣赏》2014 年第 20 期，第 73 页。

③ 李伟：《余光中诗歌的文化内涵》，《语文学刊》2006 年第 10 期，第 59 页。

④ 阙淑侠：《浅析余光中先生诗歌的文化内涵》，《经济研究导刊》2012 年第 32 期。

⑤ 徐学：《余光中诗作与华夏诗学传统——以沙田时期为例》，《台湾研究集刊》2011 年第 2 期，第 74 页。

我进入古文的世界，点醒了我的汉魄唐魂”[①]。因此，他从小就接受古典文学的洗礼。他又受二舅孙有孚的影响和国文老师戴伯琼的指点，因而打下了坚实的国文基础。从此，他在儒雅秀丽的散文和壮志飘逸的诗词中徜徉，领略到了“立言不朽”的儒家哲学精妙，坚定地将“立言”作为自己的人生目标，誓要一生做“守夜人”，思考个人及祖国命运，发出“当我死时，葬我，在长江与黄河之间”[②] 豪情壮言，抒发对祖国的深沉热爱。他在《淡水河边吊屈原》中说：“江鱼吞食了二十多年/吞不下你的一根傲骨!”[③] 这是在极力赞扬屈原的傲然人格。他在《五十岁以后》这里讲：

莫指望我会诉老，我不会
海拔到此已足够自豪
路遥，正是测马力的时候
自命老骥就不该伏枥
问我的马力几何?
且附耳过来，听我胸中的烈火
听雪峰之下内燃着火山
听低啸的内燃机运转不熄
几乎煞不住的马力
踢踏千里，还有四百匹[④]

余光中直白吐露，不服年龄增长，仍老骥伏枥，如一匹悍马，内心潜藏“烈火、火山、内燃机”，展现出能“踢踏千里”的刚健进取精神。《论语·子罕》：“子在川上曰：‘逝者如斯夫，不舍昼夜。’”[⑤] 朱熹《论语集注》注：“天地之化，往者过，来者续，无一息之停，乃道体之本然也。然其可指而易见者，莫如川流。故于此发以示人，欲学者时时省察，而无毫发之间断也。”[⑥] 余光中在《五十岁以后》中有意无意流露出的就是《周易·乾》中“天行健”与《论语·子罕》中“不舍昼夜”这样的自强不息、只争朝夕的典型的儒家文化精神了。

2. 佛家文化

佛家传统信仰因果轮回，重视人类心灵的觉悟，通过修行发现生命和宇

---

① 余光中：《人生如逆旅，我亦是行人》，北京联合出版社，2018 年，第 42 页。
② 余光中：《风筝怨》，江苏凤凰文艺出版社，2017 年，第 36 页。
③ 同上，第 67 页。
④ 同上，第 163 页。
⑤ 阮元校刻，《十三经注疏》，中华书局，1980 年，下册，第 2491 页。
⑥ 朱熹：《四书章句集注》，中华书局，1983 年，第 113 页。

宙的真相，最终超越生死，得到解脱。余光中的诗文作品里常有佛家意象，《三生石》就是很好的例子。这首诗歌从题目到内容都提到“三生”，而“三生”来源于佛家文化。东晋王谧说：“夫神道设教，诚难以言辩，意以为大设灵奇，示以报应，此最影响之实理，佛教之根要。今若谓三世为虚诞，罪福为畏惧，则释迦之所明，殆将无寄矣。”[①] 关于“三世”，方天立注释说：“‘三世’，即前世、现世、来世。”[②] 这样，“三生”即前生、今生、来生了。三生石源于佛教的因果轮回学说，余光中以此来表达希冀情定终身的美好企盼，也反映了即使是死亡也不能阻隔二人的感情，虽然“一过奈何桥就已忘记”，但是两人的爱意并未依稀，一句“我会等你”将穿越三生三世让两人的爱化为永恒。他在《三生石》中不仅说到了妻子梦到和他在前世“同靠在一棵树下”的事情，而且还记下了“让我们来世仍旧做夫妻”[③] 这一炽热的爱情誓言。其《莲的思想》也是一例：

当黄昏来袭
许多灵魂便告别肉体
我的却拒绝远行，我愿在此
伴每一朵莲
守小千世界，守住神秘
是以东方甚远，东方甚近
心中有神
则莲合为座，莲叠如台[④]

佛教虔诚信徒认为“莲为神座”，相信到往生时，便有佛祖持莲花座来相接，刹那间到达西方极乐世界，获得永生。余光中亦将“莲”视为一种具有神性庄严之物，是“最富有人性与灵性的意象，是一种反抗和守护，寻得浮华中的宁静”[⑤]，因此“心中有神”便进入了不着凡尘的空灵的人生境界。

3. 道家文化

《老子》二十五章：“人法地，地法天，天法道，道法自然。”[⑥] 道家推崇顺应自然，泰然处之，不强而为，逍遥旷达。道家主张以平静心态对待死亡，

---

① 王谧：《答恒太尉》，《鸿明集》卷十二，《四部丛刊》影印本。

② 方天立：《中国佛教哲学要义》，中国人民大学出版社，2002 年，第 122～123 页。

③ 余光中：《风筝怨》，江苏凤凰文艺出版社，2017 年，第 29 页。

④ 余光中：《乡愁》，长江文艺出版社，2008 年，第 39 页。

⑤ 柳飏：《纵的继承与横的移植——论余光中诗歌二元文化的结合》，曹顺庆、张放主编：《华文文学评论》第 5 辑，四川大学出版社，2017 年，第 49～50 页。

⑥ 《诸子集成》第三册，中华书局，1954 年，第 14 页。

达到“天人合一”的境界，即人和自然在本质上是相通的，故一切人事都应顺乎自然规律。潘水萍说：“余光中的宇宙化万汇是一种在万物有灵观念制约下的审美现象，相呼应于道家‘和天地、齐万物’的逍遥境界。”[①] 这是有道理的。1982 年，余光中在《隔水观音》后记中自我总结说：“忧国乡愁大半是儒家的担当，也许已成为我的‘基调’，但也不妨用道家的旷达稍加变调。”[②] 徐学认为：“这里所谓‘道家的旷达’，就是天人同构的人生领悟。”[③] 李伟说：“余光中十分推崇中国传统文人追求理想的人格和逍遥的人生态度，他尤其对魏晋名士与李白的空灵玄远、清拔飘逸大为赞赏，因此他的诗中常追求一种独立于世的人生情怀。”[④] 可以说，余光中的诗文里除了以积极进取的儒家精神同死亡抗争之外，还有恬淡旷达的道家精神，主张坦然面对死亡的黑影，这在一定程度上超脱了死亡恐惧。他在《逍遥游》中写道：“当我物化，当我归彼大荒，我必归彼芥子归彼须弥归彼地下之水空中之云。”[⑤] 表达了做悠然自在的隐者与天地日月合而为一的逍遥情怀。也在《沙田山居》中表明自己成了“小隐于野大隐于市”的山人，“海围着山，山围着我。沙田山居，峰回路转。我的朝朝暮暮，日起日落，月望月朔，全在此中度过，我成了山人”[⑥]，以空寂旷远的情韵，悠远神秘的禅意将纷乱而有限的生命纳入永恒完整的存在。他《夸父》中吐露，“为什么要苦苦去挽救黄昏呢？/那只是落日的背影/也不必吸尽大泽与长河/那只是落日的倒影”[⑦]，即不必去“挽救黄昏”和“吸尽大泽与长河”，要顺应生死规律，坦然面对“苍茫的暮景”。

（二）西方传统文化

余光中于 1958 年赴美国进修，后又于 1964 年和 1969 年赴美国担任客座教授讲学，这一段读书和工作经历使他有机会接触西方传统文化思想，进而受到影响。余光中在《白玉苦瓜》自序中说：“少年时代笔尖所沾，不是希颇克灵的余波，便是泰晤士的河水，所酿也无非 1842 年的葡萄酒。”[⑧] 他在《饮一八四二年葡萄酒》一诗中“通过华丽的辞藻表达了对于西方文化的充满少

---

① 潘水萍：《余光中与“中国新文学”精神的生发》，《学术探索》2016 年第 9 期，第 121 页。

② 余光中：《隔水观音》，台北洪范书店，1983 年，第 180 页。

③ 徐学：《余光中诗作与华夏诗学传统——以沙田时期为例》，《台湾研究集刊》2011 年第 2 期，第 76 页。

④ 李伟：《余光中诗歌的文化内涵》，《语文学刊》2006 年第 10 期，第 60 页。

⑤ 余光中：《人生如逆旅，我亦是行人》，北京联合出版社，2018 年，第 74 页。

⑥ 同上，第 84 页。

⑦ 余光中：《风筝怨》，江苏凤凰文艺出版社，2017 年，第 81 页。

⑧ 转引自梁丽明：《一株西望的向日葵——余光中的诗歌及其创作心理初探》，《玉林师专学报》1997 年第 4 期，第 65 页。

年激情和浪漫情怀的向往”[①]。西方传统文化根植于古希腊世俗文化和古罗马政治文化的土壤中，历经基督教文化等构成人与自然二元对立的基本精神，强调在征服自然的斗争中彰显一种傲然于外物的刚毅与自信。

1. 古希腊罗马神话

古希腊罗马神话是欧洲最早的文学形式，主人公大都是神与人的后代，聪颖敏睿、气宇非凡，体现了人类征服自然的豪迈气概和顽强意志，是人民集体力量和智慧的化身。缪斯在古希腊罗马神话中称为学习之神，是艺术与文学的代表，余光中将“缪斯”比作是自己的才华灵感，写了《我的缪斯》：

我的缪斯，美艳而娉婷
非但不弃我而去，反而
扬着一枝月桂的翠青
绽着欢笑，正迎我而来
且赞我不肯让岁月捉住
仍能追上她轻盈的舞步
才二十七岁呢，我的缪斯[②]

余光中自信地赞扬自己的缪斯“美艳而娉婷”，在与时间拔河的这场比赛中，即使 70 岁高龄仍不服输，执笔赋诗借“月桂的翠青”及“缪斯竟才二十有七”表达自己的艺术生命长青，征服岁月乃至死亡的豪情壮志。缪斯出于古希腊罗马神话，可见，余光中是受到了西方文化的影响的。

2. 基督教文化

在基督教文化中，人的生死同上帝有关。人死后若能复活，便可能升天进入天国，在到达彼岸的途中，由天使来引路，至此灵魂升华，永垂不朽。天使在基督教文化中是上帝的使者，是灵魂的指引者。余光中在悼亡诗《送梦蝶》里不直接表明周梦蝶生前取得了多高的成就，而是用天使迎接周梦蝶升天来传达对朋友功成名就的敬佩。黄维樑 2018 年 10 月 29 日在四川大学演讲时点评说：“天使为了给友人灵魂引路也‘加了班’，以此烘托对友人的重视及送别忙碌的气氛，愿友人在天使的引领下冲破死亡，到达天国，享受福乐。”天使、天国、升天等，都是具有浓郁的基督教色彩的。

（三）中西文化融合

余光中生于江苏南京，祖籍福建永春，21 岁时才离开大陆去香港、台湾，

---

① 李伟：《余光中诗歌的文化内涵》，《语文学刊》2006 年第 10 期，第 60 页。
② 余光中：《我来过，我爱过》，复旦大学出版社，2008 年，第 8 页。

可谓生于大陆，长于大陆。他生于书香之家，从小接受中国传统文化的熏陶，饱读诗书。他毕业于南京的原崔八巷小学、南京青年会中学，他19岁那年入金陵大学学习，21岁那年转入厦门大学学习，其学习的重要阶段都是在大陆度过的。况且，他离开中国大陆后长期生活、工作在台湾、香港，台湾、香港虽然社会制度同大陆相异，但是却与大陆同文同种，中国传统文化对他的影响可想而知是在他身上打下了深深的烙印的。无论他走到哪里，他的血管里流淌的都是中国文化的血液，这是他的根。但与此同时，他在金陵大学、厦门大学和台湾大学，学的都是外文专业，况且香港、台湾的大门是朝海外敞开着的，西方文化大量涌入，其中，香港更是东西方文化汇集、碰撞与交流之地，他不可能不受其影响。同样重要的是他的海外经历。他30岁那年进入美国爱荷华大学学习，后获得艺术硕士学位。他36岁那年应美国国务院之邀赴美讲学，先后在伊利诺、密西根、宾夕法尼亚和纽约四州授课。次年，他任美国西密执安州立大学英文系副教授。他41岁那年应美国教育部之聘赴科罗拉多州任教育厅外国课程顾问及寺钟学院客座教授。他44岁那年，获澳洲政府文化奖金，暑假应邀访澳洲。可以想象，他也是深受西方文化的影响的。李朝说："余光中的诗歌是融合中西方文化传统与现代的一个成功典范。"[①] 李伟说："从他的诗中既可以感受到一个丰富多彩的'西方'——凡·高的梦幻世界、'五月画会'笔下的凝练和谐的美、艾略特的忧郁、弗洛斯特的亲和、摇滚乐的现代，也可以感受到一个历久弥新的'东方'——人与自然的默契、天人合一的空灵简洁。"[②] 余光中的散文等作品又何尝不是如此。因此，他左脚踩东方，右脚踏西方，是将中西文化融会贯通的大作家。不难理解，他诗文作品中所反映出来的生死观既体现了中国儒佛道文化的精神，又蕴涵着西方文化的思想，是中西方文化交错穿插、彼此融合的、高度的统一体。

（张叉，四川师范大学外国语学院教授，四川省比较文学研究基地兼职研究员；余秋蓉，四川师范大学外国语学院2018级英语语言文学专业英美文学方向硕士研究生）

① 李朝：《中西双重融合的典范——评余光中的诗》，《四川大学学报》（哲学社会科学版）1997年第1期，第55页。

② 李伟：《余光中诗歌的文化内涵》，《语文学刊》2006年第10期，第61页。

余光中诗歌的“不隔”追求

——从两稿《天狼星》及若干诗论说起

朱天一

“隔与不隔”作为一组由王国维提出、影响广泛的美学范畴，其意义的含混性时常令人难以正确把捉、厘清概念，因而产生了许多争鸣。[①] 朱光潜、钱锺书、叶嘉莹、罗钢、蒋原伦等学者均曾撰写专文、专著对这组概念给出自己的看法，朱光潜以“隐与显”来解释概念、[②] 钱锺书取道“‘语语都在目前’的‘身经目击’”进行理解、[③] 叶嘉莹从作者真切之感受在读者接受间的传递来阐释、[④] 蒋原伦强调为“个人品位、修养”与读者遇逢作品时的“心境”、[⑤] 罗钢则以批判眼光指出，此说“源于叔本华对概念与直观的区分、近代西方美学理性与感性二元对立的思想传统”，其与中国“赋比兴的传统批评范式存在错位和矛盾”，“王国维把比、兴斥作隔”，恰恰反映了“境界说”内部存在着断裂。[⑥] 而台湾诗人余光中，也曾撰文从个人认知出发谈起过相关问题，并吸纳了许多国外流派的创作经验，将“不隔”作为一种重要的创作追求进行高扬。本文主要解决以下问题：第一，在余光中眼中何谓“不隔”，这个范畴又是在怎样的历史语境下被提出的呢？第二，在余氏同期诗歌创作中，这种“不隔”是如何体现的？第三，由具体创作，是否衍生出“隔”与“不隔”在某种情况下的渗透？

---

① 详见王国维《人间词话》总第40条：“问‘隔’与‘不隔’之别，曰：陶、谢之诗不隔，延年则稍隔矣。东坡之诗不隔，山谷则稍隔矣……”黄霖等导读、注释：《人间词话》，上海古籍出版社，2000年，第9页。

② 朱光潜：《朱光潜全集》第三卷，安徽教育出版社，2007年，第61页。

③ 中书君（钱锺书）：《论不隔》，《学文月刊》（叶公超主编，余上沅发行）第一卷，第三期，1934年7月，第78、80页。

④ 叶嘉莹：《迦陵论词丛稿》，河北教育出版社，2016年，第20页。

⑤ 蒋原伦：《隔与不隔》，《读书》2014年第4期。

⑥ 罗钢：《把中国的还给中国：隔与不隔与赋比兴的一种对位阅读》，《文艺理论研究》2013年第2期。

一、何谓“不隔”? 古典背景中被调和的“抒情”与“主知”

20世纪60年代，美国出于军事和政治目的，建立“亚洲共同防御体系”以扶植台湾，从而造成了“大量西方文化的涌入”，使“全盘西化”的狂澜波及新诗领域，就“掀起了现代诗的内战”。[①] 50年代末，先后与言曦、陈绍鹏等保守派人士论战的余光中，此刻感受到了台湾现代诗歌又呈现出另一种狂飙突进，彻底否定传统的极端面貌。余氏曾在诗集《天狼星》的后记中指出：20世纪60年代，“那正是台湾现代诗反传统的高潮”。那时“台湾时局沉闷，社会滞塞，文化形态越趄不前……年轻一代，传统的面目既不可亲，五四的新文学又无缘亲近，结果只剩下西化的一条生路，或竟是死路了；这诚然是十分不幸的”。[②] 之所是“死路”，其根本原因在于创作中产生了某种实然的危机，余光中曾基于个人认知，在当时不无戒惧地指出，中国现代诗所面临的两大危机：“内容的虚无和形式的晦涩。”作者“耻于言之有物，耻于言之可解”，“现代主义”已经因这两种创作倾向，而“冲入了并无出口的黑隧道之中”。[③] 在他看来，当时的文坛，无异于“西方现代文学的一小块殖民地”。而在许多诗人如饥似渴吸收现代主义技巧时，却忽视了对西方文学古典传统的接受，缺乏了“经验的秩序化”，使得读者难以把握“视觉的焦点”。在他看来，诗应该呈现为一种“澄清的过程（process of clarification)”，然而，“我们目前的现代诗”，“似乎正走反澄清的方向”。[④]

在余氏看来，要攻克这种倾向，关键在于做到“明朗（clarity)”。他对自己组诗《天狼星》给出的评价是“晦涩不够”，反倒“很明朗”，并指出，这种明朗“不是一览无余张口见喉式的浅显”，而恰恰接近于“王国维所说的‘不隔’”，其内涵是：

> 美感经验表现后的透明状态，它使读者的直觉有贯穿的可能，他是秩序化的纯粹世界，读者可以按图索骥，顺着诗人笔尖所指的方向，去看他安排给你看的风景。
>
> 明朗之为美德，尤以古典风格为然。这种美德自象征主义以降，已经渐难保持。波德莱尔天才有其古典的一面，他的意象总是那么妥帖(即所谓 image juste)。根据王国维的看法，波德莱尔尚为不隔，到了马

① 陈君华：《望乡的牧神：余光中传》，团结出版社，2000年，第124页、127页。

② 《天狼仍嗥光年外》，《余光中集》第一卷，百花文艺出版社，2004年，第476页。

③ 《论明朗》，《余光中集》第七卷，百花文艺出版社，2004年，第18页。

④ 《在中国的土壤上》，《余光中集》第四卷，百花文艺出版社，2004年，第446页、448页。

拉美就隔了。[①]

由以上论述，不难看出，在余光中看来，“隔”是背离传统的后果；而“不隔”才是古典传统的真义。较之王国维，“隔”与“不隔”这对范畴在余氏这里获得了更强的延展性，成了文学史代际叙事的风格标签。但是，当明朗这个概念抛开文学史叙事，而成为创作的追求时，其必须具有可操作性，必须先在地从创作主体角度出发，将作品还原为创作的经验。身为翻译家的余光中，对国外诗歌流派进行过广泛的考察，透过他对国外诗人的评析，也可见出融于具体创作的“不隔”精神。

而从创作层面入手，我们则可将第一段话的关键词提炼为，“读者直觉穿透”——“秩序化的经验世界”——“诗人的安排”。因此，在余氏看来，造成隔的根本原因在于，经验世界在诗歌表现中的破碎和混乱，缺乏条理性的安排，因而导致读者无法穿透直观的文字，无法看到诗人经验世界直指的“风景”，这里我们很容易看出，余氏对于创作主体在文学传播与接受活动中的地位无比看重。所以诗人“必须去发掘自己的手势和眼色，去创造自己的旗语和图案”，必须脱离“未经综合消化的零碎感觉”，“在具体与抽象之间做着选择”，精心营构“繁复的联想之网”。[②] 而如果与之相反，诗人仅仅只是将诗歌诉诸未经综合的零碎经验、感受，流于不加节制的纵情，则会因封闭性的能指造成对澄清的背反，造成“在艺术表现观上，绝对反传统”，“在人生观上”“绝对的虚无与自渎”的“排他狂”式的作品，在余氏看来，这仅仅是“幼稚的现代病”。[③] 从另一个侧面看，在蓝星诗社这个群体中的余光中并不反对抒情，仅仅反对使经验零碎化的“纵情”，他曾对于纪弦等人主张“主知”，和对该概念的片面理解进行批评，回忆当时论战时指出“纪弦要打倒抒情，而以主知为创作的原则，我们的作风倾向于抒情”。[④] 传统与经典这两个语汇，余光中是十分看重的，他对于英美现代诗歌也存在着明显的偏好。推崇在古典传统的背景下去理解“主知”这个概念，他批评许多盲从的“现代病患者”，“拜了师父却不认师祖”，他们会“对艾略特五体投地，而完全不认得影响艾略特的英国十七世纪的玄学派诗人”，事实上“现代文艺的这些‘师父’莫不了解、尊重，且利用传统”。[⑤]

余光中认为“半个世纪来，英美现代诗历尽变化，目前似乎已经完成了

---

① 《论明朗》，《余光中集》第七卷，百花文艺出版社，2004 年，第 19 页。

② 《论意象》，《余光中集》第七卷，百花文艺出版社，2004 年，第 15 页、17 页。

③ 《幼稚的现代病》，《余光中集》第七卷，百花文艺出版社，2004 年，第 115 页。

④ 《第十七个诞辰》，《余光中集》第五卷，百花文艺出版社，2004 年，第 142 页。

⑤ 《幼稚的现代病》，《余光中集》第七卷，百花文艺出版社，2004 年，第 116 页。

一个发展的周期。以叶慈、艾略特、庞德、奥登为核心的现代主义。是二十世纪前半期发展的主流，这个时期的思潮是反浪漫的、主知的、古典的”。[①]在余氏看来，艾略特提倡的“主知”，“原是古典主义的精神之一”，艾略特认为“文艺复兴时期，并无感性之分裂”，而评判约翰·多恩的作品中“机智和激情是融合在一起的”，而到了19世纪，则出现了“抑知纵情”的风潮，包括五四以来由纵情导致的“肤浅的浪漫主义”，大行其道，又存在大量把文艺当作“多酶片”的“半票读者”。[②]因此，在余光中看来，“艾略特等作家提出的主知”则是针对特定历史背景的。由此，反对浪漫纵情的写作方式成了“主知”的另一面目。[③]其意义在于“作者之着重观察与思考，而不仅仅凭借感情和想象”，就可以保持有组织的经验，从而达到“不隔”。而在余氏看来，现代诗之晦涩的一大原因就在于“信仰的分歧甚至虚无”，由此虚无也是“隔”的构成质素。虚无由此与混乱—晦涩成为一个因果相依的结构。但余光中坚定认为，这一系列带有负面色彩的写作状态，在成熟的诗人身上不过是阶段性特征：“艾略特以《荒原》的虚无始，以《四个四重奏》的肯定终”，从来“没有一位大诗人是安于混乱且选择虚无的”，而到了50年代晦涩之风“终告结束”，在英国“运动派”、美国“野人们”手中“而为明朗的风格所取代”。[④]“主知”固然有使诗人“向内走”的倾向，但却明显具有克制“纵情”的作用。能够解决经验世界图像化过程中的混乱性。而个人情绪的抒发又为“主知”补充了“激情”，还原着“未分裂的感性”。可以说，在回归古典的逆向追溯中，“不隔”的状态即是被还原的，感性范畴内“思”与“情”的统一状态，是秩序化了的情绪，情绪化了的缜思。

我们可以总结出，在余光中论述中具体创作意义上不隔的定义：即是主知与抒情的调和，是在最广泛意义上打通作者与读者连接的管道，实现一种“秩序化”的个人经验世界敞开状态。这种调和直接对应着，能否实现一种在诗歌创作中的明朗性（既包含心理上，诗歌思路的内在明朗，也包含文本中，语段的外在明朗）的“安排”，这既关乎诗歌创作的过程，关乎承载诗意内容的形式，更影响着读者的接受；既是抒情诗歌在表达主体感受层面上的秩序化，同时也客观地为解读者留下线索。

---

① 余光中：《英美现代诗选》，台北九歌出版社，2017年，第24页。

② 陈君华：《望乡的牧神：余光中传》，团结出版社，2004年，第107页、108页。

③ 《现代诗的名与实》，《余光中集》第四卷，百花文艺出版社，2004年，第429页。

④ 余光中：《英美现代诗选》，台北九歌出版社，2017年，第24页。

二、诗中的“隔”与“不隔”：鼎湖畔的“表弟们”与天狼之嗥

“不隔”的追求是余光中在60年代初现代诗论战的大背景中提出的，我们想要在其诗作中对这种追求进行把握，取其同期诗歌进行分析最为恰当。

余光中在当时曾引起论战的长诗《天狼星》自然是一部极应重视的作品。全诗总共十一章626行，由11首诗构成。70年代后，余光中又加以压缩，变为590行。由于此诗有新旧两稿，而新稿是70年代后问世的，针对60年代初的诗歌创作问题。我们的分析应以旧稿为主。

正如余光中曾指出，自己的诗歌、散文、评论三者之间存在着渗透性，可能互相部分承担、补充着彼此的文体功能。[①] 反观组诗《天狼星》，其也显露出鲜明的“元诗歌”色彩，大有以诗为论的特点。余光中曾为诗歌作注解时指出“表弟们”指的是“所有的现代主义者”，而《海军上尉》一诗则指“现代诗人，《深渊》的作者（洛夫）”，《孤独国》系“另一现代诗人（即周梦蝶）之诗集”。“《大武山》”诗人注明“驻金门二位现代诗人之叠影”[②]。而《浮士德》则系“作者自述”，由是，组诗的许多章节似乎都有评点人物、论说诗理的性质。

限于篇幅，我们难以逐字逐句对诗歌进行细读，只能攫取部分语句大致厘清余氏的观点。《天狼星旧稿》的开头有一篇名为《天狼星的户籍》的短章，用以交代天狼星的距离、光焰强度、学名、光谱性质等天文数据，同时声明其“灿烂之意”与“有王者气象”。而洛夫在其评论中，曾经批判此段落可能是“有意晦涩的小魔术”、可能“隐喻现代诗人成就的辉煌”，甚至有可能“仅系天文知识之炫耀”，笔者对此有不同看法。[③] 首先，诗人先交代的，“天狼星与我们有7.8光年的遥远距离”这条信息，其对应着长诗最后一章《天狼星变奏曲》中“在鞋的航程以外”一句，这恰恰隐喻了天狼星的难以抵达（而余光中在70年代出版的《天狼星新稿》中更为明晰地补充了一句“夐不可及的绝望你最美”，可以证明笔者的观点）。其恰恰背离着所有现代诗人现有的“成就”，更“在存在主义以外”[④]，背离着无数患“现代病”，盲目彪

① 《炼石补天蔚晚霞——自序》，《余光中集》第一卷，百花文艺出版社，2004年，第10页。

② 据台湾学者陈政彦《战后台湾现代诗论战史研究》，这两位诗人即管管和辛鬱。

③ 洛夫：《论余光中的〈天狼星〉》，《现代文学》第9期，1961年7月，第86、87页。

④ 此句在1976年出版的《天狼星新稿》中被余光中改为“在箭的射程外”，而余氏在与洛夫论战时多次攻击对方的“存在主义”倾向，此句的删改，更能体现余氏在当时是有意为之，对所谓“现代诗人”的一般倾向进行了针砭。而待事件远去，长诗失去针对现实情景的战斗功能，作者自然会淡化这样的用意。余光中对洛夫“存在主义至上”的集中批判，见《再见，虚无！》一文。

炳余光中所批判的“存在主义与虚无”作为指导哲学的诗歌，同时以“在鼎湖的呼号之外”（比喻黄帝“龙去鼎湖”而凡夫俗子只能在此处呼号兴叹），之句否定着当时占主流的，盲目模仿西方现代派，却又只知皮毛，以形式繁复，内容晦涩为美的创作潮流。天狼星的遥远和难以抵达，由是成为一种诗艺臻于绝高境界的比喻，同时包含着对当时部分诗人未加“秩序化”，以至混乱晦涩，以至于“隔”的批判，依靠“天狼星”这个意象的串联，整部长诗内在性地呈现出一种表达的秩序，诗人每每留下线索，安排读者去把握、认识一系列围绕“不隔”追求展开的创作观念。

与《天狼星变奏曲》呼应紧密的长诗第一章，名为《鼎湖的传说》（新稿更名《古龙吟》），其标题就取用黄帝于鼎湖“乘龙上天”的典故，而诗人在附注中引用《史记·封禅书》“群臣后宫从上者，七十余人，龙乃上去。余小臣不得上，乃悉持龙髯；龙髯拔，堕皇帝之弓”，而“百姓仰望”中，只能“抱其弓（曰乌号）与龙髯号”。而在神话的预设与剥离中，诗语铺展开来。诗人一开始就交代的天狼星“有王者气象”，其高绝遥远，岂不正对应了神话中黄帝乘龙升天的故事原型吗？然而，在今天原本神圣的器物，不再受到“仰望”，“锈的是盘古公公的铜斧”不管它是否“劈出昆仑山”“蛀的是老酋长轩辕的乌号”，尽管它曾经“射穿蚩尤”，“逐鹿”之战的情形仅仅存留于“甲骨文中”，诸物与曾经作为神迹的指谓对象区别开来。紧接着“大鹏”不再，仅剩下“遗羽”“黄河改道”，“赫然有麒麟的足印”，而飞机留下的“喷射云”中再也“飞不出一只凤凰”，“龙被证实为一种看云的爬虫”，在现代的时间节点上，神话的存在空间被不断挤压，神话本身受到现今事物的拆解，仅仅留下一鳞半爪的混合着想象增补的情节。“神话是一种言谈”，是一种大众文化的存在形式，是“先设定了一种告知的意识，使人在忽视他们的实质时，还可以对他们加以讨论”[①]。但当这种“告知”逐渐受到挑战时，其将作为不断在流转中褪去尊严、频频自我解构的民族记忆形式，先祖伟人的圣迹无法被证实，也就是传统精神“去神圣化”的隐喻。所以抒情主体面对“表弟们”，以“据说”的口吻依靠已经面目全非的民族记忆，去讲述曾经庄严的传统和史事，“我们是射日的部落”，而酋长却是“重瞳、彩眉、马喙、卵生”，令人难以相信。所以在诗歌戏剧性的对白中，抒情主体想以“彭祖”作为证人，可是彭祖“看不清仓颉的手稿”，又要以老子为证人，老子又迁延于杞人，“杞人躲在防空洞里”拒绝访问。我们可以清晰看出，诗人对于本民族

① 罗兰·巴特：《神话：大众文化诠释》，许蔷蔷、许绮绫译，上海人民出版社，1999年，第167、169页。

传统之稳定性的深深困惑，对于传统在岁月流转下的变异与失落怀有深深的担忧。“把古中国捐给大英博物馆”一句则略带反讽地自嘲着本民族传统文化的失落与混乱。紧接着，作为现代诗人的“表弟们”，“坐在化石上”，泪流不止。把不周山下的“五色石”补天神话，还原为一次被先民误会的“流星雨”，把“盘古的眼睛”还原为“月蚀”这种寻常天象。这些诗句无疑包含着两重含义，其一是现代文明中富有诗意、承载着民族想象力的神话传说的消亡；其二是与大英博物馆的陈列相比，中华的文化存在着一种难以以自身确立自身的焦虑。因而，抒情主体与“表弟们”最终“把头枕在《山海经》上”“枕在嫘祖母的怀里”，“在天狼星下”，“梦见英雄的骨灰在地下复燃”，英雄显然指的是遗弓的黄帝或劈开乾坤的盘古；骨灰复燃，则是传统的文化，与富有价值的想象力的二次高扬，与之相对的诗章末句“地上踩过奴隶的行列”则从另一方面批判着，没有梦见英雄复燃的骨灰，继续作为西方中心主义支配下，盲目追随现代风格、技巧的人。这似乎也像是一篇想要真切追寻民族传统，寻访失落景观与曾经思维方式的宣言。

黄钟已然毁弃，民族的伟大精神仍然失落，这不正是当时台湾作为“西方文化殖民地”，布满“奴隶的行列”的原因吗？《表弟们》一诗多次提到“传染病”“发炎”等词汇，把表弟们等同于“水仙花”，这实际上照应了希腊那喀索斯与水仙花的典故，讥讽着自恋者（Narcissis）的病态，所以余光中针对当时高度自闭，大量使用封闭性能指，所谓“现代诗人”，隐含着批判的态度，恰可与其文论中的“排他狂与幼稚的现代病”获得对应，而“没有谁是五四的遗族”一句又进一步批判了，部分作者对于新诗传统的离弃，“不闯红灯，不能算问题作家”、“文坛的黑羊”我们“集体逃学”等诗句更是对于现代诗人贱视秩序性的营构、贱视对传统文化的学习和接受的批判。[①] 基于对“表弟们”种种病态诗歌倾向的表象，在《天狼星变奏曲》中，诗人讥讽地（同时也是自嘲）称“太阳系是一个精神病院”，九大行星被比作“九个疯驴子”，“第三号行星（地球）”，“氧是有营养的毒药”，在现代诗歌的困境中，唯有等“黄河沉淀”“等凤凰复活”，这恰恰对应了《鼎》诗中麒麟的脚印和凤凰的踪影，恰恰对应着根治“现代病”的古典之药，诗人以“神话的面具、星云的旗语”铺展“光年延伸的驰道”抵达天狼星，这恰恰对应了《浮士德》

---

① 所以笔者以为，洛夫在当时认为“《天狼星》所企图表现的正就是‘表弟们’的悲剧性遭遇，并为这群诗人和他们十年来的苦斗经验立传……现代人的史诗，现代诗型的史诗。”与余立意稍有误差。按照余光中接受陈芳明访谈时的说法，他确实有为自己和同辈诗人作传的意图，（结合其他余光中的文论来看）但自省和自嘲的意味更加浓厚。洛夫：《论余光中的天狼星》，《现代文学》第 9 期，1961 年 7 月，第 77、78 页。

一诗中“另一种贵族，溯家谱到汨罗之源，我的乡愁以光年为单位”的诗句，诗人的自述中隐隐有一种自省的色彩，设想了一条通过古典与逸思，通往理想王国的道路，在那里，天狼星会用“厉嗥”，“唤醒所有光族，吵醒龙钟的老人星”[①]。可惜，到了1976年，诗人仍用“天狼仍嗥光年外”的题目，给诗集作跋，在余氏看来，天狼星仍然离台湾诗坛遥不可及，且回归古典的呼唤“仍然”未能成为潮流。基于前文的讨论，我们可以说，鼎湖畔呼号的现代诗人，与如天狼星一般，高高在上的传统本身便是一组“隔”与“不隔”的暗示。“表弟”指父系社会以男子为中心，姑母、姨母或舅父的儿子而年幼于自己的亲属。作者之所以取用这个比喻，有两重含义，其一是，父母辈是亲兄弟姊妹，而到了下一代则血缘关系渐疏，而余光中诗歌中的“我”与“表弟”的区分，则体现着他与所谓现代主义者的渐行渐远；第二，双方父母辈的更直接亲缘，则进一步提醒着，大家都应重视共同的古典传统，从而取消“隔”的状态，双方进入彼此可解的“不隔”，回到经验秩序化后的敞开状态。

《多峰驼上》《四方城》与《圆通寺》三首关系较为紧密。《多》写“在唐朝与好莱坞之间”“在温哥华与东方之间”，“我们摇摆”，而昔日“天可汗万岁”的民族岁月已经一去不返，当年骑在多峰驼上，朝觐盛唐的远客已经不复，而“我们”反倒成了骑驼的远客，在异乡朝觐，这种心理落差驱使着抒情主体想要以后羿留给“我们的最后一枚斜阳”去再“卜逐鹿的胜负”。诗歌无疑体现了一种客观上，复归民族兴盛的政治追求。而《四》中，“我的窗子却朝北”，“我”时刻为“长方形的乡愁”所煎熬，同时思念“四川大地”。圆通寺系作者母亲骨灰在台北的安放之处，乍看全诗仅仅抒发个人体验，但从“她的鞋搁浅在这个世界”，“天狼星照不到她的前额”“照不到光年以外的黑暗”，我们容易想起天狼星处于“鞋的航程之外”一句，其似乎也是双关的，针对诗歌追求的比喻。而“我”的“恐北症”“窗朝北”“北方是守望的季节”等语句又关联起“鹧鸪在海峡那边喊我”，“我”向往着“软软的四川盆地”等语句，都指向了对中国传统地域文化的选择，众多意象虽然绵密，但是却并不给人目不暇接的感觉，它们环环相扣共同指向作为母体的中国文化，由此结构而成的整个组诗的确做到了“面目爽朗，脉络清晰”。[②] 无数高度个人化的空间、意象、行为，被以有序的方式排列在一起，这一点可以在余氏自述创作《天狼星》的过程中得到印证：“为了写这首长诗，我每夜忍寒伏案，

---

① 笔者按：“老人星”这一意象，容易给读者“破旧立新”的感觉。而在《新稿》中，余光中将之改为“太白星”，即金星，其清晨出现在东方天空，被称为“启明星”，而在希腊、罗马神话中又对应着爱与美之神维纳斯和阿芙洛狄忒。所以诗人的真正意思是想要唤醒“光明和古典之美”。

② 《再见，虚无!》，《余光中集》第七卷，百花文艺出版社，2004年，第120页。

曾经吟到多夜深，当日的手稿本上，密密麻麻，也不知改了多少遍。”[①] 不管是国家衰落、母亲逝去的强烈悲伤，还是力图再卜逐鹿的激昂，均限定在缜密的叙说之中，绝不凌乱散碎地倾泻而下，使读者难于接受。单独的诗歌语句或有晦涩之处，但单个语句在诗歌的整体语境中，经过刻意“安排”，在某种秩序中去理解则有了解读之门径。长诗不但首尾呼应，多处意象相应互文，而且各个章节也都统一在，祛除“现代之病”，自我反省与劝谏同侪的秩序之中。吴秀明曾指出，此时处在“西方实验期”尾声的余光中，“决定重返民族传统的家园”，因而洛夫对《天狼星》的批判，也正是由于余光中在诗中体现的回头倾向。而从《天狼星》过渡到1961—1963年间的《莲的联想》则是其“向传统回归的标志”。[②] 这种评价十分中肯。

洛夫则对此抑制情感的“苦吟之法”不以为然，认为诗人“蓄意雕凿”的痕迹过重，“可感”成分不足，诗歌的表达过于明晰。曾有学者指出，余光中与洛夫在《天狼星》问题上的根本分歧就在于“主题是否先行”和“语言是否明晰”。[③] 但余光中一直以调和的艺术观，主张秩序与情绪的合一，在其看来以雕琢和秩序化去促成情绪的明朗性并不是什么毛病，反而是实现“不隔”的条件。

三、诗人对文本的有效控制：“隔之不隔”与“不隔之隔”

余光中取用“隔与不隔”这样一组概念，并将之与明朗、晦涩两概念相联系，那就不得不面对具有多样性的人。人之感受能力不同，进行阅读活动前的心理预设、状态也不同，那又如何实现对诗人“敞开的秩序化的经验”的有效、正确把握呢？这个问题涉及读者反应，也涉及作者的权威性问题，本来应该见仁见智，但我们在余光中的理论体系中，或可得到某种有条件的回答。在诗歌生成的前后，在诗歌交往前后，“隔”与“不隔”时常出现，“表里交错”基础上的交融。

1960年，余光中完成了一篇带有现身说法意味，指导接受者解读现代诗的文章，名字就叫《释一首现代诗》。文章以哈特·克莱恩的《梅尔维尔墓前》为分析对象。余氏首先指出此诗“颇为难懂”，进而又指出，其“难懂”在一定程度上，与读者的修养、禀赋和努力程度有关，“读用典多的作品，尚勉强可恃修养来欣赏”，而面对“不用典而仅以创造的联想来维系秩序的作

① 《余光中集》第一卷，百花文艺出版社，2004年，第478页。

② 吴秀明：《中国当代文学史写真》，第3卷，浙江大学出版社，2002年，第1156页。

③ 陈政彦：《战后台湾现代诗论战史研究》，台湾“中央”大学2005年博士论文，第95、96页。

品，则要乞援于甚为敏锐的直觉了”[①]。余氏再次着重强调诗歌中“秩序”的重要性，否则这种无序的“伪诗”之难懂便与以上读者能力和努力成反比。余氏分析这首诗的第一步，是就梅尔维尔的生平与部分内容进行联系。第二步则引述哈特·克莱恩本人在编辑质问下解释自己诗句的过程，如：“他窥见溺者骸骨的骰子移下/一段消息。”溺者之尸骨被海水的作用磨成小块之立方体，而终于被浪潮掷上沙岸……自然无法注意辨认……永未完成航行的死者尸骨，则可谓之为身后仅存的凭据，用以证实一些尚未传达的消息……同时也暗示骰子之象征天机与不测[②]。而全诗每句，均可透过诗人缜密的暗示，使读者获得解释，诗人思路清晰地分析着自己的诗作。据此余光中指出：虽然现代诗标榜“不可解释”与“不必求解”，标榜读者“超越理性的默契与感受”，但是诗人必须自己先在地，经历一个“意匠经营、云破月来”的过程，必须在创作艺术作品时进行自圆其说的“试误性”（trial and error）分析。[③]如此，即便诗歌本身并不容易为大多数读者所理解，但其中必定包含着通往表意对象的道路。是故有些诗歌可能呈现出“表面难懂”而内里有着“明晰解释”的双重结构，也就是晦涩外表中暗含明朗内里的作品，这也就是“隔之不隔”，这样的诗歌仍然是“秩序化的经验”，仍然保持了在泛滥的情感内不为情绪所扰乱的表意终项。而与之相反，在余光中看来，许多被难懂包庇的“伪诗”内部并没有清晰的秩序，内外均呈现出缺乏秩序的晦涩。不但“速度太大，屡闯红灯”，甚至出现了“（作者）自己也不懂的作品”，流于“有意晦涩”、甚至“存心欺骗”。[④] 这种情况，在余氏看来即是完全的“隔”了，这种隔不单是针对读者，也是针对作者自己。“不隔读者”的前提是能够先“不隔自己”。

余光中把“隔与不隔”这组范畴完全应用在作者身上，高度强调作者在文学创作与审美过程中的主导地位。在内在秩序与外在表达中间考虑到了参差断面，两者互相交错的情况。事实上，在余光中的论说之中，“隔之不隔”也是一个重要的，衡量诗人艺术水准的标准。正如他曾经谈到过“特殊之表现方式”也会造成表面的晦涩，但其内在如果还保持井然的秩序和清晰的思路，“只要入境问俗一番，终可与人同乐”。正如卡明斯的诗作。[⑤] 此外，以私生活、学问入诗的情况则需要较多一番功夫去知人论世、寻典查源。还有一

---

① 《释一首现代诗》，《余光中集》第七卷，百花文艺出版社，2004 年，第 53 页。

② 同上，第 56 页。

③ 同上，第 58 页。

④ 《现代诗：读者与作者》，《余光中集》第七卷，百花文艺出版社，2004 年，第 130、135 页。

⑤ 《论明朗》，《余光中集》第七卷，百花文艺出版社，2004 年，第 20 页。

种情况：余光中特别举出“艾略特说，乔伊斯为了紧张而牺牲明朗，事实上他自己也是如此”。而余氏认为“艾略特能免于绝对之晦涩”，“无艾略特之功力而写其诗，便难于保持这种分寸了。”[①] 这里所言的分寸指的是“意象时或突出可分时或朦胧交叠的状态”。恰恰是稳中有急，散中有整，时隐时显，引导读者的线索且断且续。这种远喻与敷陈交叠的作品，反而更能体现诗人驾驭文本能力的强大，是以“隔之不隔”对创作本身的检验。因而在余光中看来，不能仅以诗作表面的程度判定隔与不隔，还应深析诗歌内里，分析文本是否存在“隔之不隔”的情况。

有些诗歌表面语言易懂，但实际上又滑向了缺乏深度，缺乏远喻性修辞，而寡淡无味，“张口见喉”。虽然表意甚明，但是也失去诗歌的艺术性，不但割裂了抒情与主知，这种作品中所秉持的主知本身也是残缺的，仅仅体现了表达的秩序，而失去了对个人经验的艺术化处理，仅仅完成了信息的传递，却使得诗意、美感滞留了，这即是“不隔之隔”。恰恰反映了作者对文本控制能力的薄弱，是一种经验的简单化、庸俗化，也与有条件的秩序存在着本质上的不同，不能被看作真正的不隔。余光中曾指出：“要让读者分享到这种经验（主观经验），而且在分享时还要感受到‘真实无憾’‘恍若身受（即所谓美）’”才是主观经验客观化的成功，而读者解读诗歌则是反其道行之，“将客观经验主观化”，如果遇到的主观经验是混乱的、无序的，这个过程就无法完成。[②] 此外“私人经验的消化不良”、“对别人经验的过分依赖”都是对自己“隔”的表现，[③] 行之于文即便令读者“易懂”，字面意义之外往往也无耐人寻味之处。这样的创作也不符合中国诗歌传统中善于“联想”的特点，无法达到“岸上和水中，不复可分，超越了物我的限制”的状态。更无法把眼前的“计程车的喇叭在催了”，变为联想中的“欲饮琵琶马上催。”[④] 如果说全然的晦涩，全然无秩序是失去“真”，那么这种“不隔之隔”则是失去了“美”。

综合来说，余光中主张：在诗人的有效控制和调动中，只有在个人经验的秩序化呈现中，依靠内在秩序、线索进行串联，保证“义”的明朗，同时结合“形、声”的艺术表现，结合一定的真挚情绪。才能实现兼顾表达与艺术性的“不隔”。脱胎自王国维，又吸收部分英美现代诗歌经验的“不隔”概念，既体现了余光中对古典传统的继承，也在一定程度上，充当了 20 世纪 60

---

① 《论明朗》，《余光中集》第七卷，百花文艺出版社，2004 年，第 21 页。

② 《从经验到文字——略叙诗的综合性》，《余光中集》第四卷，百花文艺出版社，2004 年，第 419、422 页。

③ 《论明朗》，《余光中集》第七卷，百花文艺出版社，2004 年，第 20 页。

④ 《莲恋莲·代序》，《余光中集》第二卷，百花文艺出版社，2004 年，第 8 页、11 页。

年代台湾诗坛中，矫正“全盘西化”诗歌观念的武器。50年前的一个诗人节前夕，余光中写道：“我可以武断地说，愈是伟大的诗，其综合的程度也愈高。”[①] 在特定的背景下，“不隔”的观念反映着，余光中秉持着“大综合”，或“调和主义”的诗观，在情绪与缜思、直觉与实证、表面与内里的晦涩与明朗之间呈现出，对折中性的“分寸”进行追求的性质。这种观念自然有过于理想，且以普遍经验的综合来抹杀个性追求的局限性，但针对当时台湾诗坛群体性的“虚无”和“排他狂”倾向是具有积极影响的，也为“现代诗歌（特指台湾当时，具有现代主义倾向的诗人作品）”的发展开辟了一条新的道路。

（作者系广西大学文学院2016级硕士研究生）

① 《余光中集》第四卷，百花文艺出版社，2004年，第423页。

洛夫研究

编者按：洛夫先生曾于2016年秋季应曹顺庆院长邀请来四川大学举办文学讲座，与师生有学术交流。记得讲座之后就食午餐已经疲劳，四川大学“自在”诗社师生一行前来要求茶话交流，洛夫夫人陈老师在旁闻之面有难色，洛夫先生却微笑颔首，一口答应，强打精神，往赴茶社，继续诗歌艺术讨论。其时先生已过八十八岁高龄，对诗歌艺术的虔诚与对后学的真诚、关爱，对两岸一家亲的重视与身体力行，思之都令人动容。

本辑刊发两篇行文，一为台湾学者文情并茂的缅怀文字，一为四川大学博士生的专题研究论文，以此致敬洛夫先生在天之灵。

诗人的典范——悼一代诗魔洛夫

刘正伟

写诗追求的是诗歌艺术的价值，而不是作品的价格。——洛夫

洛夫（1928—2018），本名莫运端，后改名莫洛夫，1928年生于湖南衡阳，政工干校、淡江大学英文系毕业，曾任教东吴大学外文系。1954年在海军陆战队服役时，与张默、痖弦在高雄左营共同创办《创世纪》诗刊，历任总编辑数十年。洛夫早年诗作即彩象征主义与超现实主义的表现手法，意象精准多变且繁复，具魔幻色彩，因而被诗坛誉为“诗魔”。

这位去年底才获中兴大学名誉文学博士学位，曾被选为中国台湾当代十大诗人之首，曾获“中山文艺奖”“吴三连文艺奖”及“台湾文艺奖”，2001年获提名诺贝尔文学奖的诗人洛夫，3月19日凌晨3时21分在台北荣民总医院病逝，享寿91岁。他一生追求诗艺的精进，努力不懈的精神，值得敬佩！

在台湾诗坛，1928年出生的诗人有洛夫、余光中、罗门、蓉子、向明、文晓村等十几位诗翁，是不可忽视的一群。蓝星诗人罗门于2017年1月18日去世，余光中接着在12月14日辞世。今年（2018）3月18日李敖去世，

隔日3月19日洛夫辞世，一连串文坛名家的陨落，对从小读他们作品长大的读者来说，最是伤感。

2017年2月笔者与蓉子、余光中夫妇、张晓风、向明、张健、封德屏等人参加蓝星诗人罗门追思会。同为蓝星诗人的余光中涕泣而不时用拄杖跺地，难忍不舍之情溢于言表，让人动容。洛夫之逝，也在世界华人诗坛投下重磅震撼弹。

近年与洛夫亲近的诗人方明，最先传来讯息：

> 2018年3月10日洛老因气喘加重入院治疗，时尚清醒，与师母与我仍可对话。3月12日因病情恶化转入加护病房，之后多沉睡。其间，医生趁洛老醒时，指向师母及我，问是谁，洛老微弱回答："老妻""老友"。3月17日晚上，洛老一手握住师母，另一手握住我，长达15分钟，之后入睡。当天香港诗人杨慧思亦得洛老同意见面，我亦播放谭五昌教授的"办好洛夫国际诗歌奖"之承诺，洛老点头言谢。

旅居加拿大的诗人徐望云说：

> 我看到洛夫老师去世的消息后，犹豫了三分钟时间："要不要告诉痖弦老师?"因为痖弦老师身体状况也不是太理想，如果把洛夫老师的事告诉他，怕会……但又想想，他总是要知道的。于是拿起了手机试拨……
>
> 接通后，我先问他："知不知道洛夫老师过世的事?"电话那头，我感觉他怔了一阵子，说没有人告诉他这事，然后感叹了一声。我知道他还要打几个电话，便匆匆地，像做了"坏事"般的挂了电话……陷入更深的思考……

2018年3月3日，洛夫还在台北飞页书餐厅举办《昨日之蛇》新书发表签名会。19日早上一位诗人寄给笔者当日洛夫签名《昨日之蛇》诗集，寄出不久，她"哇"了一声，说："新闻报道一代诗魔洛夫过世了……"诗人之死，震撼全世界的华人诗坛；诗人间真挚的情谊，在细节里展露出来。世界各地华人的网络或报刊，纷纷制作追思与纪念专辑。

发行量与影响力颇大的北京《三联生活周刊》，第一时间电话访问笔者，随即在周刊与微信公众号发布专题报道。其中引述：

> 台湾诗歌史研究者刘正伟甚至直言："我觉得他从上世纪五六十年代那会就比余光中写得好了，在诗意、修辞、整体结构、超现实手法等方面。可能余光中的诗有比较传统古典的中国味道，可是洛夫骨子里也是中国味道，可他的很多试验形式，不止余光中的抒情传统，可以去探索禅意、死亡、战争甚至生活中的点点滴滴。"

对这一点，洛夫也颇为自得，在2000年的一次采访中，他在谈起对余光中诗歌的评价时说："他的诗，除了外在的语言，也有一个意象的世界，但这意象的创造性不够，缺少一种哲学的深度……而在这一点上，余诗做得不够，因此无论在内地还是在台湾，他的诗都是浅层次的居多。"

当然笔者的访问对话不止于此，宣传、政治或口语传播影响力，显然余光中的《乡愁》略胜洛夫《边界望乡》。两诗的乡愁主题类似，情感直觉而真挚，同样感人；但以专业的修辞、技巧、语法、深度、张力等来看，或许洛夫诗更耐读吧！

1978年台湾出版的《中国当代十大诗人选集》说："从明朗到艰涩，又从艰涩返回明朗，洛夫在自我否定与肯定的追求中，闪现出惊人的韧性，面对语言的锤炼、意象的塑造，以及从现实中发掘超现实的诗情，乃得以奠定其独特的风格，其世界之广阔，思想之深致，表现手法之繁复多变，可能无出其右者。"当时就已经给予洛夫极高的评价。《漂木》出版后，更被选为台湾当代十大诗人之首。

洛夫一生经历过中日战争、国共内战、金门炮战、越战。在1959年经历金门炮战时，如他写作《石室之死亡》第一段：

只偶然昂首向邻居的甬道，我便怔住
在清晨，那人以裸体去背叛死
任一条黑色支流咆哮横过他的脉管
我便怔住，我以目光扫过那座石壁
上面即凿成两道血槽

我的面容展开如一株树，树在火中成长
一切静止，唯眸子在眼睑后面移动
移向许多人都怕谈及的方向
而我确是那株被锯断的苦梨
在年轮上，你仍可听清楚风声，蝉声

《石室之死亡》写于1958年金门炮战（台湾称823炮战）后一年的1959年，当时国共双方维持"单打双不打"的炮战模式。面对炮击与死亡的威胁，住在花岗石坑道（石室）中，洛夫曾说他当时写作态度是："揽镜自照，我们所见到的不是现代人的影像，而是现代人残酷的命运，写诗即是对付这残酷命运的一种报复手段。"当他在军中与战时，一切都被军队与死神监视、掌控中，或许隐喻式、超现实笔法的写作方式，是心灵唯一的寄托与出口吧！

越战的1965到1967年间，他曾被外派赴西贡越南顾问团工作，写出异国体验的《西贡诗抄》，都让人惊艳。洛夫早期诗作就有不凡表现，1959年640行的《石室之死亡》长诗发表，即已奠定他诗坛的地位。80年代之后，洛夫不断尝试新的形式，比如“隐题诗”，还有一系列解构唐诗的同题诗写作。

洛夫《爱的辩证》一题二式中，他分别以“死与生”二首诗的形式来解构《庄子·盗跖篇》：“尾生与女子期于梁下，女子不来，水至不去，抱梁柱而死。”两首诗形成强烈对比：“火来，我在灰烬中等你”，宁愿死也要痴痴守候；“登岸而去，非我无情”，活着总有机会再相见。无论生死形式之探索，洛夫的笔法、张力与诠释，都非常感人。

2001年洛夫发表长达3000行的《漂木》，分为四个章节：《漂木》《鲑，垂死的逼视》《浮瓶中的书札》《向废墟致敬》，曾获台湾年度诗奖，也是叩响诺贝尔文学家门铃的野心之作。洛夫曾说：“长诗《漂木》的创作是基于两项因素：一是近年我一直在思考的‘天涯美学’，一事我自身二度放流的孤独经验。”他原来可能只是想写对自己一生浮浮沉沉的看法，但更多的创作背景，却是他从中国大陆流浪到中国台湾、中国金门、加拿大，最后回归，最后变成他们这一代人集体的流亡、集体的乡愁、集体的经历与大时代的故事背景。

纪念一个诗人最好的方式，就是读他的诗！我们来重温洛夫的诗句：

望远镜中扩大数十倍的乡愁/乱如风中的散发/当距离调整到令人心跳的程度/一座远山迎面飞来/把我撞成了/严重的内伤——《边界望乡》

再多的诗/无非是血痞/无非是伤痕中的青一块紫一块/酒，是载我回家唯一的路——《车上读杜甫》

子夜的灯/是一条未穿衣裳的/小河/你的信像一尾鱼游来——《子夜读信》

当暮色装饰着雨后的窗子/我便从这里探测出远山的深度——《窗下》

在涛声中唤你的名字而你的名字/已在千帆之外/潮来潮去/左边的鞋印才下午/右边的鞋印已黄昏了——《烟之外》

我为你/运来一整条河的水/流自/我积雪初融的眼睛——《河畔墓园：为亡母上坟小记》

翻开去年的照相簿/冷，仍在那里裸着/河水喧哗/是他的笑声，也是挽歌——《初雪》

左边是市立殡仪馆/右边是乱葬岗/再过去/就是清明节——《雨中过

辛亥隧道》

晚钟/是游客下山的小路/羊齿植物/沿着白色的石阶/一路嚼了下去——《金龙禅寺》

我是火/ 随时可能熄灭/ 因为风的缘故——《因为风的缘故》

洛夫的诗作意象精准、繁复多变，常常有让人惊艳之作与意外的惊奇。张默在《每片草叶都是你一条血管：洛夫的诗生活》中说，1988 年 9 月初，两岸开放后洛夫首次回大陆探亲，湘西酒厂曾请洛夫为“酒鬼”与“湘泉”两种新酒挥毫。洛夫当场写下“酒鬼饮湘泉，一醉三千年。醒来再举杯，酒鬼变酒仙”的宣传打油诗，而后促成这两种酒大卖。

日前，在加拿大的洛夫追思会上，引述徐望云的现场说法。他转述痖弦认为洛夫一生的诗作，短、中、长诗都有；书写的题材包罗万象，有爱、战争、乡愁，也有哲学的焦虑……作品完成，诗人已死，他的影响才刚刚开始。痖弦相信：“洛夫的诗会继续成长，时间不会薄待洛夫，会给他最好的回报。”

笔者曾在 2014 年 10 月 18 日创世纪诗社 60 周年庆典礼中，拿《创世纪》诗刊创刊号，当场请洛夫、痖弦、张默前辈签名后合影。他们看到 60 年前诞生的婴儿，露出讶异与惊喜的表情，皆曰不可思议。笔者还当场告知三老，希望十年后，还能在创世纪诗社 70 周年庆上，再次请他们三巨头签名合影留念。这个期待，如今已成绝响。

洛夫曾说：“对我来说，现代化只有一个含义，那就是创造。”证诸洛夫在 70 多年写作生涯中，对诗歌内涵、形式、技巧不断的探索、创造与追求，对诗歌永远的忠诚付出与奉献，都是吾人最好的典范。

2018 年 4 月 11 日，在台北举行洛夫遗体告别式，然后洛夫被安葬在其与夫人陈琼芳女士初识的金门东洲，是为爱的见证，在两岸之间。笔者特赋诗一首，悼一代诗魔洛夫，脱凡得乐、离尘离苦：

苦梨——悼一代诗魔洛夫

刘正伟

我曾在金门坑道找寻昨日之蛇
石室之死亡，但见冬天冷冽风萧
夏日两侧小灵河，潺潺
岩壁汇聚之水流，如众荷喧哗
站在花岗岩上，揣拟边界望乡
我的乡愁，却在日出遥远的东方

我曾上过您新诗课，魔歌不断穿脑
曾爬过金龙禅寺，有时间之伤的钟声
眺望诗的边缘，台北盆地的虚无
蝉声、石阶与羊齿植物，可惜
在晚课之后，都被黑夜吞没

我姨丈也是一根大时代的漂木
古宁头大战在金城门外火拼
中了五颗卡宾枪弹，没死
却死在你离世前两年的新竹
一代人，都见过金门的苦梨树

两岸之间无岸之河，雪落无声
诗仙诗圣诗佛，都被人抢先注册
变化现代诗语言语法的魔术师
在诗坛创世纪一甲子后
听说，一代诗魔终将埋葬
与爱人初识的金门东洲
那曾被炮火舌吻的苦梨树下

因为离苦，因为爱的缘故

注：昨日之蛇、石室之死亡、灵河、众荷喧哗、边界望乡、魔歌、金龙禅寺、时间之伤、诗的边缘、漂木、无岸之河、雪落无声、因为风的缘故，皆为洛夫作品名。

(作者系台北大学中文系助理教授、学者，著名诗人)

创世纪 60 周年庆，笔者拿创刊号请洛夫签名后合影

痖弦先生追悼洛夫

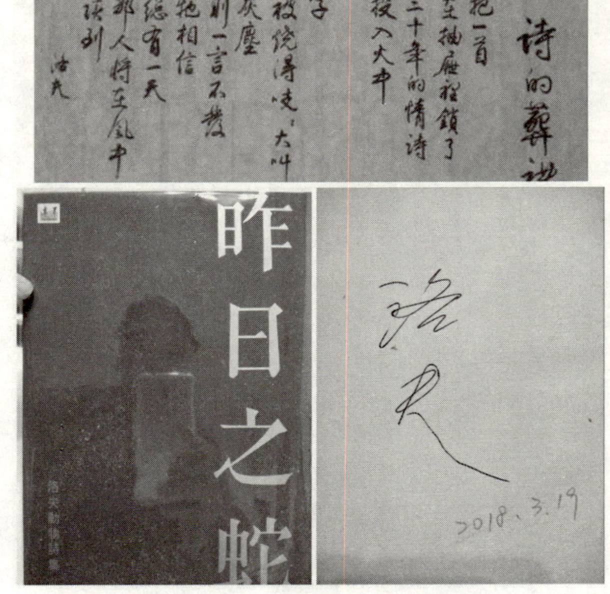
诗的葬礼
把一首
在抽屉里锁了
三十年的情诗
投入火中
字
被烧得吱吱大叫
灰烬
则一言不发
它相信
总有一天
那人将在风中
读到
洛夫
昨日之蛇
洛夫動物詩集
洛夫
2018.3.19

洛夫先生书影与笔迹

空间的想象与乡愁的流动

——以洛夫《石室之死亡》《漂木》为中心

胡余龙

摘　要：根据西方空间理论的一般观点，空间并非是一个空洞抽象的概念，通常包含一定的社会文化意蕴。洛夫诗歌里的乡愁在过去被研究者反复讨论，而乡愁与空间在洛夫诗歌中的缠绕共生却尚未引起足够的重视。本文以《石室之死亡》《漂木》两首长诗为中心，分析其中的乡愁书写和诗性空间之间的复杂关系，及其背后所潜藏的社会文化意蕴。从《石室之死亡》到《漂木》，洛夫笔下的乡愁和诗性空间发生了显著的变化，这种变化折射出洛夫在诗艺上的不断探索。

关键词：洛夫　诗性空间　乡愁流动　《石室之死亡》　《漂木》

空间究竟为何物？在庄子那里，空间不过是一个稍振羽翼便可超脱的虚设。在摩诘笔下，空间成了借由起云穷水来体悟天地自然的媒介。及至现代工业社会，空间成为生产和再生产社会关系的一部分[①]。空间无处不在，却又千变万化、难以言明。空间之变幻莫测、不易捕捉，在洛夫的诗作中体现得淋漓尽致。洛夫以卓越的艺术想象力搭建起一个个精巧别致的诗性空间，在不同的诗性空间里流淌着不同的情感意绪。乡愁历来是洛夫研究的一大重镇，

① ［法］亨利·列斐伏尔：《空间：社会产物与使用价值》，《现代性与空间的生产》，王志弘译，上海教育出版社，2003 年，第 48 页。

在过去被学者们反复讨论[①]，然而乡愁与空间在洛夫身上的缠绕共生却尚未引起足够的重视，事实上这是接近洛夫、理解洛夫的十分重要的一个位面。亨利·列斐伏尔曾经对空间种类进行过细致的划分，他认为现代空间至少包括资本主义空间/社会主义空间、抽象空间/具体空间、物质空间/精神空间、男性空间/女性空间、真实空间/透明空间、感觉空间/现实空间、自然空间/生活空间等多种类型，并且进一步指出空间不是一个空洞抽象的概念，通常包含一定的社会文化意蕴。[②] 本文将洛夫诗歌架构的各类空间统称为“诗性空间”，以《石室之死亡》《漂木》两首长诗为中心，分析其中的乡愁和诗性空间的变化及其复杂关系，进而探究其背后所潜藏的社会文化意蕴。

一

1949 年 7 月，洛夫离开湖南衡阳，随军前往台湾，直到 1988 年 8 月才得以首次回家乡探亲。1996 年 4 月，洛夫移居加拿大，长期生活在温哥华，他将这段经历称为“我的二度流放”。这两次“流放”，给洛夫诗歌打上了浓浓的乡愁色彩。洛夫的创作生涯非常悠长，如同他的诗风一样，他的乡愁也是流动的、不居的，对比创作时间相差约四十年的两首长诗——《石室之死亡》与《漂木》——可以鲜明地体察到这一点。《石室之死亡》的首辑于 1959 年刊载在《创世纪》第 12 期上，全文于 1965 年由台北创世纪诗社出版，洛夫因之成为“台湾诗坛上多年来最引起争议的诗人”[③]。《漂木》最初于 2001 年连载在《自由时报·副刊》上，同年由台北联合文学出版社出版，该诗使洛夫获得“在‘空’境的苍穹眺望‘永恒’的向度”[④] 的美誉。洛夫在《石室之死亡》中使用了大量的时空压缩手法，在很大程度上造成了该诗的“难懂”问题，对此他自己有过说明：“优点是气势庞沛，诗质稠密，意象迫人；缺点

① 例如李元洛的《一阕动人的乡愁变奏曲——读洛夫〈边界望乡〉》(《名作欣赏》1986 年第 5 期)、陕晓明的《洛夫论》(中山大学 1991 年硕士学位论文)、禤展图的《沉重的家国乡愁——洛夫诗歌略论》[《华南师范大学学报》(社会科学版) 2000 年第 4 期]、少君的《漂泊的奥义：洛夫论》(北京中国戏剧出版社，2003 年)、邓艮的《漂泊体验：洛夫诗歌与政治无意识》(四川大学 2008 年博士学位论文)、李立平的《论洛夫的文化乡愁与文化身份》(《怀化学院学报》2010 年第 3 期)、荒林的《性别、乡愁与洛夫诗歌的男性气质美》(《华文文学》2011 年第 2 期)、董正宇和刘春林的《乡愁的两种表达式——余光中〈乡愁〉与洛夫〈边界望乡〉比较》[《湖南工业大学学报》(社会科学版) 2012 年第 3 期] 等。

② 包亚明主编：《现代性与空间的生产》，上海教育出版社，2003 年，第 83 页。

③ 古继堂：《台湾新诗发展史》，人民文学出版社，1989 年，第 249 页。

④ 简政珍：《意象“离心”的向心力——论洛夫的长诗〈漂木〉》，《漂木》，国际文化出版公司，2006 年，第 14 页。

是晦涩难懂，而造成难懂的原因，一是意象复杂，过于拥挤，一是诗思发展方向不定，语意难以掌握。”①《漂木》同样如此。之所以会出现这种情况，重要原因之一是洛夫对空间有着独特的理解和运用；与此同时，他在《石室之死亡》和《漂木》中所建构的不同诗性空间，充盈着挥之不去而又不尽相同的乡愁。

洛夫曾经如是自白：“当时的现实环境却极其恶劣，精神之苦闷，难以言宣，一则因个人在战争中被迫远离大陆母体，以一种飘萍的心情去面对一个陌生的环境，因而内心不时激起被遗弃的放逐感，再则由于当时海峡两岸的政局不稳，个人与国家的前景不明，致由大陆来台的诗人普遍呈现犹疑不定、焦虑不安的精神状态，于是探索内心苦闷之源，追求精神压力的纾解，希望通过创作来建立存在的信心。”② 于是洛夫用玄妙的想象力精心构建起十分特殊的抽象空间，将自身所体悟到的生命体验和人生感受统统注入，意象的繁复、语言的飘忽、诗意的晦涩恰恰体现出这些体验和感受的异常复杂性，连诗人自己都无法完完全全、彻彻底底地表达出来。而这样的乡愁离绪以及与之相应的诗性空间，既让人感到似乎十分遥远，又觉得如此心悸不已。

1959年正逢金门激战，刚从外语学校毕业的洛夫被派去当负责接待采访记者的新闻联络官，白天在石块垒成的“石室”上班，夜里在地下碉堡休息。初始很不习惯战地生活的洛夫“经常失眠，在黑夜中瞪着眼睛胡思乱想，有时在极静的时刻，各种意象纷至沓来”③，这就是《石室之死亡》的创作由来。《石室之死亡》很少直接书写乡愁，也许是因为他身处暗黑的石室，想要用暗黑的石室的言说方式来传达乡愁。年轻的诗人在原本美丽的金门领受刺鼻的硝烟，他诗里的乡愁往往潜藏在腾腾战火之下，地平线之上是不断腐烂的肉体，地平线之下是日渐浓郁的思乡。“如裸女般被路人雕塑着/我在推想，我的肉体如何在一只巨掌中成形/如何被安排一份善意，使显出嘲弄后的笑容/首次出现于此一哑然的石室/我是多么不信任这一片燃烧后的宁静”，战火间隙里的宁静是多么珍贵，然而这珍贵的宁静却激起洛夫的强烈质疑，因为战争中的任何一次轻信或大意可能意味着从人间永远地退场。在寂静无声的石室里，洛夫心里生出对于战争意义的深刻反思，他认为自己犹如一丝不挂的

① 洛夫：《关于〈石室之死亡〉——跋》，侯吉谅主编：《洛夫〈石室之死亡〉及相关重要评论》，台北汉光文化事业股份有限公司，1988年，第197～198页。

② 洛夫：《关于〈石室之死亡〉——跋》，侯吉谅主编：《洛夫〈石室之死亡〉及相关重要评论》，台北汉光文化事业股份有限公司，1988年，第193页。

③ 侯吉谅主编：《洛夫〈石室之死亡〉及相关重要评论》，台北汉光文化事业股份有限公司，1988年，第193～194页。

女郎站在街市中央被行人观赏，他看出了来来往往行人脸上的笑容里是虚假的善意和嘲弄的神情。这一场战争是多么的荒诞而无聊，而洞悉了一切的诗人却深陷炮火、不能自拔，于是他只能想象久不再临的故人重回川上观赏那“未开之花”，想象终有一日“必将寻回那巍峨在飞翔之外”[①]。

纵使诗人拥有一颗无比强大的心脏，滔叠浪涌的乡愁总也收束不住，于是他说自己的语言是“一群寻不到恒久居处的兽”，于是他努力寻找颈脖的阳光、手掌的暖意和额上的晴光。他感觉自己被阴暗囚禁，挣扎于“眼之暗室”，“在太阳底下我遍植死亡”，却没有“太阳的回声”来响应他的凄厉的呼喊。[②] 洛夫以典型的现代主义诗风，将内心深处的乡愁紧紧包裹，犹如一只受了重伤却意志坚定的猛禽，不愿把鲜血淋漓的伤口暴露在阳光之下。洛夫用童话故事与恐怖小说相互交织的笔法写下饱含着矛盾与张力的诗句：“圣诞夜与我，同系于异乡人的足踝/松叶与星群抚触，有人走去/鹿车与长鞭埋怨，有人走来/被拖过月光滑润的皮肤，我们去宣扬死/我们是曝晒在码头上的，两片年轻的鳞甲。”[③] “圣诞夜”“松叶”“星群”“鹿车”“长鞭”“月光”是圣诞老人登场的必备意象，本来应该带给世人一年之中难得的欢愉与纯真，然而远离故乡多年的诗人只能在被圣诞节遗弃的黑夜里死去，然后在充斥着杀戮、血腥与金钱交易的码头被曝晒、被示众、被嘲弄。

晦涩如斯的乡愁，抽象如斯的诗性空间，复杂如斯的《石室之死亡》，源自诗人对漂泊的恐惧、对未来的迷惘、对生存的焦虑。“当时初离家乡，孑然一身，心灵孤寂而空虚，前途一片渺茫，生命失去信心和方向”[④]，这样的遭际对于一位二十来岁的青年来说实在太过残酷，而《石室之死亡》是在残酷的血肉里长出的一簇恶与善、丑与美、死与生交相辉映的法兰德斯罂粟。

二

“洛夫长诗中具象与意象的无限繁复，其实都源于这种基本组合的坚固耐用和清晰美丽。这种基本组合的特点是：具象是现实生活与经验，意象是抽象总结和智慧或者自然规律。”[⑤] 尽管如此，笔者认为具象与意象的比重在洛夫的不同长诗中存在显著差异，《漂木》的风格要比《石室之死亡》明朗得

---

① 洛夫：《石室之死亡》，《洛夫诗全集》下卷，江苏文艺出版社，2013 年，第 211 页。

② 同上，第 197～199 页。

③ 同上，第 206 页。

④ 龙彼德：《洛夫评传》，南京大学出版社，1995 年，第 45 页。

⑤ 荒林：《性别、乡愁与洛夫诗歌的男性气质美》，《华文文学》2011 年第 2 期。

多，这一点早已成为学术界的共识。单就乡愁书写以及诗性空间而言，相比晦涩、抽象的《石室之死亡》，《漂木》显得更为切实一些，尽管也带有明显的现代派韵味。

先看《漂木》中的一段颇具代表性的诗句：“海上，木头的梦/大浪中如镜面的碎裂/遂有千百只眼睛瞪视着/千帆过尽后只留下一只铁锚的/天涯。最终/被选择的天涯/却让那高洁的月亮和语词/仍悬在/故乡失血的天空。”① 这里所选取的意象，诸如“海上”“木头”“大浪”“千帆”“铁锚”“天涯”“月亮”“天空”等，比《石室之死亡》更接近普通人的日常生活和审美趣味；其中所营造的海水与长天共一色的空间，也更容易为人们所理解和接受。而后，水果、股票、捷运、麻将、冰箱、电脑、麦当劳、电视机等常见物象的陆续出现，将“诗魔”进一步拉到读者面前，身心松弛地谈论家常时事。

“天涯”在《漂木》及其他洛夫后期诗歌里多次出现，洛夫为此还专门提出过一个美学概念——“天涯美学”：“如果说文学主要在表现作家的情感与心境，再没有任何名词比‘天涯美学’更能表现海外作家那种既凄凉的流亡心境，而又哀丽的浪子情怀。”② 洛夫所指的“天涯”与中国古人常说的“天下”基本同义，“天涯美学”非常契合中国人的审美趣味，因而以天涯为主要媒介传递出来的乡愁、以天涯为核心建构起来的诗性空间易于被理解和接受。这是《漂木》看起来比《石室之死亡》要更为明晰的重要原因。

然而，从另一个层面上说，《漂木》里的乡愁似乎比《石室之死亡》里的乡愁更加缥缈虚浮，因为此时的洛夫感到非常迷茫，不确定自己所思所念的“乡”究竟在哪里：是在台湾，还是在大陆，还是在更为广阔的“天涯”？比较合适的说法是：“既然注定在风中一生摆荡，漂泊也就是家，或者说，回家的最好方式就是‘离开’家。只不过这时，家的内涵发生了转换：躯体的寓所无关紧要，灵魂的归宿才显得迫切，漂泊是为了寻找一个灵魂的家，一个精神的原乡。”③ 也就是说，此时洛夫的乡愁不再拘囿于家国，不再受制于地理空间，而是从相对狭隘的文化身份与地缘认同中跳脱出来，直指生命的本质意义与精神的终极追求。乡愁不是对一家、一乡、一国的怅惋，而是对人类命运的普遍关注、对精神原乡的不懈探寻，因此洛夫在《漂木》里是那样凸显对原乡的追寻、失去与再寻。

“或许，这就是一种/形而上的漂泊/一根先验的木头/由此岸浮到彼岸/持续不断地搜寻那/铜质的/神性的声音/持续以雪水浇头/以极度清醒的/超越训

---

① 洛夫：《漂木》，《洛夫诗全集》下卷，南京：江苏文艺出版社，2013 年，第 264～265 页。
② 洛夫：《洛夫访谈录》，《诗探索》，天津社会科学出版社，2002 年，第 290 页。
③ 邓艮：《漂泊体验：洛夫诗歌与政治无意识》，四川大学 2008 年博士学位论文。

诂学的方式/寻找一种只有自己可以听懂的语言/埋在心的最深处的/原乡”①，诗人化身一根漂泊的木头，追随着神的旨意而毅然浮去，只为找到那能够真正安歇灵魂的精神原乡。但是，漂木对原乡的追寻似乎注定是一场悲剧，因为“我们从来不知道回家的路”，返回原乡的路线可能被云朵、星光、狂涛、浪花、贸易风、月色、天使的羽翼、母亲的双乳所掌握，却不为漂木自己所知。② 因为不知道返回原乡的路线，所以“漂泊者的/无声的过程/无迹可寻的，淡淡的结局/一束鲜花/以任何方式/在任何地点/萎落，浅浅地埋葬/于深深的死亡”，而“记忆中漂泊的家园”仍旧继续在水上漂浮，漂木在明天还是只会看到昨天和今天已经经历过和正在体验着的“染血的梦魇”，它最终很可能是在时间的凋零里为自己举行一次静谧的葬礼。③ 尽管“回家的路上尽是血迹”，但是漂木始终没有放弃，依然身处在漂泊的旅途里，并且“终于在空无中找到了本真”④。可惜的是“本真”并非原乡，漂木还要继续前行，它永远在追寻的路上而从未抵达。

到了《漂木》，洛夫诗歌里的乡愁与诗性空间发生了重大变化，不再如《石室之死亡》那么晦涩难懂，而是有了某种从天空着陆以后的尘世气息。而且正如有的学者指出“诗人洛夫移民加拿大已多年，漂木似乎继续着他乡愁诗人的形象，但此乡愁已非彼乡愁。地球村里的乡愁，是失乡愁之后的复乡愁，全新的人类文化重构正悄然无声地进行”⑤，《漂木》里的乡愁不再是一种有关地理方位的私人化情感，而是着眼于整个“天涯”和人类的普遍性关怀。

三

“空间是社会性的；它牵涉到再生产的社会关系，亦即性别、年龄与特定家庭组织之间的生物—生理关系，也牵涉到生产关系，亦即劳动及其组织的分化。”⑥ 在洛夫诗歌里，诗性空间不仅与乡愁纠缠环绕，而且蕴含着丰富的社会文化信息。从《石室之死亡》到《漂木》，洛夫诗歌里的乡愁和诗性空间发生着变化，诗艺和关注点也在发生着变化。在《石室之死亡》那里，洛夫的乡愁有着明确的指向，却以一种艰深、玄奥的手法层层包裹；到了《漂

---

① 洛夫：《漂木》，《洛夫诗全集》下卷，江苏文艺出版社，2013 年，第 279 页。

② 同上，第 288 页。

③ 同上，第 269、287～288 页。

④ 同上，第 289、304 页。

⑤ 荒林：《性别、乡愁与洛夫诗歌的男性气质美》，《华文文学》2011 年第 2 期。

⑥ ［法］亨利·列斐伏尔：《空间：社会产物与使用价值》，《现代性与空间的生产》，王志弘译，上海教育出版社，2003 年，第 48 页。

木》，洛夫的乡愁似乎迷失了方向，却以一种相对写实、具象的方式叩问社会和灵魂。与乡愁匹配的诗性空间也发生着相应的变化，形而上的生命哲思慢慢退居幕后，形而下的现实反思令人触目惊心。也就是说，单从表达效果出发，《石室之死亡》里的乡愁和诗性空间偏向抽象、玄思，而《漂木》里的乡愁和诗性空间更为具体、写实。

在《石室之死亡》中，洛夫更加关注自我，更加注重表现私人化的主体精神状态，由此表现出来的诗歌风格较为艰涩玄远。到了《漂木》，洛夫走出个人冥思，走向广阔的“天涯”，不仅关心粮食和蔬菜，还关心人类命运，因而诗歌风格比较清晰晴明。例如同样是写水，《石室之死亡》与《漂木》迥然不同。“第一回想到水，河川已在我的体内泛滥过千百次/而灵魂只是一袭在河岸上腐烂的蓑衣/如再次被你们穿着，且隐隐作痛/且隐隐出现于某一手掌的启阖之间/火曜日，我便引导眼泪向南方流”[①]，《石室之死亡》里的水是形而上的水，是远离现实生活的水，是超脱物质形态的水。“苏州河涌进一大堆无骨的泡沫/张着错愕的嘴/据说，公民意识/都朝浦东那个方向倾斜/市廛栉比，商机遍地/泡饭，酱菜，辣萝卜/大闸蟹满市横行/昨晚的文化水平骤然涨到喉咙”[②]，《漂木》里的水则是形而下的水，是贴近现实生活的水，是契合物质形态的水。

上述变化可以说是洛夫的自觉行为，折射出其锲而不舍的诗艺追求，洛夫诗歌因而变得更加可贵。如果说《石室之死亡》的诗性空间更多的是洛夫一个人的狂欢、悲恸与呓语，那么《漂木》则被寄予了诗人对于人类命运和精神走向的终极关怀，洛夫的艺术世界因而似乎变得更加广阔了，而且更富有人世的温情。有人把繁复的洛夫诗歌单纯地理解为一种“沉重的家国乡愁”[③]，那是没有充分开掘出洛夫的思想维度和精神世界，也未能完全认识到洛夫的伟大与宏阔。更何况洛夫自己说过“今天我却说不出如此狂傲的话，亦因为我不知道我的中国在哪里，至少在形式上我已失去了祖国的地平线，失去了生命中最重要的认同对象”[④]，既然都失去了“祖国的地平线”和“最重要的认同对象”，所谓的“沉重的家国乡愁”又从何说起呢？“一口棺，一堆未署名的生日卡/都是一声雅致的招呼/一块绣有黑蝙蝠的窗帘扑翅而来/隔

---

① 洛夫：《石室之死亡》，《洛夫诗全集》下卷，江苏文艺出版社，2013 年，第 206 页。

② 洛夫：《漂木》，《洛夫诗全集》下卷，江苏文艺出版社，2013 年，第 274 页。

③ 禤展图：《沉重的家国乡愁——洛夫诗歌略论》，《华南师范大学学报》（社会科学版）2000 年第 4 期。

④ 羁魂：《且听诗魔絮絮道来——洛夫笔访录》，《诗》双月刊 1998 年第 4 期。

我于果实与黏土之间/彩虹与墓冢之间”[①]，《石室之死亡》关心的是个人，是主体，是自我。诗人在血浆里忧虑明天，在壕堑里品茗恐惧，在骨堆里体悟生命。《漂木》则是另外一番景象。“地球传来消息/新世纪的人口将暴增一倍/水资源之争将成为世界大战的引爆点”[②]，《漂木》关心的是人类，是地球，是生存。诗人在反思“水淋淋的基督”能否拯救世人，在思考“慈爱的天父”能否改善生态，在冥想“水的温柔”能否抗拒死亡。洛夫变得如此沉重，一双翅膀被灌满了人性救赎与人类自救，然而他依然在漫天血污中飞翔，这正是洛夫作为一位诗人的伟大之处。

从《石室之死亡》到《漂木》，其中的乡愁和诗性空间之所以由玄奥变得明朗，离不开洛夫的思想变化——他变得更加关注现代社会生活，而且带着锐利的批判精神：“强烈的叛逆和对现代生活的激烈批判，对于全新生活的渴望与追求，正是洛夫诗歌的驱动力所在。当然，也是洛夫勇于做一只现代漂木的理由所在。”[③] 我们甚至可以由此认为：《石室之死亡》使洛夫成为伟大的中国诗人，而《漂木》使洛夫成为伟大的诗人——人类历史上的伟大的诗人。

“身世的颠沛流离，精神的孤绝，洛夫犹如大海中漂泊的一根漂木，且行且歌，同样创作了大量的乡愁诗歌”[④]，《石室之死亡》与《漂木》正是这方面的代表作。在《石室之死亡》与《漂木》中，乡愁和诗性空间关系紧密、交错混杂，共同建构起洛夫诗歌的瑰丽旖旎的艺术世界。与此同时，《石室之死亡》《漂木》中的乡愁与诗性空间存在着显著差异：在表达手法上，前者倾向于艰涩、玄奥的风格，而后者相对写实化、具象化。吊诡的是，乡愁的“乡”在《石室之死亡》那里有着明确的地域指向，及至《漂木》却失去了确切的地理方位。乡愁与诗性空间的相互交织、流动变化与内在矛盾，非但没有损害洛夫诗歌的艺术性，反倒令之更加丰富多元，还折射出洛夫在诗艺上不断钻研探索的宝贵精神。

（作者系四川大学文学与新闻学院 2017 级博士研究生）

① 洛夫：《石室之死亡》，《洛夫诗全集》下卷，江苏文艺出版社，2013 年，第 207 页。

② 洛夫：《漂木》，《洛夫诗全集》下卷，江苏文艺出版社，2013 年，第 291 页。

③ 荒林：《性别、乡愁与洛夫诗歌的男性气质美》，《华文文学》2011 年第 2 期。

④ 董正宇、刘春林：《乡愁的两种表达式——余光中〈乡愁〉与洛夫〈边界望乡〉比较》，《湖南工业大学学报》（社会科学版）2012 年第 3 期。

邓禹平研究

编者按：邓禹平，四川省三台县人，20 世纪台湾著名诗人、电影人、词作家。出版过诗集、歌曲集、电影剧本、话剧剧本，主编过多种文艺刊物。曾获台湾地区“第一届文艺冠军奖”“诗词荣誉奖”“作词大赛首奖”“中学最优作品奖”“金鼎奖”等。有“诗人画家”“鬼才”“小神童”等称誉。

1950 年，邓禹平为电影《阿里山风云》创作的主题歌词《高山青》（在大陆流传时被改名为《阿里山的姑娘》）被谱曲传唱，引起轰动，先后被译成英、日、朝鲜、泰国、马来西亚等国文字，在海内外传唱至今。

1985 年金秋 10 月，在日本举行的一个世界性的学术会议闭幕后的晚宴上，各国学者欢聚一堂，即兴表演节目。有人用英语高声喊道：“欢迎中国人来唱支歌。”当时，到会的中国学者，有来自大陆的，也有来自台湾的，在呼喊声中不禁都走上舞台。站在台上的两岸同胞却犯难了，海峡两岸阻隔了 30 多年，什么样的歌才是大家都会唱、都能唱的呢？“高山青，涧水蓝，阿里山的姑娘美如水呀，阿里山的少年壮如山……”就是这首《高山青》，在那一刻经人提议，让海峡两岸的同胞立即找到了心灵的统一，情感的契合。一曲终了，全场掌声雷动，两岸同胞的共同语言，溢于言表。

本辑研究除收入张叹凤教授的邓禹平履历与文学学术考证论文外，还收入由邓禹平故乡三台县学者、作家邹开歧、戴岱先生撰写的两篇散文随笔。后者虽然不是学术性质的文章，但特定的地理文化书写以及可以参考的生平信息，尤其是浓浓的乡情，仍然可以给台湾诗歌研究特别是邓禹平创作研究带来新鲜的养料以及参考。

有关诗人邓禹平的文献考订与田野调查

张叹凤

摘　要：台湾“蓝星”诗社发起人邓禹平，是著名的《高山青》歌词作者，他的诗集《蓝色小夜曲》《我存在，因为歌，因为爱》都曾轰动一时，风格卓异，有深远影响。他的籍贯四川省三台县，古称梓州，文风深厚。邓禹平坎坷迷离的身世履历，经本文梳理考订，结合两岸史料与三台实地调研走访，基本澄清。其作品的家乡人文情怀，是精神魂魄所寄驻。

关键词：邓禹平　高山青　诗歌　三台　台湾蓝星诗社

四川省三台县古称梓州，是川北历史文化名城重镇，曾经的“东川节度使”所在首善之区，“东川”一度与“西川”（成都）齐名，形成并峙与呼应关系。至今三台县仍是绵阳市第一大县，辖区面积逾 2600 平方公里，人口逾 147 万。三台又是著名的诗人诞生地与游居之所，仅如有唐一朝，诗人李颀、李珣出生于三台，杜甫漂泊滞留当地长达一年半以上（写有《闻官军收河南河北》等名篇），李商隐入幕居处长达四年（写有《夜雨寄北》等名篇），另外如李白、张九龄、韦应物、岑参、卢纶、韩愈、刘禹锡、贾岛等许多名诗人，皆留有足迹墨迹，作品脍炙人口，梓州可称诗人辈出兴会之所。

三台县的三元镇，位于三台县城东 26 公里外，面积 70.5 平方公里，地属浅丘河谷平原，风光秀丽，金钟山、魏城河，依偎环抱，常绿常青，每年春回大地，百花盛开（菜花、桃花尤其突出，一望无际），从高处俯瞰全景，恍若置身人间仙境。这个地方致力旅游文创、生态保护以来，赋名“禹平故里”，缘因在台湾创作《高山青》歌词而蜚声华人世界的诗人邓禹平，即生长于三元镇三清村。

笔者于 2018 年 10 月 12 日至 15 日，深入三台县及三元镇三清村 1 组邓家沟邓禹平故居，实地寻访调查，结合海峡两岸文献搜索，对邓禹平的作品以及相关身世文献，做出以下梳理确认与解读汇报——

一、身世之谜

1. 关于邓禹平生年

在网络百度输入“邓禹平”，见载辞条：“1923 年 11 月 30 日邓禹平出生于四川省三台县奎木乡邓家沟（今三台三元镇三清村 1 组）。”三台县《梓州文化月报》1986 年 2 月 5 日第三版纪念邓禹平专版则记：“邓先生于一九二四年出生在我县东路杨家井。”邓禹平故居门前展板书写却为：“1925 年 11 月 30 日生于三台县奎木乡邓家祠（今三元镇三清村）。”查有关台湾蓝星诗社最新学术专著台北大学中文系学者刘正伟著《早期蓝星诗史》，记述亦细：

> 邓禹平（1925—1985），四川省三台县人，生于 1925 年 10 月 5 日，卒于 1985 年 12 月 21 日。四川省立艺专毕业，东北大学中文系肄业。曾从事文艺写作，影剧编导，绘画设计，诗词创作等，并主编《绿艺世界》《作品》《中学生文艺》《中央影剧月刊》等。
>
> 他创作出许多脍炙人口的新诗与歌词，如《高山青》《离开你，走近你》《我的思念》《下雨天的周末》等。1981 年以《伞的宇宙》获新闻主管部门作词金鼎奖。另外曾获全台第一届文艺奖冠军，文复会诗词荣誉奖，台湾文艺诗歌奖等。著有诗集《蓝色小夜曲》，《我存在，因为歌，因为爱》。[①]

刘正伟的史著参阅了大量“蓝星诗社”早期文档，包括注册名单、社员简历、回忆录以及邓禹平在世时的部分生平资料档案，1925 年 10 月 5 日应比较可信。这在邓禹平的川北同乡、生前好友刘昌博所撰长文《〈高山青〉歌词作者邓禹平》中得到印证：“邓禹平笔名夏荻、雨萍，一九二五年十月五日生，祖籍四川省三台县。”[②] 刘昌博与邓禹平及其兄长邓根实（一作根石）都非常熟悉，一生相过从，文章不仅详述邓禹平身世，而且对其兄长邓根实生年也有详载：“他的胞兄邓根实，生于一九一八年，比其大七岁，幼时在家乡进私塾，熟读唐诗及千家诗，致对传统诗——旧诗，甚有心得，喻为传统诗人。”[③] 可见所记生年彼此照应，讹误可能小。再有林海音女士悼文转录邓禹平大陆故人同是三台乡亲更是同班同学、好友的 L 先生，有如是记述：“他出生在四川省三台湾（疑系县）堵子山乡。他的父母我未曾见过，因为我虽然

① 刘正伟：《早期蓝星诗史》，台湾文史哲出版社，2016 年，第 167 页。

② 刘昌博：《〈高山青〉歌词作者邓禹平》，《中外杂志》2003 年 10 月，总第 440 期。

③ 同上。

也在三台出生，但我和他不是一个乡。一九三九年他在三台县县立初级中学上学时和我同班。”[①] 这里虽然没有写出邓禹平出生年月，但推算起来，正常的初中学生，断不会年龄太大，14 岁的初中少年，正相允合。四川三台县邓禹平学籍档案因历史远去实已迷失，故居展板有关诗人的出生年月，显然亦采信台湾邓氏友人与相关研究学者所述旁证。1923、1924 年皆为孤证，疑系推算与猜测。

邓禹平 1985 年 12 月 21 日因病去世，逝时在医院有准确记录，不存在年月日讹误差错争议。察台湾方面追悼讣告与纪念行文等，对其生年 1925 均持一致书写，可见大致无误。至于出生月份，过去算旧历年月，不尽准确，现存表述相差也不大，在没有更进一步的佐证时，10 月 5 日之说应该视作成立。

2. 出生地名

据上边引文看来，三台县三元镇（曾名奎木乡）三清村 1 组是邓禹平家乡应该明确无误，因为这儿不仅有其出生的老屋仍旧存在，还有邓禹平的亲戚，最亲的一个是他的堂弟邓均平（现仍在故居旁边农屋居住务农），还有他的侄儿侄女，多在三台县。这个偏僻的山谷高地一隅村庄据上引已有多个名称，即邓家湾、邓家沟、邓家祠、杨家井、堵子山等。也许都是曾经有过的名称，毕竟历史沿革，时代远去、变迁近乎百年，这里已历沧桑，名称变更和称呼不一在所难免。

据此次笔者在故居邻屋采访邓禹平的堂弟、年逾 80 岁的邓均平老人，他说他们从小是称呼故居所在这片地方叫井盐坪，他们祖上也因为祖居背后发现一口盐井从而淘采井盐发家致富。至于什么邓家沟，邓均平微笑说这是近年他们维修与布展故居时才有的称呼。邓均平说还记得小时候他堂哥邓禹平的模样，矮矮壮壮的，娃娃脸（笔者颇疑邓禹平与不远的广安县邓小平家族同为入川移民后脉），邓均平述，虽然禹平堂哥年长 13 岁，但邓家和睦祖父几个儿子并未分家，都在一口锅里舀饭，禹平堂哥当年偶尔从县城回家总要弹琴唱歌或绘画，颇爱逗他们一干小孩子玩，有时是个“娃娃头儿”。

3. 就读东北大学?

台湾有关邓禹平的文献资料多有就读东北大学以及相关说法，如《文讯》1986 年 2 月第 22 期纪念文述及：“东北大学中文系毕业后，醉心于新诗及绘画。”署名麦穗撰文《邓禹平和他的〈蓝色小夜曲〉》亦有：“四川省立艺专毕业，东北大学中国文学系毕业。”[②] 等，上引刘正伟教授史著亦采此类说。大

---

① 林海音：《海天永隔故人情》，《蓝星诗刊》第七号邓禹平悼念专辑，1986 年。

② 《蓝星诗刊》第七号邓禹平悼念专辑，1986 年。

陆亦有如此说法，如“三台县地方志丛书”之二十五《东风乡志》第226页这样记载道：“邓禹平，男，现年五十六岁，我乡三清村人，曾就读于东北大学文学系。”

察东北大学于1938年3月迁校四川三台县，1946年暑期迁回沈阳，前后共逾八年，曾经有一批声誉卓著的学者先后任教于三台时期的东北大学，中文方面如陆侃如、冯沅君、高亨、金毓黻、姚雪垠、刘大杰等名家。研究东北大学三台校史颇有成绩被聘为“东北大学名誉校友”的老作家邹开歧，现任三台县作家协会主席，笔者曾就此向他当面请教，他明确回答：邓禹平没有就读过东北大学。但是东北大学当时在县城集一时之盛，风气远播，东北大学学生中也有后来成名的作家柏杨、音乐家罗忠镕、书画家郭明甫、画家孙竹篱等诸多文艺青年，邓禹平不排除在东北大学后期（前期年龄太小不大可能）旁听过课程，并与东大师生有所交集。惜乎文献少，不能印证。对此同是后来毕业于三台中学的邹开歧对笔者说：“这是可能的，当时东北大学和三台城内的中学之间没有门槛。”（见邹开歧给笔者的微信）研读史料，笔者认为，邓禹平不仅没有正式就读过东北大学，所谓考入省立艺术专科学校毕业一说也是靠不住的。据三台《梓州文化月报》所载三台县《悼念邓禹平先生座谈会纪实》一文：“（一九）三八年进三台县立初中男生部，（一九）四一年秋考入（分）设三台省立高中（今三台中学）十三班就读，后因抚养他的爷爷重病家庭困难曾两度辍学，最后不得不提前离校到三台南城小学（今一小）受聘任音乐教员……一九四四年春离开三台到当时文艺界人士云集的重庆，经市参议员李蕴权和现任我县车圈厂助理工程师罗元明的介绍，他以优异成绩考入中国电影制片厂电影明星剧团，一九四七年随厂迁上海，四八年去台拍片，后因上海临近解放，去台拍片的都要回上海，但只搞到十张机票，谁去谁留是用抽签的办法决定的，邓禹平未中签，台湾便成了他的第二故乡。”[①] 这是距今三十二年前（1986）三台县政协、文联组织的一次座谈会，与会多有邓禹平家乡故交、亲属，如此详尽记述，应该明白无误。另据海峡对岸台湾方面资料，邓禹平两位同乡、同学、好友的分别细述，也可佐证。如刘昌博先生述及：“抗战初期，国立十八中学迁来三台，邓禹平考入就读，正是日本飞机对四川实施疲劳轰炸的时候，白天晚上都得躲警报，无从上课；他遂以写生绘画或写新诗打发时间。他的胞兄邓根实从重庆回家省亲，惊讶于乃弟的文艺天赋才华，就竭力资助到重庆读高中。但他为了减轻乃兄的负

---

① 《悼念邓禹平先生座谈会纪实》，三台县《梓州文化月报》，1986年2月5日，记者何忠整理记录。

担，却毅然去投考当时在大后方知名度很高的电影制片厂——中制厂，名列前茅，首任厂长郑用之，对他十分赏识。从此以后，他在中制先后干过场记、演员、编剧、导演及纪录制片等工作，幕前幕后，从不懈怠。公余不忘读书，他曾先后进入迁到重庆的四川省立艺专、东北大学中文系进修。”① 结尾一行，应该是多处引用有关邓禹平学历表述的基本所据（不排除邓氏生前也有自己进修就读的相关填表证明）。但细考其间“进修”有可能，“就读”与“毕业”则不可靠。这从邓禹平另一位同窗腻友、音乐家、大陆 L 先生 20 世纪 80 年代对台湾同胞文友的详细讲述可以证实：

> ……因他和我都非常喜欢文艺，所以便十分要好。那时他在绘画、音乐和诗歌上都表现出相当高的才能。我们经常在一道画画、唱歌并谈论文学作品等等。他还和我一道在班上主持壁报，这在学校里还颇有影响。虽然我和他简直是形影不离，但我们俩人的性格却很不一样。比如他交往颇广，我则很少和他人交往。他在体育上也十分出色，是班上的篮球健将，我则连球也不摸。……他初中毕业又和我一道考入三台高中。但他并未念完一学期，即离开三台到重庆去考入了中国电影制片厂。这之后，我们便一直通信，而且书信往来很多。
>
> 他除作电影演员外（仅演过一些配角），还做话剧演员。我念完一年高中即到成都考入四川省立艺术专科学校学小提琴，两年又入重庆国立音乐学院转学。这期间我又和他见面了。因音乐学院在青木关，离重庆市区还有一百多里，所以不能时时见面。不过，我每次去重庆都住在他那里。……我也曾劝他离开那里去投考艺术学校，但他却始终未下此决心。②

这位 L 先生追述与邓禹平同窗、朋友交情直至其离开大陆去台湾前夕，巨细无遗，实为重要的参考资料，可称比较详实可信。写信当时邓禹平在台湾尚处病中，日子艰难，大陆老友得知，十分挂念，由此写信向在德国柏林认识的林海音等人追述邓禹平大陆家乡往事，旨在“如能对了解他有所帮助的话，那也就算我对他所尽的一点绵薄了。”③ 可知信中内容没有作伪虚矫的动机与必要。由此可见，邓禹平学历实为高中肄业，后来主要是靠自学成才，东北大学与省立艺专之类，限于条件，失之交臂。他是靠就读社会这所大学，靠自己的天赋与勤奋创作出后来脍炙人口的佳作。

---

① 刘昌博：《〈高山青〉歌词作者邓禹平》，《中外杂志》2003 年 10 月，总第 440 期。

② 林海音：《海天永隔故人情》，《蓝星诗刊》第七号邓禹平悼念专辑，1986 年。

③ 同上。

4. 恋爱婚姻

因为文旅产业开发与宣传的原因，以及人们根据文学作品激发的美好愿望、想象，已有多种有关邓禹平少年大陆恋爱悲剧的传记小说与影视作品出台，甚至女主角“白玫”一名，已跃然纸上，绘声绘色，细节颇多。但作为学术史料，则不可将虚构想象当信史。邓禹平在大陆时期确有过短暂的恋爱经历，是在重庆，他的同窗L先生对此有所记录：“这时他和过去一位中学同学恋爱。记得我去重庆时，她正好也去，我还同禹平一道到车站去接她。但后来却不知他们为何又分手了。这是我所知的他仅有的一次恋爱。前年我曾见到他这位女友，她还问起禹平。”[①] 而于三台就读期间，这位同窗明确记述：“奇怪的是他虽然极善交际，但在校园中却一直没有女友。从他的诗上看来，他在爱情上似乎后来也一直很不如意。”[②] 同为邓禹平老友的川北人刘昌博，也对20世纪90年代专程从大陆来台湾搜集资料的三台乡亲抱歉，写下：“他的家乡父老所派来台寻访人员，收获不丰，颇感失望。”[③] 如果真知道有过一场轰轰烈烈的爱情悲剧，写着纪念长文的生前好友刘昌博，不可能忽略不写不讲从而抱愧邓禹平的乡亲。

在台湾邓禹平有过一次婚恋，还生育有子女，但因为后来他离异独处继而生病三缄其口，这段婚恋往事真成了一段哑谜。还是刘昌博透露了比较多的信息，关于恋爱：

> ……临时改由师大音乐系主修声乐的女同学李义珍（按台湾著名歌手）主唱。她的胞妹李义珠伴唱；后者容貌娟秀，尤胜于乃姊。邓禹平一见钟情，经他一年多的追求，有情人终成眷属，在亲友祝福下，步上红地毯，缔结良缘。
>
> ……虽然他日夜奔忙，兼课、拍片、写稿，惟钟点费、片酬、稿费从不调整，而物价指数却节节跳升，以致家人生活品质无法改善，夫妻感情亦受到影响，仳离分居了！[④]

邓禹平的婚姻变故友人都不详知情节，因为他自己一直回避这个话题，且讳莫如深。如另一位好友记述：

> 他的作品更多了，更好了，他得了很多荣誉，我们更欢愉。但是，天下没有不散的宴席。我因工作关系，调往中部一段时间，只有在回台

① 林海音：《海天永隔故人情》，《蓝星诗刊》第七号邓禹平悼念专辑，1986年。

② 同上。

③ 刘昌博：《〈高山青〉歌词作者邓禹平》，《中外杂志》2003年10月，总第440期。

④ 同上。

北时才能与他们聚叙。有一次回到台北与禹平见面的时候，他没有笑容。我觉得不对劲，跟潘垒打听。

“不知道为什么，——他最近不大跟人多讲话。”

下次回台北的时候，再与禹平约聚。我怀疑他家里有什么事。

“我们谈写作吧。”他说：“不要老谈我。你又是长篇，又翻译心理学，到底你还有什么没让我知道的秘密武器?”

话题岔开了。就是不谈私事。“太认真，太老实。”散会后，我跟潘垒同走了一小段路，他说：“太认真。”[①]

邓禹平后来贫病交集，独孤度日，两度因中风入院直至成为植物人凄凉去世的情况，已详见于许多友人纪念记述文章。这个可以肯定，直到去世，都没有亲人守护在他身边。这时期物质生活（治病护理）与精神生活（出版诗集《我存在，因为歌，因为爱》）全靠文艺界友人与社会善良爱心人士、义工接济支持。

他妻子儿女为什么抛弃他，这仍是个谜。正如《文讯》杂志以编辑部名义撰写的悼文中写及：“他结过婚，且有子女三人[②]，然而都不在身边，没有人清楚他为什么一人孤独地住在颐苑养老，却又都不忍触及，怕这是他心底的伤痛。”[③] 友人也曾发出感伤同情的哀叹：“他还是先走了，留下我们这些在年轻时就相知的朋友，以及他写下的许许多多令人赞赏的诗作先走了。但是我想起他的时候，很自然地就想起他那可爱的小女孩：现在多大了？还记得他那个给大家多少心灵慰藉的爸爸跟他的作品吗？她知道她那人好诗好、那个永远低调自持、从不伤害他最心爱的女孩，而一直在一辈子的诗作里都在执着地爱着他那永不能使他忘怀的爱人，永远不再爱其他女孩子的爸爸吗？或者，她早已知道，她有这样一个最爱她妈妈的爸爸。”[④] 行文文字有些纠结，但遗憾与不平之鸣，显然隐隐可感。

5. 埋骨处

邓禹平晚年“贫病交迫孤身寂寥”状况因友人加以关注关爱以及社会慈善行为经媒体广为报道，大致细备。台湾的家眷亲人当时不明原因抛弃了他，大陆的亲属却是十分希望能够过去照料他。三台县政协委员、师范附小音乐教师邓曼冬，是邓禹平的亲侄女（邓根实大陆生女），她说：“当我获悉叔叔

---

① 佚名：《以文会友少年游——〈野风〉吹起时》，《文讯》第268期。

② 是否子女三人存疑，一说只有一女。

③ 《不幸的讯息——怀念〈高山青〉的作者邓禹平先生》，《文讯》第22期，1986年2月。

④ 佚名：《以文会友少年游——〈野风〉吹起时》，《文讯》第268期。

病重时，恨不能飞到他的病榻前，给他煎汤熬药，但因海峡之隔，未能如愿。”① 邓曼冬回忆说：“叔叔十分爱我，我对叔叔的感情也特别深厚。记得我五六岁时，叔叔来重庆考进电影制片厂后，心情特别舒畅，下班后回家总要抱我，亲我。他离重庆后，我再未见他回家。”② 在县文联组织的座谈会上，邓曼冬流泪说：“我急切盼望着叔叔的那些好友能将他的骨灰送返四川三台，让他安息在故乡长青的高山或长蓝的涧水旁。”③ 三台县亲友、故交、文友二十余年前选址三元镇三清村邓禹平故居半里山地路边一处可眺望金钟山风景的平台，种植一棵柏树，希望将邓禹平骨殖迎回三台，安放于“高山青，涧水蓝”处，使其魂归故里。据台湾川北乡友刘昌博记述，邓禹平“病中犹不忘写作，除了新诗还写了一个舞台剧本《大陆之恋》，怀念他的故乡——四川三台。”④ 迄今三清村种植柏树一干三枝，已高可十数丈，冬季也郁郁葱葱。可树下邓禹平墓穴仍然空置，两岸乡亲未能完愿。

台湾方面，据追悼会当日代表蓝星诗社前去致哀的邓禹平生前好友、著名诗人罗门记述：“治丧委员会是由他四川同乡会主办的。……公祭那天，只好由我本人代表蓝星同人前往追悼。”⑤ 另据林海音文邓禹平临终是由耕莘医院转入空军医院终告不治，生命终结于1985年12月21日，享年六十岁。最终安葬于台湾何处墓地，查当时追悼行文、报道等皆语焉不详，于今已不清楚。但长眠台湾岛上，则是确定的事实了。

二、艺术造诣

邓禹平名字不一定有多少人知道，但其作品家喻户晓。《高山青》一曲“凡汲井水处”皆可闻咏唱，是海内外华人世界最知名的现代歌词之一。2007年10月24日西昌太空中心发射嫦娥奔月一号卫星升空，载入的30首中国歌曲中即有《高山青》。虽然关于歌词作者是谁至今仍有不同的版本呈现，如到网络搜一搜，有署为吴泓君、庄奴、周蓝萍等，显然都是误植。直接的史料（见载1951年7月台湾野风出版社出版邓禹平著诗集《蓝色小夜曲》第一辑）与大量的邓氏生前友好撰文，证明这个作品系邓禹平作词无疑。刘正伟获奖

① 1986年2月16日《羊城晚报》，题为《四川三台乡亲悼念台湾著名歌曲〈阿里山的姑娘〉词作者邓禹平》，记者邹开歧、赖和中。

② 同上。

③ 同上。

④ 刘昌博：《〈高山青〉歌词作者邓禹平》，《中外杂志》2003年10月，总第440期。

⑤ 罗门：《我印象中的诗人——邓禹平》，《蓝星诗刊》第七号邓禹平悼念专辑，1986年。

学术著作《早期蓝星诗史》作如下述评：

> 邓禹平的诗词作品情意纯真，深度内敛，能将感情成熟而深刻的发抒出来，字里行间充满温馨甜蜜的意味，多首歌词曾被改为民歌。其作词的《高山青》，为20世纪60、70年代最流行歌曲，至今仍为大众琅琅上口的好歌。[①]

林海音、夏菁、罗门、余光中等一干文坛生前友好过从，都有定论与点评。如余光中追述：

> 认识禹平，已经是三十多年以前的事了。那时在台湾的文坛上，还没有现代诗这回事，最热门的副刊是《中央副刊》，最引人注目的刊物是《野风》杂志，最流行的诗体则是比较放松的格律诗。禹平所写的诗大致是这一体，而经常发表的园地，正是《中副》与《野风》。他的《蓝色小夜曲》是五十年代初期最受欢迎的一本诗集，其中《我送你一首小诗》及《有一句话》等作品，都是清新可爱的佳作。以今日眼光看来，这些当然显得太单纯了一点，诸如"又邀来夜莺轻轻朗诵"之句也有语病。不过那只能算是一位诗人发育期间的青春痘，尽管有痘，那一股青春的纯情仍然天真动人。他的《高山青》一诗随着歌曲流行于国内与海外，这在所谓现代民歌之前三十年，成为诗与歌在台湾最早也是最动人的婚礼。[②]

夏菁评点邓禹平的诗集《蓝色小夜曲》："一般来讲，这集里的形式，大都是巧适的，端庄的。作者没有矫揉造作，用力出棱；他把深挚的含意予以适当的梳理；他把奔放的感情纳入适度的框架。给读者以明晰、简洁的印象。加上他对韵律的注意，即使称之为古典的作品，也无不可。"[③] 这段最初刊于1951年8月台湾《经济时报副刊》的评点，于今看来，仍然贴切。邓禹平《蓝色小夜曲》诗集特别是其中《高山青》一首，形象优美，生动活泼，颇有人物风景婉转叠入之妙：

> 高山青
> 涧水蓝
> 阿里山的姑娘美如水呀
> 阿里山的少年壮如山！
> 呵！——

---

① 刘正伟：《早期蓝星诗史》，台湾文史哲出版社，2016年，第167页。
② 余光中：《高山青对蜀山青》，《蓝星诗刊》第七号邓禹平悼念专辑，1986年。
③ 夏菁，《愁云满天——悼邓禹平》，《蓝星诗刊》第七号邓禹平悼念专辑，1986年。

呵！——
阿里山的姑娘美如水呀
阿里山的少年壮如山！

高山常青
涧水常蓝
姑娘和那少年永不分呀！
碧水长偎着青山转……[1]

其余可圈可点可欣赏佳作也不少。作为影、剧、美术、诗歌领域多面手，有"鬼才"之称的邓禹平，诗歌突出形象感受与表现，诚如上述台湾现代诗坛祭酒余光中所指，放在当时，清新自然，别具一格，于今看来，不免"太单纯了一点"。简单，有时会失之单调，但简单明白，配合美好意蕴旋律，恰好也是抒情作品晓畅易诵的胜场。中国历史上的不少经典文学作品，也正得力于此。所谓"诗言志，歌永言""言有尽而意无穷"，邓禹平的《高山青》数十年脍炙人口，巧妙在此。他晚年病中在友人资助下出版的《我存在，因为歌，因为爱》（台湾纯文学出版社 1983 年 9 月第 14 次印刷），有楚戈、席慕蓉插图，诗艺相彰，一度又受到读者追捧[2]，他的诗才，不言而喻，有如"高山常青"，其中怀念四川三台家乡的作品如《小时候》《抓蚱蜢》《爱故乡》等，尤其吸引巴蜀读者目光。

根据前引文献以及邓禹平当年同事、友人证明，邓禹平当年创作《高山青》时，还未去过阿里山（直至 1983 年冬疗养期间经爱心人士帮助才有所亲临，完成其心愿[3]），当年拍摄阿里山题材故事片时，身在台湾东部花莲与北投，境地相似，他的创作灵感，或许还得益于家乡三台三元乡金钟山风景的印象启迪。虽然写的是"阿里山"，但神州风云，原正相流动交会，民族感情，一脉相生，由此产生联想，有互文之美、重叠之妙，一经民族风谱曲传唱，能感动全球华人，原因亦就在此了。

---

① 笔者据 1951 年野风出版社《蓝色小夜曲》初版行文，对今之流行版本个别文字及格式有所订正。

② 邓禹平 1951 年出版《蓝色小夜曲》，在当时台湾文坛别具一格，轰动一时，成为畅销书，同人回忆有引比"洛阳纸贵"的形容。据友人回忆与邓禹平同去台北电影院看电影，放映前前排青年正在畅谈诗歌，背诵的正是邓禹平的作品。

③ 《不幸的讯息——怀念〈高山青〉的作者邓禹平先生》，载《文讯》第 22 期，1986 年。

三、"蓝星诗社"发起与创办人

邓禹平在文坛另一大贡献，即于20世纪50年代中参与创办了"蓝星诗社"，这是台湾历史最长、影响最大的三大现代诗社之一（另有纪弦等人"现代"诗社，痖弦、洛夫等人"创世纪"诗社）。对此刘正伟《早期蓝星诗史》有比较详细的考证记述，如其所述：

> 蓝星诗社成立于1954年3月20日（星期六），发起创社诗人为覃子豪、钟鼎文、邓禹平、夏菁、余光中等。据夏菁的回忆，成立诗社的事，在此之前已经酝酿一二年，惟只在与邓禹平两人之间所共有的构想。而另一方面，据余光中在《蓝星诗社发展史》的说法，"那时正值纪弦初组现代诗社，口号很响，从者甚众，几乎三分诗坛有其二。一时子豪沉不住气，便和鼎文去厦门街看我，透露另组诗社之意。"两方诗友都分别有筹组诗社的念头，后来一拍即合。①

蓝星诗社"酝酿组成自己的沙龙团体，即倾向抒情的诗社"②。抒情且持有民族风、对传统诗歌有所借鉴继承与发扬的现代诗艺主张，正是《蓝星》诗社同人的相近认识与主张。今天研究台湾现代诗运动对蓝星诗派评论研究亦多。我们梳理知道，邓禹平作为早期蓝星发起人与参与者，正是理所当然。有趣的是，早期发起人中，如余光中先生纪念邓禹平一文所述："我们合创了蓝星诗社，他也是五位发起人之一，我们就经常见面了。五人里面，他和子豪都是四川人，我是'抗战的孩子'，一口四川话可以乱真。因此蓝星开会的时候，五张嘴倒有三张是操蜀语。禹平的身材略显矮胖，面孔也圆润丰满，还有一个漂亮的酒窝，加以性格开朗，又有四川人的健谈，喜欢'摆龙门阵'，所以很容易跟人亲近。"③ 蓝星诗社与四川文化之关系，由此也可见一斑。

蓝星的创作主将罗门文中有一段记述蓝星中期邓禹平佚事颇为有趣："蓝星诗刊，好不容易在1979年由成文出版社资助复刊，正值同人夏菁兄出国多年返台，大家聚在一起谈旧，他（按指邓禹平）不期地出现了，并宣称要归队，说目前有一笔生意，如成功，可赚到一大笔钱，到那时蓝星要出版诗刊诗选、办活动都不成问题，用不着去求人。大家看他仍像以往的一样豪情万千，对生命与一切，充满了信心，的确感到振奋，即使那只是理想与愿望，

---

① 刘正伟：《早期蓝星诗史》，台湾文史哲出版社，2016年，第31页。

② 同上，第32页。

③ 余光中：《高山青对蜀山青》，载台湾《蓝星诗刊》第七号邓禹平悼念专辑，1986年。

也是美的。我们都一致祝福他事业成功。那顿饭本来是由同人合请夏菁兄，后来变成他个人请客，蓝星诗社由个人出钱请全体同人在餐馆吃饭，三十多年来，好像还是第一次，他就是这样给人留下任放无疆的印象。”①

据邓禹平三台籍同学与故旧回忆，邓禹平在中学时期就有组织与交际才干能力，性情开朗，待人热情，是抗战时期一名活跃的文艺青年，他迄今留存于世的一张摄于三台时期的个人照片（背面有手迹题赠），即当时赠送颇为谈得来、时有合作交流的中共地下党员同学李剑虹（又名李贵玲）的纪念品，李同学保存至今。②

邓禹平在台湾文坛除创作抒情诗歌成名之外，最大贡献应该就是参与创办组织了蓝星诗社，其间创作活动虽有中断，但首尾相衔接，一直践行着蓝星诗社抒情与民族风格的理念。在现代情歌书写方面，尤其见功力，成就堪称独树一帜。

四、乡情浓酽

邓禹平晚年缠绵病榻，病情稍有好转，仍坚持创作，除诗歌之外，还构写舞台剧本《大陆之恋》，深切怀念巴蜀家乡人文风光，寄怀无限亲情。可惜直到生命终结，他也再未能见到“蜀江水碧蜀山青”，未能见到他热爱的家乡金钟山、魏城河。带着不尽的遗憾，走完六十个春秋的短暂人生历程。

笔者为研究、再现邓禹平创作履历风貌以及地缘文化关系，于 2018 年 10 月 12 日往赴绵阳三台县做实地参访调查。三台古称梓州，杜甫《去蜀》诗有“五载客蜀郡，一年居梓州”，“五载”“一年”皆概述整数，据杜诗专家统计，实地卜宅携眷居住梓州城内（今三台中学旧址）约为一年零八个月（其间有绵州、盐亭、阆州等地游历），脍炙人口的《闻官军收河南河北》即写于梓州。今三台牛头山建有杜甫草堂一座，实地已为公众文化公园，是三台地标文化风景，杜甫瘦削雕像，北望思归，栩栩如生。笔者踏勘牛头山，寻访邓禹平纪念馆（初以为在三台公园内），行入书画院，见到两位高士，仙风道骨，对坐品茗，问知笔者来意，热情让座献茶，并介绍邓氏三元故里，言其远在数十公里外，却也不难至，今日已晚，明天即作安排往游。二士其一王延旭院长，立即电话呼朋引类，将三台当地邓禹平诗歌爱好卓有成绩研究者，召集毕至，聚于梓州古街茶寮酒肆，为笔者这一并不认识的外地访问者，举

---

① 罗门：《我印象中的诗人——邓禹平》，《蓝星诗刊》第七号邓禹平悼念专辑，1986 年。

② 三台《梓州文化月报》，1986 年 2 月 5 日第四版《珍贵的照片》一文。

行接待座谈，追溯历史，如数家珍。在座除王延旭县政协委员外，有当地作协主席前辈邹开歧、电视人戴岱、作家张庆、刘玉明等列位，言及《高山青》作者邓禹平，莫不引为自豪光荣，一致断定彼“阿里山”即此“金钟山”，是作者精神情思会聚之所。乡情浓烈，古风犹然，笔者身置其间，几疑世外桃源。

次日得一义务美女导游，蒲姓，禹平故里三元本地人，邓禹平小老乡，《诗经》“卫风硕人”一章，颇似其形容。倘非蒲女士带引，笔者要深入山谷高地偏僻村庄，车行仄径崖道，断难成行。获得禹平故里故居勘察调研，访问其遗属，若非三台贤达文友热心相助，或许笔者只能望山兴叹、半途而废。

访禹平故里归还，又得邹开歧老先生，伫候街头，赠送三台本土史料以及邓禹平相关影印材料，自三台归后，又得到刘玉明先生寄送三台方志电子版，此前得张庆先生持赠《梓州史迹录》专著，对于笔者研究三台籍诗人邓禹平以及后面深入研究杜甫、李商隐等人剑南行踪创作，都饶有裨益助力。笔者感戴之情，无以言表。此文得成，即为浓酽乡情成果与印证。邓禹平先生身后33年，影响所披，今未稍减，《高山青》情歌壮歌，仍旧响彻寰宇，家乡父老晚辈，盼归之情，一如既往。松柏远招，祖屋伫立，禹平故里，春来花团锦簇，人头攒动，阿里山金钟山彼此传唱，交相辉映。这些情况邓禹平如九泉有知，一定含笑无憾矣。他自己生前的诗歌其实预知到了，诗行言语颇为切中：

在快乐的人群中，
我是最不快乐的，
但在不快乐的人群中，
我是最最快乐的。

在富有的人群中，
我是最不富有的，
但在不富有的人群中，
我是最最富有的。

在幸福的人群中，
我是最不幸福的，
但在最不幸福的人群中，
我是最最幸福的。

——《最最》[①]

“我存在，因为歌，因为爱”！这一声朴实的四川乡音道白，道出了邓禹平先生文学价值观念以及生命意义。

2018年岁末于四川大学南门太守居

后注：此文得成，感谢三台县邹开歧先生等文友并台北大学中文系刘正伟教授在资料方面鼎力支持。

（本文作者系四川大学中文系教授、博士生导师）

（本文原载于《广西师范学院学报》2019年第1期。录入本辑作者小有订改并配图）

邓禹平在家乡三台时期留影

邓禹平故居

① 邓禹平：《我存在，因为歌，因为爱》，台湾纯文学出版社有限公司，1987年，第21页。

埋骨处仍然空穴以待

三元镇美女蒲女士义务导游

三台文友热情款待与座谈

邓禹平由这条小路走向外边的世界

作者与邓禹平堂弟邓均平老人合影

“高山长青，涧水常蓝”

——台湾“鬼才”邓禹平的爱情绝唱

邹开歧　戴　岱

《高山青》被公认为是台湾的“招牌歌”。

作为一代才子，邓禹平的艺术才华已为世人所熟知、敬仰。然而他那缠绵悱恻、哀婉凄怨、可歌可泣的爱情故事，却鲜为人知。

在《高山青》这首名曲传唱50周年之际，作为邓禹平先生的故乡人，记者采写了这篇文章，尽管肤浅、挂一漏万，读者诸君却也可以管中窥豹，对一代风流才子邓禹平的旷世爱情了解一二。

少年才俊热血郎

1924年春，邓禹平出生于四川省三台县杨家井（今三台县三元镇境内）一个殷实家庭。1938年秋考进三台县县立初级中学男生部就读。勤奋好学且多才多艺的邓禹平，很快就成了校园里的活跃人物。他爱好诗歌、书画，是班级墙报的当然主持人。他爱唱爱跳，是个文艺活动积极分子。演话剧、唱川剧、作指挥、当导演，什么都学，什么都干。他也爱好体育活动，经常参加学校里的篮球、排球、足球、乒乓球比赛。他还是当时在三台县立初中赫赫有名的“晓钟”球队的组织者与主力队员之一。

邓禹平上中学时，日寇正大举入侵中国中原，中华民族处于生死存亡的危急关头，抗日的烽火燃遍了大江南北，长城内外。“天下兴亡，匹夫有责”，作为一个有理想、有抱负的热血青年，邓禹平积极、勇敢地投身到抗日救亡运动的洪流中去。他报名参加了“三台抗日总动员委员会”领导下的中学生抗日宣传队，奔赴农村，走向街头，从事抗日宣传，唱抗日歌曲，演话剧。

一次，邓禹平他们在三台县城华光庙义演话剧《野玫瑰》时，临到上台了，扮演剧中男主角的演员突然病了。正在这节骨眼上，邓禹平站了出来，对老师说：“我来吧！”由于邓禹平在平常排演时，对剧本研究得很透，对剧中每一个角色的台词也烂熟于心，所以，那场演出非常成功，博得了台下阵阵掌声。

在三台中学求学期间，邓禹平结识了一大批爱好文学艺术、思想进步的同学，如罗忠熔（我国著名作曲家、后中央音乐学院教授）、李贵玲（即李剑虹，后四川省泸州市公安学校政治部主任）等。他们一起主编宣传抗日的校园墙报《墨潮周刊》、创作宣传抗日的诗歌、演唱抗日歌曲、戏剧，探讨“抗日民族战争中青年的责任”“文艺应与抗日相结合”等问题，并由此结下了深厚的革命友谊。

才子佳人话佳缘

才华横溢、性格活泼的邓禹平成为校园里备受瞩目的公众人物后，自然也吸引了不少女生的青睐。但不知是自视甚高，还是心无旁骛，邓禹平从来都是目不斜视，一阵风似的来来去去。直到高二时一个叫吴秀芬的女生才闯进了他的心扉。

吴秀芬出生在三台县城里一个富裕家庭，性格娴静、温和。她对校园才子邓禹平心仪已久，邓禹平他们办的校园专刊，她是每期必看；有邓禹平参演的节目，她场场都到。

一天，邓禹平正站在高凳上专心写墙报，突然，脚下的凳子一晃，惊得他“啊”地叫了一声。他这一晃一叫不打紧，把个静悄悄地站在他身后看墙报的吴秀芬却吓得不轻。她也跟着叫了一声，并立即伸出手去扶住了邓禹平脚下的高凳。邓禹平回身看到身后不知何时竟站了一个漂亮的女生，月白布的对襟褂，黑色百褶裙，浓密的刘海下，一双眼睛又黑又亮。吴秀芬见邓禹平在打量自己，脸一下子红了，立刻转身跑了开去。她背后两条柔软光滑的长辫子，在腰际间荡来荡去。那一霎，邓禹平一向平静的心湖里竟莫名地漾起了涟漪，呆呆地望着那婀娜的背影，直到消失在楼房后。

也就是那时，邓禹平才忆起，在自己每次登台演出时，台下总会有那么一双黑亮的眼睛在人群中闪闪烁烁，若隐若现。他还想起，前不久，他在办墙报时，手里的粉笔掉下去了，也是这个文文静静的女生帮他拣起来的。从那以后，他们在校园里相遇时，都要会心地笑笑，点头示意。邓禹平写了新诗、作了新画，吴秀芬总是第一个观赏。吴秀芬借了好书，也总要想方设法传给邓禹平看。两人间的距离逐步缩短，友谊也越来越深厚。

一个暮春时节的周末，邓禹平和吴秀芬两人相伴出了东城门，乘船渡过涪江，沿着蜿蜒的乡村山道，他们兴致勃勃地愈走愈远，不知不觉地就来到了一个叫高山的地方。只见这里山势陡峭逶迤，山坡上绿树青草，绵延不绝。

竹林草舍星罗棋布，农夫牧童游走其间。一泓清泉，如白练从山巅不知处飞泻而下，叮叮咚咚的轻响犹如小姑娘憋不住的窃笑，又如天国神乐一样妙不可言。“哇，好美的景色哦!”很少到乡间来的吴秀芬忍不住大呼小叫起来。她急切地扑到山涧旁，掬起一捧清泉就往嘴里吮吸。喝足了，又淘气地把一掬掬清泉抛向邓禹平，阳光下，无数晶亮的小珍珠飘然而下。随着她弯腰、起身，背后两条长长的大辫子也精灵一般起起落落。看到吴秀芬那么兴奋，邓禹平受到强烈的感染，他作画时特别有激情，也特别专注。

在后来漫长的岁月里，那天的风景，像刀刻一般铭记在邓禹平的心灵深处，愈久远愈清晰。成为他日后创作电影《阿里山风云》主题歌词时的源泉，写下了“高山长青，涧水常蓝，姑娘和那少年永不分呀，碧水常绕着青山转……”的传世之作。

1944年春，为了追求理想，开辟新的生活道路，雄心勃勃的邓禹平离开家乡三台县，来到当时中国文艺界名人云集的抗战陪都重庆，去报考中央电影制片厂演员剧团。在报名者有300多人之众而仅收两名的激烈竞争中，多才多艺的邓禹平脱颖而出，被录取了。

为了能与心爱的人经常在一起，翌年，吴秀芬不顾家人的反对，考入了重庆女子师范学校就读。那段日子里，他们的感情有了更深的发展，到了亲密无间、形影不离的地步。

吴秀芬与邓禹平的恋情遭到了吴秀芬父母的极力反对。他们强逼她与一位门当户对的富家公子订亲结婚，吴秀芬自然强烈反抗。一个漆黑的夜晚，她翻窗出逃，连夜直奔重庆，然而，没想到的是，邓禹平已随电影厂迁返上海。

1947年7月，吴秀芬在重庆女子师范学校毕业了。她匆匆收拾好行装，买了去上海的船票，决定去与心上人团聚。就在此时，她接到了一封加急信件。在信上，邓禹平告诉她，他要随《阿里山风云》剧组到台湾去拍外景。行程十分匆忙，要秀芬暂时滞留四川等待。

“芬，一叶扁舟载去了我的哀与愁，我们越离越远了……但是，无论在什么样的环境下，我都不会放弃我们的理想和追求！不要着急，我们很快就会见面的……”吴秀芬捧着这封信，哇地哭出了声。

邓禹平和吴秀芬这对恋人，怎么也没想到，这一别，却是永远。海隔天悬，咫尺天涯！

海天永隔断肠人

为了等待邓禹平的消息，吴秀芬就在学校附近找了份工作，守着邓禹平留下的那些书画苦苦度日。直到她年逾古稀退休后，才回到了当年与邓禹平共同度过美好求学时光的家乡——三台县定居。

邓禹平随剧组匆匆来到台湾赶拍《阿里山风云》。戏拍到一半时，导演张彻让邓禹平为该剧写两首歌词，一首作主题歌，一首作插曲。邓禹平很快就写出了《高山青》和《椰树情歌》两首歌词。导演张彻一看，不禁击掌叫好："不错不错。"并马上为这两首词谱上曲。从此，这两首歌，特别是主题歌《高山青》就像长了翅膀的百灵鸟，越过高山、飞过大海，传遍了全世界。令邓禹平万万没想到的是，他这一次去台湾拍电影，会成为他一生中最重大的转折。电影刚拍了一半的时候，人民解放军就进驻上海了。听到这个消息，剧组人心惶惶，都想赶回上海去，看个究竟。然而弄到的飞机票却不到十张。没办法，大家只得以抽签的方法来决定每个人的去留。不幸的是，最最希望回到家乡的邓禹平却没有抽到机票签，被遗留台湾。而且，这一留，就是一生。得知结果的刹那间，邓禹平像被雷电击中一般，呆若木鸡！

在内地焦急企盼的吴秀芬更是忧心如焚，终日以泪洗面。为了等待恋人归来，吴秀芬孑然一身，直至终老。

滞留台湾的邓禹平，风华正茂、才华横溢，在文学、音乐、书画等方面都取得了很大的成功。他以"夏狄""雨萍"等笔名，发表了大量的文学作品。除了歌词《高山青》外，邓禹平还创作了《我送你一首小诗》《我的思念》《伞的宇宙》《下雨天的周末》《除非》《并不知道》等大量歌词，均流传到海外，为众多的华人所喜爱。其中，《我送你一首小诗》传到大陆，由著名歌唱家朱逢博演唱后，中国唱片社还灌制了唱片。1951 年 7 月，邓禹平出版了诗集《蓝色小夜曲》。1953 年出版了诗词集《大陆之恋》。1983 年 4 月出版了歌词集《邓禹平之歌》。

邓禹平曾主编过《绿艺世界》《作品》《中学生文艺》《中央影剧》等文艺刊物。创作过电影剧本《蜜梦初醒》、诗剧《大陆之恋》、话剧《山洪》等。举办过三次个人画展。特别是到了七十年代后期，邓禹平几乎完全脱离了影视圈，诗歌也写得少了，他把主要精力都放在了绘画艺术上。他在那段时期，创作了大量的美术作品，特别是人物画。那些清纯、美丽的少女画在他的笔下，无不美轮美奂、栩栩如生。

60 年代末，邓禹平在台北举办个人画展时，惊动了大名鼎鼎的华人作家林海音前来观看。其时，林海音的长篇小说《晓云》正风靡海内外。展厅内，邓禹平的一幅长发女郎的侧面特写画像吸引住了林海音。她久久伫立，反复品味。邓禹平告诉她："我心目中的'晓云'就是这个样子的！"林海音非常激动，她希望这本书再版时，能够用邓禹平这幅画来作封面。兴奋之余，林海音和邓禹平在那幅画像下留下了珍贵的合影。

邓禹平的歌词诗作，大多是抒发对祖国锦绣河山，以及对人生、对情人无限爱恋之情的。他在《无法阻止》里这样写道："虽然你可以拒绝/接我的电话/赴我的约会/回我的信/让我走近你的家门/但是却无法阻止/我差小雨来敲你的窗/我差轻风来按你的门铃/我差思念来牵你一入我的梦。"把他对心上人的思念，表露得淋漓尽致。而让他一举夺得台湾诗词"金鼎奖"的《伞的宇宙》则更是缠绵动人："伞的花朵/只在雨中绽开/雨一停/它就枯萎/伞是一个可折叠，可带走的屋顶/伞是一个外出的家/伞是一个独立的宇宙/伞下只容得下你和我/当你不来的时候/伞下一宇宙的温馨/便换成了一宇宙的寂寞。"字里行间，我们不难看出诗人那炽烈的情怀，和对爱情的矢志不移。

邓禹平的文学艺术上的巨大成就，使他成为台湾文坛上一颗耀眼的新星。各种文艺大奖频频降临到他的头上，"小神童""鬼才"的美誉满天飞，还曾一度得到台湾政界一些要人的特别欣赏，加入蒋经国手下的一个青年团体做过文化宣传工作。何应钦率领"道德重整会"代表团赴欧洲访问时，曾指名要邓禹平随团前往。

但是，生性耿直、率真，不擅溜须拍马，却又才高遭妒的邓禹平很快就失宠于台湾政界，以致穷愁潦倒终生。

人生前途不尽如意的邓禹平，在情感的领域里，也是难以言说的失败。邓禹平在台湾期间结过一次婚。生有一个女儿。婚姻关系维持了五年左右就结束了。离婚后的太太带着他们唯一的女儿，去了美国定居。从那以后，邓禹平就再也没有谈婚论嫁，和大陆的吴秀芬一样，孤身一人，直至1985年病逝台湾孤岛。

1983年，诸病缠身、自知时日不多的邓禹平出版了他的第四部诗集《我存在，因为歌，因为爱》。台湾著名作家、画家席慕蓉、楚戈共同为邓禹平的新诗集画了精美的插图。邓禹平从席慕蓉画的20多幅针笔画中挑出了一幅长发飘逸的少女图作了诗集的封面。画面上的少女只有羞涩、垂眸的侧影。许是素昧平生的女作家读懂了诗人掩埋甚深的心痛，竟用这幅"长发妹妹"的图画破译了蕴藏在诗人心中几十载的初恋情结。邓禹平独独把这幅画挑了出来，作书的封面，大概也算了却了一桩无法了却的心愿。

天悬地隔恨悠悠

邓禹平创作的《高山青》流传到祖国大陆后，一直被人误以为是台湾高山族民谣。直到1984年10月，才由一个叫张茜茜的台湾女影星解开了这个谜。1984 年的国庆节，从香港来到北京的张茜茜在天安门广场听到高音喇叭里正在播放《高山青》这首歌，不由驻足聆听。那亲切、熟悉的歌声引起了她无限的感慨。她就是当年在电影《阿里山风云》里演唱《高山青》的第一人。张女士立即在北京的《团结报》1984 年 10 月 13 日第二版上撰文说明，《高山青》不是台湾民谣，而是由现仍寓居台湾的大陆人邓禹平作词、张彻（香港著名导演，被誉为"中国阳刚片开山鼻祖"。其代表作有《霹雳情》《大上海 1937》《过江龙》《西安杀戮》等）作曲的电影主题歌。

当这个消息传到四川省三台县时，故乡的亲友、同学无不欢欣鼓舞，奔走相告。已退休回到故乡的吴秀芬特意购买了大量由大陆歌手演唱的《高山青》歌带，并和邓禹平当年的一些老同学一起自己演唱、灌制了《高山青》录音带准备邮寄到台湾去，让海隔天悬中断了三十余载的音讯重新连续起来。

无独有偶，1984 年，时任中央乐团指挥、作曲家的罗忠熔出访澳大利亚时，得到一张当地同行赠送的《高山青》曲谱，他惊讶地发现，词作者竟然就是邓禹平！这首歌曲，罗忠熔在大陆时就已经很熟悉了，只是一直以为是台湾的山地民歌。喜出望外的罗忠熔，一下子激动得热泪盈眶了。他立即通过海外音乐界、文学界的华人朋友，辗转打听邓禹平的消息。最后在齐邦媛、林海音、钟光荣等人的大力协助下，来自祖国大陆故乡同学、朋友、情人的函件、包裹才艰难地飞到了邓禹平的身边。然而，这时的邓禹平已是第二次中风卧床，成了植物人了。

在风流才子邓禹平生命的最后一刻，他也没能够亲身聆听到由初恋情人辗转千万里送到他身边的乡音！1985 年 12 月 21 日，一个终生因为歌，因为爱而存在的风流才子含恨离开了人世。

在获知邓禹平去世消息后的第二年，了无牵挂的吴秀芬也随他而去了，两人兴许会重逢于另一个人间天上。

"姑娘和那少年永不分呀，碧水常围着青山转……"一曲人间爱情绝唱，余音绕梁，直到永远。

（本文原载《幸福生活与科学》2000 年 11 期，本次收入本辑作者有所增润修改）

从金钟山到阿里山

——谨以此文纪念邓禹平先生辞世30周年

邹开歧

有关《高山青》词作者邓禹平的文章，我已有15个年头没写了。

其原因有二：

一、所搜集的材料已翻来覆去用过，如果再写，就只有炒陈饭。

二、已有三台文坛后起之秀接着写下去了，而且写的是长篇小说、电视连续剧、电影剧本，都是颇具影响力的重磅之作。

这就应了民间的一句大实话："长江后浪推前浪，一代更比一代强。"老夫我不服不行。

为什么现在又心血来潮，要写一下邓禹平呢？

其原因也有二：

一、今年是邓禹平辞世30周年，《高山青》这首歌曲已在全世界传唱65个年头，作为邓禹平家乡的文艺工作者，理当行文表示怀念；

二、我今年去了台北阿里山，兑现了我30年前的愿望，解开了我心中的疑团，有话想说。

疑团与愿望

从1985年到2000年，我们三台有三个人在写有关邓禹平的文章（指一直坚持在写的人），我和县对台办的赖和中，文化馆音乐干部邱平邦，后来又加盟了职业撰稿人戴岱。

当年邓禹平为正在拍摄的电影《阿里山风云》的插曲写歌词时，他并未去过阿里山，居然能写出"高山青，涧水蓝，阿里山的姑娘美如水呀，阿里山的少年壮如山"这样优美的词句。

后来，得知邓禹平曾对台湾媒体说过这样一句话："祖国的山，祖国的水，都是相通的，中华民族的子孙都是一脉相承的。"

这话也说得过去，但邓禹平当年所写"高山青"的"山"，"涧水蓝"的

“水”，阿里山的“姑娘”和“少年”究竟是哪个地方的，便成了很多人心中难于解开的疑团。

1986 年，在省对台办的安排和指导下，由我执笔，有赖和中与邱平邦参加共同创作了电影剧本《高山青》，现在想来，也真有点幼稚和可笑。

既然是电影，就得有爱情，便设计了邓禹平有个恋人叫静兰，现在叫“白玫”（比“静兰”这个名儿好）。

剧本写成后，我们三人专程去峨影会见了《高山青》的曲作者张彻。

张彻真是个了不起的人，是中国功夫片的开山祖师，大家可能看过的《霹雳情》《大上海 1937》就是他导的。

他曾慷慨答应，出任电影《高山青》导演。

当他把剧本读完后，同我们交谈了整整一天。肯定了前半场（在大陆这一段）写得不错，后半场虽然有故事，但好像还是发生在大陆。他提出必须去台湾体验生活，重写后半场。

1986 年，张彻先生也是因为定居香港，才能来内地拍电影，那两年给台北去封信，都要从美国转一下，才能到台北。像我们这种县份上的无名小卒，能去台湾体验生活？休想。尽管省对台办表示，一定尽力促成此事，结果是尽了力，事未成。

当海峡两岸的“隔离带”撤除之后，老夫年事已高，但仍然萌生了要去台湾见识一下阿里山的愿望。

正当邓禹平先生辞世 30 周年之际，我去了台湾。

当头一棍上阿里

当我向担任导游的台湾兵二代（当年从大陆去台湾的“老兵之后”）说明我是四川三台人，《高山青》词作者邓禹平的老乡，满以为会赢得他的刮目相看，他却面无表情地甩出一句话：“《高山青》这首歌是骗人的!”

这真是当头一闷棍，打得我晕头转向。我心头顿时怒火上窜，牙齿咬得格格响，真想迎面给他两拳。

抬眼一看，这是在祖国宝岛台湾，人生地不熟，就是在咱们三台，我这辈子也没敢动手打过人。只好忍气吞声，同这位台湾“兵二代”拉开了距离。

坐在车里，弯来拐去进入阿里山，方知阿里山并非单独一座山，而是由十八座高山组成。向窗外望去，群峰参峙，既有悬崖峭壁之奇险，又有幽谷飞瀑之秀丽。据说，最高处海拔 2663 米，山虽不算高，但以神木、樱花、云海、日出四大胜景而驰誉全球。故有“不到阿里山，不知台湾美丽”之说。

进入阿里景区，展现在眼面前的是：群峰环绕，山峦叠翠。曾有一首《阿里山》的诗这样写道：“朝过九十弯，眺瞻银海翻。景深潺碧水，骄日透林间。竞断松公臂，涓流姊妹谭。晚霞映少女，阿里画中山。”

相传很早很早以前，有一位邹族酋长阿巴里曾只身来此打猎，满载而归，后常带族人来此。为感念这位酋长，便以阿里为此地而命名。

“兵二代”好像看出了我情绪有点儿低落，便主动和我对话：

“老先生，你看阿里山怎么样?”

我确实有点儿情绪，便有几分生硬地回敬了他：“阿里山美呀，要不然邓禹平能写出‘高山青，涧水蓝’这样的歌词吗?”

“兵二代”慢条斯理：“阿里山就像那首诗中写的那样，真的很美，但是相比之下，阿里山的姑娘并不怎么漂亮，所以我说《高山青》那首歌是骗人的。”

听他这么一说，心里顿时爽了起来。

眼看就要到达山顶，“兵二代”说：“日出、云海、晚霞、森林与高山铁路，合称阿里山五奇。阿里山铁路为世界上仅存的三条高山铁路之一。”

于是，我对阿里山的铁路与森林产生了浓厚兴趣。

当“兵二代”以极其愤恨的心情讲述了阿里山珍贵林木惨遭破坏的事实之后，我不由得咬牙切齿，怒气冲天……

火冒三丈入林区

按理说，进入林区忌讳一个“火”字，怎么能“火冒三丈”入林区呢?

首先声明，这是心火。

森林为阿里山五奇之一。

从平地的龙眼、相思树、桂竹林等热带植物开始，顺着山势攀升，景致变换成属于暖带林的樟木、楠木和柳杉林，再往上就有台湾杉、铁杉、红桧、扁柏和小巨松。

“兵二代”告诉我们，日本帝国主义早在1900年就派员来台湾对阿里的森林展开调查。占领台湾后，大肆砍伐阿里山上最珍贵的红桧，共砍伐30多万棵。为运走这批红桧，专门修了一条小铁路直通阿里山。日本的神社，全是用咱们中国阿里山的桧木建成。

听“兵二代”这么一说，我确实气愤以极，我心里就想：“老子早晓得，小日本的神社是用阿里山的桧木修建，2010年去日本时，就该点把火将那些神社给烧了!”

当然，心里这么想是可以的，真要这么干，就给咱外交部惹麻烦了！

所幸的是，这些参与砍伐红桧的小鬼子，遭到了报应。据说，有一天清晨，人们觉得奇怪，山上停止了砍伐声。便上山看过究竟，结果才发现，头天还在挥汗如雨砍伐红桧的小鬼子，一个两个命丧黄泉再也起不来了。

小鬼子将这些尸体埋在阿里山上，修了个“土地庙”似的建筑以示纪念。

阿里山的父老乡亲没有毁坏它，将其作为日本帝国主义侵略中国的罪证，也警示所有的人，丧尽天良的事做不得！

小鬼子侵占我祖国神圣领土，掠夺我华夏丰富资源的罪恶行径，台湾同胞和祖国各族人民将永远铭记，并很快修复日本侵略者在阿里山留下的创伤。现在，阿里山景区已成为一笔很有吸引力的旅游资源。

上了阿里山，我才知道，“阿里山的少年”敦厚、朴实，但“阿里山的姑娘”也并非有“如水”之“美”。满眼是山连山、山重山的群山叠翠，看不到一座独立的“高山”，在绿荫覆盖下，更难领略到“涧水”之“蓝”。

“兵二代”说《高山青》这首歌是骗人的，并非恶意，是赞赏这首歌把阿里山给写美了，而且吸引了不少人伴着《高山青》的旋律上阿里山观光、旅游！

我就在想，邓禹平写《高山青》这首歌词时，心目中的“高山”“涧水”“姑娘”“少年”到底在哪里？

于是，我重返邓禹平先生故里——三元镇。

寻找答案解疑团

公元2015年8月21日，金色的秋阳普照着梓州大地，我们几位三台的本土作家，相约去三元镇接地气。

还未到达目的地，公路沿线的广告牌上，“禹平故里，秀美三元”十分强烈地扯着我们的眼球。

当我们进入邓禹平先生故里——三清村时，秋阳下铺绿叠翠的金钟山像镀上了一层金，既华彩，又亮丽；微波荡漾的魏城河，像一面镜子，倒映着蓝天白云，让我们有一种“人在画中”的感觉。

触景而生情，我们不由自主地吟唱起了“高山青，涧水蓝，阿里山的姑娘美如水呀，阿里山的少年壮如山……”

在我看来，阿里山连绵起伏，层层叠叠，由若干座高低不等的山峦组合而成。绿荫覆盖下的涧水，如大家闺秀，深藏不露，难见真容。

而邓禹平先生故里的金钟山，虽然海拔不高，但傲然挺立于魏城河畔，如一枝独秀，伟岸壮观；波光粼粼的魏城河，围绕着金钟山，依依不舍，紧紧相伴。

这不就是歌里的“高山常青，涧水常蓝”，“绿水常围着青山转”的画面吗?

因此，我可以断言，当年邓禹平写这首歌词时，心里想的，眼面前出现的，一定是家乡的金钟山及魏城河。

那么“美如水”的“姑娘”，“壮如山”的“少年”，又是出自哪里呢?

我的回答仍然是，邓禹平家乡——三元镇的姑娘和少年。

前面已有叙述，台湾“兵二代”说了：“阿里山的姑娘并不是歌里唱的那么漂亮”，未必邓禹平家乡——三元镇的姑娘漂亮吗？小伙子帅气吗?

我可以告诉大家：只要三元镇逢场这天，你到街上来赶一次场，自然就有答案。

我从20世纪50年代到现在，去了三元镇很多次，认识了三元镇很多人，据我所知，三元镇没有嫁不出去的姑娘，没有讨不到老婆的青壮年。

尚有个别单身男人，不是因为长得不帅而是要求太高，错失了良机。

在我的写作生涯中，曾认识三元镇的三位“大姑娘”，还都是人美、心美、事业美的成功女性。

一是20世纪70年代就认识的一位姓严的才女，后来在绵阳一家军工企业做中层干部。

一是2006年在绵阳农科区认识的一位姓刘的才女，夫妻双双均是名牌大学研究生毕业，本来在成都创下了一番事业，却到农科区当起了“农民”，创建了个“佳昊农业发展有限公司”，还说了一句语惊四座的话：“历来都是无钱无文化的人种田，我要开一个有钱有文化的人种田的先河!”为此，我还写了一篇《新》。

我还非说不可，禹平故里的男人原本就是一座山，为妻室儿女遮风挡雨，将孩子们举起来，让其看到外面的世界；禹平故里的女人，原本就是一条江，紧紧围绕着男人这座山，滋润着这座山，共同育出一茬又一茬的“好庄稼”!

这就是歌里唱的“姑娘和少年永不分呀，绿水常围着青山转!”

美丽的魏城河不就是围绕着金钟山永远不弃不离地转吗?

禹平先生，你安息吧！家乡人民懂你、爱你，世世代代怀念你!

(按：作者系四川省绵阳市三台县作家协会主席)

金庸研究

国际金庸与中外武侠小说研讨会（2016年10月1—2日）在澳门大学举行

黎活仁

2016年10月1日，由澳门文艺评论家协会、香港大学国际金庸研究会主办，澳门大学中国历史文化中心、澳门大学南国人文研究中心协会协办，并得澳门基金会赞助的“国际金庸与中外武侠小说研讨会”如期顺利举行。

大会邀请林保淳教授（台湾师范大学）担任主题演讲，讲题是《〈万年清〉与武侠小说》，著名旅美作家卢新华、美国《红杉树》杂志总编吕红、澳大利亚诗人庄伟杰就“武侠小说与创新”举行了座谈。

另论文二十一篇，就金庸养生学（李思齐、伍朝彦、伍文芊，香港大学国际金庸研究会）、侠义文化与儒家文化（傅天虹，北师大珠海分校）、市民文化（龚刚，澳门大学）、武侠史的重构（郭强，北京市延庆区文学艺术界联合会）、日译与传播（李光贞，山东师范大学）、复合境界与文武之道（庞琦昕、李继凯，陕西大学）、对网络小说的影响（周志雄，安徽大学）、戏曲改编（沈惠如，东吴大学）、对“江湖”的反叛与再造（柴高洁，中原工学院）、《鹿鼎记》与金庸的难题（陈荣阳，遵义师范学院）等展开讨论。

人物分析方面，有就以下特点进行分析：（1）张无忌的英雄成长过程（王程程，南通大学）；（2）小龙女出走和重现（黎活仁，香港大学）；（3）杨康、欧阳克和小昭、梅超风的永远的少年和永远的少女形象（裴蓓，深圳职业技术学院）；（4）《天龙八部》的妖女（沈玲，厦门大学嘉庚学院）；（5）乔峰、段誉、虚竹的三个男人故事（杨果，天津外国语大学）；（6）丑角研究（韦足梅，四川大学）；（7）《笑傲江湖》中岳不群形象与符号学（吴敬玲，四川大学）。也有一篇是研究《连城诀》的空间的（杨敏夷，东吴大学）。

另外，关于中外武侠小说，有就《七剑十三侠》（张弛，湖南师范大学）、金庸和红柯英雄情结辨析（韩春萍，长安大学）、武侠小说与骑士文学（龙娟，重庆师范大学）作一探讨。

部分与会同仁经香港返回内地，顺便参观了香港大学图书馆与香港中文大学图书馆，有缘浏览香港大学特藏、张爱玲成绩单，踏足许地山当年办公的大楼和朱光潜读本科时住过的宿舍，在香港中文大学又参观了萧红寄萧军书信手稿和余光中遗墨。高铁香港段在2018年9月23日通车，也有老师自香港站回原居地，或取道深圳中转郑州、上海。

朱寿桐教授在2011年已举办过“金庸与汉语新文学国际学术研讨会”(2011)，本次研讨会筹备经年，揭开金庸与武侠小说研究新的一页。承朱教授居中运筹，可谓宾至如归，助教汪沛女士和会务组的安排，巨细无遗，合该致以万分谢意!《华文文学评论》拟出版专辑，以记其盛。谨缀数言，用申谢忱!

2009年2月27日，香港大学“国际金庸研究会”举行了成立晚宴，承金庸教授百忙之中莅临指导，不胜感谢!“国际金庸研究会”已举行过多次国际活动。2008年10月17日，台湾中兴大学中文系、香港大学“国际金庸研究会”、韩国台港海外华文研究会和韩中文学比较研究会于中兴大学联合主办了“金庸作品的常见主题与场景国际研讨会”。

2008年12月24日，扬州大学文学院、香港大学“国际金庸研究会”、韩国台港海外华文研究会和韩中文学比较研究会于扬州大学联合主办了“金庸暨中外文学国际研讨会”。

2009年4月11日，由台湾大学文学院、中文系、外文系，香港大学“国际金庸研究会”、韩国台港海外华文研究会和韩中文学比较研究会在联合主办，中兴大学中文系、辅仁大学中文系协办，在台湾大学文学院举行了“金庸国际研讨会”。

“国际金庸研究会”举行成立晚宴之后，于香港大学的“查良镛讲座”，在下叨陪末席，与金庸先生也有数面之缘，走笔至此，惊闻先生以九十四岁高龄辞世（10月30日），谨在此致以深切的悼念!

金庸小说中的养生法

李思齐　伍朝彦

摘　要：金庸的武侠小说有“中国传统文化的百科全书”之称，因其除武侠元素外，还对中国传统文化进行了较全面反映，其中也以大量篇幅反映了中医药文化，包括中医理论、诊断学、药理学、针灸学、病症与治法、养生学、医药名著、经典名方等内容。虽为武侠情境的需要，其对中医药的描写存在许多不实和夸大之处，但其大部分能在一定程度上，把握中医药文化的特色和精神，如健身气功、点穴疗法、针灸疗法等。

关键词：金庸　武侠小说　中医药　气功　点穴　针灸

有人说，有华人的地方，就有金庸作品的影响力，这一点堪称奇迹。金庸著有“飞雪连天射白鹿，笑书神侠倚碧鸳”等 14 部武侠小说，闻名海内外，且作品多被改编成影视剧集、游戏、漫画等。在 2010 年，金庸就曾以 350 万元的版税收入，荣登“2010 第五届中国作家富豪榜”第 12 位，可见其作品流传之广。金庸自 1955 年，创作第一部武侠小说《书剑恩仇录》始，直至 1972 年宣布封笔，退出侠坛，此 18 年间，主要创作有 15 部武侠小说。金庸武侠小说自问世之日起，便吸引无数读者，流传遍及全球，至今仍长盛不衰，被公认为 20 世纪新派武侠小说的典范。

金庸小说之所以成就如此高，除自身的武侠元素外，还因其对中国传统文化的较全面反映。在整个中国小说史上，金庸小说在反映中国传统文化的广度和深度上，都罕有比肩者，其作品可谓是“中国传统文化的百科全书”，内容博大精深，具有很强的知识性，广泛涉及历史、天文、地理、算术、风俗、医学、巫术、宗教、艺术等各个方面。其中，所涉及的中医药知识，是其小说的一大特色，包括医道高手、医药名著、经典名方、名贵药材，及经络、穴位、针灸、气功、病理学、药理学等方面。

一、金庸小说与中医药

中国古代，有所谓“医武一家”之说[①]，如天下武术正宗少林寺，传有大量验方秘笈，其内容以骨伤、点穴、针灸、推拿为主，形成了著名的少林伤科学派；[②] 近代广东佛山武师黄飞鸿不仅武艺精湛，且医术高明，尤精于骨伤科；[③] 现代的一些名医，出于养生、功力训练的需要，也精通武术、功法。在金庸武侠小说所描绘的江湖世界中，医药知识也是武林人士的必修课，如《射雕英雄传》中指：“初练粗浅功夫，须由师父传授怎生挨打而不受重伤，到了武功精深之时，就得研习护身保命、解穴救伤、接骨疗毒诸般法门。”与金庸齐名的武侠小说作家梁羽生（1924 至 2009 年，原名陈文统，与金庸、古龙并称为中国武侠小说三大宗师）也认为：“古代凡习武之人，多少懂点中医的道理。”[④]

正是基于“医武一家”的理念，又为使武侠小说更添真实性，故金庸小说中，为了故事情节的需要，常用大量篇幅对中医药知识进行介绍，尤其是《倚天屠龙记》《射雕英雄传》《飞狐外传》等书中，对中医理论、药物学、针灸经络学等中医药文化，描写非常详尽。笔者统计发现，金庸武侠小说中提到的中医相关名词，主要有中药、医者、与中医相关的武功等，仅其中所提及的中药词语，数量就有 70 余种，范围几乎涉及其全部武侠作品。而这 70 余种中药词语，按功效主要有：毒药、解药、治疗用药、增强功力用药、延年益寿用药；按剂型主要有：丸、丹、膏、胶、散、酒等。[⑤] 但笔者认为，金庸武侠小说毕竟是虚构，金庸毕竟非医学专业人士，其中有些中医知识，包括中药名等，也有虚构，不能盲目全信。

金庸小说中的武侠元素，与中医药的关系，主要表现在：

（1）武术气功理论多有与医学理论相通者，如太极拳、两仪刀、四象掌与阴阳学说，形意拳与五行学说，八卦掌与八卦学说，全真派内功与精气神学说，六脉神剑与经络学说等。

---

① 张国华、王平：《我国运动医学的中医特色》，《荆州师范学院学报》（社会科学版）2001 年第 5 期。

② 丁铭：《中国佛家骨伤流派剖析》，《中国中医骨伤科》1994 年第 5 期。李声国：《论佛教少林功夫的骨伤科辨治特色》，《中国骨伤》1997 年第 2 期。丁继华：《伤科古文献的整理研究》，《中国骨伤》2004 年第 1 期。

③ 黄端：《黄飞鸿的真实世界》，《南方周末》，2003 年 7 月 3 日。

④ 梁羽生：《萍踪侠影录》，广东旅游出版社，2000 年。

⑤ 钟舟海、徐婕：《金庸小说里的中医药》，《江西中医药》2004 年第 6 期。

（2）掌握一定的医学理论，对练好武功极有帮助，如练点穴功夫，首先要熟悉经络腧穴的定位等。

（3）武林人士野外活动较多，可能遇到的蛇虫鸟兽伤害更多，可凭医药之术自保。

（4）为了战胜对手，许多武林人士除练好武功外，还要制备一些毒药，以弥补拳脚功夫的不足，加强攻击力。

（5）在武侠小说中，不少功夫需要凭借药力辅助。

（6）江湖人士过的都是刀口上舔血的日子，故与医生的关系一定要好，医生是必不可少的存在。①

二、金庸小说中的点穴疗法

在金庸武侠小说中，有许多富有中医特色的武功，如点穴之法。在武侠小说中，点穴是武林人士所具备的基本武功技法之一，轻则使人动弹不得、失语噤声，重则使人脏腑受损、危及生命，其方式有以指力或器械点打穴位，或以暗器刺伤穴位等，其理论基础则是经络腧穴学说。《古拳谱丛书》中有载："点穴一道，精微已极，有点穴，有打穴，有拿穴，有闭穴，门道甚多，统以点穴名之。要不外识穴真的，按时袭击，限时取命而已。此法渐已绝没，盖师傅不易传人，是以知者甚鲜也。"② 武侠中的点穴，是以强力刺激对方穴位，使其经络受阻，影响气血流通而受制的技击方法，虽确有致人死伤的功效，但并非如武侠小说中描述的那么夸张。现在，武术技法的点穴法，已几乎绝迹，但源于武功点穴术的中医点穴疗法，发展演变至今，仍是重要的养生治病法之一。

点穴法又名点气法或截气法，是以经络学说为主要依据，以穴位（或要害点）为突点，达到制敌的目的。若应用在医学上，则称指针，即指用手指代替针具，点按身体某些特定穴位，可疏通经络，达到调理脏腑经络的作用，起到保健养生、防病治病的目的。

（一）点穴疗法的养生作用

根据中医的基本理论，点穴疗法的作用主要有：

1. 疏通经络，行气活血。古籍《点穴术·点穴与气血篇》载："……若能开其门户，使气血复其流行，则经脉既舒，其病自除……治法当从其穴之

① 周志彬：《文学、人学与中医学——读金庸小说杂议》，《中医药文化》2006 年第 6 期。

② 中国技击学会：《古拳谱丛书·中篇·器械学》，山西科学技术出版社，2003 年。

前导之，或在对位之穴启之，使所闭之穴感受震激，渐渐开放，则所阻滞之气血，亦得缓缓通过其穴，以复其流行矣。”① 这说明采用适当的方法和穴位，可起到疏通经络、行气活血、营卫调和等作用，以使病获痊愈。

2. 平衡阴阳，扶正祛邪。正常情况下，人体各组织脏器的功能活动，都保持着有机协调，即阴阳处于平衡状态，若协调关系遭到破坏，阴阳失去平衡，就会导致疾病。而点穴疗法可使阴阳趋于平衡，恢复协调，并能鼓舞人体正气，驱邪外出，从而达到治病保健的目的。

据现代医学报道，点穴疗法主要有四方面作用：

1. 增强免疫功能：点穴疗法可增强人体免疫功能，提高抗病能力和自愈能力，达到扶正祛邪、祛病延年的目的。

2. 增强神经系统功能：点穴疗法可使血液中某些神经递质，发生变化，增强神经系统的传道功能。

3. 增强心血管功能：点穴疗法可改善心血管功能，改善肢体和脑组织的微循环。

4. 活血化瘀：点穴疗法可影响血液流变性和血流动力学，改变血液的高凝、粘浓、聚状态，从而起到活血化瘀的作用。②

（二）日常点穴按摩养生法

掌握一些简易的穴位点穴按摩法，日常可自我点穴按摩，起到养生保健作用，特别适用于年老体弱者，于每日晨起之时进行，效果最佳。以下穴位点穴按摩养生法供参考：

1. 风池穴：属足少阳胆经，为手足少阳、阳维脉的交会穴，位于人后脑勺脖子枕部的两个明显凹陷处。按摩风池穴，具有疏风解表、舒筋通脉、平抑肝阳、活血止痛、清利头目的功效，可缓解鼻塞流涕、咽痒咳嗽等症，且颈后部为人体阳气通行的重要通路，故刺激风池穴还可通利清阳之气，从而起到清头目、止头痛的作用，还对外感头痛、发热、肩背酸痛、颈椎病、眼睛疲劳等有疗效。方法：双手拇指分别置于同侧风池穴，其余四指伸直抓于头部固定，拇指稍用力按揉，以微觉酸胀感为度，每次按摩 10～15 分钟，每日可多次。③

2. 人中穴：人中穴又称水沟穴，位于鼻子下面的鼻唇沟正中及上 1/3 与中 1/3 的交界处，是督脉与手足阳明经的会穴。众所周知，人中穴可用来救

---

① 贾立惠、贾兆祥：《点穴疗法》，《中国民间疗法》1994 年第 3 期。

② 林超雄、李桂萍：《还阳术、换血法与疏经、活血、化瘀——气功点穴疗法揭秘篇四》，《按摩与导引》，1992 年第 8 期。

③ 谢煜：《冬季防感冒 用好风池穴》，《大众卫生报》（中医中药），2017 年 12 月 14 日。

治一些突发急性晕厥、昏迷的患者，可镇静安神、开窍去寒和降心火。其实，人中穴还有醒脑开窍、息风止痉、清热提神之功，主要治疗癫、狂、痫、中风昏迷、小儿惊风、面瘫、腰背强痛、鼻塞、鼻出血、牙痛、牙关紧闭、黄疸、消渴、脊背强痛、挫伤、扭伤、腰痛等症，建议每日早晚各 1 次，按揉指掐人中穴，每次 10 分钟，使之有热感为度。[①]

3. 太阳穴：位于耳郭前面，前额两侧，外眼角延长线的上方，两眉梢后的凹陷处，是头部要穴。按摩太阳穴可给大脑以良性刺激，有助解除疲劳、振奋精神、止痛醒脑，保持注意力的集中。按摩方法：将手掌搓热，贴于太阳穴，稍稍用力，顺时针转揉 10 至 20 次，然后逆时针再转相同的次数。

4. 风府穴：位于颈部，当后发际正中直上 1 寸。按摩风府穴可清热去风，改善血液循环，对头痛、头晕、颈项强硬、感冒发热有疗效。按摩方法：左手食中指并拢左右轻擦，然后换右手，各 30 下，使之有热感。[②]

5. 迎香穴：属手阳明大肠经，位于鼻翼外缘中点旁，当鼻唇沟中。此穴有散风热、开鼻窍、清脑、理肺功效，有利于呼吸系统，经常按揉还能改善便秘状况。按摩方法：用双手食指轻轻揉动两侧迎香穴，力道要适中，面部有适度酸软感觉为佳，每次按揉约 200 下即可。再将两手食指和中指并拢，自迎香穴开始慢慢向上搓至内眼角，也是揉搓 200 下左右，使鼻梁有发热感觉。

（三）点穴疗法的注意事项

点穴疗法的适应症比较广泛，特别是一般性的疼痛、失眠、亚健康状态、疲劳综合征及养生保健等。点穴手法多样，有掐、拿、揉、揪、推、振、擦、啄、捻、拨、点等，其跟一般的按摩手法大致相同，主要区别在于这些手法是作用于穴位为主的。常用的养生保健穴位有：百会穴、太阳穴、合谷穴、膻中穴、关元穴、足三里穴、涌泉穴等。[③]

点穴疗法在具体点按时，刺激量须因人、因时、因体质、因病症等而定，不可一概而论。实施点穴疗法时，还应注意以下事项：

1. 急性病（外科常见急腹症、炎症急性期）、热性病、及传染病等禁用；
2. 高血压、心脏病、肺结核病情较重者，忌用；
3. 容易引起血之疾患，如血友病、血小板减少性紫癜、过敏性紫癜等不宜施用；

---

① 周祖贻：《人中穴，不只是用于急救》，《家庭医药》2015 年第 3 期。
② 李智：《风府穴：专治后脑勺头痛的祛风大穴》，《中华养生保健》2014 年第 9 期。
③ 梁彦、丁莎：《点穴——养生治病总相宜》，《中医健康养生》2016 年第 3 期。

4. 严重皮肤病及局部皮肤破损者，禁止施用；

孕妇不宜施用。此外，在点穴疗法进行时，出现心慌、头晕等现象，应立即停止，严重者及时就医。

三、金庸小说中的针灸疗法

针灸，是武侠小说中最常见的治病方法之一，金庸武侠小说也不例外，如《倚天屠龙记》中，胡青牛就以针灸疗法救治张无忌。

其实，针灸疗法，不仅是治疗疾病的一种重要手段，同时也是预防疾病、保健养生的重要方法之一。针灸养生是通过对人体特定穴位的刺激，激发经络之气，增进新陈代谢，以达到强身健体的养生目的。《黄帝内经·素问·刺法论》载："故刺法有全神养真之旨，亦法有修真之道，非治疾也，故要修养和神也。"明确指出针灸有保全精神、调养真气、维护机体自然状态的养生作用。[①] 针灸疗法主要分为两种：一种是针刺，一种是灸法。其养生功效，主要有：

(一) 调整心血管系统功能

心脑血管疾病，如高血压、动脉血管粥样硬化、心肌梗死、脑溢血等，是老年人常见病，且易导致死亡。中医认为，心为君主之官，"主明则下安，以此养生则寿，殁世不殆"，说明保持心脑血管功能正常是健康长寿的保证。医学实践证明，针灸对心血管系统功能，具有良性调整作用，如针灸降压效果一般在80%左右。

(二) 调整内分泌系统机能

内分泌的失调，是导致衰老和早死的重要原因之一。针灸对内分泌系统机能，具有调整作用，如对垂体肾上腺皮质系统功能、交感肾上腺髓质系统、垂体性腺系统机能、垂体甲状腺系统机能、甲状旁腺、胰岛及其他内分泌腺体，均有调整作用。

(三) 提高免疫功能指标

免疫机能降低，也是导致衰老和早死的重要原因之一。免疫机能低下，易发生呼吸系统疾病、自身免疫疾病和癌肿等。实验证明，针灸能加强白细胞吞噬力，提高数十种免疫功能指标，增强抗病能力，如抗过敏、抗感染、

① 尹红博:《古代针灸养生保健文献整理述略》,《山东中医药大学学报》2013年第3期。

抗癌等，促进多种疾病康复。[①]

针灸疗法具有四大特色：①以经络腧穴、气血运行理论为核心的理论特色；②通过刺激于外、调整于内达到防治疾病的效应机制特色；③以综合运用经络辨证、脏腑辨证、八纲辨证和腧穴诊断为主要内容的临床诊断特色；④由独特的治疗工具和特殊的操作手法构成的技术特色。五大优势：①诊断优势：简单、快速、准确；②技术优势：容易掌握、操作简便；③疗效优势：见效快，疗效明显，适宜病症广泛；④安全优势：无毒，极少不良反应；⑤经济优势：治疗成本相对低廉。[②]

现在处于亚健康状态的人很多，失眠、便秘、气短等患者随处可见，采用针灸疗法，对这些久病体虚之人的康复很有帮助。如对失眠者，可灸百会、印堂、内关等穴位；对便秘者，可灸天枢、水道、归来等穴位；对气短者，可灸气海、膻中等穴位。但针灸疗法应因人、因时、因地、因体质而进行，最好前去专业医疗机构找专家施治。

四、看金庸小说学养生

金庸的武侠小说涵盖中医学诸多方面，如阴阳学说、气学说、经络腧穴学说、诊断学、药物学、针灸学等中医理论，还常见针灸、点穴、失明、中毒、脏腑内伤、骨折筋伤等中医病症与治法等。其实，金庸小说中许多武侠功夫都蕴含中医养生法，如：

（一）六脉神剑：穴位按摩养生

《天龙八部》中的“六脉神剑”，是大理段氏的最高武学，由不同的手指隔空激发内力，变化精微。这六路“神剑”，实是以中医的六个穴位命名的，分别是少商剑、商阳剑、中冲剑、关冲剑、少冲剑和少泽剑。现实生活中，这些穴位自然不会有武侠小说中的神奇威力，但确实有一定的保健效果，且每个穴位左右手各有一个。[③]

1. 少商穴：在双手拇指末节外侧（尺侧），距指甲角 0.1 寸。可用对侧拇指的指甲缘点掐，或用牙签的钝头点按，对于扁桃体炎、感冒发烧、咽喉肿痛都有较好疗效。

2. 商阳穴：位于食指末节桡侧指甲旁，距指甲角 0.1 寸，刺激该穴具有

---

① 王昕耀：《针灸保健益寿浅探》，《中医杂志》1998 年第 11 期。

② 刘炜宏、王凡等：《论针灸医学的特色与优势》，《中国针灸》2011 年第 8 期。

③ 戴奇斌、杨璞：《“六脉神剑”与中医穴位》，《大众卫生报》（中医中药）2014 年第 8 期。

强精壮阳之效，可延缓性衰老，还对咽喉肿痛、手指麻木、热病等有良好效果。可用两手食指相钩反复牵拉，或用伞柄等按摩该穴。

3. 中冲穴：位于手中指指端的中央，可用大拇指按压，具有苏厥开窍、清心泄热的功效。急救时应连续用力刺激，频率约为每分钟 100 次，按压穴位力度准确的话，一般 40 秒后即可见效。若心绞痛突然发作，可用此法急救，能起到一定的缓解作用。

4. 关冲穴：位于无名指指甲旁靠近小指一侧，常按压此穴，有泻热开窍、清利头目的功效，可用于咽喉肿痛、头痛、热病等治疗。按压此穴时力度以能感到明显酸麻胀为宜，并坚持 30 秒至 1 分钟，然后再按压另一只手的关冲穴，每日 2 至 3 次。

5. 少冲穴：在小指内侧（桡侧）指甲角外约 0.1 寸处，对于心火上炎导致的心中烦热、口舌生疮、尿黄等症，可通过点按少冲穴缓解。大拇指用力按压此穴，以有酸麻胀的感觉为宜，持续 1 分钟，两手交替进行，每日 2 次。

6. 少泽穴：在小指外侧（尺侧）指甲角根部，对于治疗乳房胀痛、乳汁少等乳房疾病有效，还可治头痛、昏迷、咽喉肿痛、高热等病。可用拇指指甲掐按少泽穴约 20 秒，然后松开 3 秒，反复操作 10 次即可，但此穴位孕妇慎用。

（二）降龙十八掌：模仿动物强身

“降龙十八掌”是《天龙八部》《射雕英雄传》等小说中的武功绝学，其威力无穷，包含“亢龙有悔”“飞龙在天”等招式。其实，通过模仿动物来强身健体，自古就是传统中医养生学的保健方式之一，如名医华佗创“五禽戏”，其弟子每日勤练，90 岁依然步履矫健、齿目不衰。

笔者认为，可将一些动物的动作，融入每日的生活行为当中，可起到强身健体的辅助之功。如：

1. 晨起后可练“飞龙在天”，将双手向头顶上方伸展，脚尖向下伸，帮自己疏通筋络、升发阳气；或者抬起双腿，双手伸展用手指去碰双脚。

2. 工作间隙，可学长颈鹿，双手向前伸，踮脚绷紧双腿，头颈用力向上并慢慢转动，从而拉伸脊柱、舒缓颈椎。

3. 久坐后可像熊一样抖腿，一只脚站稳，另一只脚慢慢抬起并轻轻抖动，双手同时带动肩部前后摆动，可促进血液循环、防止血栓形成。

4. 临睡前，则可学猫拱腰，趴在床上撑开双手，双腿合拢伸直，撅起臀部，用力拱腰再慢慢放下，有助缓解腰背酸痛。①

---

① 佚名：《看武侠亦能学养生》，《国学》2014 年第 4 期。

（三）凌波微步：勤练腿脚保健

“凌波微步”是《天龙八部》中的独门轻功步法，机缘巧合下被大理世子段誉习得，并多次帮他“逃命”。这门绝技以易经六十四卦为基础，按特定顺序踏着卦象方位行进，从头至尾正好行走一个大圈。“凌波微步”与太极拳的太极步很相似，在练习时讲究“两脚宜分虚实，起落尤似猫行，迈步如临深渊，腰胯带领下肢”。

笔者认为，常练“凌波微步”或太极步，有以下养生功效：

1. 由于双腿不断地进行虚实交替，使单腿需要短暂支撑，有助于锻炼腿部肌肉力量，预防下肢静脉曲张。

2. 腰脊的转动会带动腰、腹、腿、脚、踝等各部位，使肌肉、关节和韧带得到充分锻炼。

3. 通过有节奏感的刺激，可促进气血循环，增强肌肉力量，预防腰腿疼痛等。常言道：“树老根先竭，人老腿先衰。”除太极步外，笔者建议，日常生活中也可做“养腿保健操”：背部靠墙站立，脚慢慢往前走，然后再退回；双膝并拢，屈膝微微下蹲，双手置于膝盖上，先顺时针方向旋转 30 次左右，再逆时针旋转 30 次；慢跑、快走、游泳等有氧运动也是不错的锻炼方法。

（四）易筋经：“拉筋”增强免疫

“易筋经”在《天龙八部》《倚天屠龙记》等多部小说中出现过，其是少林上乘内功秘笈，也是所有学武之人的向往。其实，“易筋经”并非完全虚构，而是自古便有的一种健身运动。

从中医学角度分析，“易筋经”是以中医经络走向和气血运行，来指导气息的升降，通过身体曲折旋转和手足推挽开合，使人体气血流畅、关窍通利，从而达到祛病强身的作用。从现代医学角度来看，修炼“易筋经”可使人体血液循环加快，内脏功能改善，延缓人体衰老过程。俗语有“筋长一寸，寿延十年”的说法，意思是筋骨好了，能增强身体免疫力，从而达到延年益寿的效果。中医养生学认为，“拉筋”随时随地都可进行，如《易筋经》第三势“掌托天门”，就是适合日常练习的方法：两脚开立，足尖着地，足跟提起；双手上举高过头顶，掌心向上，两中指相距 3 厘米；仰头目观掌背。同时舌舐上腭，鼻息调匀；吸气时，两手尽力上托，两腿用力下蹬；呼气时，全身放松，两掌向前下翻。随后两掌变拳，上肢用力将两拳缓缓收至腰部，拳心向上，脚跟着地。可反复 8 至 20 次。常以车代步、久坐不动的人，若出现弯腰时腰酸、下蹲费劲、步伐迈不大等，应注意加强此类锻炼。但高血压、心脏病、骨质疏松等疾病患者不可盲目练习。①

作者简介:李思齐,香港著名中药世家、南京中医药大学博士、香港《信报》中药世家栏作者、香港大学中文学会名誉会长、香港大学“国际金庸研究会”创会会长。伍朝彦,香港大学“国际金庸研究会”名誉研究员,香港《信报》中药世家栏研究助理。

① 佚名:《看武侠亦能学养生》,《国学》2014 年第 4 期。

《书剑恩仇录》的时空体研究

黎活仁

摘　要：本文引进巴赫金有关小说时空体的概念，在道路时空体、古堡时空体、沙漠时空体和拉伯雷时空体的论文，相逢、机遇等因素对《书剑恩仇录》作了分析。

关键词：金庸　巴赫金　时空体　《书剑恩仇录》

一、引言

巴赫金（M. M. Bakhtin，1895－1975）有关史诗、希腊故事和骑士文学时空体的论述①一，极具启发意义，现在就据金庸（查良镛，1924—2018）的《书剑恩仇录》（花城出版社，2006年）作一比较研究。

二、制造冲突

詹姆斯·N·弗雷（James N. Frey）《劲爆小说秘境游走：弗雷的小说写作坊》（*How to Write a Damn Good Novel*：*A Step-by-Step No Nonsense Guide to Dramatic Storytelling*）的"杰作生成三大妙法"是："制造冲突！制造冲突！制造冲突！"②《冲突与悬念：小说创作的要素》（*Conflict & Suspense*：*Elements of Fiction Writing*）一书说，一个场景如没有制造麻烦，就变得乏善可陈，一个人物没遭遇考验、危险、挑战，内心和客观世界都没有离奇曲折的磨难，读者是不会感到惊喜的，这种人物，地位一定不重要，

① 巴赫金（M. M. Bakhtin，1895－1975）：《小说的时间形式和时空体形式》（"Forms of Time and of the Chronotope in the Novel"，以下简称《时空体》），《巴赫金全集》，白春仁译，卷3，河北教育出版社，1998年，第274～460页。

② 詹姆斯·N·弗雷（James N. Frey）：《杰杰作生成三大妙法：制造冲突！制造冲突！制造冲突！》（"The Three Greatest Rules of Dramatic Writing：Conflict！Conflict！Conflict！"），《劲爆小说秘境游走：弗雷的小说写作坊》（*How to Write a Damn Good Novel*：*A Step －by －Step No Nonsense Guide to Dramatic Storytelling*），许峰译，中国人民大学出版社，2015年，第39～67页。

所以制造麻烦，是作者的分内工作[①]。

（一）制造兄弟相残的冲突

《书剑恩仇录》编排了很多的冲突。首是，乾隆与陈家洛，在小说中原是亲兄弟，长得一模一样，前者刚出生时被抱进宫，换出一个女婴（第9回，331；第19回，713~714，736），进宫的男婴后成为皇帝，就是乾隆，代表反清复汉的红花会总舵主陈家洛，希望透过兄弟之情，力劝清廷皇帝的哥哥反正，不惜设计捉拿乾隆，又据香香公主临死时透露，做哥哥的，一直没放弃对付弟弟（第20回，769），"复仇是有利于产生冲突的"，《冲突与悬念：小说创作的要素》如是说[②]。

什克洛夫斯基（Victor Shklovsky，1893—1984）论情节编构手法说：在德国狂飙时代，有五年时间，戏剧都以手足相残为主题，1776年在"汉堡剧场"参加比赛的三部作品，都是这一内容[③]。亚里士多德（Aristotélēs，前384—前322）《诗学》（*Poetics*）认为至亲的人如父子、母子、兄弟相残，才足以在观众之间引起震撼或怜悯[④]。另外，反清志士陆菲青、余鱼同与作恶多端的张召重同为武当派，李沅芷后嫁红花会十四当家"金笛秀才"余鱼同，李沅芷之父李可秀却是为浙江水陆提督，父女走到立场对立的局面，霍青桐与喀丝丽（即香香公主）姐妹，先后恋上陈家洛，陈家洛的亲兄乾隆却看上香香公主，杀了香香公主的父亲，故有不共戴天之仇。正符合弗雷的法则："制造冲突"，不断的冲突。

（二）死亡作为主人公的赌注

小说的主要人物，必须经历生死攸关的考验，就是以死为赌注。死亡有肉体的死亡、职场的死亡和心理的死亡[⑤]。《书剑恩仇录》的香香公主自杀（第20回，774），在冲突的比试败阵下来，选择了这一结局。在古典悲剧，死亡是肉体的死亡，张力达到至高点，肉体死亡是其中一个关键性的矛盾[⑥]。"哀莫大于死亡"，心理死亡比肉体的死亡，提升到更高的层次——小说中表

---

① 詹姆斯·斯科特·贝尔（James Scott Bell）：《冲突与悬念：小说创作的要素》（*Conflict & Suspense*：*Elements of Fiction Writing*），王著定译，中国人民大学出版社，2014年，第3页。

② 同上，第5页。

③ 什克洛夫斯基：《情节编构手法与一般风格手法的联系》（"The Relationship between Devices of Plot Construction and General Devices of Style"），刘宗次译，《散文理论》（*The Theory of Prose*），刘宗次编译，百花文艺出版社，1994年，第53页。

④ 刘效鹏：《亚里斯多德诗学论述》，台北秀威资讯科技股份有限公司，2010年，第179页。

⑤ 詹姆斯·斯科特·贝尔（James Scott Bell）：《冲突与悬念：小说创作的要素》（*Conflict & Suspense*：*Elements of Fiction Writing*），王著定译，中国人民大学出版社，2014年，第5页。

⑥ 同上，第8~9页。

达了对乾隆的绝望，给读者造成一种震撼[①]。

《创造难忘的人物》（*Creating Unforgettable Characters*）说两个人物的两个潜在冲突，到发展为三角关系，就变成六个冲突[②]，陈与霍姐妹，再加上乾隆，变成四角关系，冲突变成几何级数地上升。可以说《书剑恩仇录》的冲突，环环紧扣，显出谋篇的丰富经验。金庸年轻时担任电影编剧，《书剑恩仇录》是初试啼声之作，在这方面无疑井井有法度。

三、爱情的考验

巴赫金在讨论自古希腊小说至长篇小说兴起的过程，提出一些有建设性的分析角度，譬如古希腊的传奇教谕小说（教喻或译作考验），巴赫金列出男女恋爱的考验，要点如下：小说是写一男一女，（1）都英俊美丽；（2）品性纯洁；（3）偶然相遇，（4）一般在节日；（5）一见钟情；（6）势不可挡，如同命运安排；（7）但未能马上成亲；（8）男的遭到阻碍，只得把婚期延后；（9）两人各散东西；（10）中间又互相访寻；（11）终于重逢；（12）又再度失散；（13）又再次碰面；（14）常见的障碍有：（1）婚礼前夜新娘被抢走；（2）父母不同意婚姻；（3）长辈又给他们另择对象；（4）恋人于是一起外逃；（5）踏上旅程；（6）坐船遇险；（7）奇迹得救；（8）被海盗囚禁；（9）坐牢；（10）男女身体遭到侵犯；（11）女的因为战争或战斗做出赎罪的牺牲，卖作奴隶；（12）佯作死亡；（13）易容换装；（14）被认出或认不出；（15）故意虚构情变；（16）因破坏纯洁和忠贞致罪；（17）无法成亲；（18）然后分开；（19）再又重逢；（20）而后又分开；（21）又再度重逢；（22）家中长辈从中阻挠；（23）两人又再外逃；（24）在海上遇险；（25）遇到海盗；（26）或身陷囹圄；（27）或卖作奴隶；（28）中途佯作死亡；（29）或改易容貌；（30）或因为虚构的情变；（31）送上法庭；（32）审判时证实恋人其实忠于对方；（33）之后联络上家人；（34）最后团圆结局[③]。

（一）对陈家洛的考验

巴赫金理论为时人所重，作为主要情节之一的陈霍恋，与巴赫金公式较为吻合的是多次分离和重逢。陈家洛遇见他也喜欢的霍青桐，霍以短剑相赠

---

① 詹姆斯·斯科特·贝尔（James Scott Bell）：《冲突与悬念：小说创作的要素》（*Conflict & Suspense: Elements of Fiction Writing*），王著定译，中国人民大学出版社，2014 年，第 7 页。

② 琳达·西格（Linda Seger）：《创造难忘的人物》（*Creating Unforgettable Characters*），高远译，文化发展出版社，2017 年，第 103 页。

③ 巴赫金：《时空体》，河北教育出版社，1998 年，第 277～278 页。

（第 4 回，162）。但因为男扮女装的李元芷跟霍在众人前拥抱（第 4 回，162），以为对方已名花有主，贝尔认为把“女人变成男人”，“是一种灵活的手段”，“往往还能产生很好的效果”（《冲突与悬念》①），于是成就了走毕故事全程的三角恋。

陈家洛后来蹠到霍的妹妹香香公主，做妹妹的不知姐姐心有所属，主动带陈参加偎郎大会（第 14 回，518—521），以表爱意。但后来因为乾隆从玉瓶上看上香香公主的画像（第 15 回，558；第 19 回，746。玉瓶上的像其实是马米儿），横刀夺爱，最后香香公主为陈家洛殉情，时年十八。香香公主此举符合考验忠贞的特点，只是不能大团圆结局。“牺牲了自己最需要的东西，重新变成一个正常人”，可“赢得了内心世界的胜利”，为了别人（譬如说陈家洛）“献出自己的生命”，是“冲突的最高形式”《冲突与悬念》②。

陈霍的相逢，共有五次。陈家洛初见霍青桐，女的有意，以短剑作为定情信物（第 4 回，162），但因为是偶然邂逅，自觉不好意思走开。再见面是在偎郎大会，不想妹妹香香公主采取主动，情定陈家洛（第 14 回，518～521）。霍青桐的师傅陈正德、关明梅以陈家洛贪新忘旧，另结新欢，欲趁着陈与香香公主睡梦中杀之（第 16 回，602～608），但不忍下手。陈家洛与香香公主不久又遇上狼群，路上又遇上霍青桐，霍为关东三魔所擒（第 16 回，613），这是陈霍第四次碰面。杀死张召重之后，霍家姐妹又双双回新疆去（第 19 回，176），陈在清真寺前又遇到霍青桐（第 20 回，776）。

陈家洛对霍青桐姐妹的分析，则认为对霍只是喜欢，对她妹妹却是爱（第 17 回，659），觉得霍英气迫人，“唯蒙赠以短剑”，“却难生儿女柔情”（第 13 回，501），陈初会霍，见李前去拥抱霍，自惭不如李的俊朗，因为不能判辨李原是女扮男装（第 4 回，155，157），及见李元芷以女儿身相见，又说“隐隐觉她不是男子”（第 15 回，580），才又想起霍的出走，完全是因为他，又她的妹妹香香公主对他的“情深爱重”，叫他不知如何自处（第 15 回，580）。跟着又自责“负心薄幸，见异思迁”（第 17 回，660），及后回答乃师袁士霄提问，又说“匈奴未灭，何以家为?”（第 19 回，716）如此前言不对后语。

陈家洛对姐妹的态度，为读者所诟病，说他无论民族大义和儿女私情，都摇摆不定③，贝尔却又认为：“完美无缺的人物无法提起大家的兴趣”，“人

---

① 詹姆斯·斯科特·贝尔（James Scott Bell）：《冲突与悬念：小说创作的要素》（*Conflict & Suspense*：*Elements of Fiction Writing*），王著定译，中国人民大学出版社，2014 年，第 63 页。

② 同上，第 68 页。

③ 潘国森：《解析金庸小说》，香港次文化有限公司，1999 年，第 38 页。

物身上的缺点往往能够提供更多的潜在冲突点”（《冲突与悬念》[①]）。

（二）余鱼同和李沅芷的一对

据巴赫金的公式，余鱼同与李沅芷的磨合，有以下的情节，把两人关系拉长来写：余鱼同与李沅芷最初偶遇，并未过电（第2回），余痴恋文泰来的夫人骆冰，万念俱灰，适用塞吉维克（Eve Kosofsky Sedgwick，1950—2009）“情欲三角”（erotic triangles）经典论述以为说明[②]，即钟情的对象，往往有了恋人，或名分已公开，才能成就追求的欲望，竞逐双方成为敌对关系，此举更激发追求者的行动。

余在提督府一战受重伤，多得李沅芷相救，送到家里调养，李追踪余到铁胆庄表白爱意，但男的仍心系骆冰，曾经沧海难为水，加以拒绝（第12回，451～454），分手后，余在孟津被捕，又为尾随的李沅芷所救（第12回，479～481），余为解除心魔，在宝相寺出家（第13回，485～492），李又访寻到已落发的余，伤心欲绝（第13回，499），余终于有机会向文泰来为对其夫人骆冰痴恋作一忏悔，以及在铁胆庄对骆无礼之事——余当时趁骆重伤，曾强行拥抱，犯了帮规，得到文骆两人的原谅，余以在宝相寺杀人破戒，愿意退俗（第14回，553～554），余李又相遇，李因为余还俗而心花怒放（第15回，579）。

不能长伴青灯古佛，那么梅妻鹤子寄余生也无不可，基拉尔（René Girard，1923－2015）“欲望三角”理论说：欲望不是自发的，而是得自中介者推毂，于是主体—中介—客体，形成三角形，“介体愈近，作用愈大”[③]。开头余鱼同要出家，李沅芷颇感失落，有赖红花会两边做工作，二人终成眷属。红花会派他二人去寻霍青桐，以制造磨合机会（第18回，674），得骆冰和陆菲青说项（第18回，696～700），女的回心转意。男的表示女的帮他手刃欺师灭祖叛徒张召重，则共偕连理。余李故事，有着巴赫金的多次分离和易容换装（指余的出家）的情节。

（三）国家民族大事＋爱情的史诗

据巴赫金说，史诗的时间，是记极遥远的旧闻，是静止的过去，是不流

---

① 詹姆斯·斯科特·贝尔（James Scott Bell）：《冲突与悬念：小说创作的要素》（*Conflict & Suspense: Elements of Fiction Writing*），王著定译，中国人民大学出版社，2014年，第48页。

② 伊芙·科索夫斯基·塞吉维克（Eve Kosofsky Sedgwick，1950－2009）：《男人之间：英国文学与男性同性社会性欲望》（*Between Men: English Literature and Male Homosocial Desire*），郭劼译，上海三联书店，2011年，第27页。

③ 基拉尔（René Girard，1923－2015）：《浪漫的谎言与小说的真实》（*Deceit, Desire, and the Novel: Self and Other in Literary Structure*），生活·读书·新知三联书店，1998年，第78页。

动的时间，也没有未来[①]，要把从史诗的久远层面转变为现时发生中的事件做一联系，加点亲昵，就可以解决[②]。至于如《战争与和平》（*The War and Peace*），因为抒写国家民族大事而加上爱情，故成为史诗[③]。

四、时空体

根据伦佛鲁（Alastair Renfrew）《导读巴赫金》（*Mikhail Bakhtin*）[④] 的综述，巴赫金在总结时说：(1) 人物相遇是小说重要的情节，相遇常在路上，于是与之相关的道路时空体（chronotope of road）当居首位；(2) 之后，18世纪的哥特小说，又多出现古堡时空体（chronotope of the castle)；(3) 至于稍后又有如见于《包法利夫人》（*Madame Bovary*）的省城时空体（chronotope of the provincial)；(4) 至于描述到广场或客厅，又有了类似古代狂欢节的拉伯雷时空体（Rabelaisian chronotope)。

（一）道路时空体

逃走与因之而来的追捕，是常见情节，人物需要走来走去，故需要“非常广阔多样的地理背景”。希腊小说“一般是在大海相隔的三五个国家里（希腊、波斯、腓基、埃及、巴比伦、埃塞俄比亚等等)”，于笔触所及，就留下不少“国家、城市、各种建筑、艺术作品（如绘画)、民俗习惯、异乡奇兽和其他稀世之珍”的描述，涉及“各种宗教、哲学、政治、科学”的话题[⑤]。

《书剑恩仇录》中陈家洛小时送到回疆习艺以避灭门之祸，老家是在浙江，小说写到他回家扫墓，遇到乾隆，一起到钱塘江观潮（第8回，290)。文泰来遭到追杀，是因为到过北京面圣，乾隆因为文知道他原是汉人的身世，事后派出张召重等八名大内高手前去追杀，小说开场说文已逃到陕西，遭逮捕后押往杭州（第7回，242)，以便游江南的乾隆亲自审问，香香公主后来被俘入宫，陈家洛与红花会的高手们又去北京，故《书剑》主要人物，都跑来跑去，足迹遍大江南北。

---

① 巴赫金：《史诗与小说——长篇小说研究方法论》，《巴赫金全集》卷3，第515页。卢小合(1942－　)：《艺术时间诗学与巴赫金的赫罗诺托普理论》，北京大学出版社，2016年。

② 巴赫金：《史诗与小说——长篇小说研究方法论》，《巴赫金全集》卷3，第540页。

③ 卢小合：《艺术时间诗学与巴赫金的赫罗诺托普理论》，第239～240页。

④ 阿拉斯泰尔·伦佛鲁（Alastair Renfrew）《导读巴赫金》（*Mikhail Bakhtin*），田延译，重庆大学出版社，2017年，第112～128页。

⑤ 巴赫金：《时空体》，河北教育出版社，1998年，第278页。

1. 劫持、逃跑、追赶、搜寻、监禁

“劫持、逃跑、追赶、搜寻、监禁，在希腊小说里起着巨大的作用。”[①]《书剑》也是一样，小说一开始，就提及文泰来遭到追杀，到被拯救脱险（第十回，371），即共十回，占了《书剑》全书的一半，吸引人的地方在于：“成了仇家追杀的目标，他会遭到暗算吗？”这就让看官有了读下去的兴趣（《冲突与悬念》[②]）。足见巴赫金提示的“逃走与追捕”的道路时空体，实在十分重要。

2. 机遇、偶遇、相逢与支配力量

陈家洛的两段情，都在路上偶遇的。把巴赫金提示“相逢”是希腊小说的重要情节，“相逢—分手（离别）、散失—复得、寻找—发现、辨认—不（认）识”，成为日后各类文学作品的重要素材[③]，相逢这种“机遇”，在希腊小说而言，是受到一种力量左右，早期是受天神、魔鬼和术士所干预，后来是受恶人所阻挠。在《书剑》而言，陈家洛与乾隆是亲兄弟、乾隆看到画有香香公主的玉瓶（第15回，558），而命人找她入宫，陈家洛接任红花会首领，是前任总舵主于万亭指定的，这都是命运的安排，文泰来与红花会一直受到朝廷命官张召重的追杀，张召重就是恶人的代表之一。这些受命运支配的机遇，会出于“突然”，“无巧不成话”[④] 地出现。

（二）古堡时空体与省城时空体

《书剑》里知道乾隆是汉人者，都难逃一劫，有刀光剑影的短兵相接片段，也有大型战争和杀戮的血淋淋的场面，适用哥特式小说模式来分析，哥特式有着古堡、修道院、恐怖、厄运、死亡、家族诅咒等适用于《书剑》的元素[⑤]，《奥托兰多城堡》（*The Castle of Otranto*）实为滥觞。

《书剑》的第16—18回，写陈家洛与霍青桐姐妹，为逃避狼群狂追，遁入一座废弃的空城（第16回，625，第18回，672），到处都是骇骨，文物很多吹弹都变灰烬，得女英雄马米儿以血写的遗书，知道有统治该地四十年的暴君，驱赶千万人建造了这座古堡，马米儿与哥哥和男友阿里，商量攻打迷城，她被活捉，暴君的儿子桑拉巴纳她为妻，生了孩子，得到信任，于是把

---

① 巴赫金：《时空体》，河北教育出版社，1998年，第290页。

② 詹姆斯·斯科特·贝尔（James Scott Bell）：《冲突与悬念：小说创作的要素》（*Conflict & Suspense: Elements of Fiction Writing*），王著定译，中国人民大学出版社，2014年，第72页。

③ 巴赫金：《时空体》，河北教育出版社，1998年，第287～288页。

④ 同上，第285页。

⑤ 李伟昉：《英国哥特小说与中国六朝志怪小说》，中国社会科学出版社，2004年。吴厚梅：《新派武侠小说与哥特小说之比较》，《湘南学院学报》2006年第4期。

暗中绘制的迷城街道图藏在剑鞘，系于鹰的脚通知兄长和阿里，哥哥和男友看到剑鞘，未知有地图，兵刃为磁山没收，功败垂成，桑拉巴手起剑落，把阿里劈为两截，马米儿于是把她与桑拉巴生的婴儿摔死，桑拉巴后来逃走，手下多被杀，古堡因为又有秘道，不易入进，于是变成空城。陈家洛却捡拾到秘笈，学得武功。

陈家进等进入古城，小说情节不再往前发展，暂时脱离逃避饿狼追杀的直线“道路时空体”，而暂时停顿下来。停顿减慢小说向前推进速度的方法，叙述学称之为“空间化”[①]。

《冲突与悬念：小说创作的要素》提示电影《阿拉伯的劳伦斯》(*Lawrence of Arabia*)带同阿拉人越过险阻的沙漠的一幕，可为互文[②]，遇到这种场面，需要有简称为 LOCK 的四大因素：(1)值得追随的主角(Lead)；(2)(生死攸关的)目标(Objective)；(3)正面对抗(Confrontation)；(4)精彩的结尾(Knock-out)[③]。第一，陈家洛有领导才能，可以信赖；第二和第三，为逃避狼群，摆脱张召重等恶人，不得不如此；第四，陈家洛学得庖丁解牛的武功，日后大派用场。

(三)荒漠时空体

《书剑恩仇录》中，袁士霄是陈家洛的师傅，因为贪学各门派武功，导致婚恋对象关明梅许配给陈正德，陈正德很会吃醋，为断绝关袁的关系，远走回疆，袁却又搬到回疆就近窥视，于是就有陈家洛在新疆十年的桥段。新疆在“文化大革命”后才对外开放，一般人对该地是不了解的，至于香港武侠小说常把新疆当作修道习武的道场祖庭，是一种想象。

1. 德勒兹的沙漠论述

德勒兹(Gilles Deleuze，1925—1995)在《千高原》有光滑空间(smooth space)和条纹空间(striated space)的概念，依麦永雄《光滑空间与块茎思维：德勒兹的数字媒介诗学》的综合，光滑空间包括：(1)在地理上包括块茎、火、中亚游牧族的大平原、沙漠、大海、极地冰雪、空气、风景、思想、音乐等等；(2)传媒、娱乐工业、资本主义都可以创造新的光滑空间；(3)光滑空间没有长期记忆，没有宏大理论和堂皇叙事，只有微观历

---

① 戴维·米切尔森(David Mickelsen)：《叙述中的空间结构类型》(“Types of Spatial Structurein Narrative”)，《现代小说中的空间形式》，约瑟夫·弗兰克(Joseph Frank，1918—2013)等著，秦林芳编译，北京大学出版社，1991年，第156页。

② 詹姆斯·斯科特·贝尔(James Scott Bell)：《冲突与悬念：小说创作的要素》(*Conflict & Suspense: Elements of Fiction Writing*)，王著定译，中国人民大学出版社，2014年，第110～111页。

③ 同上，第34～35页。

史、微观社会学；（4）光滑空间无拘无束、浩如烟海，没有边界或分野，没有凌驾于其他事物的特权制度和区域，因此更多地与无意识相关；（5）它由欲望机器和力量流所充盈，更多地为事件所占据而不是为既定的事物所占据[①]。

乾隆的十全武功，成就了清朝的统治疆域，马克思主义认为历史是辩证地发展的，故平回疆木桌伦，应属大叙事。

2. 劳伦斯与金庸的沙漠幻象

人类的集体无意识，是要回到宇宙最初创造的时空，以上是耶律亚德（Mircea Eliade，1907—1986）永远回归的要义（《宇宙与历史：永恒回归的神话》，*The Myth of the Eternal Return* or，*Cosmos and History*）[②]。武侠小说中的隐居沙漠，或用后现代的说法，是"离散/散居沙漠"书写，是一种乌托邦的想象。在中原归隐名山，难免有人来找麻烦，即所谓踢馆，山高皇帝远，跑到没雷公那么远的地方，逐水草而居，也当有一些"大漠孤烟直"，"马鸣风萧萧"一类塞外风光，农事田园时空体（idlyllic chronotope），在《书剑》是看不到的，写初遇香香公主裸浴前后，即电影所谓"男性凝视"片段，稍有一些风景（第 13 回，501—512）。中国人所谓归隐田园，实际上是心理上的乌托邦。

多写大漠的金庸好像在阿拉伯居住过十年的劳伦斯，在"详细描绘外在的景观"之时，"也形成一幻想的景观"[③]，如德勒兹《批评与临床》（*Essays Critical and Clinical*）说：劳伦斯也有一"内在的沙漠"，迫使他进入那阿拉伯沙漠，因为长期与阿拉伯人在一起；"很多知觉和观念都互相吻合，但也包含很多无法抹灭的差异"[④]，又认为劳伦斯把他分享到的阿拉伯人的抽象观念和热情，这种抽象观念，"不是死的事物"，而是变成强而有力的"空间动力"，这与"在沙漠投射的形象"，包括"事物、身体或生命"，"密切地交织在一起"，在"沙漠中与人，物热情地生活"，创造一个实体，以及"赋与幻

① 麦永雄：《光滑空间与块茎思维：德勒兹的数字媒介诗学》，《文艺研究》2017 年第 12 期。

② 耶律亚德（Mircea Eliade，1907－1986）：《宇宙与历史：永恒回归的神话》（*The Myth of the Eternal Return* or，*Cosmos and History*），杨儒宾译，台北联经出版事业公司，2000 年，第 56 页。

③ 雷诺、博格（Ronald Bogue）：《生命、路线、景象、声响》（"Life，Lines，Visions，Auditions"），《德勒兹论文学》（*Deleuze on Literature*），李育霖译，台北麦田出版社，2006 年，第 282 页。

④ 德勒兹：《批评与临床》（*Essays Critical and Clinical*），Trans. Daniel W. Smith，Michael A. Greco，Minneapolis：U of Minnessota P，1997，P146。

想的面向”[1]，劳伦斯的“自我形象”以及笔下人物“带有神秘的特质”，是来自他本人“深沉的欲望、倾向，投射到事物、现实、未来、甚至天空，一个自我及他者的形象，自足而强烈，有着自己的生命”[2]。

金庸在《书剑恩仇录》中的沙漠幻象，有写沙漠中人之热情。最为人所知，是陈家洛与霍青桐、香香公主的三角恋，即道路时空体的偶遇产物，以及作为背景资料的袁士霄、关明梅和陈正德三角恋，女英雄马米儿遗事也有着这一力必多的投射故事。

写成千上万饿狼狂奔，与海明威（Ernest Hemingway，1899—1961）《太阳照常升起》（*The Sun Also Rises*）写西班牙奔牛节，有异曲同工之妙，为饿狼狂追不舍，依西洋美学，写出沙漠的恐怖。崇高缘于恐惧，把情节带到一个高潮。

沙漠上也有小镇，巨人阿凡提就居住在这一绿洲（第 18 回，680），可惜着墨不多，偎郎大会则可能是在蒙古包形成的聚落举行的。

（四）拉伯雷时空体

《书剑恩仇录》写李沅芷策马，与骑驴的阿凡提竞赛，不想阿凡提扛起驴，跑在她前面（第 18 回，676）。金庸小说常常出现宇宙巨人的影子，如《射雕英雄传》的丘处机，力能抬起装满酒的鼎走上楼梯，又能把海量地喝进去的酒，以内力迫出，金毛狮王的狮子吼，以长啸就能把围攻的人以内功弄死，这跟拉伯雷（François Rabelais，约 1493—1553）的《巨人传》（*Gargantua and Pantagruel*）描述差不多，《巨人传》是写两个巨人的故事，高康大的坐骑撒个尿，酿成七里洪水，把敌人都淹死了。

拉伯雷作品中的各种系列，可以归纳为以下几个基本类别：（1）解剖和生理角度的人体系列；（2）人的服饰系列；（3）食物系列；（4）饮酒和醉酒系列；（5）性系列（性生活）；（6）死人系列；（7）大便系列。以下举两个例子。

1. 人体解剖系列

陈家洛与二妹游古堡时，得见于《庄子》庖丁解牛的断稿，从而借骸骨姿势，学得武功，这一点与《拉伯雷》有互文。《拉伯雷》时解剖学流行，两阵对圆，手起刀落，肝脑涂地也依解剖学巨细无遗地加以说明。中国武侠小说顶多说身首异处，一笔带过。

---

① 德勒兹：《批评与临床》（*Essays Critical and Clinical*），Trans. Daniel W. Smith，Michael A. Greco，Minneapolis：U of Minnessota P，1997，P149。

② 同上，P147。

2. 性系列描写

乾隆南巡召妓，见于史书记载。《书剑恩仇录》中其人在杭州逛青楼，结果为红花会所获，成为阶下囚，促成与陈家洛就拨乱反正进行谈判，请乾隆还政于汉。描写花街柳巷，以及帝皇脱冕为囚徒，是梅尼普讽刺（Menippean satire）的特征①。

周绮害喜，哗的一声吐在清兵身上（第 18 回，618），老公徐天宏愚笨，以为出了什么状况，还是巨人阿凡提为他解惑（第 18 回，679）。这是与妊娠有关的荤笑话，妊娠与性、生殖有关，而巴赫金的狂欢化，是指向身体的下半身以及五官等人体器官。

五、结论

道路时空体是最普遍的形式，在《书剑》一书中广为利用，构成全书的特色。

作者简介：黎活仁（Wood Yan LAI），男，1950 年生于香港，广东番禺人。京都大学修士，香港大学哲学博士。国际金庸研究会会长、国际张爱玲研究会中方会长、国际钱锺书研究会会长。《国际鲁迅研究》《国际村上春树研究》总主编。现为香港大学饶宗颐学术馆名誉研究员。著有《卢卡契对中国文学的影响》（1996）、《林语堂痖弦简媜笔下的男性和女性》（1998）等数十种。

① 巴赫金：《陀思妥耶夫斯基诗学问题》（*Problems of Dostoevsky's Poetics*），白春仁、顾亚铃译，《巴赫金全集》，卷 5，河北教育出版社，1998 年版，第 150 页。

《连城诀》小说场景的空间诗学

杨敏夷

摘　要：本文以金庸的长篇武侠小说《连城诀》作为研究文本，借由小说中的特定空间场所，例如：作为最初祥和宁静、心灵归属、“家宅”象征的湖南西部沅陵南郊的麻溪铺乡下的三间小小瓦屋，后由一部连城剑法的牵扯，导致屋毁、人亡，成为同门挖掘宝藏、自相残杀的场所。其中，被人性贪婪黑暗面毁灭的“家宅”，不单只是主人翁狄云、戚芳眼前故乡湘西家宅的破坏，更是其心灵世界的崩塌与毁坏。其后，藏边雪谷，大雪封闭的雪山，形同一个密闭空间，引发一连串人吃尸体，甚至更进一步想要吞噬活人的可怖，小说家借由一个密闭场所衍生的绝望感，引出人性至恶如同禽兽一般的生存本能。小说里，活埋凌霜华的棺材、囚禁丁典与狄云分明可逃却不愿逃的监狱牢房、藏匿尸体的床底下与神桌底下、砌墙藏尸，与最后真相大白、宝藏现形的佛像肚子。凡此种种，小说场景的空间，莫不存在著诸多隐喻与象征。而小说最终结局的空间，指向藏边雪谷的山洞，因着小空心菜的真、狄云的善良、水笙的美，一个全新的“家宅”空间再度完美成形，替代原本已然崩坏的湘西家宅，成为延续生命与后代的另一个心灵归属空间。

关键词：金庸　《连城诀》　狄云　空间诗学　巴什拉

一、引言

金庸，本名查良镛，浙江海宁人。1948 年移居香港。自 20 世纪 50 年代起，陆续发表武侠小说，连载于香港各大报刊。金庸的小说创作向来以武侠小说为其类型，在中国香港、中国台湾、新加坡，以及大陆地区被大量翻拍成电影与电视连续剧，对于华人世界许多世代有着极其深远的影响，小说中的人物更是广为人知，成为特定类型化人物的代表。

本文所引用的文本为《连城诀》。根据金庸在《连城诀》小说后记中的说法，乃是取材于故乡海宁老家中一位叫作和生的长工。和生本是江苏丹阳人，原本是一间小豆腐店的老板。后来，因为某位财主少爷觊觎他美貌的未婚妻，故意设计陷害，诬赖和生为贼，将他弄进监牢。和生关了两年多被放出来，才发现家中父母已被活活气死，未婚妻变成了财主少爷的继室。于是，和生决心复仇。他持短刀将财主少爷刺伤，再度进了监牢。财主少爷一心想置和生于死地，谁知恰逢金庸的祖父到丹阳做知县，他知道和生的冤屈，救了和生的性命，带他到海宁，养在家中成为长工。[①]

所以，《连城诀》的故事原型实为真人真事改写、扩编。除了武侠小说背景以外，金庸让整个故事里的人物更加彻底的妖魔化，甚至包括地方父母官。其中，除了万氏一族的陷害以外，另一个与主人翁狄云一样受连城诀牵连而深陷牢狱的丁典，伤害他的人竟然是堂堂荆州府知府。师门相残，已违伦理；官府陷害，越发连国家律法亦不可相信。人生至此，有何可信？这使得《连城诀》成为金庸小说系列里特别彰显人性阴暗面的至恶之书。

然而，无边阒黑之中，依然有光。相对于狄云、丁典之蒙冤、受难，还有与之对应的戚芳的纯真善良、水笙的美丽正直，以及凌霜华的痴情决绝。最终，唯有狄云、水笙活下来。而小空心菜的生命既是延续了戚芳的纯真善良，成全了狄云的初恋，更是彰显了“家宅”意象的存在。必先有人，才有对于家宅的无尽向往与怀念，也才有追寻与重建之必要。加斯东·巴什拉说：“家宅庇佑着梦想，家宅保护着梦想者，家宅让我们能够在安详中做梦……家宅是一种强大的融合力量，把人的思想、回忆和梦融合在一起。”[②]人的一生，都在家宅之中，成长、毁损、追寻、回忆、梦想。家宅即是人最密切的生命空间。

本文使用加斯东·巴什拉《空间诗学》的家宅概念，针对金庸的武侠小说《连城诀》里的小说场景空间做深入的文本分析。当主人翁狄云的故乡湘西家宅被破坏以后，具体现形的是其心灵世界的崩塌与毁坏。而后，狄云如何又在一连串的空间挤压、冲突之中，如：监狱牢房、藏匿尸体的床底下与神桌底下、活埋凌霜华的棺材、砌墙藏尸、大雪封闭的雪山等，最终于藏边雪谷的山洞，重新建立一个全新的“家宅”空间，替代原本已然崩坏的湘西家宅，成为延续生命与安顿后代的另一个心灵归属空间。

---

① 金庸：《连城诀·后记》，广州出版社，2006 年，第 383～386 页。

② 加斯东·巴什拉：《空间诗学》，张逸婧译，上海译文出版社，2016 年，第 5 页。

二、小说中的家宅变化

小说中的家宅象征，前后共有两处：其一为戚长发所建立的湘西家宅，具体形状为三间小小瓦屋。而后，随着荆州之行的戏剧化演变，因而家破人亡。其后，二师伯言达平为寻连城诀，因而买下故居，重新建屋，改变外观成白墙黑瓦的大房子，却只是金玉其外，内在实则向下挖掘，整个家宅虚有其表，不过是作为挖掘宝藏的掩护。家宅既已被植入错误的梦想，就不再是当初梦想者的家宅。湘西家宅至此名存实亡。

戚芳死后，戚长发亦死于天宁寺古庙。旧的家宅已然全毁。狄云独自带着戚芳之女空心菜，他想寻一处人迹不到的荒僻之地，将空心菜养大成人。而他最终的选择是藏边雪谷。他在那里与水笙重逢，一个全新的“家宅”空间再度完美成形，替代原本已然崩坏的湘西家宅，成为另一个新建立的心灵归属空间。以下，分节论述。

(一) 湘西家宅的变化

小说中一开始，狄云、戚芳这对青梅竹马的师兄妹，原本幸福快乐地成长于湖南西部沅陵南郊的麻溪铺乡下的三间小小瓦屋。他们与家宅的创建者戚芳之父、狄云之师戚长发，在此地以黄牛耕种。戚长发平日教两个徒儿练剑，在狄云、戚芳心里，这里就是一生之中最甜美的家宅。梦在这里，爱在这里。平安、宁静都在这里，却因为大师伯万震山遣徒弟卜垣前来邀请三人参加其五十岁的寿宴，佯称已练成连城剑法，引得戚长发卖掉对乡下农家来说最重要的大黄牛，借以购买三套新衣前去荆州贺寿，一窥万震山连城剑法的虚实。

此时，狄云、戚芳犹眷恋于麻溪铺乡下的三间小小瓦屋，并不知这次荆州之行终将有去难回。故临行之前，金庸刻意描写戚芳与戚长发针对贩卖黄牛一事的争执。戚芳不断痴缠阻碍戚长发卖掉黄牛，写的是黄牛，暗中影射的却是师徒三人日后家宅毁坏的命运。

> “昨天王屠户来跟你说什么？一定是买大黄去杀了。你骗我，你骗我。你瞧，大黄在流眼泪。大黄，大黄，我不放你去。云哥，云哥！快来，爹爹要卖了大黄……”
>
> “阿芳！爹爹也舍不得大黄。可是咱们空手上人家去拜寿，那成吗？咱们三个满身破破烂烂的，总得缝三套新衣，免得让人家看轻了。”
>
> “万师伯不是送了你新衣新帽吗？穿起来挺神气的。”

"唉，天气这么热，老羊皮袍子怎么背得上身？再说，你师伯夸口说练成了'连城剑法'，我就是不信，非得亲眼去瞧瞧不可。乖孩子，快放开了手。"

"大黄，人家要宰你，你就用角撞他，自己逃回来。不！人家会追来的，你逃得远远的，逃到山里……呜呜呜……"戚芳跟大黄一起流眼泪，紧紧抱住了黄牛的脖子，不肯松手。①

湘西家宅将毁，黄牛被卖与王屠户不啻是个隐喻。此次荆州之行，最终家破人亡。狄云含冤入狱，戚芳与戚长发相继惨死，他们三人无异于待宰的黄牛，命运有去难回。黄牛在此，也是"家宅"的象征，以其将被宰杀，暗喻故乡湘西家宅之毁坏。师徒三人与家宅，再无重聚之"来年"。然而，这并非流年暗中偷换，而是因为人性的黑暗与贪婪所导致。今日戚长发卖牛，明日万震山企图宰杀他，并且埋尸、砌墙。

尔后，狄云终于离开牢房，离开大雪封闭的雪山，从藏边雪谷直接穿越四川，重新回到湖南西部沅陵南郊的麻溪铺乡下，原本是想寻找从万家脱逃而出的师父戚长发，没想到，原本师徒三人所居住的简陋朴实的三间小小瓦屋，忽而成为一座白墙黑瓦的大房子。

他脚程很快，但也一直走了三十多天，才到麻溪铺老家，其时天气已暖，田里禾秧已长得四寸来高了。越近故居，感慨越多，渐渐的脸上炙热，心跳也快了起来。

他沿着少年时走惯了的山路，来到故居门外，登时大吃一惊，几乎不相信自己的眼睛。原来小溪旁、柳树边的三间小屋，竟变成了一座白墙黑瓦的大房子。这座房子比原来的小屋少说也大了三倍，一眼望去，虽起得的颇为草草，但气派甚为雄伟。②

这便是狄云眼中所看见的"新的家宅"。然而，这个白墙黑瓦的大房子，又岂止是形貌相异而已，竟是连内脏也迥然不同。

毕竟，后继的梦想者已有了不同的梦想与憧憬，于是，催生、建立的家宅与原本狄云、戚芳的湘西家宅，便有了由内至外，彻底截然不同的模样。言达平的梦想是梁朝的宝藏，自是异于狄云、戚芳以情感为基础建立的家宅。

进得大屋，经过一个穿堂，不由得大吃一惊，眼前所见当真奇怪之极。只见屋子中间挖掘了一个极大的深坑，土坑边缘几乎和四面墙壁相

---

① 金庸：《连城诀》，广州出版社，2006 年，第 383～386 页。

② 同上，第 273 页。

> 连，只留下一条窄窄的通道。土坑中丢满了铁锄、铁铲、土箕、扁担之类用具，显然还在挖掘。看了这所大屋外面雄伟堂皇的模样，哪想得到屋中竟会掘了这样一个大土坑。[①]

这个土坑早已经不是狄云、戚芳的家宅，而是言达平的寻宝坑，可惜，此人始终苦寻不获。我们可以说，是万震山、言达平、戚长发三人为得到连城剑谱，合力摧毁了狄云、戚芳的家宅。

而此土坑，无异于是家宅内部的废墟。昔日家宅，而今向下挖掘，恍若地窖的意象，却是一处废墟。邱俊达说地窖意象显然是废墟意象的一种变形："当我们选择走入废墟、走入其地窖，即是选择走入历史之中，而走出亦如是。"[②]昔日的湘西家宅，终究已经成为过去的历史，狄云不得不走出这场废墟的噩梦。

然而，有趣的是，真正的连城剑谱竟是一早被不知情的戚芳拿去附近西边山上的山洞隐藏，言达平这个向下挖掘的动作，于是失去意义。这个是作者埋伏于小说家宅意象里的垂直性空间秘密。我们于下一章有关于阁楼与地窖的空间论述，将做出更深入的探讨。

（二）藏边雪谷：密闭空间与新的家宅

藏边雪谷，小说中第一次出现的时候是冬季，因为大雪封路而遭致全然封闭的雪山形同一个完全闭锁的密闭空间，围困落花流水、血刀老祖与狄云、水笙在其中。

后来，争斗之中，血刀老祖与落花流水中的三人相继死亡，最后只剩下花铁干与狄云、水笙。大雪封山，三人出谷无路，此时，雪谷犹如密闭空间，而雪谷之内，除了冰雪，寸草不生，只余枯树残枝。觅食成为三人生存下去最重要的工作。狄云内功深厚，可以击落天上的兀鹰加以烤食，花铁干无法击落高飞的兀鹰，只好吃食先前四人的尸体。吃光死尸，雪犹未融，因此引发他想要更进一步吞噬活人。密闭空间的可怖，将人性之中为己而活的自私自利发展到至恶之境，如同禽兽，只剩下生存本能。

然而，正是这个密闭空间，让狄云、水笙虽不亲近，却在心理上相互依存，变成如同亲人一般的患难之交。新的家宅的情感基础于此时奠基，遂有后来的重回雪谷。黄冠闵说："亲密感与孤独感的意象也同样具体于家宅的想象中。家宅既是庇护所，又是展现力量之处；在家宅意象上，两种力量凝聚

---

① 金庸：《连城诀》，广州出版社，2006年，第275页。

② 邱俊达：《朝向诗意空间：论巴舍拉〈空间诗学〉中的现象学》，台湾中山大学硕士论文，2009年，第25页。

在一起，相应的是两种力量意志：承担的意志与安居的意志。”①禽兽逼人与雪谷密闭空间的孤独感与两人在心理上相依为命的亲密感，让新的家宅在雪谷发生，从而产生承担的意志与安居的意志，这是创造新家宅的两种力量意志。

> 他离了荆州城，抱着空心菜，匹马走上了征途。他不愿再在江湖上厮混，他要找一个人迹不到的荒僻之地，将空心菜养大成人。
>
> 他回到了川边的雪谷。
>
> 鹅毛般的大雪又开始飘下，来到了昔日的山洞前。
>
> 突然之间，远远望见山洞前站著一个少女。
>
> 那是水笙！
>
> 她满脸欢笑，向他飞奔过来，又笑又叫：“我等了你这么久！我知道你终于会回来的。你如不来，我要在这里等你十年，你十年不来，我到江湖上找你一百年！”②

狄云、戚芳的湘西家宅已毁，新的家宅却在历劫余生的人心底悄然成形，并且，因为曾经历经劫难，反而更加坚定。

谁能料得原本曾发生家破人亡，甚至是人吃人场景的雪谷，竟然成为全新的家宅空间呢？或许，在此地曾经同扶持、共患难的经验，让狄云、水笙不约而同成为新的家宅的建立者。或许，诚如诗人顾城诗作《悟》中所颖悟到的：

> 使我们相恋的/是共同的痛苦/而不是狂欢 ③

这或许也是加斯东·巴什拉的《空间诗学》里，关于家宅概念的诗意注解：“于是，我们曾体验过梦想的场所在新的梦想里进行着自我重组。对旧日居所的回忆被重新体验，仿佛过去的居所在我们心中是永远无法忘却的梦想。”④藏边雪谷在密闭空间时期，原本单纯到只是想要一起坚持到雪融以后出谷，如今却被赋予了新的梦想。而对于旧日湘西家宅的回忆，在藏边雪谷被重新体验，那确实是狄云心底永远无法忘却的梦想，然而，它以全新的家宅形式与空间，再度被诗意地创造。

“有时候，未来的家宅比所有过去的家宅更坚固，更清晰，更宽敞。梦想

---

① 黄冠闵：《在想像的界域上——巴修拉诗学曼衍》，台湾大学出版中心，2014 年，第 337 页。

② 金庸：《连城诀》，广州出版社，2006 年，第 381～382 页。

③ 顾城：《悟》，林婉瑜、张梅芳编：《回家：顾城精选诗集》，台北木马文化出版社，2005 年，第 44 页。

④ 加斯东·巴什拉：《空间诗学》，张逸婧译，上海译文出版社，2016 年，第 5 页。

的家宅形象发挥着和出生的家宅相反的作用。”[①]那是梦想的重量与创造力。

三、小说中的阁楼、地窖与其他空间

我们若是从家宅概念做垂直性的线性延伸，应当会有阁楼与地窖这些空间。而在《连城诀》的小说当中，若是以湘西家宅做垂直性的延伸，确实有其相似的对应空间。

关于阁楼的空间意象，从湘西家宅往西边山上攀爬，越过两个山坡，钻过一个大山洞，将会到达狄云和戚芳以前常去玩耍的地方，一个幽秘而荒凉的山洞。那里其实便是藏匿连城剑谱的所在。意即，此山洞正是湘西家宅里的“藏宝阁”。

而与阁楼相对应的垂直向下的地窖，正是言达平在白墙黑瓦的大房子底下创造的大土坑。相异于山洞的藏宝阁意象，土坑里面其实什么也没有，有的只是言达平炽热的寻宝欲望。若不是狄云出面阻止，这里还险些成为言达平或是万圭等人的埋骨之所。

小说的场景空间里，另有一连串的空间挤压、冲突，例如：监狱牢房、藏匿尸体的床底下与神桌底下、活埋凌霜华的棺材、砌墙藏尸的墙壁空间等，都可再做一番空间分析。以下，分节论述。

（一）阁楼与地窖空间

加斯东·巴什拉认为，阁楼属于理性，而地窖属于非理性。“在明亮的高处所做的梦中，我们处于理智化投射的理性区域。”[②]

而有趣的是，小说家让不知情的戚芳把藏有连城剑谱秘密的《唐诗选辑》藏在这里，藏在犹如藏宝阁所在的山洞里，而且，很理性、很随意的拿来夹几张剪纸的纸样。

> 西边都是荒山，乱石嶙峋，那是甚至油桐树、油茶树也是不能种的。那边荒山之中，有一个旁人从来不知的山洞，是他和戚芳以前常去玩耍的地方。他怀念昔日，信步向那山洞走去。翻过两个山坡，钻过一个大山洞，才来到这幽秘荒凉的山洞前。
>
> 狄云随手从针线篮中拿起一本旧书，书的封面上写着“唐诗选辑”四个字。他和戚芳都识字不多，谁也不会去读什么唐诗，那是戚芳用来夹鞋样、绣花样的。他随手翻开书本，拿出两张纸样来。那是一对蝴蝶，

---

① 加斯东·巴什拉：《空间诗学》，张逸婧译，上海译文出版社，2016年，第5页。

② 同上，第76页。

是戚芳剪来做绣花样的。[①]

小说中，小说家明确地标示着，从湘西家宅的西边往上延伸，“翻过两个山坡，钻过一个大山洞”，就能到达小说家透过戚芳所创造的藏宝阁。主人翁于此一个人孤独的怀想旧日青梅竹马的时光，那些两小无猜的温馨回忆。这确实是加斯东·巴什拉笔下的阁楼所能提供的诗意的空间功能。

而地窖的具体象征，无疑就是言达平在白墙黑瓦的大房子底下所创造的那个大土坑。加斯东·巴什拉说，地窖往往象征着一系列的“地下阴谋”，一个荣格所谓的非理性的、更接近本能欲望的潜意识的空间。“人们在其中深思机密，人们在其中盘算预谋。行动在地下缓慢开展，我们其实就身处在地下密谋的内心空间中。”[②]

言达平所挖掘的，不只是自己的贪婪欲望，也是全体人类潜意识的深层欲望，却如此具体而令人惊异地呈现在狄云面前：“只见屋子中间挖掘了一个极大的深坑，土坑边缘几乎和四面墙壁相连，只留下一条窄窄的通道。土坑中丢满了铁锄、铁铲、土箕、扁担之类用具，显然还在挖掘。”如此具体地陈列在湘西家宅的正中央的下方，不断、不断地被费尽心机的密谋着向下挖掘。

阁楼与地窖，藏宝阁与大土坑，家宅中的垂直性结构，一则往上，一则向下。两者看似彼此对立，却又彼此呼应、相关，以家宅为中心，作为梦想与欲望的垂直性空间的展示。

> 没有一只鸟能躲过白天/正像，没有一个人能避免/自己/避免黑暗[③]

阁楼的天空有鸟飞过，白天是鸟飞行的命运。而山洞前，小说家刻意让蝴蝶飞过，隐喻着梁山伯与祝英台的爱情悲剧命运。

而阴暗的地窖，不断向下挖掘的欲望。在两者之间，暴露、拉扯的垂直性空间意象。在阁楼与地窖之间，确实，没有人能避免面对自己的欲望，面对自己内心世界深藏不露的黑暗。

（二）其他空间

在《连城诀》小说当中，还有一些非常精彩的空间书写。例如：监狱牢房、藏匿尸体的床底下与神桌底下、活埋凌霜华的棺材、砌墙藏尸的墙壁空间，笔者试着再做一番空间分析。

荆州府的监狱牢房，看似密闭空间，其实，根本困不住丁典与狄云。丁

---

① 金庸：《连城诀》，广州出版社，第2006年，第278～279页。

② 加斯东·巴什拉：《空间诗学》，张逸婧译，上海译文出版社，2016年，第25页。

③ 顾城：《熔点》，林婉瑜、张梅芳编：《回家：顾城精选诗集》，台北木马文化出版社，2005年，第192～193页。

典真正受困的，并非监狱牢房，而是牢房里眼目遥望那一方小小的窗槛。

> 我在牢狱中给关了一个多月，又气又急，几乎要发疯了。一天晚上，终于来了一个丫环，那便是凌小姐的贴身使女菊友，我在武昌城里识得霜华，便因她一言而起。
>
> 菊友瞧了我一会，怔怔地流下泪来。那狱卒连打手势，命她快走。菊友见到铁槛外的庭院中长得有一朵小雏菊，便去采了来，隔着铁槛递了给我，伸手指着远处高楼上的窗槛。窗槛上放着一盆鲜花。我心中一喜，知道这花是霜华放在那儿的，作为我的伴侣。①

丁典虽然早已练成神功，可以自由出入牢房，却为一朵受困于孝道窗槛的花（凌霜华），从此不愿离开。那一方小小的窗槛，是他生命里最遥远、最重要的长镜头，他日夜窥看，不忍离去。直到某一日，窗槛再无花。他终于离开牢房，却看见凌霜华的葬礼。他亲吻有毒的棺木，终于，中毒身亡。

监狱的空间开关之间具有极严密的管理机制，呈现既开放又封闭的状态，是傅柯（Michel Foucault）社会空间论述里所谓的“异托邦”(heterotopia)②，意即是现实世界里真实存在的异质性空间。然而，丁典却将凌退思囚禁他的监狱当作是自己理想的乌托邦（utopia），出于自愿竟不愿意离开，心甘情愿自囚于此异质性的空间，直到那日凌霜华的窗槛空了，他意识到花落的可能性，于是，乌托邦于情绪的惊疑之间梦碎，他带着狄云离开牢房，亲探凌霜华，从而惊见她的葬礼。

然而，凌霜华并非自然死亡。狄云将丁典与凌霜华合葬那日，打开凌霜华的棺材，意外窥破这个秘密。

> 月光斜照，只见棺盖背面隐隐写着有字。狄云凑近一看，只见那几个字歪歪斜斜，写的是：“丁郎，丁郎，来生来世，再为夫妻。”
>
> 狄云心中一寒，一跤坐在地下，这几个字显是指甲所刻，一凝思间，便已明白：“凌姑娘是给她父亲活埋的，放入棺中之时，她还没死。这几个字，是她临死时用指甲刻的……”③

木制上钉的棺材、上锁的牢房，这些无疑都是人为打造的密闭空间，一个关于箱子的空间意象。加斯东·巴什拉认为，箱子除了对于隐私的需求，还有藏物的功能，是一种带有“情结性的”高级家具。而锁即是最显明的心

---

① 金庸：《连城诀》，广州出版社，2006 年，第 98~99 页。

② 米歇·傅寇（Michel Foucault）著：《空间文化形式与社会理论读本“不同空间的正文与上下文（脉络）”》，陈志梧译，台北明文书局股份有限公司，2002 年，第 400~409 页。

③ 金庸：《连城诀》，广州出版社，2006 年，第 368 页。

理学门槛。然而，这个世界，并没有任何一把锁抵挡得住暴力侵犯。[①]

于是，丁典公然逃出牢门。狄云为了帮助完成两人合葬的心愿，撬开了凌霜华的棺木。在小说家刻意创造的皎洁月光底下，真相无所遁形。然而，棺材与牢房这两个箱子的意象，所隐藏的有关于凌退思不欲人知的隐私，却是他为求宝藏、丧心病狂的赤裸裸的原始欲望。为此，凌退思囚禁丁典，活埋亲生女儿凌霜华。当箱子被打开，他的内在欲望空间于是具体外化。

同样属于箱子的意象空间的，还有藏匿尸体的万震山的床底下与破庙的神桌底下，以及万震山砌墙藏尸的墙壁空间，与最后真相大白——梁元帝宝藏现形的天宁寺佛像肚子。

其中，万震山曾经藏匿戚长发身体与吴坎尸体的床底下，与狄云藏匿丁典尸体的破庙的神桌底下，此两处方形的密闭空间，其实，并没有锁，只是一个暂时性藏匿隐私的一个临时性空间，也可以说，是一个暂时性的箱子。但还是具体的呈现了箱子的"情结性"与隐藏物件、欲望的功能。

万震山砌墙藏尸的墙壁空间则是一个货真价实的箱子空间。小说当中，描写万震山每夜梦游起来重新砌墙，这个砌墙的动作无异于是给秘密的箱子上锁的动作。小说家形容万震山梦游砌墙的神情洋洋得意，潜意识之中以为自己上锁的行为天衣无缝，却又不免担心，每夜反复砌墙。对于箱子的情结性描写的十分传神而生动。

而梁元帝的宝藏现形于天宁寺的佛像肚子，机关重重，更是一个设计巧妙的巨大箱子。

> 这座佛像高逾三丈，粗壮肥大，远超寻常佛像，如果通体全以黄金铸成，少说也有五六万斤，那不是大宝藏是什么？
>
> 他狂喜之下，微一凝思，转到佛像背后，举剑批削，见佛像腰间似有一扇小小暗门。他不住用力砍削，泥塑四溅，只将长剑削得崩了数十个缺口，才将暗门四周的泥塑都削去了。只见那暗门也是黄金所铸，戚长发将剑伸进暗门周围的缝隙中去撬，喜不自胜、心慌意乱之下，长剑竟尔折断。
>
> 他提起半截断剑，到暗门的另一边再去撬。又撬得几下，那暗门渐渐松了。戚长发抛下断剑，伸手指将暗门轻轻起了出来，举烛火照去，只见佛像肚里珠光宝气，霭霭浮动，不知这个大肚子之中，藏了有多少珍珠宝贝。[②]

---

① 加斯东·巴什拉：《空间诗学》，张逸婧译，上海译文出版社，2016年，第103～104页。

② 金庸：《连城诀》，广州出版社，第2006年，第375页。

以佛像肚子容纳前朝皇帝的宝藏，既有佛经中饿鬼道众生因性情贪婪而大腹便便却常处于饥饿的隐喻，也有佛性人人自有，解脱之道就在自己体内，不假外求之意。两两相证，证得世人往往同时具有饿鬼之性与佛性。箱子打开之后，恶鬼因贪婪而自溺、自沉，唯有狄云一人幸存，得以离开。众人所中之毒，具体外现，果真是饿鬼道的贪婪之毒。

> 这些人越斗越厉害，有人突然间扑到金佛上，抱住了佛像狂咬，有的人用头猛撞。
>
> 狄云觉得很奇怪："为什么会这样？就算是财迷心窍，也不应该这么发疯？"不错，他们个个都发了疯，红了眼乱打、乱咬、乱撕。他们一般地都变成了野兽，在乱咬、乱抢，将珠宝塞到嘴里，咬得格格作响，有的人把珠宝吞入了肚里。
>
> 狄云蓦地里明白了："这些珠宝上喂得有极厉害的毒药。当年藏宝的皇帝怕魏兵抢劫，因此在珠宝上涂了毒药。"①

连城剑谱所说："江陵城南偏西，天宁寺大殿佛像，向之虔诚膜拜，通灵祝告，如来赐福，往生极乐。"然而，所谓的往生极乐，却是落入饿鬼道的死亡所，如此极乐，实属讽刺。

加斯东·巴什拉说："对最高级的隐藏来说，只有一个场所。人心中的隐蔽处与物中的隐蔽处就属于同一种场所分析。"②而《连城诀》中的箱子，无非是人性贪婪的欲望所具体呈现的场所。

四、结论

本文以金庸的长篇武侠小说《连城诀》作为研究文本，借由加斯东·巴什拉的《空间诗学》理论，分析小说中的各种特定空间场所。经由研究发现，小说中最出色的空间描写莫过于家宅的意象，例如：最初成长与作为心灵归属的湘西家宅，位于湖南西部沅陵南郊的麻溪铺乡下的三间小小瓦屋。由此再做垂直性的上下延伸，复得到犹如藏宝阁意象的山洞与地窖意象的大土坑。狄云于如同阁楼意象的山洞中独自怀想旧日的美好时光与温馨回忆，并在如同地窖意象的大土坑里，看见言达平所挖掘显现的贪婪欲望。而在阁楼与地窖之间，没有人能避免面对自己，面对黑暗。被人性贪婪所毁灭的家宅，不单只是狄云眼前的湘西家宅，更是其心灵世界的崩塌与毁坏。而小说最终结

---

① 金庸：《连城诀》，广州出版社，第2006年，第380~381页。

② 加斯东·巴什拉：《空间诗学》，张逸婧译，上海译文出版社，2016年，第113页。

局的空间，指向藏边雪谷的山洞，因着空心菜的真、狄云的善良、水笙的美，一个全新的“家宅”空间在小说家笔下再度完美成形，替代原本已然崩坏的湘西家宅，成为延续生命与后代的另一个心灵归属空间。

其中，活埋凌霜华的棺材、囚禁丁典与狄云分明可逃却不愿逃的监狱牢房、藏匿尸体的床底下与破庙神桌底下、砌墙藏尸的墙壁空间，与最后宝藏现形的天宁寺佛像肚子……凡此种种，小说场景的空间，莫不显现着箱子此一带有浓烈情结性家具的隐喻与象征。而当箱子被打开，所有人的内在欲望空间于是具体外化现形。诚如加斯东·巴什拉所言：“人心中的隐蔽处与物中的隐蔽处就属于同一种场所分析。”而《连城诀》中的箱子，小说家所以努力建构的，无非是让贪婪欲望彻底现形的箱子。那如同恐怖箱一样具体的存在，随手一抓，当中所显现的恐怖欲望的具体现形，足以瞬间摧毁原本以梦想建造守护的家宅。

而小说家最终的悲天悯人，将小说结局的空间，指向藏边雪谷的山洞，留给狄云、水笙一个全新可以期待的未来家宅。这或许也是作者对于曾经救护家中长工和生的祖父的一种仿效与致敬吧。在现实生活中，法律无从给予善人的庇护，小说家在自己以想象力与创造力创建的家宅空间里，提供最诗意、最温柔的守护，让《连城诀》这部人性至恶之书，有了最诗意的空间结局，这确实是金庸所创造的空间诗学。

作者简介：杨敏夷，就读于台湾东吴大学中国文学系博士班三年级。主要研究范围为现当代文学。学术之余，从事创作，曾获双溪现代文学奖、北教大文学奖、谢东闵文学奖、中兴湖文学奖、全国学生文学奖、耕莘文学奖、花莲文学奖。2018 年于台湾远景出版社出版个人创作诗集《迷藏诗》。

金庸武侠小说中永远的少年和永远的少女形象分析

——以杨康、欧阳克和小昭、梅超风为例

裴　蓓

摘　要：金庸武侠小说中以杨康、欧阳克和梅超风、小昭等为代表的人物身上体现了"永远的少年"和"永远的少女"的特点。他们容貌俊美、任性妄为，有时候会有唐璜情节，有救世主思想，也有作恶的欲望，可能因救世主意识而在高空飞行，但是最终不可避免地滑落，走向死亡或退场。

关键词："永远的少年"　"永远的少女"　荣格　金庸武侠小说

一、引言

永远的少年和永远的少女是荣格（Carl Gustav Jung，1875－1961）心理学中非常重要的概念。金庸武侠小说中有不少人物符合永远的少年和永远的少女形象特点，比如杨康、欧阳克和小昭、梅超风。本文试以荣格心理学对他们进行分析。

二、永远的少年和永远的少女

日本心理学家河合隼雄（Kawai Hayao，1928－2007）在《如影随形：影子现象学》中对永远的少年有较为详细的描述：所谓"永远的少年"指的是古希腊"艾流西斯（Eleusis）秘密仪式"上的少年之神——伊阿科司（Iacchus）。"艾流西斯秘密仪式"指的是以谷物春生、夏长、秋收、冬藏，到春天种子再生，重复着死亡与重生的秘密仪式。这里的"永远的少年"之神——伊阿科司，"以重复着生死周期的谷物姿态显现"①。

---

①　河合隼雄：《如影随形：影子现象学》，罗佩甄译，台北扬智文化事业股份有限公司，2000年，第50页。

“永远的少年”有以下的基本特征：他们长得很美，经常被称为“美少年”。他们的生命一般很短暂，往往活不到成年。喜欢不断地追寻真理，追逐梦想，往往表现出急速上升的状态。但是由于他们与现实的联系非常薄弱，欠缺了把理想现实化的力量，又不擅长等待和忍耐，所以在急速上升之后就开始急速下滑，无论做什么事都不能完全成功，经常半途突然失败。然后，“永远的少年”开始了无所事事的状态，他们把自己的失败归过于社会的不理解和体制的僵化，力图为自己的无所作为辩护。但是在某一天，他们会突然化身为救世主，拯救世人，由于力量巨大，往往引起世人的赞叹。在“永远的少年”急速上升的过程中，中止他们的上升几乎会导致他们的死亡，所以只能与他们一起上升，并慢慢制动他们①。

玛丽－路薏丝·冯·法兰兹（Marie－Louise von Franz，以下中译名统一作法兰兹）在《荣格心理治疗》（*Psychotherapy*）中提到，“永远的少女”指的是女性的“永恒女儿”类型，她们会在潜意识里认同父亲的阿尼玛。“永远的少女”有时也被称为柯尔②。荣格心理学中，阿尼玛是男性中的女性一面，被称为“永恒的女性”，阿尼姆斯是女性中的男性一面，被称为“永恒的男性”。阿尼玛原型可以分为四个阶段：第一阶段的特点是肉体、性、繁衍，代表人物是夏娃；第二阶段的特点是浪漫，代表人物是海伦；第三阶段的特点是精神、神圣，代表人物是圣母；第四阶段的特点是智慧、雌雄同体，代表人物是雅典娜、智慧老人③。

荣格在《原型与集体无意识》（*The Archetypes And The Collective Unconscious*）中说：一般来说，女人身上的柯尔形象呈现出两种：母亲与侍女。柯尔另一种经常显现的形象是舞者，一般为“母神随从（corybant）、狂女（maenad）或者仙女（nymph）”。还有一种偶尔的变体是女水妖或者水怪，这种变体常常长着鱼尾巴。有时候，柯尔形象会完全滑落到动物的形象，比较常见的有“猫、蛇或者熊”，甚至有时候还会被描写为“冥府黑色怪物，比

---

① 河合隼雄：《如影随形：影子现象学》，台北扬智文化事业股份有限公司，2000年，第51～55页。

② 玛丽－路薏丝·冯·法兰兹：《永恒少年问题的宗教背景》（“The Religious Background of the Puer Aeternus Problem”），《荣格心理治疗》（*Psychotherapy*），易之新译，台北心灵工坊文化，2011年，第304页。

③ 黎活仁：《打破写实与虚构藩篱的元小说——邓一光〈深圳河没有鱼〉的分析》，《名作欣赏》2017年第11期。

如鳄鱼，或者其他火蛇类、蝙蝠类的动物”[①]。正如荣格和法兰兹所说，永远的少女会有不同面向的显现，有时候表现为光明的、神圣的形象，有时候表现为恐怖的、邪恶的形象。

（一）死亡与退场

永远的少年背后隐藏着浓厚的死亡阴影，他们通常在成年之前就死亡，活不到成年。他们在死亡之后又回归到伟大母亲的子宫中重生，不断重复着死亡与重生的秘密仪式[②]。

河合隼雄在《转大人的辛苦》中指出，在未开化的社会中，儿童要经由一系列的成人式，从儿童转变为大人。“带离母亲”这个仪式非常重要，可以当成“死亡”体验来理解，这个过程往往激烈而痛苦[③]。

河合隼雄还指出，母性原则与永远的少年有着千丝万缕的联系。母亲原则的积极一面是生产、孕育、照顾等，消极的一面则是吞噬、恐惧、束缚等[④]。

永远的少年几乎是不可避免地要走向“死亡”。当他们拒绝长大时，迟早都会因为与实际社会的脱离陷入跌落乃至死亡，当他们接受长大时，也意味着过去的少年身份的死亡。

1. 更新——毒蛇

金庸小说中的杨康、欧阳克和梅超风最终都以死亡结局，小昭虽未在肉体上死亡，但是在精神层面上也意味着慢性死亡。

杨康的死非常典型，本文将做详细分析。杨康是《射雕英雄传》的第二男主角，也是最大的反派之一。他父亲杨铁心与小说男主角郭靖的父亲郭啸天是结义兄弟，为铭记北宋灭国之恨，给各自的孩子取名郭靖和杨康，意为不忘靖康之耻。由于二人收留了杀死大汉奸王道乾的长春真人丘处机（历史上实有其人，1148—1227），被官府追捕，郭啸天力战而死，杨铁心飘荡江湖，郭啸天夫人李氏流落蒙古，生下郭靖，杨铁心夫人包氏被热烈倾慕她的金国王子完颜洪烈骗走并嫁给了他，生下的孩子杨康也认完颜洪烈为父，改名为完颜康。杨康后来得知自己身世之后，难以舍弃荣华富贵，不肯与生父

---

① 卡尔·古斯塔夫·荣格：《柯尔的心理学面向》（“The psychological aspects of the Kore”），《原型与集体无意识》(*The Archetypes of the Collective Unconscious*)，《荣格文集》，卷五，国际文化出版公司，2011年，第145～146页。

② 河合隼雄：《如影随形：影子现象学》，台北扬智文化事业股份有限公司，2000年，第50～51页。

③ 河合隼雄：《转大人的辛苦》，林咏纯译，台北心灵工坊，2016年，第60～67页。

④ 同上，第185～186页。

相认，执意认完颜洪烈为父，一心想做金国王子，乃至金国太子，以一展政治抱负。由于立场不同，他与坚决捍卫宋朝利益的郭靖一方产生了巨大的矛盾，他不断使用各种卑鄙的手段企图扑灭郭靖一方，最终自作自受，死于被自己害死的郭靖师傅南希仁血液中的毒蛇毒液。

法兰兹针对圣艾修伯里（Antoine de Saint Exupéry，1900—1944）《小王子》（*The Little Prince*）一书，写了一本叫作《永远的少年》（*The Problem of the Puer Aeternus*）的书。《小王子》的故事情节是：小王子住在一个很小的星球上，陪伴他的是他挚爱的玫瑰花。但是玫瑰花的虚荣心伤害了小王子，于是小王子离开自己的星球，拜访宇宙中其他几个星球。他来到地球，遇到狐狸和蛇，最后被蛇咬了一口而死。法兰兹在对圣艾修伯里的作品《小王子》的分析中，对蛇的形象和作用进行了分析：小王子在地球上遇到了狐狸，从狐狸身上学到了成为人类的首要秘密，但是仍然无法和地球建立亲密的关系，最后他遇到了博学、狡诈、冷酷的蛇，借着蛇的致命的三咬，放弃生命，再度回到自己的星球[①]。荣格心理学中常常提到炼金术，在炼金术的象征系统中，毒蛇被视为“皇室之子（filius regius），也就是相当于星星王子”。“永远的少年”常常表现为两种典型的原型意象，一是孩童神或者与光有关的少年，二是以权力为中心，乖戾、冷酷的“老国王”。这两种形象看似对立，其实之间存在着转化更新的关系。荣格说毒蛇在更新的过程是“最低下、最初期形式”的国王，“一开始是致命的毒物，但后来是解毒药。”

杨康死于毒蛇毒液，与小王子被博学的蛇咬死产生了互文关系。它们互相成为对方的镜子，它们相互参照，彼此牵连，形成巨大的意义空间。

2. 过渡礼仪——慢性自杀

小昭是《倚天屠龙记》里重要的女性角色。她母亲是波斯明教的圣女黛绮丝，也是中土明教的四大法王之一的紫衫龙王。波斯明教经典规定，由圣处女任教主，以维护明教的神圣贞洁。每位教主接任之后，就选定教中高职人士的三个女儿，称为“圣女”。“此三圣女领职立誓，游行四方，为明教立功积德。教主逝世之后，选定立功最大的圣女继任教主”。但如果三位圣女中有人失却贞操，便会受到焚身之刑，任是天涯海角，也难逃教中人追拿[②]。黛绮丝与小昭的父亲韩千叶生下小昭，犯了教规，所以一直不敢以真实面目示人，易容装扮成金花婆婆。她吩咐小昭潜伏在中土明教，伺机偷取“乾坤大挪移心法”，以便逃脱追捕。小昭与书中男主角张无忌在明教相遇，对张无忌

---

① 玛丽-路意丝·冯·法兰兹：《永恒少年问题的宗教背景》，《荣格心理治疗》，第 298 页。

② 金庸：《倚天屠龙记》，广州出版社，2002 年，第 1028 页。

十分倾心，曾舍身救护张无忌。后来，黛绮丝身份被揭穿，生命危在旦夕，张无忌也被困船上，为了救下母亲和张无忌的性命，她只能含泪忍痛，断绝情缘，做了波斯明教的圣处女教主。

小昭的死亡没有体现在肉体上，而是在身份的转换和情欲的断绝上。小昭通过波斯宗教的仪式，完成了身份的转换，过去的身份消失，获得了圣处女教主这个新身份。这种身份的转换在阿诺尔德·范·热内普（Arnold van Gennep，1873—1957）的《过渡礼仪》（*The Rites of Passage*）中被认为是一种死亡的过程。他以“弥德之约”（1'ordre des Mide）的仪式为例，受礼的孩子被捆在一块木板上，在整个仪式过程中，他将体验到失去全部的自我个性。“酋长（巫师、神父）将所有参与者杀死，再使他们一个个再生”，列队、屠杀和再生是仪式的重要阶段的关键标志[①]。小昭新身份的建立，意味着与过往的一切决裂，小昭已经死亡，取而代之的是波斯明教教主。

圣处女教主的身份有一重关键的约束，就是要求小昭禁绝情欲，必须终身保持处女之身。这是对女性正当情欲的扭曲压制，对女性意味着另一种死亡。门林格尔（Karl Augustus Menninger，1893—1990）在《人对抗自己：自杀心理研究》（*Man Against Himself*）中指出：慢性自杀指的是个人通过不同的方式和形式，无休止地拖延死期，忍受更多的痛苦。这种痛苦伴随着功能损害，让人活受罪，简直是“虽生犹死”。慢性自杀的人虽然没有死，但是他们的生理和心理上的破坏无时无刻不在进行。随着时间流逝，慢性自杀的人会越来越虚弱，直到最后迎来真正的死亡[②]。小昭并不是心甘情愿成为禁欲的圣处女教主的，她对张无忌有着极为强烈的感情，却只有生生压抑住。可以想见，禁欲将成为小昭未来生活中的巨大创伤，这个创伤是小昭的慢性自杀，它会残忍的慢慢吞噬掉小昭的生命力。

（二）唐璜情节

“永远的少年”因为受到了母亲无微不至的照顾，同时也威慑于母性原则“深沉的阴暗”，他们往往停滞在青春期，不愿意长大。正如荣格在讨论母亲原型时所说，“永远的少年”的特征就是“同性恋和情圣病”。无论是哪一种，都表现为与同龄女性情感关系的极其差劲[③]。荣格认为，唐璜情节会导致儿子

---

① 阿诺尔德·范热内普（Arnold van Gennep，1873－1957）：《过渡礼仪》（*The Rites of Passage*），张举文译，商务印书馆，2012 年，第 81 页。

② 门林格尔（Karl Augustus Menninger，1893－1990）：《人对抗自己：自杀心理研究》，第 78 页。

③ 玛丽-路意丝·冯·法兰兹：《永恒少年问题的宗教背景》，《荣格心理治疗》，第 296 页。

无意识地在每一个女性身上寻找母亲的影子，以满足自我的恋母情结①。正如铃木龙说，“永远的少年”因为需要自由，所以不愿意成家立室②。

杨康和欧阳克身上都体现出了类似的唐璜情节。他们都对各种不同类型的美女有着浓厚的兴趣，却倾向于否定专一的恋爱关系。欧阳克的例子更典型一些。他的母亲早逝，由于母亲依附的缺失，他表现出强烈的唐璜情节。小说花了大量的笔墨描写了欧阳克对于美女的偏好。他不择手段的将所见到的美女都掳掠到自己手上，但在得到之后又毫不在意，或是变成自己的奴婢，或是弃如敝屣，始终未能与女性建立更正常的关系。

“唐璜情节”也可以从罗伯特·J. 斯腾伯格（Robert J. Sternberg）的“爱情三角形理论”角度进行理解。“爱情三角形理论”认为爱情有三个最重要的关键因素：亲密（intimacy）、激情（passion）和决定/承诺（decision/commitment）。可以根据三个因素的不同组合得到八种不同的爱情类型。其中前三种分别是“无爱”（non-love）、“喜欢”（liking）和“迷恋”（infatuated love）。③ 这三种爱情类型无一例外都缺乏“决定/承诺”这个关键因素。永远的少年的“唐璜情节”就主要属于这三种类型。他们害怕对恋人做出长期承诺，习惯于短暂的沉迷于某段恋情，然后抽身而去，在新的关系中重复体验此几种类型的爱情。无论是杨康还是欧阳克，他们都表现出类似的情况——自负风流多情，喜欢拈花惹草，却不喜欢给予承诺，恐惧陷入固定的情感关系中。

（三）邪恶行为

“永远的少年”和“永远的少女”并不一直与善相关联，事实上，他们有的时候与恶有着千丝万缕的联系。他们会经历着突然的上升与下降，常常有他们在高空飞行或者从高空坠落的描述。可是，“带着翅膀的年轻人”的坠落有时候并不是真正物理意义上的坠落，而是心境上的下降与堕落，往往以突然的危机形式表现出来。这些原本执着于理想的年轻人会全盘否认之前的想法，堕落成为愤世嫉俗的人，枯燥、乏味、阴沉地度过生活，甚至有的时候会变成罪犯，以种种有害的方式，发泄先前被压抑的现实感④。

---

① 卡尔·古斯塔夫·荣格：《母亲原型的心理学面向》（“Psychological Aspects of the Mother Archetype”），《原型与集体无意识》，《荣格文集》，卷五，第 70 页。

② 铃木龙：《“永远の少年”はどう生きるか 中年期の危机を超えて》，京都人文书院，1999 年，第 92 页。

③ 罗伯特·J·斯腾伯格（Robert. J. Sternberg）、凯琳·斯腾伯格（Karin Sternberg）编著：《爱情心理学》（*The New Psychology of Love*），李朝旭等译，世界图书出版公司，2010 年，第 195～197 页。

④ 玛丽-路意丝·冯·法兰兹：《永恒少年问题的宗教背景》，《荣格心理治疗》，第 296 页。

1. 凶恶

法兰兹以布鲁诺·葛耶兹（Bruno Goetz）的小说《没有空间的王国》（*The Kingdom without Space*）为例，对永远的少年的邪恶一面进行了说明。这本书里的神圣男孩弗欧（Buddha）由一支男童组成的狂热部队陪伴，这些男童喜欢在各个城市里引发动乱和鼓舞暴动，“主张沉溺于生与死，寻找与流浪，跳舞与狂喜”。荣格认为这就是永远的少年恶的一面①。

杨康、欧阳克和梅超风身上都体现了这种邪恶的一面。杨康为了一己荣华富贵，背叛亲生父母，认杀父仇人为父；对恩人恩将仇报，多次欲置对自己有恩的郭靖于死地；满口谎言诡计，不断欺骗对自己一往情深的穆念慈。

“永远的少年”和“永远的少女”为什么要作恶？可能是确认自身的存在。特里·伊格尔顿（Terry Eagleton，1943—　）在《论邪恶：恐怖行为忧思录》里面认为，唯一能够帮助人抵抗人类必死这种恐惧的方式，“就是要去消灭那些将此创伤化身为自我的那些人”。通过消灭他者的方式，人向自己宣告或者确认，自己对死亡这个最恐怖的敌人获得了暂时阶段的胜利②。“永远的少年”和“永远的少女”作恶也有可能是从美学意义上的完美角度考虑。他们认为，“从绝对毁灭这一提法当中能够获取一种恶魔般的欢愉”③。

永远的少年的恶还可能与认为世界不能理解自己相关联。河合隼雄说：永远的少年的特征之一在于，一边执着于追求理想，但是一边又缺乏把理想现实化的力量。他们为自己的无所事事进行辩护，使之合理化。认为自己的才能不被社会所理解，是因为错误的社会体制导致④。杨康在面对恋人穆念慈指责他认贼作父的时候，常常辩解自己行为的合理性，反过来指责穆念慈不理解他。如杨康（完颜康）在归云庄被抓，穆念慈前去解救，在救他之前，要求他发誓不再认贼作父，杨康非常不忿，坚决为自己辩解：

> 穆念慈道：“你得立个誓，决不能再认贼作父，卖国害民。”完颜康怫然不悦，说道：“我一切弄明白之后，自然会照良心行事。你这时逼我立誓，又有什么用？你不肯为我去求救，也由得你。”⑤

---

① 玛丽-路意丝·冯·法兰兹：《永恒少年问题的宗教背景》，《荣格心理治疗》，第299～300页。

② 特里·伊格尔顿（Terry Eagleton，1943－　）：《论邪恶：恐怖行为忧思录》（*On Evil*），林雅华译，湖南人民出版社，2014年，第143页。

③ 同上，第144页。

④ 河合隼雄：《如影随形：影子现象学》，台北扬智文化事业股份有限公司，2000年，第51～52页。

⑤ 金庸：《射雕英雄传》，广州出版社，2002年，第462页。

河合隼雄在《孩子与恶》中提到，在某些情形下，人们明明知道作恶会给自己带来不好的体验甚至惩罚，仍然忍不住作恶，是因为恶对于人心有一种吸引力，被称之为“恶的诱惑”或者“恶的魅力”，人心本身就具有恶的倾向。与善相比，恶往往与变数和不可知相联系，带来了活力①。恶还往往与创造相联系。创造这个世界的神是“邪恶的造物主”②。永远的少年和永远的少女比一般人更容易受到恶的诱惑，这与他们的人心较脱离实际，始终与他人保持距离有关。又因为他们充满了创造性和想象力，这种创造和想象有时候会以恶的形式显现出来。

2. 厌女症

厌女症（misogyny）指的是在父权制背景下，人类社会对女性“根深蒂固的诋毁、诽谤和虐待”，“对女性毫无根据的恐惧和痛恨”③。

David D. Gilmore 在《厌女现象：跨文化的男性病态》（*Misogyny: The Male Malady*）中认为：男性在与女性建立关系时产生强烈的矛盾心理，一方面，他们渴望回归，回到婴儿期母亲无微不至的庇护之下，但另一方面，他们在潜意识里又对此进行排斥和抗拒，乃至于精神错乱。他们为了消除这种情绪紧张和混乱，就把矛头指向了混乱的来源——女性，致力于攻击女性④。

女性的子宫孕育生命，容纳滋养胎儿。但是，一方面，婴儿出生之后却会获得出生创伤，他不得不离开温暖的庇护所，独立面对外面纷繁复杂的未知世界；另一方面，女性不仅是带来生命和保护的主体，也是死亡的起源，主要表现为爱的剥夺和撤回。埃利希·诺伊曼（Erich Neumann，1905－1960）在《大母神：原型分析》（*The Great Mother: An Analysis of The Archetype*）中说：

> 爱的撤回和剥夺表现为原型女性或大母神自由选择的负面行为。而由于生存的全部正面因素，诸如滋养、食物、温暖、安全等等，皆与大母神意象联系在一起——在与渺小的个人、儿童和类似儿童的人的关系中，大母神实际上正是传递着所有这些正面的内容，人于是把母亲流向各个生命的正向溪流的一切中断和扰乱、一切忧愁和一切丧失，都归咎于这位大母神“坏”的方面和恐怖母神。同时，在这里也可以看到女性

① 河合隼雄：《孩子与恶》，林晖钧译，台北心灵工坊，2016年，第57～63页。

② 同上，第47～49页。

③ 汪民安：《文化研究关键字》，江苏人民出版社，2007年，第428页。

④ David D. Gilmore：《厌女现象》，何雯琪译，书林出版有限公司，2005年，第22～23页。

变形特征所起的作用。[①]

我们可以用厌女症和荣格心理学的“柯尔”来分析《射雕英雄传》里面的梅超风。梅超风与丈夫陈玄风都是黄蓉的父亲黄药师的徒弟，他们偷取了黄药师的《九阴真经》，但是由于所获真经不全，以致走火入魔，专以活人练功，杀人无算，江湖上称他们是“黑风双煞”——铜尸铁尸。梅超风虽然模样俏丽，却丝毫不掩其狠毒戾气。她的眼睛被郭靖师傅柯镇恶用毒菱打瞎之后，更是平添恐怖诡异色彩。这种形象上的恐怖性可在荣格心理学和厌女症中找到端倪。正如荣格对柯尔的研究，“柯尔”是一个超级的人格，可以“用卑鄙的、被扭曲的形象”显示出来[②]。厌女症研究则表明：原始的民间故事或者口语传说，常常将女人描绘为野兽的形象，不是描绘为山羊，就是描绘为其他“象征性欲、邪恶或混乱的野生动物，比如蛇、蝎、猩猩、驴或猪”[③]。

厌女症理论认为“危险女人”这个观念遍及全世界，她是一种恶魔般的生物，拥有许多伪装，总是将无辜的受害者抓入自己潜藏的黑暗而恐怖的地方，“可能是海底深渊，也可能是阴暗的洞穴”[④]。梅超风在眼盲之后，就选择在地底黑洞里生活练功。

塞吉维克（Eve Kosofsky Sedgwick）在《男人之间：英国文学与男性同性社会性欲望》（*Between Men：English Literature and Male Homosocial Desire*）中说，珍·贝克·米勒（Jean Baker Miller）在《关于妇女的新心理学》（*Toward a New Psychology of Women*）中指出，“性别差异的一个属性是结构上的永久不平等”。这种不对等跟孩子与成人的不对等是不一样的，孩子和成人的差异只是暂时的，终有一天孩子会长成家长，而妻子永远无法成长为丈夫[⑤]。上野千鹤子也认为，厌女症有一个更好的翻译是“女性蔑视”，无论男女，都难以逃脱厌女症的笼罩。厌女症在性别二元制的性别秩序里，植根于其核心位置[⑥]。很多人未必能够意识到其无意识里可能潜藏着厌女症的深刻烙印。金庸在武侠小说里描写了各种年龄、相貌、性格的女性，从本质

---

① 埃利希·诺伊曼（Erich Neumann，1905－1960）：《大母神：原型分析》（*The Great Mother：An Analysis of the Archetype*），李以洪译，东方出版社，1998年，第65～66页。

② 荣格：《柯尔的心理学面向》，第145页。

③ David D. Gilmore：《厌女现象》，何雯琪译，书林出版有限公司，2005年，第104页。

④ 同上，第90～91页。

⑤ 塞吉维克（Eve Kosofsky Sedgwick，1950－2009）：《男人之间：英国文学与男性同性社会性欲望》（*Between Men：English Literature and Male Homosocial Desire*），郭劼译，上海三联书店，2011年，第221～223页。

⑥ 上野千鹤子（UENO Chizuko，1948－　）：《厌女：日本的女性嫌恶》，王兰译，三联书店，2015年，第1页。

上讲，都是他从男性的眼光俯视女性得到的印象。尤其在描写女性的乖戾、邪恶、暴行的时候，这种俯视角度的“厌女特征”显得更加淋漓尽致。梅超风和丈夫陈玄风并称“黑风双煞”，但陈玄风甫一出场便身死，梅超风阴森、鬼魅的形象则贯穿大半部小说。类似的女性角色还有《天龙八部》里的康敏、阿紫等。

（四）任性的美少年

“永远的少年”通常都长得很俊美，招人喜欢。河合隼雄举了巴尔德尔（Baldur）的例子说明这一点，传说巴尔德尔长得非常俊美，人们看到他的样貌，听到他的声音，便会喜欢上他。这也是“永远的少年”的特征，永远的少年会把不好的东西（有时称为影子）留给母亲负担，自己只负责扮演好的一面[①]。杨康长得很俊美，这也是穆念慈倾心于他的重要原因。

法兰兹认为，“永远的少年”没有办法与现实产生紧密的联系，当无法接受现实时，他会选择逃避，逃避单调、枯燥的日常生活，以及需要不断努力才能获得的成就。在任何方面，包括他的专业、同事、朋友、共同生活的女性，他都能吹毛求疵、持续的挑剔毛病。最终他会“一次又一次突然而任性地中止所有关系”[②]。他们会有比较任性的一面，比如杨康在母亲面前，全然是一个被宠坏了的小孩形象。为了让母亲无心理会自己做的坏事，他打断一只兔子的腿让母亲分心。杨康在与穆念慈的关系中也显得非常任性，他们第一次见面是在穆念慈的比武招亲上，杨康打败了穆念慈，却不愿意按照比武招亲的规则，迎娶穆念慈，对他而言，这只是一次平常的游戏而已。

（五）救世主意识

“永远的少年”和“永远的少女”还常常喜欢扮演救世主的角色。法兰兹认为，“永远的少年”常常会有拯救者的想法，他们可能认为自己是即将“拯救人类于危难的救世主”，或者即将“在哲学、艺术或政治事务中成为一言九鼎的人”[③]。河合隼雄则说，永远的少年会是“英雄、是神子、是皇子，或是伟大母亲所赐之子，是救世主，是骗术师”[④]。

杨康一心想着当金国王子，时时在穆念慈面前提起军国大事，甚至流露出对金国皇位的向往，当是有通过这条快捷方式实现自己救世主角色的愿望。

以今日民族融合观点来看，宋、金、辽之间的战争，都属于中华民族的

---

① 河合隼雄：《如影随形：影子现象学》，台北扬智文化事业股份有限公司，2000年，第53页。

② 玛丽-路意丝·冯·法兰兹：《永恒少年问题的宗教背景》，《荣格心理治疗》，第296页。

③ 同上。

④ 河合隼雄：《如影随形：影子现象学》，台北扬智文化事业股份有限公司，2000年，第51页。

内部纷争，也不必上升到异族入侵、华夷之辨的高度。事实上，金朝当时的实力并不弱于宋朝，金朝从世宗完颜雍（1123—1189，在位时间1161—1189）即位，到章宗完颜璟（1168—1208，在位时间1189—1208）辞世，前后不到50年的时间，历史上称这段时间为“大定明昌之治”。这一时期，“朝廷清明，天下无事”，一番“太平和乐”的景象①。1189年，金世宗之孙完颜璟继位，是为金章宗，也就是《射雕英雄传》里的大金国明昌皇帝。金章宗在统治期间，基本延续了金世宗的执政纲领，轻徭薄赋、休养生息，社会安定，所以也获得了“明昌之治”的口碑②。一方面，金朝稳定的局势降低了大规模战争发生的可能性，也降低了宋朝和金朝老百姓承受战乱的风险。另一方面，杨康在《射雕英雄传》中的角色设定是金章宗完颜璟的孙子，如果他能够继承皇位，继续推行祖父的治国之策，是有可能继续维持金宋两国和平稳定的态势的。从这个层面来讲，杨康的救世主意识也是可以理解的了。

小昭的救世主意识跟杨康相比，更符合普世的道德准则。她极爱张无忌，原本是绝不肯离开张无忌，去当波斯总教的圣处女教主，断绝情欲，永不婚配的。但最后她接受了这劫难的命运，不单是为了救张无忌，救自己的母亲黛绮丝，也是为了救谢逊、赵敏、周芷若、殷离一干人等。她做出了对自己极为不利的选择，承担了此后几十年岁月的寂寥，救下了所有人的性命，成全了张无忌和赵敏的琴瑟和鸣，可称救世主。

三、结论

金庸武侠小说中以杨康、欧阳克和梅超风、小昭等为代表的人物身上体现了“永远的少年”和“永远的少女”的特点。他们容貌俊美、任性妄为，有救世主思想，也有作恶的欲望，可能因救世主意识而在高空飞行，但是最终不可避免的滑落，走向死亡或退场。

作者简介：裴蓓，女，1981年生于中国湖北，黄冈罗田人。武汉大学文学学士、文学硕士。现于深圳职业技术学院任教。编有《学生志》（第二卷）等。

① 陈广恩：《金元史十二讲》，中国国际广播出版社，2009年，第33页。

② 填下乌贼：《金庸笔下的真实大历史》，台北龙图腾文化有限公司，2016年，第124页。

刘正伟研究

编者按：刘正伟是台湾新生代学者型著名诗人，他于台北大学从事现代文学教研著述之余，先后创作出版了多种诗集和一部诗选，在台湾文坛得奖甚多。如其《思忆症》（2000）、《梦花庄碑记》（2005）、《游乐园》（2013）、《我曾看见你眼角的忧伤》（2014）、《新诗绝句100首》（2015）、《诗路漫漫》（2017）、《猫猫雨——刘正伟诗选》（2018）等，都受到海内外读者青睐。正如著名诗人萧萧为刘正伟诗选作序所述："刘正伟是一位生活诗人，生活即诗，诗即生活，不刻意探求生活所富含、所匿藏的哲理，自然所生的姿态是最美的姿态。"本辑发表两篇学术论文，以管窥刘正伟的诗艺与人生。

论蓝星诗社对刘正伟诗歌的影响与渗透

唐铭康

摘　要：刘正伟作为一名学者型诗人，多年来致力研究台湾蓝星诗社的创作与诗论，他的诗作里有不少蓝星诗人影响与渗透的痕迹。首先是孤寂主题的引接和发展，或传达哀而不伤的离索乡愁，或影射现代文明的荒唐和都市中人的浅薄孤独；其次是理智的象征主义技巧手法化用，传承蓝星诗人奉为圭臬的叶芝、艾略特等人提倡的现代主义理论，并不盲目割断现代主义诗歌的抒情特质；最后是"中庸"式抒情气质的内容展现，将"主知"和"主情"融会贯通，采用中国传统式的意象修辞造境，以非宗教精神内容调和现代主义的西化倾向，从而呈现温和冲淡的诗歌风格面貌。

关键词：刘正伟　蓝星诗社　影响与渗透　温和

刘正伟是台湾台北诗坛新生代中比较引人注目的一位诗人，他的诗作主题丰富，涉猎多种题材，笔力或细腻或犀利，游刃于不同的诗情领域中驾驭自然，同时他也是一名任教台北大学中文系的诗歌研究学者，对于蓝星诗社的创作与历史研究颇为深入，成绩斐然，已出版《早期蓝星诗史》《覃子豪诗研究》《早期蓝星诗社（1954—1971）研究》等学术著作，可谓饱读蓝星诗人群的诗歌作品，深得堂奥。因此在刘正伟的诗作里，无论从主题到风格，还是从语言到气质，我们都可以窥见蓝星诗人对他的影响与渗透，刘正伟也在此基础上对“蓝星诗”派进行了继承与发展、发扬，延续着蓝星的精神气质。

一、孤寂母题

蓝星诗人受西方现代主义的影响，以书写现代人“孤寂”的生存状态为己任，他们的诗作中常常或抒发游子的离愁别绪，在流离他乡的岁月里展现绵密的乡愁，其中最为明显的代表就是余光中，他的乡愁诗哀婉动人，细腻铺排，在浓郁的原乡情结的推动下写下孤寂。又或抵触现代文明对人的精神侵蚀，在信仰破碎、人心涣散的年代里，暴露现代人在繁闹的世态中隐藏的孤独，如罗门的都市诗，周梦蝶的禅诗，向明、张健等人针砭现实的诗作等。刘正伟的诗亦然，在蓝星诗社的影响下，他也将诗笔探向“孤寂”的各个层面，从各种角度尝试延续这一母题。

刘正伟写乡愁，虽然少了蓝星诗人家国失散的时代背景，但却仍有自身饱满的情绪积淀，他远离家乡苗栗的生存体验依然使他感到生活的动荡，没有原乡的温暖庇护，在大城市中，他毕竟也是孤寂的。于是在《五月雪》里他写道：

当阳明山上的杜鹃泣血飘零
繁花尽落
就轮到客庄绿油油的桐树粉墨登场
满山白发
这山是父亲，那山是祖父
植栽的树人

山已苍老，故乡亦憔悴
唯有桐花
每年五月下的雪
白皙、纯洁
雪白父亲的山头

也染白我的乡愁[①]

刘正伟现居台湾桃园，但他是苗栗人，苗栗是客家人史上迁徙聚集台湾的一处地方，依山傍水，风景秀丽，桐花五月而落，满山雪白苍茫，引得远在他乡的诗人不禁怀想思念，于是他写下诸如《仙山》《五月》《省道台三线》等描写家乡苗栗优美风光景色的诗作。刘正伟的乡愁并不悲壮，但由此而来的情感共鸣却很有力量，总是在寥寥数语间通过细微的联想传递出意蕴深远的孤寂况味，这在蓝星诗人的作品里也十分常见，譬如向明的《家》：

风这流浪汉最悲哀了
爬山越水的乱跑，故居却弄丢在相反的方向[②]

向明把“弄丢家乡”的失落与懊丧放置在一个“流浪汉”似的一阵风里，不提及时代创伤，也没有家国想象，仅仅是一种浅浅的设喻和抒情，但含意深长。这让人联想到刘正伟的《流浪汉》一诗：

流浪汉是一枚落叶
偶尔飘落在公园长椅
偶尔漂泊在骑楼的角落

流浪汉像风一样
跌跌撞撞
一不小心就跌进喇叭声中[③]

我们可以猜测，刘正伟也是以流浪汉自比，通过描写流浪汉在城市中无所依凭的可怜形象来影射自己的异乡苦闷，流浪汉像落叶，像风，无可奈何地被无形的手掌推向黑暗的角落，推向嘈杂的都市，而他的生存是这样的卑微无力，根本无人知晓，诗人心底的流浪漂泊之感呼之欲出。

除此之外，在物质和消费的冲刷下，现代人日渐丧失诗意信念，这使得诗人的孤寂更为沉重。比如罗门所写的都市诗常常运用简洁的意象和戏谑的语言影射文明的荒唐和都市中人的浅薄孤独，他在《都市之死》里写道：

烟草撑住日子　酒液浮起岁月
伊甸园是从不设门的
在尼龙垫上　榻榻米上　文明是那条脱下的花腰带[④]

---

① 刘正伟：《猫猫雨》，台北新世纪美学出版社，2018 年，第 135 页。
② 罗门、张健：《星空无限蓝》，台北九歌出版社，1986 年，第 265 页。
③ 刘正伟：《我曾看见你眼角的忧伤》，台湾苗栗县政府，2014 年，第 84 页。
④ 罗门、张健：《星空无限蓝》，台北九歌出版社，1986 年，第 187 页。

罗门的都市诗常常充斥着这样冷眼旁观的愤怒，阴沉冷郁的诗调让人感受到人类精神被现代文明所控制之后的不寒而栗。而刘正伟也像罗门一样关注着现代文明所带给人类的困扰以及产生的精神危机，如《再别台中》：

万亩良田种的不再是绿油油的秧苗
收割的依旧是黄澄澄的果实
铜墙铁壁找不回失落的安全感
玻璃帷幕反射着世界的冷漠①

刘正伟某些时候似乎比起罗门的冷眼更为热烈，他的有些愤怒是代入式的，于是他的孤寂便显得更外向，在《新台湾人——记假油事件》《孤独者》《急诊室日记》等作品中都有明显表现，而最直接的例子就是《致诗人》这一首：

俱乐部冷冷清清，空无一人
我写诗的朋友纷纷离去
去喝酒狂欢，拥抱女体
去炒房炒股，就是不炒菜
不写诗，我顿时感到寂寞

那些高喊革命、理想的诗人呢？
高喊占领街头，冲撞体制
高喊女性主义、后现代、后殖民
自诩为诗人的前辈们纷纷停笔
世界空空荡荡，我感到无比孤独②

在试图解除现代“孤寂”心理的过程中，同样不乏其他写法的展现，除了上述以社会现状或真实案列为出发点所写成的都市讽刺诗外，刘正伟还写过不少富含禅思意趣的哲理诗，而这些哲理诗不仅仅是以叩问生命奥秘、思索慈悲人性为主题，更是像周梦蝶那样，在清冷的禅思入定之余流溢出孤独况味。周梦蝶的诗就像他的名字一样，凄幻寒绝，充满了彻骨的寂寞。向明曾形容周梦蝶为“孤挺花”，形容他孤绝独立的人格和诗风，余光中也曾这样评价周梦蝶的作品：“无论把《孤独国》或《还魂草》翻到第几页，读到的永远是寂寞。”③ 他的《细雪》《独语》《成仙成灰》《还魂草》等诗作用或庄或禅

① 刘正伟：《猫猫雨》，台北新世纪美学出版社，2018 年，第 186 页。
② 同上，第 40 页。
③ 周梦蝶：《周梦蝶世纪诗选》，台北尔雅出版社，2014 年，第 6 页。

的外在语言风格裹挟着气势汹涌的孤寂洪流，仿佛独立于世俗之外，但反过来又对世俗的纷繁吵闹嗤之以鼻，展露出蓝星诗人特有的孤独气质。2014 年 5 月 1 日，周梦蝶逝世，刘正伟午后听闻立即写诗《周公梦蝶》以为悼念，其中“周公梦蝶去了，一去不返/羽化登仙，从此自在逍遥游/孤独国更孤独了”[①] 似在悲悼这世上又少了一位知音，他们作为诗人有着同样的孤独和悲哀，周梦蝶的离去让刘正伟既歆羡又感喟，歆羡周公终于“自在逍遥游”，但又感喟“孤独国”从此更加孤独，他们的心境，全然可以相通。

既然诗中有禅，有禅的孤独，那么诗就不能写得直露易懂，而是需要一种气氛的营造。周梦蝶善于运用禅性意象造景，不直接抒发孤独心境，反通过世间万象与个人心态的对比凸显自身曲折幽深的孤独之感，刘正伟的富有禅味的诗也是如此，与上述他的都市讽刺诗极为不同，但情感内核都指向“孤寂”。我们不妨来看看周梦蝶的《孤独国》和刘正伟的《问佛》选段——

这里没有文字、经纬、千手千眼佛
触处是一团浑浑莽莽的吞吐的力
这里白昼幽阒窈窕如夜
夜比白昼更绮丽、丰实、光灿
而这里的寒冷如酒，封藏着诗和美
甚至虚空也懂手谈，邀来满天忘言的繁星……[②]

早晨的钟声敲醒一朵睡莲
敲响，满树争妍的木棉
季节暖化，两岸时序纷乱
惟有，暮鼓晨钟按时敲响
回荡，熙熙攘攘的人间[③]

周梦蝶和刘正伟的孤寂都隐藏在宏观的世相之间，对自己的心境不提一语，这与佛家的神秘幽深不谋而合，宛如佛祖缄默不语，只拈花一笑那样的意味深长。在偌大无垠的世界里，他们的孤独显得很渺小，但在字里行间又像一缕若隐若现的幽魂游荡着，令人不能忽视，不能不察觉。至此，刘正伟传承于蓝星诗人的“孤寂”已眉目清晰，精神毕现。

① 刘正伟：《猫猫雨》，台北新世纪美学出版社，2018 年，第 71 页。
② 周梦蝶：《周梦蝶世纪诗选》，台北尔雅出版社，2014 年，第 10～11 页。
③ 刘正伟：《猫猫雨》，台北新世纪美学出版社，2018 年，第 38 页。

二、理智的象征

蓝星诗社虽然是现代主义诗社，但却与一般意义的现代主义诗社不同，其开创者覃子豪早在与纪弦等现代主义诗人的论争中就已经体现了这一点，他们反对当时台湾其他现代主义诗人纯粹极端“反抒情”的象征主义，否定他们完全割断与浪漫主义的个人化抒情特质的联系，正如覃子豪所说“最理想的诗，是知性和抒情的混合物”①。因此蓝星诗人主张的“现代主义”实则是从将现代主义作为浪漫主义的“继承者”这一立场出发，融合知性情感与象征手法，从“平衡性”上找到现代主义诗歌生存的基点。

覃子豪、余光中、向明等蓝星诗人的诗作均以此为写作原则，在客观意象中寻找个人情感与普遍知性交相融汇的抒发出口。刘正伟的许多诗作也得益于此，他抒情同时重知，决不陷于顾影自怜的情感喷薄，也不耽溺于知性理智的社会拷问，而是在两者平衡的轨道上穿行如游龙。在《瓶中信》这首诗中他写道：

彼时，或许瓶身一长满青苔
那是思念随着时间增长的痕迹
希望挚爱的女神能在梦里
温柔地将它轻轻拾起
你将发现里面不变的三个字
而那时，或许，我已走入了永恒②

刘正伟用“瓶”这个意象串联起时间与永恒的关系，仿佛世界和宇宙就在这个小小的瓶子里，等到青苔布满瓶身，时间流过思念，诗人才终于懂得永恒的奥秘，情感与知性的交错在一瞬间实现，诗境的浑融剔透正如这个永恒的瓶子。我们很容易联想到覃子豪的代表作《瓶之存在》，他也是利用“瓶”这一意象，运用回环往复的一系列象征性语言赋予瓶子“以小见大”的知觉体验，譬如：

刹那连接刹那
日出而落，时间在变，而时间依然
你握时间的整体

① 覃子豪：《新诗向何处去?》，《蓝星诗选》1957年狮子星座号。

② 刘正伟：《我曾看见你眼角的忧伤》，台湾苗栗县政府，2014年，第55页。

容一宇宙的寂寞

在永恒的静止中，吐纳虚无①

覃子豪的写法和意象影响了刘正伟，即把从客观世界感知到的情感共鸣发散到节制、融汇的语言中，再通过象征，醇化内心复杂的心理景况，在高度凝练的投射中完成知性情感的吐露。但刘正伟并不是被套在覃子豪的“瓶”之中，他也创造了自己的“瓶”，他剔除覃诗中略微晦涩和悲观的虚无态度，用更为明丽的语言和柔和的情感反思人与时间、宇宙和永恒的关系，可见在蓝星诗影响下其个人气质的完成。

多年前蓝星诗人蓉子写阿里山，用听觉记录霎时间心里对大自然的好奇与崇敬，用声音与静默的对立传达诗意，茫茫的阿里山林间，鸟鸣的吱吱声成为她叩问天地玄秘的传声筒，仿若巫语：

鸟在有限的空间飞鸣　唯松柏傲立

一切声音都在林间寂默　形成那不能触知的奥秘②

多年后刘正伟遥相呼应蓉子对这种玄秘的疑问，游经在阿里山的神秘与繁茂中，他也选择诉诸声音的象征，把高度凝练的对爱和自然的普遍情感谱写出来，用云雀的歌喉传唱。似乎是两人借用鸟儿的歌喉隔空对唱，而最终刘正伟《阿里山观日出》给出了关于这种玄秘的答案：

这时，云杉颤栗

滴落一身冷汗

云雀纷纷欢喜高歌

山谷都激动了起来

天地，就有了

爱③

甚至，蓉子写过一首《三月无诗》，刘正伟也写过一首《三月无诗》，不妨截取各自段落做一个比较：

三月无诗

九缪司都沉寂　我欲渡河

去丛林打猎去

因我的家庭饿着

---

① 罗门、张健：《星空无限蓝》，台北九歌出版社，1986 年，第 57 页。

② 蓉子：《蓉子自选集》，台北黎明文化事业股份有限公司，1978 年，第 107 页。

③ 刘正伟：《我曾看见你眼角的忧伤》，台湾苗栗县政府，2014 年，第 80 页。

我的老年有饥馑之虞①

唯我，三月无诗
播春天的种
在贫瘠休耕的土地里
犹有布谷
不断催促
布谷、布谷②

在这两首同名诗里，蓉子和刘正伟都显露出生命的焦虑和不得不为的使命感。蓉子在字里行间创造出一种无可奈何的“饥饿”，这种饥饿推动她不断地在写诗的道路上跋涉，在缪斯沉寂的时候她预感到老年“精神饥馑”的恐怖，似有一种萨特“存在主义”式的生命观。这样的“饥饿”在刘正伟这里得到回应，精神饥饿成为一种亟待得到补偿的情感，于是他也在三月无诗的时候，忧愁地感觉到播种才华的必要。他们一个要去“打猎”，一个要去“布谷”，实则都是忧患于是否能在有限的生命里完成自我的使命。刘正伟在把握自身诗情的时候，无意间灌注和化用了蓝星诗人的象征手法和抒情内质。刘正伟诗中总是将这样知性与象征的融合做得恰到好处。再比如在《猫猫雨》中，刘正伟意图抓住毛毛雨的轻细之特征，化“毛毛雨”为“猫猫雨”——“猫猫雨，有着温柔的细爪/常常轻易地，将回忆抓伤”③，细雨似猫爪，轻挠着回忆的瘙痒之感，既身有实感又无可捉摸，淡淡勾勒出诗人在雨中追忆往昔的怅惘与哀愁，用喻妥帖，言语间自有一种奇妙的张力。

又比如《风》中的风：

风是没有骨头的汉子
没有身躯，灵魂招摇
压力往哪，就往哪边倒

风是没有原则的人
到处传播耳语，说三道四
让流言像瘟疫蔓延
从这个城市到那个城市

风是轻佻的浪子

① 蓉子：《蓉子自选集》，台北黎明文化事业股份有限公司，1978年，第149～150页。
② 刘正伟：《猫猫雨》，台北新世纪美学出版社，2018年，第130页。
③ 同上，第98页。

挑逗过西施、杨贵妃
掀过孔子、秦始皇的裙裾
转来街头，挑逗窈窕的淑女

风是个纠缠不清的家伙
总是在人们脆弱的时候
摇摆我们无主的灵魂[①]

在刘正伟这里，风已经不是“风花雪月”的浪漫，不是“风清气爽”的美好，更不是“乘风破浪”的坚定，而像是软弱轻佻的浪荡汉子，是纠缠不清的流氓，总是撩拨考验着人类的坚定，因此风具有了“丑恶性”，毫无风的轻柔缠绵可言，但却又正是在这样的“丑恶”之中我们体会到诗人将个人情感的自然性向审美性转变的努力。可见刘正伟在写诗的当下，在抒发主体个性时能够知性融合现实中的客体形象，而并不是信手拈来传统意象的约定意涵，他可以根据知性情感的转换赋予形象新的象征，其他诗作如《英雄》《泥土》《珍珠》等，都印证着这一特点。

这就与蓝星诗人的主张不谋而合。覃子豪在他的《新诗向何处去?》这篇文章中明确点出新诗发展的“六原则”是以叶芝、艾略特等诗人的理论主张为依据建立起来的，而叶芝最为提倡的就是这种“理智的象征”，“理智的象征”即意味着诗人“由于微妙的联想”，可以产生“无穷无尽的含义”，在这“无穷无尽的含义”中，“有感情上的也有理性上的”[②]。刘正伟在抒情的同时，深知微妙的联想不能靠传统意象约定俗成的含义来表达含义，于是他不断根据自己当下的见地和思考来转换意象表情达意的维度，使个人情感和普遍理性能达到最完满的契合，这是符合蓝星诗人们的写作原则的：写诗不是纯粹浪漫主义式的抒情，也不应该成为不包含个人情愫的、完全现代主义式的播散知性的工具，它立于两者之间，它是综合式的文字艺术。

三、“中庸”式的抒情气质

在 20 世纪 50 年代，蓝星诗社与当时如日中天的以纪弦为代表的现代派有一段针锋相对的论战，这其实是一场现代派内部的争执，纪弦等其他现代派诗人倡导“主知”，即切断现代主义从浪漫主义处承袭而来的“抒情性”，

---

① 刘正伟：《猫猫雨》，台北新世纪美学出版社，2018 年，第 43 页。

② ［爱尔兰］叶芝：《诗歌的象征主义》，黄晋凯等编《象征主义・意象派》，中国人民大学出版社，1989 年，第 92 页。

全然将诗歌的写作内核锁定在“全盘西化”后所形成的一种西洋味道上。而蓝星诗社，特别是覃子豪，以理论的方式对这种极端的现代主义诗歌进行了批判和否定。覃子豪认为“中国新诗之向西洋去摄取营养，乃为表现技巧之借鉴，非抄袭其整个的创作观，亦追随其踪迹”①。也就是说，覃子豪所代表的蓝星诗人在诗歌技巧上虽然化用了西方现代派的形式，但是在创作观念上仍有自己“民族传统”的印记，中国传统诗学的抒情性和古典神韵，仍然保留在他们的现代主义诗歌里。他们对当时西化诗甚嚣尘上的现象，采取了这样一种求其平衡的诗学视野，本身就蕴含着中国传统的“中庸”精神，因此他们都是一群融贯中西的现代主义抒情诗人。

在刘正伟的诗歌中，我们依然可以看见这种“中庸”式的抒情气质的展现，在现代主义和象征主义的诗艺下，他所关注的大多仍是中国传统的生死观、时间观和人情观，以极简练的语言蕴藉极温厚沉郁的内容。比如他有一部分的怀古诗，借古韵而伤怀，晦暗之中竟有一股中国人自能感受得到的怅惘，比如《宜兰跑马古道》：

我只是
只是我呀
一个小小的旅人
在微不足道的时间里经过

先人的汗水
早已流入太平洋里，澎湃
回首，犹有西风不断
嗡嗡，在古道
跑马②

我们何以在这首诗里找到一种古老的共鸣，第一点是这些诗句对古诗词的巧妙化用，我们清楚地看到“西风”“古道”“马”这些我们中国式的意象，不假思索就能回味出马致远也曾在时间的长河里用“古道西风瘦马”喟叹一种人生的失落，因此这样对比一看，古今相照，物转星移，换了人间之后，中国诗人们的忧思依旧是那么雷同，在永恒的时间之中，仿佛一切都没有变过，又好像什么都变了，使人产生自我的渺茫之感与对人世间的恍惚之感。利利落落的几句诗语，竟勾勒出时间苍茫的轮廓，这就是我们要说的第二点，

① 覃子豪：《新诗向何处去?》，《蓝星诗选》1957 年狮子星座号。

② 刘正伟：《猫猫雨》，台北新世纪美学出版社，2018 年，第 142 页。

它蕴含着中国传统式的哲思，对于时间和人生的辩证观是内刻在中国传统诗歌的，从“昔我往矣，杨柳依依，今我来思，雨雪霏霏”到“人生忽如寄，寿无金石固”，从“前不见古人，后不见来者。念天地之悠悠，独怆然而涕下”到“江畔何人初见月？江月何年初照人？人生代代无穷已，江月年年只相似”，传统诗歌和文化赋予我们一代又一代相似的时间意识，于是共鸣才能产生得如此顺利。这种形而上的时间意识是刘正伟写这类怀古诗的核心，《长城怀古》《大航海时代的台湾》《神木十四行》等皆为其证。这不禁让人联想到余光中的诗歌，化用古诗意象，传递古诗典韵，包蕴古诗意境，是余光中的拿手绝活，作为第一代蓝星诗人，余光中用他融会中西的风格影响了很多现代主义诗人。他曾说：“一位诗人经过现代化的洗礼之后，应该炼成一种点金术，把任何传统的东西都点成现代，他不必绕着弯子去逃避传统，也不必武装起来去反叛传统。”① 他的《将进酒》《莲的联想》《春雨绵绵》等作，已将这种“点金术”练到极致，蓝星诗社因为余光中的添彩，扩大了他们具有“中庸”抒情气质的诗学维度。

刘正伟传统化的抒情诗作不仅局限于利用中国传统意象、营造古典意蕴这一方面，即便不用这种技法，他的许多诗作仍然饱含着深厚的中国古典哲学深意，这同样也是蓝星诗人的一种传统化复归。蓝星诗人虽然受西方现代主义和象征主义的影响颇深，但由于中国长期缺乏宗教精神传统的哺育，所以他们缺乏西方诗人的超验气质和赎罪精神，在他们眼里，虽然所谓的“天堂”和“彼岸”是美的，但终究我们需要面临的是当下生活的困窘和生命吊诡。于是罗门写道：

超过伟大的
是人类对伟大已感到茫然②

于是阮囊写道：

况
无岸无渡
不山不水
庐结在哪儿
菊种在哪儿
柳插在哪儿③

---

① 余光中：《余光中集》（第7卷），百花文艺出版社，2003年，第147页。
② 罗门、张健：《星空无限蓝》，台北九歌出版社，1986年，第184页。
③ 同上，第257页。

就连蓉子这位基督教徒，在写诗的时候仍会写：

幽思辽阔　面纱面纱
陌生而不能相望
影中有形　水中有影
一朵静观天宇而不事喧嚷的莲。①

蓝星诗人们都对命运、孤独、灾难、仇恨与痛苦有所关注，但他们所追求的不是像宗教一样去度越这些人世间的苦难，而是面对这些苦难，与他们相处，与他们共生，他们总是在企图进入西方式的宗教彼岸世界之后，又被传统的中国文化惯性拉回到现实。中国人不从事对命运的激烈抗争，因为激烈抗争之后也许是更大的悲苦，于是我们的骨子里总有一种谦和冲淡，蓝星诗人们的中庸和温和便由此而来。

于是回到刘正伟，他的“中庸”抒情气质也有这个层面的内容，他像蓝星诗人们一样，带着某种中国传统天命观的潜意识，在精神救赎和人世沧桑的灰色地带游走，试看《英雄》的选段：

我慌张地伸手，向天
想抓住一些光阴的碎片
奈何，空气回应我一把虚无

最后，我奋力一搏
逆风高歌，以枭雄的气概
睥睨岁月的无情
以眼角余光急速甩尾
却留下悲壮深刻的鱼尾纹②

在刘正伟笔下，英雄不是后羿那样的神通广大，也不是普罗米修斯那样的心系万物，英雄被拉下神坛，成为受时间和生命侵蚀的普通人，他企图抓住时间的碎片，他选择奋斗拼搏，选择以最快的速度追赶时间的“太阳”，枭雄气概让他的形象无限地挺拔、威武起来，然而诗的末句，刘正伟总是要回返到普通而无奈的日常生活里去，“英雄”不过是他为了抵抗时间流逝而给自己带的一个金色面具，日常生活里，他抓住的只有空虚，留下的只是悲壮深刻的鱼尾纹而已。

英雄意义的消解，实际上意味着刘正伟总是在形而上的精神玄思之后选

---

① 罗门、张健：《星空无限蓝》，台北九歌出版社，1986年，第214页。

② 刘正伟：《我曾看见你眼角的忧伤》，台湾苗栗县政府，2014年，第35页。

择回归现实大地、人间生活。就像蓝星诗人们虽然吸收了波德莱尔、叶芝、艾略特等人的现代主义技巧，但在诗歌内容方面仍然保留着传统观念的温和色彩，就像“醒也不到彼边/梦也不到彼边”[①]（周梦蝶《回音》），又像“绿镜中是我大理石的影子/——不，没有谁在岸上/我也不在岸上/我只是那雕像的影子”[②]（黄用《自囿》），摒弃掉纯粹从精神层面的生命超越，丢弃绝对彻底的悲剧与绝望语调，蓝星诗人为刘正伟打下了这样的基调。

结　语

刘正伟作为一名学者型诗人，多年来致力研究台湾蓝星诗社的历史轨迹，侧重创作与诗论，于是在他的诗作里可以找见不少蓝星诗人对他的影响和渗透。首先是孤寂主题的引接和发展，或传达哀而不伤的离索乡愁，或影射文明的荒唐和都市中人的浅薄孤独。其次是理智的象征主义的技巧手法之化用。传承蓝星诗人奉为圭臬的叶芝、艾略特等人提倡的现代主义理论，不盲目割断现代主义诗歌的抒情特质。最后是“中庸”式抒情气质的内容展现，将“主知”和“主情”融会贯通，采用中国传统式的意象修辞造境，以非宗教精神内容调和现代主义的西化倾向，呈现温和冲淡的诗歌风格。刘正伟从蓝星诗人那里汲取了积极的养分，用以培养自己的诗歌生态之花，某种程度上是传承台湾优秀诗人的典范传统，在新世纪延续这一中西结合的内敛、斯文、创新气质。同时他的诗作也让我们看到蓝星诗社对台湾新生代诗人的悠久深远影响。

（作者系四川大学文学与新闻学院 2017 级硕士研究生）

---

① 罗门、张健：《星空无限蓝》，台北九歌出版社，1986 年，第 80 页。

② 同上，第 351 页。

都市白光下的熠火不息

——论刘正伟诗歌的生活诗学

曹燕瞧

摘　要：台湾诗人刘正伟的诗歌题材源于生活，将平凡人生的日常经验熔铸于诗歌中，从而表达个体生命感悟，反思都市生活，批判异化现象。他的诗歌执着于爱与诗的追求，为爱情、亲情、乡情乃至世间大爱而歌，走在不忘诗心、追求纯净的漫漫诗路上。他的创作有力地显示了超越困顿苦闷的努力与探索生命价值意义的热情，展现了“诗意栖居”的生态创作路径。

关键词：刘正伟　诗歌　生活诗学

台湾新生代诗人刘正伟的诗歌中缓缓流淌着一条小河，没有巨浪滔天，也没有惊涛拍岸，却是柔肠百转，平淡见真。这，就是他的“生活诗学”。诗人怀着一颗“永不断流”的诗心先后出版了六本诗集和一部诗选：《思忆症》（2000）、《梦花庄碑记》（2005）、《游乐园》（2013）、《我曾看见你眼角的忧伤》（2014）、《新诗绝句 100 首》（2015）、《诗路漫漫》（2017）、《猫猫雨——刘正伟诗选》（2018）。著名诗人萧萧为其诗选作序时写道：“刘正伟是一位生活诗人，生活即诗，诗即生活，不刻意探求生活所富含、所匿藏的哲理，自然所生的姿态是最美的姿态。”[①] 刘正伟的诗歌是源于生活的，他将平凡人生的日常经验熔铸于诗歌，表达个体生命感悟、反思都市生活、批判社会畸形现象。同时，他的诗歌又是归于生活的，执着于爱与诗的永恒追求，为爱情、亲情、乡情乃至世间大爱而歌，坚定地走在不忘诗心、追求纯粹的诗途上。

荷尔德林说过：“人诗意地栖居在大地上。”这一散发着乌托邦金光的动人情境，令多少人心驰神往。然而，“诗意栖居”如何成为可能？随着文明的深入发展，尤其是工业革命之后，人类生活大面积异化、诸神逃遁、“上帝死了”……人与自然、他人以及神灵之间出现了难以弥合的裂痕。进入后现代

① 刘正伟：《猫猫雨》，台北新世纪美学出版社，2018 年，第 11 页。

社会以来，西方逻格斯体系构建的理论王国陷落，碎片化世界到来，人们不关心诗歌或哲学，而更关心房价、股市、WiFi速度和疫苗、摇号。不同于海德格尔追寻“存在”本质的存在诗学，也不同于马拉美崇尚“纯粹观念写作”的“神秘诗学”，刘正伟关注平凡人生和日常生活的诗歌创作及其生活诗学，正是这数字化地球上生生不息的“风声雨声诗之声”。马利坦在《艺术与诗中的创造性直觉》中指出：“由于诗源于这种灵魂的诸力量皆处在活跃之中的本源生命中，因而诗意味着一种对于整体或完整的基本要求。诗不是智性单独的产物，也不是想象单独的产物，它出自人的整体即感觉、想象、智性、爱欲、欲望、本能、活力和精神的大汇合。”① 这伟大的“大汇合”就是我们的生活，诗歌便从这看似杂乱无章却又充满无限可能的生活中“孕育”而来。此外，生活诗学的批评从生活着眼最后还要落实到生活，因为“艺术只有一个目的，艺术家要为之不倦地努力，不懈地奋斗。这个目的就是达到艺术的最高境界——生活的艺术”。② 从这个意义与维度看，刘正伟“生活即诗，诗即生活”的生活诗学给我们提供了“诗意栖居”的一种可能。

一、源于生活：日常经验的诗化变形

刘正伟精心打造的缪斯花园不是凭空想象的，而是真真切切坐落于生活中的。他以平凡人生的日常经验为土壤，以一颗追求纯粹的诗心浇灌出满园春色，表达个体生命感悟、反思都市生活、批判社会现象。老诗人臧克家曾认为：“生活本身才是一首瑰丽动人的诗呢。……我储积了无数的生活的宝贵经验（用生命换来的）——诗的最有价值的材料。……我用生命去换诗，去写诗！”③ 诗人扎根生活、呕血化蝶的精神令人动容。诗人也是凡人，过着和千千万万普通人一样的平凡生活，为何却能从芜杂的生活中“挤出”诗篇来呢？歌德曾说：“现实生活必须既提供诗的机缘，又提供诗的材料。一个特殊具体的情境通过诗人的处理，就变成带有普遍性和诗意的东西……不要说现实生活没有诗意。诗人的本领，正在于他有足够的智慧，能从惯见的平凡事物中见出引人入胜的一个侧面。必须由现实生活提供作诗的动机，这就是要表现的要点，也就是诗的真正核心；但是据来熔铸成一个优美的生气灌注的

① 马利坦：《艺术与诗中的创造性直觉》，生活·读书·新知三联书店，1991年，第90页。
② 房龙：《艺术》，北京出版社，2001年，扉页题词。
③ 臧克家：《学诗断想》，四川人民出版社，1979年，第24页。

整体，这就是诗人的事了。”[①] 刘正伟就是这样一位生机勃勃的诗人，他以诗心妙笔将生活中的日常经验诗化与变形，谱成诗歌旋律交由春风吹向大地。

刘正伟的诗歌中印有他自己的足迹，诉说着一个中年男子的个体生命感悟。台湾诗人蔡富澧将其概括为“中年男子的时间之殇和青春之恋”，恰如其分。在他的诗歌中，“时间”一词多次出现，像一团挥散不去的阴霾，包裹着人到中年的无力感与危机感。比如“我急于闪躲岁月无情的光芒/无奈，时间继续攻城略地/我的童年、青春相继陷落/头顶的壮士纷纷改旗易帜（《英雄》)”，人生好比与时间对垒的一场必输无疑的战争，可怜英雄白发，时间无情。在《祈雨》中，诗人由水库的干涸联想到人生的历程：“湖畔干涸，土地龟裂/逝去的童年填补了巨大裂痕/微风湖畔的山灵眨了几下/挣扎的鱼尾扫过我的眼角/就有了岁月的沧桑”。儿时常去玩耍的水库湖泊都干涸了，更何况人的短短一生呢？诗人早已预见并接受了他的结局：“年老，年老以后/我将种在泥土里/呵护永恒/听，时间慢慢腐朽的声音。”（《泥土》）人到中年，无力感与危机感剧增，未来的结局已没有太多想象的空间，好在青春回忆依旧鲜活玲珑，足当慰藉。“那一年，我们十七岁/一半属于思念/一半被黑夜收藏。”（《那一年，我们十七岁》）十七岁是多么美好的年纪，为爱情刻骨铭心。“我曾看见你眼角的一些些微光/关于爱情的淬炼，以及伤逝/那些湮远的记忆，如火山/不时间歇性的喷发/留下一道道熔岩，像流过的泪痕（《我曾看见你眼角的忧伤》)”，可是爱情总归是伤人的东西，如同“猫猫雨，有着温柔的细爪/常常轻易地，将回忆抓伤”（《猫猫雨》)。

对于在苗栗乡村长大而到大城市台北桃园定居的刘正伟来说，现代都市生活是爱憎难分的。且看同样以《距离》为名的两首诗：“我们相距几千几百里/牵挂只在一线，一念之间/只要你一只小指敲敲打打/就能直达，我心底”(其一)，现代即时通信技术给人们带来诸多便利，然而“亲爱的，全世界最遥远的距离/是你在我心里，而我却在你手机里/我们面对面坐着默默无语/藉手指荧幕的滑动，爱抚彼此”（其二)，手机的普及却无形中增加了人们之间的距离，导致日常交流的障碍与人心的隔膜。处于现代文明与都市生活的漩涡中，诗人是带着反思与疑惑的。比如《城市速写》：“忙碌的公车冲着我来/马路追逐着计程车咆哮/排气管说的废话比人们多/我坐成了一座孤岛/在镜面泛动的光流里努力泅泳/想逃离波涛汹涌的暗潮/ 蓦然发现/这城市/人比路灯寂寞”。一句“人比路灯寂寞”道出了多少漂泊城市的人们的心声！都市生活

① 张公善：《生活诗学：后理论时代的新美学形态》，中国科学技术大学出版社，2013年，第101页。

的快节奏加速了人的异化，人与人的疏离把我们变成了一座座孤岛，漂浮于人潮涌动的大海里孤立无援。最后，在路灯下与影子对望，为寂寞干杯！

诗人骨子里流淌着自建安以来的三分豪气，针砭时弊，不平则鸣，“梗概而多气也”。以戏谑的口吻调侃食品安全：“人们的肚里撑饱劣质米/装满香精色素塑化剂铜叶绿素/皮肉吸收过剩的成长激素/外星人正在基因改造同胞/经过 CNS 标准认证的新新人类/百毒不侵的生化人种/名为：新台湾人（《新台湾人——记假油事件》）”。以反讽的语调抨击政府官员：“好想，为他们打造一座古罗马竞技场/规则，皆由衮衮诸公律定/尽管用我的热血当胜利红酒/用我的头颅身躯当战利品/供你们尽兴，豪夺/竞技”。（《政客》）以人道主义精神支持弱势群体：“灵魂错置，上帝开的玩笑/风吹着，雨下着/自然，她们存在着/不需要什么理由/也不需要，你的批准。”（《生生灭灭——尊重同性恋》）刘正伟有温柔敦厚的一面，但他也力图成为生活的勇者，敢为“被侮辱与被损害的人”发声，以诗歌为投枪反击黑暗！

张爱玲在《自己的文章》中写道：“文学史上素朴地歌咏人生的安稳的作品很少，倒是人生的飞扬的作品多。但好的作品，还是在于它是以人生的安稳做底子来描写人生的飞扬的。没有这底子，飞扬只能是浮沫，许多强有力的作品只能予人以兴奋，不能予人以启示。”[①]刘正伟的诗歌正是源于生活的一抹飞扬，他将平凡人生的日常经验熔铸于诗歌，表达个体生命感悟、反思都市生活、批判社会乱象，动人以情，启发民心。商禽谈白荻时说：“中年一代的诗人有独特的生活经验，其中包含了诗人自己忍不住的生命，这是无法模仿的。生命是无法模仿的！”但刘正伟认为：“生命是无法模仿的，但是创作可以从模仿出发而加以超越；生活的困顿与生命的苦闷无法选择，却也可以用文学与创作超越。”[②] 刘正伟的诗歌创作有力地显示了其超越困顿苦闷的努力，坦然面对人生的缺憾，反思人类生存处境，关注社会和他人，这便是其生活诗学的核心意义所在。

二、归于生活：爱与诗的永恒追求

刘正伟的诗歌扎根于生活的土壤里，桃李春风，落英缤纷，最终也滋养了大地。他源于生活的诗歌创作也是归于生活的，我们可以在其缪斯花园中呼吸到爱与诗的永恒芬芳。刘正伟说：“爱与诗，一直是我追求的梦想。因为

① 张爱玲：《张爱玲散文集》，光明日报出版社，2004 年，第 35 页。

② 刘正伟：《诗少年：蓝星时期白萩诗作探讨》，《当代诗学》第 11 期，2016 年第 12 月。

我坚信只有浪漫纯粹的爱与诗，能留下永恒的记忆，能与时间岁月长相抗衡。”[①]历代经典文学作品都会涉及这样几个问题：生命的意义是什么？生活的目的是什么？时间剥落后我们到底留下了什么？在当今大面积异化的碎片化世界中，现代人被浩瀚而空虚的孤独感和无意义感所包围，有多少人能找到自己的答案？圣艾修伯里在《小王子》中说：“他们没有根，活得很辛苦。”海德格尔也说：“无家可归的状态成了世界的命运。”这种漂泊的“无家可归”和“无根”感是现代人类最典型的病症。现代性的最直接的表现便是外在世界的变化：“一切坚固的东西都消失了。”[②] 后现代的世界变化太快，灵魂没有依归，理想褪去色彩，激情燃烧殆尽，人们依靠欲望奔走，于是生命的意义与生活的目的也随之消失了。刘正伟却执拗地要唤回它们，诗人在诗歌中倾注了生活的热情，执着于爱与诗的永恒追求，为迷茫的人间点亮一盏星光。

刘正伟为爱情、亲情、乡情乃至世间大爱而歌，他的爱是对生命本体的爱，是对生活本身的爱。诺贝尔文学奖得主奥伊肯非常重视爱的作用，他认为：“在爱与劳动中，一种纯粹的外在的接触变成了内在的联系，同时，单纯的快乐和利用服从更崇高的精神利益。”[③] 因为有爱，世界与我融为一体，并且使灵魂在精神层次得到升华，漂泊破碎的生活转而进入稳定统一之和谐境界。首先，刘正伟为爱情谱写了一部“传奇”。一切都始于那次相遇：“听说南方一下雨，海都诗了/所以南方总是多风多情火/如果有一天，当缪斯遇上缪斯/在浪漫的天空之桥/也许会擦出微弱的火花/那时，天堂将会严重失火。”（《遇见》）擦出火花之后便留下了情：“心海沉没的风帆，得用一生的时间打捞/当年的四目相接，年轻的恋人啊/在彼此心上刺了青/从此，就留下了情。”（《情》）然而你却离开了我，徒留我患上了不可救药的思忆症：“昨夜，当你走过梦境边缘 我竟忘记，请你进来坐坐……/爱情太短，而遗忘太难/陈述想你时的意境，是我/窗外纷飞的雨丝”（《思十四行》）；“你遗落的发梢，残留着夏末野姜花的馨香……/杜鹃泣血，抖落一地枫红/掩饰深秋踽踽的小径/西风扬起，传递古道窸窣的乡音/那是你远飏的步履，我轻伤的悲鸣”（《忆十四行》）；“在遗世独立的新晨/对你，我患了无可救赎的思忆症。”（《症十四行》）这部爱情“传奇”恰恰是世间男女心口的一粒朱砂痣。其次，诗人热烈怀念着亲人和故乡：“无情枪弹轻轻穿过你炽热的胸膛/太阳刹时倒下，亚细亚的孤儿/犹紧紧握着新婚的照片。”（《升华的灵魂——悼外祖父逝世七十周年》）；“故乡父老和他乡游子都明白/雪白是我，炽红的心也是/五月，有着深沉的乡

---

① 刘正伟：《我曾看见你眼角的忧伤》，台湾苗栗县政府，2014 年，第 106 页。

② 张公善：《生活诗学：后理论时代的新美学形态》，第 79 页。

③ 奥伊肯：《生活的意义与价值》，上海译文出版社，1997 年，第 78 页。

愁/从父祖的雪白，到我的斑白。”（《五月》）联结亲人和故乡的情感纽带不会随着时间的消逝而淡化，反而会在我们身上留下痕迹。最后，诗人还保留着一份世间大爱的纯真情怀，创作《致一个自杀二十次的女子》为其勉励：“这世界还有很多值得期待的/譬如阳光空气水，爱与诗。”创作《小草》感恩真情：“我的左右邻居是一株株小草/总是默默工作与生活/总是露出和谐慈爱的微笑/温柔地，将伤口抚平。”

刘正伟坚定地走在不忘诗心、追求纯粹的漫漫诗路上。他在《纯诗主义——贺一座新诞生的缪斯花园》中质疑了古典和达达主义、现代和后现代、都市诗和政治诗，并且发出“给我纯诗，其余免谈”的呼喊。他呼唤的“纯诗”就是脱离了理论主义、语词泥淖、哗众取宠、功利目的的诗歌，而是扎根生活土壤、回归生活本真的诗歌。然而，诗人也面临过“荷戟独彷徨”的苦闷境遇。曾经一同高喊革命、理想的诗人纷纷离去、停笔，“去喝酒狂欢，拥抱女体/去炒房炒股，就是不炒菜……诗人不写诗，还能是诗人吗？……余我一人喃喃自语：诗心浪漫，惟其永恒/诗路漫漫，惟其坚持”（《致诗人》）。刘正伟是幸运的，他没有在光怪陆离的世界中迷失自我，而是在诗歌中找到了生命的价值和生活的意义。科廷汉说：“人生的意义在于那些有价值的活动和事业，它们使我们成长为真正的人。”[①] 追求有意义的生活是成为“真正的人”的必经之路。刘正伟在《创作人生》中写道：“我是喁喁的蚕/书是精选的桑叶/诗，是我呕心沥血的/丝/我年老时，请用我精炼的丝/包裹我的孤独成/蛹/让我蜕变成幻化的蛾/朝历史的火焰勇敢地扑去。”他用一生的创作践行着“诗心浪漫，惟其永恒/诗路漫漫，惟其坚持”的追求，他不仅在生活中孕育了诗，并且将生命活成了诗！

诺贝尔文学奖得主奥伊肯认为，“现如今的人生的确彰显出一种严重的不一致性，即在物质生活方面，丰富而有成果的活动数不胜数；但在精神生活方面，则充满了不确定性和贫乏性”[②]，所以，“为了超越今天生活的混乱状况并防止精神因对外界的过分注意而退化，加大关注生活本身的力度就成为首要的条件”[③]。物质生活与精神生活呈现出的反向背离确实是现代人面临的一大问题，而关注生活本身可以重新拼合人的整体性。如何认识生活？生活的意义是什么？生命的价值又在哪里？这些问题留待读者在诗人的缪斯花园中慢慢思索。刘正伟的诗歌创作歌咏着对爱与诗的永恒追求，他探索生命价值与生活意义的热情深深感染了我们，这便是其生活诗学的魅力所在。活着，

① 科廷汉：《生活有意义吗》，广西师范大学出版社，2007年，第46页。
② 奥伊肯：《新人生哲学要义》，中国城市出版社，2002年，第1页。
③ 同上，第397页。

并且努力着。诗人的使命就是追求完善，追求光明。庄子曾言："日月出矣，而爝火不息，其于光也，不亦难乎！"然而我们在诗人的笔下，所见到的正是这一难能可贵的精神气质与不改的痴心。虽然与眼花缭乱甚至白光旋舞令人昏眩甚至崩溃的现代、后现代光景相比，诗人的光明作为影响有限，但显然这一努力更需要抗打击与抗异化的勇气、坚贞。将刘正伟诗歌比喻为大时代生活中一支高举的不灭的火炬，也许不失形象贴切。

20世纪以来，越来越多的哲学家、诗人、文学家、艺术家再一次将目光投向日常生活和生活本身。后现代生活的碎片化和疏离感使人们变成一座座孤岛，我们一方面在破碎的生活中漂浮，另一方面也积极地重塑着生活。刘正伟"生活即诗，诗即生活"的诗歌创作风格与生活诗学追求，勾勒出柔软而真诚地、坚定地重塑生活的轨迹，同时给读者展示了"诗意栖居"的当下可能与生命、生态途径。

简单中孕育着丰富，温柔中映射着坚强。这正是刘正伟都市诗歌创作中所呈现的艺术风貌。

(作者系四川大学文学与新闻学院2017级硕士研究生)

台湾著名学者、诗人刘正伟先生近照

文学茶吧

汉语边界外的中国文学

赵毅衡

获得语，又称习得语，本为语言教学术语，指在第一语即母语中长大的人，通过学习得到的第二种语言能力。把这一群作家称作“获得语作家”，是为了与母语为外语的“华裔作家”相区别。

语言教学专家说：有意学得的语言能力只能派实际用场，社会交际用的语言必须来自潜移默化。这个说法可能有点道理，本文讨论的作家，都生活在使用该语言的国家里，留在中国的中国人，外语能力优异者很多，但是没有人拿来写小说。认知心理学家说：使用获得语的人，不可能不时时落在第一语言的影子中，不可能逃脱；文学理论家也说：文本间影响，包括成长时经历的文化环境，是创作无法逃脱的意义网络。的确，中国作家用外语写的作品，落在双重语境的压力中，从而出现了一种特殊的魅力。

一个多世纪前，中国文化人刚开始走出国门，就开始了获得语写作。不算容闳、辜鸿铭等人的非文学写作，第一位文学作者应当是清廷驻法国外交官陈季同，他写了一系列介绍中国文明的书，其中有改写成法文的中国小说，如《黄衫客故事》，所以他是获得语中国文学的祖师爷。而祖师母来头更大，那就是慈禧太后的宫廷女官德龄，清朝覆亡后，她用德龄公主（Princess Derling）的“笔名”，用英文写了一系列清廷秘史，她的“回忆录”实在过于生动，实际上是历史小说。

从他们开始，20世纪大部分时间，获得语中国作家为数不多，却是涓涓不绝：30年代，有蒋希曾的英语普罗小说；30年代末起，林语堂开始英文创作生涯，他的英语长篇小说有八部，名著《京华烟云》（A Moment in Peking）曾被国际笔会提名候选诺贝尔文学奖。林语堂中英文写作左右开弓，如此双语大师，非常少见，但是他的轻灵的中文致谢小品杂文，漂亮的英文致谢长篇小说，语言分工如此明确，也是文学史上一个未解之谜；黎锦扬是著名的湖南黎家三兄弟之一（语言学家黎锦熙，毛毛雨音乐派别的创始人黎锦辉)。黎锦扬写了九部英语小说，1957 年的《花鼓歌》 (Flower Drum Song)，被罗杰与哈默斯米斯改成音乐剧，又拍成电影，名噪一时。近年黎锦扬已是八旬高龄，还推出音乐剧《牌九王》，创作力令人钦佩；张爱玲 50 年代的许多作品，先写成英语出版，再重写成中文。只是由于中文本过于出色，让我们忘了这个事实；60 年代则有周勤丽（Chow Ching Lie）的法语小说《黄河协奏曲》(*Concerto du fleuve jaune*)；70 年代包珀漪（Bette Bao Lord）写了《春月》(*Spring Moon*) 等一系列畅销小说；80 年代亚丁的《高粱红了》(*Le Sorgho rouge*) 等五部小说在法国引起读书界广泛关注。

但是中国作家获得语文学一直是涓涓细流，人数不多。在 90 年代后期，突然汛起浪兴，成为波涛汹涌的大河，许多作家出现，用各种语言写作，汇成一个锋面宽阔的大潮。一如既往，中国人的法语文学表现杰出：北京女孩山飒以《围棋少女》(*Le Joueuse de go*) 连续获奖；2000 年戴思杰的《巴尔扎克与中国小裁缝》(*Balzac et la petite tailleuse chinoise*) 获得欧洲文坛广泛瞩目，2003 年又以《狄公情结》(*Le Complexe du juge Di*) 获费米娜奖；用法语写作成就最大的，是七十高龄突然迸发创作热情的程抱一，他的《天一言》(*Le Dit de Tianyi*) 1998 年获费米娜奖，2002 年又出版爱情历史小说《此情可待》(*L'Eternite n'est pas de trop*)，该年程抱一被选为法兰西院士。用法语写作的人数众多，尚有应晨，魏微，黄晓敏，杨丹等。

欧阳昱尚著有长篇《东坡纪事》(*Eastern Slope Chronicle*)、《金斯伯利故事》(*Kingsbury Tales*)。用英语写小说的有英国的刘宏（代表作《惊月》，*Starling Moon*)，郭小橹（代表作《简明汉英恋爱辞典》，*A Concise Chinese-English Dictionary for Lovers*)，用荷兰语写作的有王露露（代表作《百合剧场》Het Lelietheater)。这张单子肯定有遗珠之憾，例如，据说拉美有用西班牙语写作的中国作家，只是我至今访之未详。

英语小说家人数最多的，还是在中国移民集中的美国。裘小龙的“陈超推理系列”，从 2000 年的《红英之死》(*The Death of the Red Heroine*) 起，至今已经有五部。犯罪推理小说这种体裁，在中国并不受到作家和读者青睐，在英语世界中却是历久弥盛。裘小龙笔下的上海公安局刑侦科长，却是个吟诗引赋的江南才子。如此西书中写，令人称绝。

哈金 1999 年以小说《等待》(*Waiting*) 获得美国国家图书奖，他平均每年得一次重要奖项，迫使美国文化主流注意“哈金现象”。他的诗与小说，都是风格低调，叙述克制，几乎接近“零度写作”。固然无风格也是一种风格，但是要把这种风格写好，绝对不容易。另一些中国作家，例如写诗集《灵与肉》(*Of Flesh and Blood*)，小说《美国签证》(*The American Visa*) 的诗人王屏，写的是大气磅礴洋洋洒洒的金斯堡风格，与哈金的低调正成对比，足见获得语作家风格多姿多彩。

闵安琪是获得语中国作家成名最早，创作最多，产量最稳定的人，基本上每两年就推出一本小说，她的作品有强烈女性主义色彩，把女性问题放在中国历代政治背景上展开。最近异军突起的青年女作家李翊云，2003 年才开始写小说，2005 年出版的第一本小说集《千年敬祈》（*A Thousand Years of Good Prayers*）得到六个国际文学奖。其标题小说由导演王颖拍成电影，最近获得西班牙金贝壳奖。李翊云是新一代作家中的佼佼者。曾经有人担心获得语文学已过巅峰状态，现在看来前途似锦。

还有诗人们。诗在汉语的祖国受到冷落，但是中国人写外语诗却到处活跃：用英语写诗的有张耳，王屏，哈金，黄运特，李岩，张真等；用法语写诗的有程抱一，孟明，李金佳等。此外李笠用瑞典语写诗，京不特用丹麦语写诗。澳洲欧阳昱的诗歌，以出奇大胆的语言和思想挑战社会主流意识，挑战对华人温良卑谦的定型，获得诗评界广泛注意，被称为“愤怒的中国人”。

上面还没有提及东南亚华人“二度离散作家”：近几百年华人漂洋过海迁往南洋，是中华民族在空间中活动的一个壮举，不少人此后再度迁居，“二词迁居”使他们的身份认同问题更为复杂，作为作家，语言上的二度迁移，给他们的作品新的张力。近十多年，一大批来自新加坡马来西亚的英语作家引起广泛注意：新加坡旅英女作家陈慧慧（Hui Hui Tan）一度被公认为新生代东南亚英语作家中佼佼者，她 1999 年的小说《外国身体》（*Foreign Bodies*）得到批评家高度赞扬，也得到读者热烈欢迎，而那时她才 23 岁！马来西亚旅居澳洲的英语作家张思敏（Hsu-Ming Teo）以《爱的晕眩》（*Love and Vertigo*，1999）获奖，马来西亚旅居英国的英语作家欧大旭（Tash Aw）以小说《和合丝厂》（*Harmony Silk Factory*）得到惠特布莱德新人小说奖，这本小说在题材上富于挑战性：写了二战时期马来西亚时期华人资本家如何在英国殖民者与日本占领军夹缝中“捞第一桶金”，而且小说以多声部回忆写成，尽脱窠臼，令人耳目一新。

东南亚还有一批作家，不移居国外，留在“故土”，但是用非汉语写作。例如马来西亚英语小说的先行者李国良，一生坚持英文小说创作，成就巨大。新加坡有一批戏剧家坚持英语戏剧创作与演出。此外，还有一批华人作家采用马来语或印尼语进行创作，例如以印尼语写作的诗人廖建裕（Leo Suryadinata），以马来语写作的短篇小说作家吴信答、萧招麟（Siow Siew Sing）、碧澄（Lai Choy）。居住于沙捞越的华人马来语作家杨谦来（Jong Chian Lai）多次获得马来西亚文学奖，成为马来西亚文坛的一颗明星，见证了华人在任何土壤上蓬勃的创造力。

关于获得语中国作家群，我们可以注意到几个特殊现象：一是几乎所有的获得语作家都是学院出生，真正掌握一门外语并能用之于创作，在中国人中间尚是一个知识特权。这就是为什么他们的创作特质，与“美华文学”的唐人街社会草根经验，大相异趣。二是他们大部分作品，题材都取自于他们在中国经验——林语堂写的基本上是30年代的中国，哈金写的基本上是80年代前的中国，而李翊云写90年代的中国，对比华裔作家念兹在兹的苦苦“自我追寻”，这些作家在中国的成长过程，塑造了坚实的自我，他们的中国人心灵，没有因为他们选择外语写作而改变。

由此，我们可以试图回答一个难题：这些作家写出的，究竟是中国文学，还是外国文学？我们细读一下他们的作品就可以发现，这批作家用的写作语言是外语，思想意识却是中国式的，我们甚至可以从作品中追踪他们的“中文构思”过程。甚至，他们写的外语也是一种特殊的，落在两个语境夹攻中的外语。这批作家把中国文学，或者说“文化中国”的文学，推出了汉语的边界，对中国绝对不是一件坏事，相反，他们从一个非常特殊的方面，对丰富中国当代文化，促进中国的国际文化交流，做出了宝贵的贡献。应当说，他们写的既是外国文学，又是中国文学。

从以上简单的介绍可以看到：中国作家的获得语写作，已经形成浩大的声势。但是这个流派并不是单独出现的，在国际性的“文化中国”大范围中，同时有其他几个趋势产生。一是东南亚用非汉语写作的华人作家，例如新加坡英语作家林宝音（Catherine Lim）自80年代以来成就巨大，马来西亚则出现用马来语写作的群体，如萧招麟，吴美德，诗人林天英，杨谦来等。二是从东南亚“再次移民”的作家，如马来西亚移居英国的英语作家欧大旭（Tash Aw，代表作《和合丝厂》，*The Harmony Silk Factory*，以第二次世界大战中的马来亚为背景），新加坡依据英国的新生代女作家陈慧慧（Hwee Hwee Tan，代表作《外国身体》，*Foreign Bodies*），马来西亚移居澳大利亚的青年女作家张思敏（Hsu-Ming Teo，代表作《爱与晕眩》，*Love and Vertigo*），从印尼移民美国的才华杰出的诗人李力扬（Li-Young Lee，代表作《我在这城市爱你》，The City Where I Love You）等。

从香港移居英国的毛翔青（Timothy Mo），在70与80年代，毛翔青与石黑一雄（Kazuo Ishiguro）齐名，成名作《酸甜》（*Sour Sweet*），写的是唐人街餐馆，对女性心理描摹细腻。80年代后，他的作品均为国际题材历史巨制，例如1986年的《占有岛国》（*An Insular Possession*），写东印度公司鸦片战争前企图占领香港的阴谋；1991年的《勇有余》（*The Redundancy of*

Courage），以东帝汶的宗教冲突与屠杀为背景，场面宏大，题材沉重，作品厚实，突破了华裔作家的藩篱，是外语中国文学的重要作家。毛翔青三次布克奖提名而未得，殊为可惜。我个人认为他比石黑一雄出色，运气却远不如。两个人都想突破"民族性"局限：毛翔青走外线，走豪放派大气派路子，石黑一雄走内线，做婉约派。他们的经验对比很有启发。毛翔青原先供职于伦敦一家拳击杂志，十年前，放弃文学生涯，有意做个文学史上的失踪者。笔者百般打听，无法知其下落。看来，走出传统"少数民族"题材的作家，是要付出代价的。

三是在英语中长大的美国的华裔作家，在汤亭亭、谭恩美之后，已经涌现出创作更有成就的新一代，例如加拿大的"叛逆女"作家伊夫林·刘（Evelyn Lau，代表作《逃跑》，*Runaway*），美国的张岚（Samantha Chang，代表作《饥饿》，*Hunger*），伍美琴（Mei Ng，代表作《裸体吃中餐》，*Eating Chinese Food Naked*），刘恺悌（Catherine Liu，代表作《东方姑娘想浪漫》，*Oriental Girls Desire Romance*，1997），2004年何舜莲（Sarah Shun-lien Bynum）以实验主义小说《马德莲沉睡》（Madeline Is Sleeping）入围美国图书奖。新生代已经站起，美华文学接力有人，后浪推前浪，海外文学进入了一个气象万千的新阶段。

我们可以看到中国血统作家的外语写作，已经是一个世界性现象。全球化造成移民浪潮，也造成语言和文化更错综复杂的交流，而与这个趋势相对应，多元文化中产生了一系列新的样式，新的流派。这个全新的文化局面，正迫使中国读者注视，而中国学界面对"文化中国"发生的如此宏大文学现象，竟然至今没有充分注意，这真是令人遗憾的事。

赵毅衡先生近照

后仓颉时代的中国文学

赵毅衡

且问，仓颉造字，何以鬼神夜哭？

不得不哭：中文文字是中国文化的突发性开端。不懂中文的鬼鬼神神，从此都被拦在中国文化之外。在这以后，孔子才能壮起胆子建议“敬鬼神而远之”。

本文这个开场，不是搞笑编派古人。下文会说到，多少个千年过去，内外还是有别，鬼神还留在化外之境。

中文，中国文化之本。文化者，文而化之；文明者，文而明之；文坛者，文而谈之——哪能离得开一个文字？

看一下历史上获鹿中原的蛮夷之族，大半消失。中外学者都说是中华文化了不起——被征服者征服征服者。我看却是这些民族着了个致命的诱惑：采用了中文。拓跋建立北魏，改姓“元”，拓跋销声匿迹；沙陀接受汉姓，建立了几个皇朝，就此从历史上失踪；康熙弘扬中文，如今剩几个满人伶俜？还是蒙古人明白，拒绝中文，才得以退居漠北。

难道条条道路通中文，没有反向交通？降胡的李陵，迫嫁的文姬，就不用匈奴话？仕于北齐的颜之推记载说，当时北方汉士人让子孙学鲜卑语，长大可以服侍贵人。只是，中国人会蛮舌者，一旦写“文学”还是中文：李陵致苏武，用的是五言；《胡笳十八拍》，唱的是胡语（不然何以配胡曲），录下的却是中文。说是伪托，托的也是中文。历代文人中，据说李白外语能力第一，而且他写作倚马而立就不假思索，诗文中却找不到几个西域借词。可见中文之风雨不透，千古同文，统统是国粹。

以上牵扯，很切题，因为关系到“中国文学”的定义。

我一向坚持，中国文学，不只是中国的文学，而是“文化中国”的文学。而文化中国的版图，就是使用中文的范围。因此，中国文学，就是“中文文学”，作者的国籍血统籍贯住处经历等等，一概是其次的事。这定义，干而脆之，不缠斗，不恋战。

偏偏一干脆，就需要大量解释。首先，不用本国语言写作，是否就开除文化国籍了呢?

不是，要看这个语言是否该民族的文化语言。

Arundhati Roy 是否印度作家? 是。因为英语是印度的文化语言之一。

Wole Soyinka 是否尼日利亚作家? 是。因为英语是尼日利亚的文化语言之一。

同例，韩素音不是中国作家，康拉德不是波兰作家，纳波科夫是半个美国作家，贝克特是半个法国作家。

反过来，日本朝鲜越南，现代之前，一直有用中文写作的文人雅士。他们写的是不是中国文学? 不是，因为那时中文是这些民族的文化语言之一。

再反过来，如今用中文写作的韩国诗人许世旭，写的就是中国文学作品，不是韩国文学作品。因为现在中文已经不是韩国的文化语言。

林语堂是否中国作家? 是，林语堂的中文作品是中国文学。不是，他的英语作品不是，因为英语不是文化中国的语言。我在去年一文中详细举例说明：林语堂漂亮的中文小品，完全无法翻译成英语，他的英语作品，译成中文，哪怕他自己的翻译，也拗口得很，实在见不到妙处。这不是贬低林语堂，而是赞誉：无法翻译，是语言之至美。中英双美，林语堂千古一人。

话说到这里，也就够了。不料天下事不如意常八九。根本而论，文学不只是文字。文学是作家主体经验的泄露，是他的生活感受带意图性的投射。据说到后现代，主体已经消解，恐怕只是在后批评家的阐释游戏里消解。我们经常见到的，依然是主体遍体鳞伤，在写作中呕心沥血；或志得意满，衣锦还乡到文字里。

说主体，不是“我”站出来说话。我们现在有太多的自传，尤其是中国大陆人的自传。主体性如果没有在艺术创作中转化，只不过是直陈家事，那么只是口述记录而已。这些目前在欧美泛滥的中国人纪实文字，不在我们讨论之列。

因此，我们必须解答：如果一个作家写的是异国文字，表现的却是中国生活气质——不仅是题材，而且是整个文化经验——那么他的作品属于哪一国文学呢? 我这里不是说的作家的出生原籍。出生于日本的石黑一雄（Kazuo Ishiguro)，他的小说，例如他得布克奖的《长日徊光》（*The Remains of the Day*），以一个英国老仆看贵族生活，浸透了英国文化的精神，看不出什么日本“民族性”。

这样的例子，在东方作家中，绝无仅有。大部分东方作家的民族独特性，是作品魅力所在。民族性有两种：一在基因层次，家传所得；一在体验层次，经历所得。任何侨民作家都有此二者，往往以其一为主。新移民作家，我称为客居作家，他们与华裔作家的区别，就在于“用”什么语言长大。虽然他们现在用来写作的语言相同，他们用来长大的语言不同，就自然留下语言所依存的文化印痕。在中文中长大的中国作家，比起在异国语中长大的中国作家，生活经验的中国民族品格，肯定浓厚一些。他们的中国性，是体验而非家传。

做个简单化的归类：华裔作家，写的是居住国的少数民族文学。而客居作家。文化上并没有真正“归化”，他们的文字与经验品格，在作品中产生强烈张力，他们的创作，往往是用英语写的中国意识。

此处讨论的不是一个抽象问题。我在旧金山湾区生活时，就明确感觉到华裔作家，与其他“亚裔”作家，颇为认同，因为同是黄皮肤，在美国社会中的种族感性，极为相似。不自报家门，分不出华裔越裔韩裔日裔：认同感，往往也就是皮肤那么浅。这些作家，与客居的华人作家群，各是一个圈子，很少有交流。语言虽通。文化背景不同，深交极难，无法成为一个或友或敌的圈子。

因此，真正落在既是中国文学，又是异国文学的边界地带，出了中国海关，却还没有完全进入外国海关，正在文化的不定状态的云雾中盘旋的，是用异国语言写作的客居作家。我们或许可以称他们为“异语作家”。

说到此，听起来似乎是文化上的无家可归，足以使作家精神分裂，实际却不一定：特殊的经验，语言的异位，很可能给艺术家更多的生机。多一道镣铐，或许跳出更新奇的舞步。

华裔作家的祖师母，是笔名水仙花（Sui Sin Far）的 Edith Maude Eaton (1965—1914)，父英国人，母中国人。异肤色通婚，19 世纪英国人大惊小怪，不像现在，“国际婚姻”，听来就浪漫。于是举家移居美国，后转加拿大蒙特利尔。水仙花的英文很流畅，中文大概就母亲嘴里听来的几个词。作品有短篇集《春香夫人》(Mrs Spring Fragrance)，并有自传《水仙花：半血统作家的生涯》。她的视野主要是有中国血统的女子在西方的处境，她强调母亲给她的中国文化精神之重要。在一个世纪前，可谓惊世骇俗。

客居文学的祖师母，来头就大多了：20 世纪 20 年代，德龄公主 (Princess Der-ling) 用英语写的清宫秘典在西方大受欢迎。其父裕庚，曾历任驻日驻欧钦差大臣。裕庚及其子女帮助戈迪叶（Judith Gautier）译成影响遍西方的中国诗选《玉书》（*Le Livre de Jade*），此事我曾在二十年前所作的《远游的诗神》(*The Muse From Cathay*）一书中曾详加考证。德龄算是光绪帝远房表妹，据说本是选妃之列。后来光绪见而怜之，说“亏得没有嫁给我这倒霉皇帝”。慈禧太后咸与维新时，选英法语纯熟的德龄作了宫廷女官。说纪实说虚构，第三人称与第一人称混用，反正满洲宫廷，事事新奇，又逢多事之秋，碰来碰去翻天大事。只要一一说来，就够让西人瞠目结舌。现在的客居作家，尤其是女作家，许多书读来都像德龄公主转世，只是从此下凡了，不复精彩。

两个祖师母，创造了两种文学，同时创造了两种叙述模式。华裔作家经验中的中国，往往是草根性的：民间情趣，民俗遗风，民情故事。华裔文学重整旗鼓的路碑之作，汤婷婷 1976 年的《女战士》，副标题就是《在鬼神中长大的童年回忆》(*Memoir of a Childhood Among Ghosts*)，一直到她最近的后现代式小说《孙行者》，也是从民间传说演化开去。谭恩美 1989 年轰动一时的《喜福会》，故事落在一群打麻将的唐人街妇女身上，第二本书就急着给灶王爷找婆娘。从这群作家的主体特征来看，他们有个文化的“依母脐带”，似乎这些作家，心里都记着一个讲故事的母亲。无怪乎美国作家雷祖威(David Wong Louie) 抱怨说：“我们经常不被看成是作家，而是人类学中的什么主题。”

我并不是暗示华裔作家出身卑微，相反，当今几个名声很响的华裔作家，如任璧莲 (Gish Jen)，程美兰 (Linda Ching Sledge) 等，都有名校博士学位，而客居作家，成名前恐怕都洗过唐人街的盘子，至今还在洗同时等着成名的，当然更多 。

此种“民间情趣”，华裔男作家也不例外。例如曾经呼声很高的英国作家毛翔青 (Timothy Mo)，第一本小说是《美猴王》(Monkey King)。第二本，1982 年他的成名作《酸甜》(Sour Sweet)，写的是唐人街餐馆，对女性心理的拟摹，超出一般男作家的敏感。

我说华裔作家有“依母脐带”，还有一个佐证：华裔作家，往往弄不清他们究竟姓什么。杰出的纽约“新超现实主义”诗人 John Yau，我曾讨教他的中国名字，他 (请人?) 用毛笔写来二字：姚强。当然他既不名强，也不姓姚，应当姓邱，或尤。我不好意思纠正他，在我的译诗集《两条河的意图》中，用了他自己提供的名字。归根结底，他现在只姓 Yau，让邱或尤老先生安息吧。甚至鼎鼎大名的谭恩美 (Amy Tan)，不少指出其实她应当姓陈 (潮汕语发音为 Tan)，但是谭恩美本人拒绝正名，我们只能徒唤奈何。

其实，我把 Timothy Mo 译成“毛翔青”，是某个英国华侨朋友提供的信息，找不到他本人印证。他最后的两本小说，1986 年的《占有岛国》(*An Insular Possession*)，写东印度公司鸦片战争前企图占领香港的阴谋；1991 年的《勇有余》(*The Redundancy of Courage*),以东帝汶的宗教冲突与屠杀为背景,场面宏大,题材沉重,突破了华裔作家的藩篱。Mo 三次布克奖提名而未得,殊为可惜。我个人认为他比同辈的石黑一雄出色,运气却远不如。两个人都想突破“民族性”局限:Mo 走外线,走大气派路子,石黑走内线,做婉约派。他们的经验对比很有启发,不过当另文为之。

对主流出版社失望之余,1995 年 Mo 自己登记一个“无桨之舟”出版社(Paddleless Press),出版《在面包树大街烤黄爽》(*Brownout on Breadfruit Boulevard*),写欧美白人在菲律宾的丑态行径,倍受批评家赞赏,却因无销售网而无法维持。他原先供职于一家拳击杂志,四年前,放弃了文学生涯,离开英国,有意做个文学史上的失踪者。笔者百般打听,无法知其下落。看来,走出“人类学”范畴的华裔作家,是要付出代价的。

沿用同一个逻辑,客居作家应当抱怨:“我们好像不被看成是作家,而是政治学中的什么主题。”这批作家,精英色彩很浓。我不是说德龄公主那样的显赫出身,而是作者的精神意识与社会归属。毕竟,中文之难,使中国社会一直是个文化分层严重的社会。

华裔小说突然兴盛,是从汤婷婷 1976 年的《女勇士》起。可以说,是六十年代以美国黑人为首的少数民族权利运动,唤醒了华裔精神。而客居文学的传统,绵延不断,只要有中国文化人来西方,就会随身带来。

第一个中国英语诗人,1920 年在美国出版《珠塔》(A Pagoda of Jewels)的诗人 Moon Kwan,虽然在与 Witter Bynner 等当时的名诗人唱和,从语言看应当是个青年学生。我弄清他的中文名为关文清,依然无法寻找其踪迹。最近读电影史,才发现他后来回国主持上海联华三厂,30 年代在香港创立大观影片公司,是香港电影业鼻祖。鼎鼎大名,只是我没有想到隔行业去找。

20 年代后期,出现华人英语作家蒋希曾(H. T. Tsiang),他曾任职于孙中山办公室,后来到美国攻读。国民党清党时,在美国被捕,经杜威等人营救出狱。虽然以酒吧打工谋生,他开始用英文写作,1931 年的《中国红》(*China Red*)一书开始其普罗小说家生涯。同时,他在纽约从事民众戏剧运动,30 年代后期从文坛消失。这次我有了经验,“跨学科研究”,到影剧人名录中去找。果然发现他在好莱坞做配角演员终其一生。

紧接着出现的名字,就尽人皆知了,30 年代的林语堂名震一时;40 年代初写《花鼓歌》(*Flower Drum Song*)的黎锦扬,是著名语言学家黎锦熙,中国第一个娱乐歌王黎锦晖家族的兄弟之一;50 年代,在英国有蒋彝,在法国则有盛成,连张爱玲这样的中文大师都用英文写作;60 年代有韩素音的一系列小说，70 年代则是《自由中国》钦案犯聂华玲的《桑青与桃红》，后来成为驻华外交界女主人包珀漪（Bette Bao Lord）的《春月》（*Spring Moon*）。由此雪球越滚越大，“文化大革命”后，来了大陆留学生的西行大军，于是雪崩之势已成：我扳着指头算，从中国文化区来的客居者，众多诗人暂不数，用西文写作出版的小说家，已有几打之多。

如此宽广的锋面，击中目标是必然的，多次的，脱颖而出的将不会是一个两个。

客居作家的主体性中，文化“依父脐带”，难拆难解。他们的作品，对中国文化是直承式的——他们大都是用西文写中国故事。他们并不需要一个“会讲故事的母亲”作为文化遗产传递者，中国根深蒂固地长定在他们的体验世界里，不可能漠视。他们写到的中国，不可避免是政治性的，现代中国本来就是政治中国——中国的现代性，根本上说，是政治问题。我说的不是谁上台谁下台的权力政治，而是广义的政治，生活的公众性，也就是说，文化政治。

近年中国文学“走向世界”，还有中国人得了两个大奖项：哈金（Ha Jin）得到美国最重要之一小说奖 National Book Award，程抱一得到法国最重要之一小说奖 Prix Femina。此二人的成就，应作专论，此处很难全面评价。不过我认为哈金的《等待》(*Waiting*)，写的不是离婚，他写的是中国人过分的忍耐；程抱一《天一言》（*Le Dit de Tianyi*）写的不是三角恋，而是理想主义的错位。这两部小说的悲怆旋律，靠中国文化政治史的背景协奏，才成为动人的主题。

寓居作家此种政治性，一开始就是无法摆脱的特征。德龄公主的书，不断谈到的是她的父亲：裕庚在中国危亡之秋，曾协助恭亲王主持最吃紧的军机处，历任最重要外交使节：中日开战时任驻日公使，拳乱杀教民时任驻欧钦差，被巴黎抗议的暴民追打。她能放着这些精彩场面不写，一味写闺中琐事？在任何中国人对未来的想象力都被吸干的 50 年代，林语堂用英语（恐怕只能用英语）写了政治未来小说《奇岛》。因此，张爱玲从上海闺阁转向现代政治场景时，首先用英语写，是一点也不奇怪的事。

这是远的例子，再跟一个最近的例子：闵安琪以《红杜鹃》（*Red Azalea*）的强烈私人性开始她的写作生涯，第二部小说 *Katherine* 就沉入了中西文化冲突——现代中国最使人困惑的文化政治问题。最近她刚写完的近作《变成毛夫人》（*Becoming Madame Mao*），则是写 20 世纪头号政治女人江青的一生，反过来点出了《红杜鹃》里的同性恋，在“文化大革命”的背景上，的确是个政治行为。

我仔细查了几遍，实在找不到几个寓居作家，写民间鬼神故事。可见，他们只是从仓颉跨回了半步，换了语言，没有换文化根底，依然远鬼神。华裔作家则跨出了一整步，几乎完全走出了中国文化的边界。

今后，这两部分作家，不会再只闻姓名，只看橱窗里的封面，老死不相往来。新移民（所谓 FOB）不可能永远写中国故事，华裔（所谓 ABC 或 BBC）也不可能不走出母亲传奇。可以预见这两部分文学，在今后十年，将渐渐汇合成一个更壮观的文化现象。这是我的一点预言。

回到本文开场：中国文学，是否即中文文学？我依然坚持作如此观。这是文化中国唯一的稳固立足点，也是中国文化发展的坚持点。

但是，今日中国并不是汉族中心的第一千年，也不是只能靠“以文化夷”的第二千年。中国现代性的一大特征，就是中外文化在各个领域中的渗透融合。以中文为基础的中国文化，应当拥抱世界。这不仅是信心，这也是中国文化的唯一前行道路。第三千年的头开得不错：外语中国文学终于站住了，中国文学终于推开了中文的自我封闭之门。

哈金与程抱一的杰出成就被英法主流批评界确认，中国文化明白无误地已经延伸到异国文字中：中国人聪明才智，用外语写作的能力，在这个边界区，已经繁花似锦，令人目不暇接。两千年后的“蔡文姬”，用胡语写十八拍。

夏志清先生著文，认为“要 21 世纪的中文文学迈进一步，超过 20 世纪的成就真是难上加难，我对中国人在海外从事英文创作……却十分乐观”。这意思是，今后的中国文学没戏了，中国人用英文写作，才是希望所在。夏先生的根据是：“严肃文学的读者愈来愈少，作者同读者一样对中国的古老传统不感兴趣，国文的根蒂也愈来愈差。”对此，笔者不敢苟同。夏先生的观察有道理，他的结论却太悲观。世界范围的中文文坛，一直在产生越来越出色的作品。近二十年的中文文学，与世界上任何文学比较，都并不逊色。

但是，笔者能够呼应夏先生的热情，他的乐观部分并不错：海外的中国作家，中文作家，客居西文作家，华裔西文作家，正在共同创造一个新的文学奇迹。说哈金和程抱一，是中国文化圈产生的新的文化英雄，他们肯定会说“惭愧，不敢当”——碰巧这二位都是很谦逊的人——说他们是拓荒者，当之无愧。今后的文学史家，会记得这一刻，中国文学走出了仓颉画出的疆界。

百家成阵

"美丽"与"纯情"

——论徐訏笔下女性形象体现的男性中心意识

方竹欣

摘　要：徐訏笔下的女性形象大都有着共同的特点：一是外貌美丽，有的美如仙子，有的美如精灵，有的美如鸟儿；二是内心的纯情，即将爱情视为人生的全部意义和最高追求，无私地为男主人公献身。这些"完美"的女性形象背后折射的是作者的男性中心意识：作家不厌其烦地渲染她们美好的外形，某种程度上是将女性置于被观看的客体地位，满足着叙述者的"视觉享受"；对她们自我放弃、自我牺牲等行为的褒奖背后是这些女性被安排的命运，她们不过是男主人公完成自我构建的涉渡之舟。造成这种现象的原因是多方面的：既有来自男权社会的规约与古典文学的影响，也与作家童年时父母离异以及人生中的三次婚姻失败有关。

关键词：徐訏　女性形象　男性中心意识

一、徐訏笔下的女性形象

徐訏在作品中塑造了一系列完美的女性形象，她们有着各种各样的身份，有烟花巷陌之地的舞女，有乡村小镇的傻女，有异国他乡的巫女，甚至有"异域鬼界"的鬼女，而这些身份不同的女性大多具有都有相似的特点：一是美丽，二是纯情。

（一）美丽

徐訏笔下的美人各有各的美，有的美是超凡脱俗，如天仙一般的；有的美是身段曼妙，顾盼流光的；有的美是质朴可人，无市井之气的。笔者将这些美人粗略划分为以下几类：浪漫之美，诗意之美，诱惑之美。

首先是浪漫之美，这一类女子往往来自他国异域，她们有的是女巫、女神，和作者相遇在旅途、流浪的途中或者是出现在世外桃源的小岛之上，仿佛是来自天堂的仙子，脚踩祥云，步踏金光而来；有的来自“鬼域”，带着冷冽逼人的美艳，和主人公夜间相会白天分别，留下了美好的回忆最后却又永远离去。试举几例：

> 她踏着阳光所播的上之金路，飞一般的去了。一瞬间就看不见，但是这奇美的印象则永生永世使我忘不掉……
>
> 一直到有一夜，月光在海面泻成了一条银练，我伏在船栏上忽然有一个滑稽的想头，疑心这个阿拉伯的巫女或许就是阿拉伯海的女神。那么她不踏着阳光所铺的金毡，也当踏着那月光所铺的银毡来了。(《阿拉伯海的女神》)

> 忽然有一道光一缕歌从远处飞来，慢慢近了，慢慢响了，是一个仙子，啊！我一刹那几乎晕了过去。这位仙子穿着云一般的衣裳，披着阳光一样的头发，在风中飘荡，像是整个的身体在飞一样。
>
> “是一种什么样的美呢?”
>
> “是一种尊贵高洁与光明。”(《吉普赛的诱惑》)

> 她也静坐着，无邪的眼睛望着天涯，这时候她的一身白色的衣服使我惊异了，风把它飘得如一块云，金黄的头发如太阳的光芒，射在我的耳颊……
>
> 我远望着海天中她的后影，我如在教堂里望着壁画中云端的圣母，我没有一丝不洁的念头，我俯下头，我愿跪在大自然面前忏悔刚才那烟火气的俗念。(《荒谬的英法海峡》)

> 月光下，她银白的牙齿像宝剑般透着寒人的光芒，脸凄白得像雪，没有一点血色……脸一百念分庄重，可是有一百三十分的美……这脸庞之美好，就在线条的明显，与图案意味的浓厚，没有一点俗气，也没有一点市井的派头。(《鬼恋》)

可以看到，作者在描述这一类女性的时候，带有极强的超现实主义色彩。这些美人出现的时候脚踩金光，身上穿着云一般的衣裳，她们身上的圣洁之气让人生不出任何杂念，只感受到空气的崇高，宇宙的奇妙。除了仙子、圣母外，即便是鬼女，在作者的笔下，她也是带着美好的脸庞，因毫无市井俗气而遗世独立，令人难以忘怀。不仅如此，男主人公与这些女性相遇的情景也颇具奇幻浪漫色彩。男主人公与阿拉伯女孩的爱恋（《阿拉伯海的女神》)、与培因斯和鲁茜的感情纠葛（《荒谬的英法海峡》）都发生在梦中；与仙子潘蕊的爱情发生在极具诱惑力的马赛；与鬼女则是相遇在凄清的月夜（《鬼恋》）。可以说，无论是作品的女性形象还是故事发生的地点，都是完全浪漫化、神化了的。

其次是诗意之美，这类女子多是不为世人所理解，处于社会边缘地带的人，她们有的被视为白痴却通晓鸟语，有的先天失明却具有极强的艺术感知力，有的能听到白灵树召唤声，有的完全就是古典痴心女子。例如：

> 她的圣美无比的面貌似乎已经刻在月亮上面，我从窗口凝视着月亮，觉得她是多么高贵与遥远。
>
> 没有人可以相信一个尘世里的成人可以保有这样纯洁天真无邪的容姿的，她像是一直封在皮里的水菱或者刚刚从蓓蕾中开放的花朵，似乎从来没有接触过人间的烟火尘埃与罪恶。真实，素洁，甜美，良善，活像十七世纪荷兰画派所画的圣母，尤其是她的没有被口红污染过嘴唇，像是刚刚迎着朝阳而启露的百合，它从未说过谎话而且不知道什么是谎话的。（《盲恋》）

> 我也更清楚地看到那个女孩子的脸，尖的下颌，薄的嘴唇，小巧的鼻子，开阔的前额，而眼睛，我看到它是闪着多么纯洁与单纯的光亮！顶奇怪是她的皮肤，似乎是不晒太阳的，白皙细净，像瓷器一样，完全同我们不同。
>
> 她没有走，但没有话说，脸上的笑容似乎不是含着羞涩，而是蓄着惊讶，她眉心间蹙起微颦，我骤然看到她的脸的奇美与高贵。（《鸟语》）

这类女子的身份总是有点特殊，她们或多或少脱离开这个时代，仿佛是来自大自然的精灵，不懂俗世中为人处世所需的嘴脸，不知社会玩弄手段所要的心机，他们是不属于这世界的，也就不会久待于这世间，因此这些女子要么是遁入空门，要么是香消玉殒。这一类充满诗意的女子和上一类浪漫神秘的女子一样具有超现实性，凝聚着作者对女性的美好想象。

最后是诱惑之美，这类女子有的是间谍特工，有的是夜场舞女，有的是豪宅女仆，比起上两类仙子、精灵般的人物，她们更具真实感，她们在一颦一笑，举手投足之间美得勾人心魂、动人心魄，她们是人间的尤物，是娇艳的花儿，是园中的美鸟：

> 鸦片灯的光照着她的脸，这脸这时有神圣的光，我从她身上看下来，弯着肘，曲线的身材，搁于凳上的脚，两条匀整的小腿。（《赌窟里的花魂》）

她（海兰）是这样焕发美丽与健康，我一时竟找不出一句可以形容她的辞句，但是立刻使我想到在动物园中见过的一种长尾、细身、眼睛闪着光芒的鸟……

她穿着一件浅灰色银纹的晚服，在她活泼的举动之中，横加着庄丽高贵的条件，后来我想到是这个色彩与韵律，使我想到动物园中的美鸟。（《精神病患者的悲歌》）

其次吸引我的是她的动作，她肩胛与手臂的动态，她头发的震荡，她手指的飞跃，似乎每一点都对我有一种意义……

帼音手掠着头上的泳帽，背上有湿渍渍的水珠，我注意到她背上的红痣，我有一种奇怪的欲望想去吻它……我感到这是一种奇怪的诱惑。（《巫兰的噩梦》）

史玲玲原来是一个高大肉感的女子……她穿一件桃红色发亮的旗袍……紧小得像得香肠的包皮。

似乎是一粒熟透的葡萄，随时都准备破裂而让里面蜜汁流出来一样……等到她走进到已经可以看清她脸的时候，李先生看的已经不是她的脸，她旗袍好像特别短，露出两条腿……但对史玲玲的腿他马上想到八月的肥鹅。（《初秋》）

在描写这一类的美人时，那种把女性置于神坛、罩上光环的膜拜之心已经不复存在，男主人公在打量这些女性的时候，或多或少带有肉欲，在他的眼里，这些美人是好看的鸟儿，是熟透的葡萄，像是八月的肥鹅，举手投足之间散发着诱惑人的魅力，让人想要占有。

（二）纯情

在作者的笔下，无论是天国的仙子还是凡尘的美人，她们无一例外是美的，也无一例外是愿意为了爱无私献身的。爱情，是她们人生最高的信仰，为男主人公奉献则是她们的全部追求。根据这些女性在故事中的表现，笔者将她们划分为两类，一类是治愈救赎型，一类是实现愿望型。

第一种，治愈救赎型。她们带着神奇的力量，或治愈主人公身体的病痛，或从堕落中拯救主人公。例如：因为患有神经衰弱，“我”不得不到乡下静养，从而结识了被村民视为白痴但却通晓鸟语的芸芊，在与芸芊接触之后，“我”快乐起来，病也好了，而芸芊跟随“我”去到城市却和大都市格格不入，最后，她在庵堂找到了自己的归宿（《鸟语》）。“我”沉迷赌博无法自拔，而这时候赌技精湛的舞女出现了，她帮“我”赢回所有输掉的钱，赢回了“我”输掉的自信与生活。于是，“我”爱上了她，但是“我”早有家室，后来"我们"做了纯洁的朋友(《赌窟里的花魂》)。对她们来说，人生的全部意义就是在等待男主人公的降临，在帮助男主人公走出困境之后，她们也因此完成了自我的升华，实现了自我价值。

第二种，实现愿望型。这类女子通常是在特定的情形下出现，实现男主人公的某种愿望或满足其某种幻想。在这类故事中，男主人仿佛持有隐形的阿拉丁神灯一般，只要念念不忘，命运必有回响。例如：主人公在阿拉伯海上得知了女神的传说后就一直很期望遇到女神，女巫那年轻美貌的女儿就如女神一般出现。主人公被她的美丽折服，对她一见钟情，而她也爱上了主人公(《阿拉伯海的女神》)。当主人公抱怨现在的女子太实际时，机缘巧合就在朋友家的古典园林里遇到了痴心女孩的银妮(《痴心井》)。当主人公想要体验"罪恶"与"奇"时，他就在马赛遇到了替人算命的女巫，见到了如仙子般乘光而来的潘蕊。为了爱，"世界第一美女"潘蕊放弃了明星生活，主人公离开了中国家乡，二人随吉普赛人一起流浪，快乐地生活(《吉卜赛的诱惑》)。当主人公对死去的妻子念念不忘时，儿子就带着神似妻子的女友帼音出现，更离谱的是，帼音和妻子都在身上同样的位置有着同样的红痣，并且她无法自拔地爱上了父亲，满足了父亲"抚摸""亲吻"那红痣的愿望(《巫兰的噩梦》)。当主人公希望家里出现年轻的肉体时，儿子心仪的舞女史玲玲就穿着紧小而短的旗袍，露着肥鹅般的腿出现，并把父子俩都"尽收囊中"(《初秋》)。这些女性刚好就是主人公需要的，她们由于各种各样的原因，以不同的身份出现，和"治愈救赎"型的女性一样，她们全部的人生意义都在于为了爱献身于主人公，爱情，是她们的最高信仰和最终追求。

二、徐讦女性观分析

首先明确形象的定义：他人眼中的自己[①]。也就是说，他者的形象并非他者本身，而是形象塑造者根据自己的需求、想象和认知所建构的。因此，我们在关注文学形象(尤其是人物形象)的时候，其侧重点不在于虚构形象与现实形象是否完全对应，而更多的是关注该形象所透露的作家思想、蕴含的时代意义等。同样的，男性作家笔下女性形象也不能等同女性本身，她们的身上寄托着男性作家的审美想象，反映出形象塑造者的观念和意识。徐讦在作品中塑造的一系列女性形象，尤其是"奇女子"系列形象，长久以来备受关注，评论者们大多都同意徐讦笔下的女性形象既出尘脱俗又有真实可感的

① 吴翠平：《女性形象：文学想象的载体》，暨南大学2005年博士论文。

灵魂，具有独特的艺术魅力①。但是笔者却对此产生了怀疑。我们数千年来都生活在男权社会中是不争的事实，在这个男性话语占有主导地位的社会中，无论是男性还是女性，其思维方式都受到了社会的规约和建构，因而古今中外的男性作家作品中大多带有挥之不去的男性思想印记。“性别定见”是不可排除也无法忽视的，在那些被夸耀的美丽与纯情背后，反映的是作家的男性中心思想。

(一) 美丽折射的男性审美趣味

无论是女神、女鬼，还是舞女、歌女，在徐讦的笔下，她们都是无比美丽的，这种美（有时甚至是不真实的美）在很大程度上满足着叙述者的心理需要，寄托的是作家的理想，从而也折射出男性审美趣味。具体说来，她们主要满足着叙述者的“视觉享受”。我们不得不承认，一直以来男性和女性的“看”与“被看”模式都没有发生实质性改变，女性作为合格的、被褒奖的观看客体，首先要满足的条件就是提供视觉享受，也就是要有美丽的形体。当然，不同的美满足的是男性不同的审美需要。有评论者指出，“浮现在男权意识中的对女人的欲望有三种，相应产生了满足这三种欲望的三种女人，即满足日常生活需要的母性的女人、满足肉体需要的娼妓一样的女人、满足精神需要的诗性的女人”②。潘蕊、阿拉伯女孩、芸芊、鬼女等女性形象具有超现实的浪漫想象色彩，散发着光芒，从外到内无一不是圣洁的，这类女性形象满足的是叙述者的精神需求，即对诗意的追求。作品中另一类女子，比如史玲玲，她“高大”有“肉感”，晃动着“肥鹅般的腿”裹着“桃红色紧身旗袍”，又比如《巫兰的噩梦》中儿子的女友，她带着极具魅惑力的红痣出现，一举一动在男主人公看来都充满着情欲暗示，极具挑逗意味，这类女子即满足着叙述者的肉体需求。如果说对待前一类充满“诗意”的女性，主人公主是崇拜和敬仰的，不敢生出不洁的念头，在对待后一类女子的时候，男性目光对女性的打量和观看就是赤裸裸的了。在男主人公的眼里，这些女性不是作为完整的主体出现的，他们在叙述者的眼里被分割成了紧实的小腿、光滑的脊背等身体部位，她们就像是动物园中的“美鸟”（《精神病患者的悲歌》），等待着游客的观赏、点评和投喂，毫无尊严可言，不过是承载着男性欲望的想象物。这些符合着男性想象和欲望的美丽女子被男作家放置到了至高无上的地位加以褒奖和赞扬，从而进一步引导着社会的女性欣赏规范，也更进一

---

① 仲璨：《论徐讦小说的女性人物塑造》，《淮阴师范学院学报》（哲学社会科学版）2009 年第 1 期。

② 李永建：《新时期文学中的四类女性形象与男权意识》，《淮北师范大学学报》（哲学社会科学版）1996 年第 2 期。

步巩固了男性中心意识。

（二）纯情背后的男性优越感

不仅是对女性外形之美的极力渲染，在徐讦的笔下，女性的爱情观念也被人为地进行了改造。在其作品里，那些被赞扬、被肯定的女性无一例外都是纯情的，她们的奉献牺牲配合其美丽的外貌，完美地符合了男性对"天使"的要求和想象。这些女性的出现，或是为了治愈男主人公的病痛，或是为了拯救堕落的男主人公，或是为了实现"我"的愿望，在那些美轮美奂的爱恋故事包裹下，女性早已没有自我的灵魂，她们成了治愈男主人公的良药、实现愿望的工具，不过是完成男性自我构建的涉渡之舟。稍加分析即能发现那些故事的不合理之处。例如《阿拉伯海的女神》中男主人公与阿拉伯女孩的爱情。男主人公一见到美丽的少女就情不自禁地爱上她，二人发展到你依我依直至女孩具有宗教意义的面纱被揭下后，男主人公才"忽然想起"自己早有家室，他绝不可能娶这个女孩，而女孩的母亲则提出，若是不能结婚，要么杀死女孩，要么杀死男主人公。面临这样的两难选择，作者首先安排阿拉伯女孩自愿牺牲，认为所有的错都在自己，而后在男女主人公双双跳海之时揭开谜底——一切都只是一个梦。以梦境为大前提，梦里发生的所有事都变得合情合理，而男主人公也不必再承担任何责任。又比如《百灵鸟》中的女孩在得知爱人的死讯后决绝地殉情了，《鸟语》中的芸芊在出家不久后去世，《盲恋》中的盲女重获光明后不能忍受现实和理想的差距因而自杀，《痴心井》里的银妮为爱所困，投井自尽……这些实现了男主人公愿望的女子们，在任务完成后总是以突然死亡或梦境醒来等不合常理的方式退出，这其中或有作者为迎合大众趣味增加的悲情因素与浪漫色彩，但更多的还是体现出她们被利用、被安排的可悲。这些自我放弃、自我牺牲的女性被作者套上圣洁的光环，被虚置于高高在上的地位，那些赞美和夸奖都是提前设计好的枷锁，既满足了男性自我建构和自我救赎的需要，同时也引导着现实社会中女性的爱情观念和道德规范。

三、成因探析

必须承认的是，不同于传统意义上的男权主义者，徐讦的女性观呈现出矛盾性：一方面，他塑造的女性身份各异，其中不乏舞女、妓女等下层女性，但是在作者的笔下，他们大多是美丽而纯洁的天使，比贵太太们更懂得自制，比如露娜（《舞女》）；对那些精灵般的女子，作者更是大加赞赏，把她们当作仙子、圣母、女神来崇拜、仰视、珍惜。但另一方面，作者在赞美这些女子的时候却又将传统的道德枷锁无情地架在她们脖子上，将她们的个性抹杀，安排她们作为男性重建自我与体验人生的“渡船”。由此，这些完美女性形象背后就具有了男权意味，其产生原因是多方面的：

其一，男权社会影响与古典文学余韵。

中国重男轻女的文化由来已久，《诗经·小雅·斯干》可谓是男权社会对男女角色定位的一个缩影：“乃生男子，载寝之床。载衣之裳，载弄之璋。其泣喤喤，朱芾斯皇，室家君王。乃生女子，载寝之地。载衣之裼，载弄之瓦。无非无仪，唯酒食是议，无父母诒罹。”从出生那一刻起，男女就受到的截然不同的待遇。男孩睡的是床，穿的是漂亮衣裳，玩的是美玉，将来要做的是帝王。而女孩睡的是地上，包的是破褓，玩的是纺线锤，将来只要围着锅灶不添麻烦就好。在浙江传统习俗中，生男孩的满月酒会显得十分阔气，长辈们在席间不停地吹嘘，大家都来道贺，而生了女孩则就无话，也无人来道贺。在河北有的地方，问到家里几个孩子的时候，默认都是问的男孩，女孩则是不算在内。可怕的“溺女婴”习俗在封建社会盛极一时。徐讦曾在北京大学学习，后留学法国，旅居美国，在他的学习生涯中虽然接受的更多是新思想，但毕竟是成长在男权社会中，若说徐讦丝毫没有沾染男性优越感，那恐怕是不大能令人信服的。再者，徐讦出生在浙江慈溪的传统家庭中，家里重男轻女思想相当明显，他的祖母在一连生下了三个女孩后，曾向菩萨许愿要一男孩，后来果然生下徐讦的父亲，于是祖母后来以吃素还愿。与此相似，徐讦已经有三个姐姐了，但是直到他出生，全家人才像盼到了救星一样，顿觉家族传承有望。此外，徐讦虽主要接受的是新式教育，但在童年最初接受的依然是古文教育，早在十四岁之前，他就读了大量的古典文学作品，如《红楼梦》《西厢记》《野叟曝言》《金瓶梅》等，这些古典作品无一例外地在徐讦心里留下了极深刻的印象。[①] 后来，徐讦创作的一些小说如《痴心井》中流露出的古典意蕴大多也是得益于早年的积累。通过分析可以发现，传统小说才子佳人的模式在徐讦那里也得到了延续。在《阿拉伯海的女神》《吉卜赛的诱惑》等作品里，女神、仙子般的美人总是不顾一切地爱上主人公，为这爱不惜献出生命，放弃众星捧月的优渥生活。但是如果去掉作品那层浪漫的外衣，这爱实则发生得有些突然。如果说女巫的女儿是因为年少，很少见到男人(虽然这个理由也不能使人信服)才会对男主人公钟情，那潘蕊呢？她长得超凡脱俗，凭借绝世美貌一直享受舒适的生活，从来不乏各种各样的男人追求她。有钱的，有才的，有貌的。那为什么她独独对男主人公情有独钟呢？况

---

① 吴义勤、王素霞：《我心彷徨：徐讦传》，上海三联书店，2012年，第1~16页。

且男主人公追求她的手段并不新鲜：先是在见面之前去租了一套礼服把自己装扮起来，然后每天送美人鲜花、礼物，请客吃饭，为了维持这巨大的花销，甚至耗尽旅费，欠了朋友一万法郎。以潘蕊的美丽和地位，出手比男主人公阔绰的人多的是，拜倒在自己石榴裙的男士想必也是不少。但潘蕊偏偏就是愿意放弃一切，陪男主人公流浪，男主人公因此得以领略马赛的诱惑、别样的吉普赛生活，但这些又真的是潘蕊想要的吗？与此相似的情节在徐讦其他的作品中也有出现，如在“我”与阿拉伯女孩的爱情（《阿拉伯海的女神》），在“乌托邦小岛”与培因斯、鲁茜的感情纠葛（《荒谬的英法海峡》），路梦放与盲女恋爱故事（《盲恋》）等。在这些故事中，女主角无论是不谙世事还是阅人无数，总是无法自拔地倾心于男主人公，为了爱愿意牺牲一切。同时，男主人公仰望、崇拜着对这些虚构出来的女神，其实不过是对自己的价值体系的认同，在浪漫的恋爱故事包裹下，这些所谓的女神不过是被操纵的木偶，她们看似各有特色，其实内核却是千篇一律，没有自己的思想，这些“佳人”是作者用来奖赏“才子”的物品，甚至某些时候，“才子”可以不风度翩翩，一表人才（如陆梦放），这“佳人”也必须是美丽无比，无与伦比的。出生于传统家庭，成长于男权社会，再加上古典文学的积累，徐讦在塑造女性形象时，或多或少流露出的玩味和观赏的眼光，以及自觉或不自觉地将封建道德加于笔下的女性身上，也就能够解释了。

其二，童年父母离异与成年后的不幸婚姻。

徐讦在童年时候就经历了父母离异，母亲的悲伤、家庭的破碎在幼小的徐讦心里留下了永远的阴影，同时母亲的坚韧又让他对女性生发出由衷的敬意。成年以后，徐讦的婚姻之路亦是坎坷。他一生中有过三次婚姻，第一次婚姻初期很甜蜜，但是不久后徐讦留学巴黎，曾在那里向日本女作家朝吹登水子求婚被拒，回国后不久，妻子赵琏与苏青的丈夫出轨，二人离婚。第二次结婚是和葛福灿，但徐讦在后来的访谈和回忆中对这次婚姻讳莫如深，从不提及。后经学者考证，这次婚姻破裂的原因是徐讦移居香港，不久后即跟妻子女儿断了来往。作家的第三段婚姻在持续了 26 年后也走向了尽头。① 人生失败的婚姻，异国求爱的被拒，种种痛苦的经历或多或少使作者产生了自卑感和对女性的畏惧感，但来自童年残缺家庭中母亲的爱又让作者对无私奉献的女性感恩怀念，并真诚地赞美她们，在这两种矛盾的心理和情绪之下，作者需要通过女性的温柔来抚平自卑，消除恐惧，由此有了笔下那些柔情似水的美人。她们随时准备为爱奉献，医治男主人公心灵和身体的伤。比如芸

① 吴义勤、王素霞：《我心彷徨：徐讦传》，上海三联书店，2012 年，第 68～254 页。

芊（《鸟语》）、赌场里的舞女（《赌窟里的花魂》）、盲女（《盲恋》）等。从这个意义上看，这些纯洁美好的女性形象，正是源于作者的想象，无论她们是以怎样的身份出现，但人生的共同追求和实现自我价值的方式却都是为男主人公奉献，是作为某种手段和渠道，为了克服其男性自卑而存在的，这和把“佳人”当作奖励来嘉奖“才子”一样，都把女性物化成了工具以达到某种目的，因而也正是其男性优越感的显示。

四、总结

从来自异域他国巫女、鬼女、仙子，到凝聚天地灵气的自然精灵，再到光彩夺目的人间尤物，在徐讦的笔下，纵然女子们的身份迥异，但美丽的外形与纯情的内心却是绝不可少的。作者一方面把那些圣母般的女神置于神坛膜拜敬仰，同时又用充满欲望的眼光打量、评点女性的身体，既真切地同情女性的不幸、真诚地守护女子的纯真，同时又抹杀她们的个性，安排她们成为男性的涉渡之舟。在浪漫爱情故事的包装里、完美女性的外表下，折射的却是作者的男性中心意识。究其成因，既有来自男权社会和古典文学的影响，也跟作者童年的家庭变故以及人生中的三段不幸婚姻有关。

（作者系四川大学文学与新闻学院 2017 届硕士研究生）

论虹影博客中的论争

陈 瑜

摘 要：2005 年 10 月 21 日，缘于对于网络的熟悉，也缘于自身的名气，虹影受邀在新浪网开通个人博客业务。在虹影的博客中，争论是最不可少的话题。本文对虹影在博客上的四次争论进行分析，得出虹影的争论心态：自恋、好强、反抗、妥协。

关键词：虹影 博客 论争

新世纪初，网络成为新的传播媒介，自 2003 年博客在中国大热之后，博客一度成为网络世界的主角。自新浪“名人博客”开通之后，许多作家进入博客创作，作家博客成为一个重要的现象。如今随着微博等新的自媒体开始兴起，博客渐趋衰落。但繁华之后再回过头去看，对于这个曾经风行一时的自媒体也能够获得一个理智的审视。

虹影是中国当代文坛的一位重要作家，同时也是一位较受争议的公众人物。2005 年 10 月 21 日，虹影在新浪网开通个人博客业务。本文以虹影的新浪博客为主要研究资料，对虹影的开博缘由及博客中的四次论争进行研究，望能为重新审视她提供一种别样视角。

一、虹影开博的缘由

虹影在作家中算是较早接触电脑和网络的了：“从 20 世纪 80 年代末就有了最早的一台电脑开始，我数不清换了多少台了。”[①] 现在，网络和电脑也成为虹影生活中的必需品。不仅用电脑写作，还用电脑处理一些生活上的事情，“电脑越先进越好。我每过两年就想换电脑，只能与家人轮流换，有‘尼罗烧盘’，有‘黑马神拼’，家里的账目等全在电脑上处理。在作家中，我马马虎

① 虹影：《萧邦的左手》，学林出版社，2005 年，第 220 页。

虎算个电脑通，有电脑上的问题也是自己修”①。

网络还是虹影与外界联系非常有效的一个媒介。众所周知，虹影是一个旅英作家，但同时又是一个坚持用华语写作的作家。身处海外，与大陆的联系基本上都靠网络，“在生活中，上网占了很大一部分时间，也是她身处海外时，与祖国与读者联系的重要手段。现在，虹影每天都会收到好几十封读者来信，她也用键盘与他们交流、聊天”②。一个喜欢上网的人，一个上网很早的人，一个必须要上网的人，对于博客这样网络新事物的接受是一件很水到渠成的事情。

虹影开博与新浪的名人博客战略也有极大的关系。随着互联网的快速发展和网民人数的大幅增长，加上博客的成本、技术乃至编辑的门槛都很低，短短几年间，博客在中国大陆得到迅猛的发展。但最初网站都是为平民提供博客服务，大力发展草根文化。

2005年9月8日，情况发生了改变。为了获取更多利益，利用名人的“蜂王效应”推广自己网站的博客业务，新浪网正式开通名人博客业务，当时任新浪新浪副总裁、总编辑的陈彤亲自发邮件、打电话邀请各界知名人士到新浪网开博。行动之诚恳使得许许多多的名人立即就在新浪博客安了家。这其中包括最为抢眼的演艺明星，如徐静蕾、袁立、李冰冰等；著名的文化人，如杨澜、余秋雨、易中天等；大名鼎鼎的商界名人，如牛根生、潘石屹、王石等；更有所谓的“80后”天才作家，如韩寒、郭敬明等。

虹影也在这一批受邀作家之列，于2005年10月25日在新浪网正式推出了自己的博客。

二、虹影博客的四次论争

虹影是一个有争论的人，这差不多已经是一个共识。自从走上文坛，围绕其作品和其自身的争论就没有停止过：《饥饿的女儿》“一女二嫁”侵权案，《K》侵犯先人名誉的官司，《绿袖子》涉嫌抄袭，《绿袖子》研讨会引出的“女作家长相”论争，《上海三部曲》写作过程中与南京大学教授王彬彬的论争……有人将此称之为“虹影现象”，有人将之称为“虹影事件”，他爱在《十美女作家批判书》中写道：“虹影，是一个文坛事件的制造者。如果虹影安静些，文坛就会清静许多。已经够出名了，还有什么不知足的？虹影，别

---

① 虹影：《女贵族必备的三件奢侈品》，http://blog.sina.com.cn/s/blog_46e98efa010003sc.html.

② 翁昌寿：《“虹影世纪”落脚中华读书网》，《中华读书报》，2000年8月16日。

闹了。”将这一系列事件中的虹影称之为是在“作秀”，是在“骂人”[①]。

所谓“一个巴掌拍不响”，将这一系列事件完全归结于是虹影的炒作，显然有失公允。我们应该看到在这些事件的背后还有一只巨大的推手，那就是传媒。正如一篇研究论文所指出的那样：“作为一个社会影响力很强的‘文化装置’，媒体有很强的‘聚合力’和‘辐射性’成为文化传播的强大推动力。”“媒体努力发掘虹影身上的‘看点’和可炒作元素”，“在以文本《K》为炒作对象的这一媒体运作过程中，新闻多借虹影书中的东方‘房中术’为焦点”，“‘虹影现象’中出现的虹影被‘标签’化的过程就是一个传媒炒作很典型的案例”[②]。

而相比于其他媒介，博客是一个更自由的发言平台。在这个平台上，博主既是写作者，又是编辑者，信息的传播者具有排他性，博主可以按照自己的心愿来随时随地写作博客、发布消息。它不同于传统媒介，有编辑这样一个把关人。如果虹影想要在传统媒介上发布信息，在选择发布内容时就一定要参照媒体的利益，同时还要担心自己想要表达的意思会被媒体工作者断章取义，从而误导读者。

当虹影陷入争议时，她可以通过博客这个平台来发出自己的声音，而不需要借媒介之口。在博客上发表的关于争议的回应文章，是分析虹影争议的第一手材料。通过这些材料来分析争议中虹影的真实想法比其他任何角度都具有具说服力。我们无疑可以看到她的另一种形象，可以更加细致具体地观察她的性情。

（一）关于张爱玲的争论——自恋

虹影在 2005 年 12 月 6 日的时候写了一篇博文《萧红张爱玲优劣论》。在这篇博文中，虹影对比了二位女作家的情感生活，得出的结论是：“假定我是男人，我情愿跟萧红笑闹一夜，也不同张爱玲喝一年咖啡。”这篇博文发表以后，网友在虹影的博客上闹翻了天，有支持虹影的，但更多的却是对虹影进行指责。面对指责，虹影丝毫不示弱，第二天在博客上进行反击，暗示骂她的人“没有仔细读文章”、骂得也没水平。

传媒在报道这次争论的时候做出了如下结论：“虹影在那篇《萧红张爱玲优劣论》中，虹影贬张爱玲抬萧红，招来骂声一片。”“对权威进行个人的‘讨伐’，尤其是还把念头动到了张爱玲头上，铁定要被骂的了。不过边骂边

---

① 他爱：《十美女作家批判书》，华龄出版社，2005 年，第 121 页。

② 何华：《“虹影现象”——多重视域观照下的社会文化产儿》，暨南大学硕士学位论文，2008 年，第 33 页。

看，边看边骂，这博客的点击率，也在骂声中红了起来。”①

一如既往，传媒将这场论争的原因归结于虹影为了提高点击率在进行故意炒作。

虹影有没有借张爱玲的名气炒作自己的博客，我们无法轻易下定论。但可以肯定的一点是：引起这场争论的原因是虹影用“优劣”这样鲜明褒贬的词汇来肯定萧红、否定张爱玲。情感是一个私人化的问题，本身并无优劣之分，虹影是一个想“探求感情多样性”的作家②。

即使张爱玲的感情观如她文章中所描写的那样，她也未必不可以接受。况且张爱玲、萧红都是20世纪的作家，虹影和她们本身并无恩仇，为什么会对二者的评价有如此的差别？带着这样的问题，回到这篇引起争论的文章，也许我们能够有所发现。

在博文的开头，虹影交代了写这篇文章的缘由：

> 没有料到我以萧红的身份写的一个中篇，会引来这么多麻烦：文学史家说我做了“骇人听闻的重构”，网友说我有意拿萧红贬张爱玲。有个叫“胡兰成”的网友说萧红粗糙不堪——文字粗糙，为人粗糙，“抵不上爱玲的一个脚趾头”。
>
> 好吧，我就索性把话摊开来讲，谈谈萧张优劣论，我不是比萧红与张爱玲的文字艺术，我是比这两个女子的情感生活。

文中提到的这个“中篇”，指的是虹影以萧红为人物原形的虚构小说——《归来的女人》。在这段文字中，虹影交代了两个“不满”：一是不满文学史家说《归来的女人》是“骇人听闻的重构”，二是不满网友损萧红，捧张爱玲。

通观全文我们发现，虹影虽然提出了两个“不满”，但在二者之中，她更不满的是网友损萧红，捧张爱玲，她把反击的笔墨更多的用在了对这个“不满”的反击上。对第一个“不满”的反击虹影仅仅说了一句话：“她崇仰鲁迅，而鲁迅对她几乎越出了父女式情感。对此，我坚信不疑，从她纪念鲁迅的几篇文字，从当时人的回忆录，中国现代文学史上一场最秘密也最惊天动地的恋情，呼之欲出。”

对于别人对自己作品的批评，虹影轻描淡写地回应；而别人对自己作品人物原型的贬低，却引起了虹影强烈的反击。对作品中人物原型的喜爱甚至超过了作品本身，这是一种奇怪的现象，已逝的作家萧红究竟有什么样的魅力使得虹影对她这样爱护有加——不仅对萧红的情感生活推崇备至，而且仅

① 仲敏：《吃喝拉撒哪能随便写》，《南京晨报》，2005年12月23日。

② 周文翰：《探求感情的各种可能性》，《财经时报》，2003年1月12日。

仅因为别人损萧红的时候顺便捧了一下张爱玲，虹影就把张爱玲的情感生活贬得一文不值？

虹影在文中说到了这样一句话：

> 我常想，如果她在八十年代，也许会成为我做流浪诗人时的同路姐妹。

一语道破天机，虹影对于萧红的喜欢，是因为萧红和自己的相似，在自传体小说《饥饿的女儿》中，虹影交代了自己有过近十年的流浪生活，写作与性是那段生活的主要内容，而萧红也有同样的生活经历。在虹影笔下，萧红是一个“爱得热烈，始终充满激情”的女人，“一见钟情赴汤蹈火，一言不合，拍手走路”，这何尝不是在说虹影自己，虹影曾经说过自己“已承继了母亲这种爱到尽头也不休的血液”，18 岁的时候为了爱情勇敢地把自己交给了历史老师，在流浪的路上，为了追寻真爱，尝试一切。在爱情上，同样爱得张狂，爱得热烈。

心理学家弗洛姆曾经说过：“从生物的生存观点看，自恋是正常的合乎需要的现象”，它是“以自身的生命存在为基础，对这种生命过程的欣赏”。虹影是个有自恋情结的人。对于这一点，虹影从不否认。在一次采访中她说：“我是自恋，但是人就会自恋啊。”①

虹影对萧红爱情态度的欣赏，实际上是肯定自己的爱情态度，换言之，对萧红的喜爱，是因为自恋意识的驱使。

有研究表明：“当自恋者的自我观受到威胁时，他们会通过敌视和攻击及贬损他人进行自我防卫”②。网友贬低萧红，热捧张爱玲无疑就是对虹影的一种挑战，所以虹影才如此奋力反击。

所以说，在这场论争，虹影贬损张爱玲的感情生活，只是为了证明自己的爱情观，只是在强烈自恋意识下的一种自我防卫，并不是因为仇视张爱玲。

虹影后来在其他场合也谈到过张爱玲，并对张爱玲表示出了肯定的态度：“在现代女作家中，张爱玲是一个异类，她的作品什么都没有，又什么都装下了，这种气度很少有人能够继承。”③

（二）关于世界杯的论争——好强

2006 年足球世界杯的时候，虹影以球迷的身份贴出博文《我眼中的性感球星》，原本只是想凑个热闹，却没想到又挑起了一场与网民的争论。因虹影

---

① 赵唯辰：《虹影：是人就会自恋》，《中国青年报》，2006 年 12 月 12 日。

② 杨福义：《内隐自尊的理论与实验研究》，华东师范大学硕士论文，2006 年，第 66 页。

③ 虹影：《茅盾文学奖评选标准模糊，为内定做好铺垫》，《羊城晚报》，2008 年 11 月 27 日。

在博文对当今当红球星形象进行过激的评论，招致球迷的不满，引来了一片骂声，纷纷指责虹影“不懂球瞎凑热闹”，是“足球门外汉”，并指出虹影在博文中犯了常识性错误——“当今巴西最杰出的双星，罗纳尔多像个弱智儿童，里瓦尔多像个动物园看门人——能把动物都吓得静下来”（里瓦尔多实际上根本就没有参加2006年的世界杯）。

以准球迷的身份写文章，却被网民骂成是“伪球迷”，虹影心中自然不满。第二天就贴出了一篇新的博文《与李银河讨论“中国人为什么踢不好足球”》来回应，对李银河的意见进行了反驳，并就中国足球的低迷现状提出了自己的见解：在团队比赛中，中国人缺乏敬业精神和团队精神！先反驳别人意见，再自己对这个问题提出分析，虹影显示出自己准球迷的姿态。但是网民依然不买账，认为虹影还是一个不懂球的门外汉。

就为了证明自己懂足球，是个准球迷，虹影后来又写了两篇博文《向国际足联建议：打中门框算进球》《英格兰出局，怪中国?》。

据虹影交代：自己那个时候正在“日日写长篇，像马拉松长跑，到最后阶段，一步都不敢拉下，今年的世界杯只有偷看几眼”，在日程安排这样紧的时候，竟然因网民说自己是“伪球迷”，而连着一口气写了三篇文章来讨论足球，一直到没有人对自己的足球观提出看法为止。足见其自尊心之强。

（三）关于《K》的论争——不屈

虹影在博客中也丝毫不回避以前她所陷入的那些争论，《K》所引发的官司就是她博客中一提再提的内容（2002年12月3日该官司就已经审理判决），虹影博客一共有四篇文章提到了这件事情。

在《虹影对红狐说自己》这篇博文里，虹影这样评价这件事情：

> 这本小说，竟然让另一个英国女人怀疑是污蔑她的先人，到中国打一个莫名其妙的“死者名誉权官司”，法庭判决罚大笔款，这是虹影做梦也没有料到的挫折。

虹影把这场官司称之为“做梦也没有想到的挫折”，用“竟然”“莫明其妙”这样语气十分强烈的词来表示对方的不可理喻。而在博文《品玉米春春之爱，谈异国情人》《隐私？名人隐私？先人隐私?》虹影再次回顾了这场官司，语气开始尤显强硬，尤其是后一篇文章用一连串的问句做标题，质问口气强烈。

博文《这种所谓的隐私告状官司大泛滥，倒是侮辱了国人的智商》是虹影为了申援涂怀章教授，而转引《新快报》的一篇文章，虹影在这篇文章里交代了缘由：

本狐转载这文章，以此申援涂怀章教授。他和《人殃》的不幸，是整个文坛的不幸！希望《人殃》一案在上诉时法院能慎重审理，还公正给涂怀章教授，不然会滋长“对号入座”的恶风，在文化中国产生可怕的影响，作家们人人自危，禁区林立，陷阱四伏。本狐由此回想《K》官司的始末，那是一场连环套噩梦，不仅是整个社会，甚至来自亲人对本狐的不同形式打击，至今仍未结束。

正是因为对这种“名誉权官司”的感同身受，虹影才去声援涂教授。《K》事件已经过去了好几年，到虹影在博客上对此还念念不忘，说明这件事情对她的极大影响，同时也反映出来，虹影是一个极具战斗精神的人，在遭受不平之后，她就是要为自己“讨个说法”，不管多么艰难，声音多么微弱，也要坚持下去。虹影保持了一个不停言说、不停反抗的姿态，也许正是因为这样，虹影才被评为“脂粉阵里的女英雄”。

（四）《上海魔术师》封面——妥协、无奈

虹影在反抗的时候又有妥协的一面。2006 年 11 月 14 日的博文《生命无非是一场魔术》，其内容是一个网友对虹影新作《上海魔术师》的评论。这篇文章点击率高达 16 万次，评论也有两百条。一篇普通的评论文章为什么会引起网民如此高的关注，这是因为虹影之前博客上并不是发表的这篇文章，而是关于《上海魔术师》的封面遭受北京某书店的拒售。对于这一事件，《新民晚报》有详细报道：“著名女作家虹影昨天在博客中‘喊冤’，自曝自己的新作《上海魔术师》因封面‘暴露三点’而被北京某书店拒售。据作者本人介绍，这本新作的封面取材于塔罗牌里的 LOVERS，很具‘艺术性’。而北京某书店却因‘三点都暴露，没有办法向读者交代’，要求重新更换封面，否则就拒售。”①对于这样一个争论性话题，网友基本上都是一边倒，支持虹影，在其博客上留言，认为这本新作的封面根本没有问题，书店的说法让人无法理解。网友也是普通读者，他们的态度实际上说明“北京某书店”的说法是牵强的。

虹影明显有理。但是这场论争却刚开一个头，就结尾了。虹影的新书还是换了封面，不仅如此，据《新民晚报》报道，“截至发稿时，虹影的博客的相关内容已被删除”。

虹影后来中又提到了这件事：

前前后后设计封面多种，皆因这样那样的缘由废弃或被禁，剩下一个典典雅雅的盖棺。要狐说点什么，可以不可以？生活也是如此，日子

① 崔菁菁：《女作家虹影新书封面“暴露三点”被拒售》，《新民晚报》，2006 年 11 月 15 日。

还得天天过下去,狐在这博海里外看到了别人的不满和委屈,也看到自己的悲凉沧桑,快乐少,失败多,人生就是这么辛酸。(《多少作家不在乎这张脸?》,2007-11-06,00:25:12)

语气中充满无奈,虹影这个时候显得无助而柔弱,这与之前高叫着要“要讨个声音”的虹影形成了鲜明的对比,

在传媒报道下,所有的论争都和“炒作”“吸引眼球”扯上了关系,虹影的论争在媒体的报道下同样带上了“炒作”的色彩。但回归博客,听虹影自己的言说,我们得到了这样的结论,她的论争心态与自恋有关,与好强有关,与不屈有关,也与妥协、无奈有关。

(作者系四川大学文学与新闻学院2017届博士研究生)

诗语的狂欢：温瑞安武侠小说的“重复”手法

林梦瑶

摘　要：温瑞安是中国当代新武派侠四大宗师之一。将诗有机地融入小说书写之中是温氏武侠的风格之一，而诗化语言与重复手法在人物塑造，情景描绘，结构设置，情节推进等等之中的反复运用，更使得温氏武侠小说增添狂欢恣意的效果，并暗藏温氏对人生际遇之无常的深层感叹。温氏武侠小说中的“重复”手法包括符号之重复，词汇之重复，句段之重复，结构之重复，情节之重复五个方面。

关键词：温瑞安　武侠小说　“重复”手法

自晚清以来，中国的武侠热便不曾停歇。20 世纪 50 年代后“金、梁、古、温”四家兴起的中国新派武侠小说又一次掀起了武侠小说高潮。尤其在快速的时代节奏、急剧更新的时代变化之中，人们为营营役役的沉重负荷所累，于是从武侠世界中寻找精神寄托的读者更急剧增多。从读者与作者两方而观，武侠或可实现自我拯救与虚幻圆梦。正如陈平原所指出的，“武侠小说的根本观念在于‘拯救’。‘写梦’与‘圆梦’只是武侠小说的表面形式，内在精神是祈求他人拯救以获得新生和在拯救他人中超越生命的有限性。”① 武侠小说并非仅仅简单的力比多宣泄，更是理想主义精神的转化，现实中之不可能事，作者与读者皆可通过武侠小说实现以达到自我实现、自我超越。“它的积极意义就表现在将精英文学、主流意识形态文学等形而上的理想主义精神取向，转化为在当下具有巨大涵盖面和渗透力的形而下的普遍理想，从而丰富了世俗文化的内涵。”②

温瑞安与金庸、梁羽生、古龙并称为新派武侠四大宗师，身为马来西亚华侨的他流淌着华夏子孙的血液，也继承了中国根深蒂固的“不平则鸣”“文以载道”思想传统，又借鉴了古龙的新潮风格，在台湾发生的入狱事件深化

① 陈平原：《千古文人侠客梦》，百花文艺出版社，2009 年，第 218 页。

② 吴秀明、陈力君编：《大众文学与武侠小说》，北京大学出版社，2011 年，第 6 页。

了他对爱恨情仇的领悟。于是他的小说创作手法灵活多变，奇特怪异，风格潇洒自由[①]，深层思想又极为正直正义。

温氏武侠小说，在香港被称为“超新派武侠小说”，在台湾则给称作“现代派武侠小说”。在创作手法方面，温瑞安创新求变甚至于千奇百怪，有学者用“奇幻化”“后现代”等词加以诠释，也有学者称赞其小说中开辟性地大量使用图像形式。他的“超新派武侠小说”确有独到的创新，其中融入了各种体裁，文字、结构极其灵活：“有时用诗的句法、诗的图像，有时用小说的对话、散文的叙述，极尽变化之能事，乍看似有卖弄之嫌，细读乃知他有以形式搭配内容的企图。”[②] 正如巴赫金所言：“小说不是语言的百科全书，而是体裁的百科全书”[③]，“原则上，任何体裁都能包容在小说结构里。”[④]

在“体裁”杂交之中，温氏武侠小说的语句、段落独特非常，尤其在创新诗语言运用方面中，“重复”的叙事手法运用自如，给发展成熟的武侠小说又一次注入新鲜的血液和丰富的活力。正如巴赫金所说：“其他体裁的小说化，不意味着服从格格不入的体裁规范。相反，这恰恰使它们摆脱一切程式化的、僵死的、装腔作势的、失去生气的东西，即阻碍它们自身发展的一切东西；摆脱一切使它们连同小说变为某些陈旧形式模拟体的东西。”[⑤]

“重复”体现在语言聚合的各个层级上，既指符号、词汇等细微之处的重复，亦指句段、结构、情节等方面的重复。在对于“重复”手法的探索中，里蒙-凯南强调了重复每一事件的“共同性”[⑥]，热奈特指出“重复事实上是思想的构筑，它去除每次的特点，保留它与同类别其他次出现的共同点，是一种抽象”[⑦]。温氏小说“重复”手法的共同点正在于其多种体裁融合的狂欢恣意，作为一种思想、一种抽象而存在的自由态度。美国著名文学批评家希利斯·米勒进一步肯定了“重复”的意义：“任何一部小说都是重复现象的复合组织，都是重复中的重复，或者是与其他重复形成链形联系的重复的复合

① ［法］萨特：《什么是文学?》，《萨特研究》，中国社会科学出版社，1981年，第23页。萨特用自由界定文学的本质：“不管作家写的是随笔、抨击文章、讽刺作品还是小说，不管他只谈论个人的情感，还是攻击社会制度，作家作为自由人诉诸另一些自由人，他只有一个题材：自由。”

② 郑明娳：《现代散文理论垫脚石》，广东人民出版社，2016年，第41页。

③ ［俄］巴赫金：《小说话语》，《文学与美学问题》，文艺出版社，1975年，第221页。

④ 同上，第134页。

⑤ ［俄］巴赫金：《陀思妥耶夫斯基诗学问题》，《巴赫金全集》第五卷，河北教育出版社，1998年，第544页。

⑥ ［以色列］里蒙-凯南：《叙事虚构作品》，姚锦清、黄虹伟、傅浩译，生活·读书·新知三联书店，1989年，第102页。

⑦ ［法］热拉尔·热奈特：《叙事话语·新叙事话语》，王文融译，中国社会科学出版社，1990年，第73页。

组织。”① 前苏联美学家洛特曼从结构主义符号学的角度强调“重复”作为一个重要原则对诗歌的意义。可见，“重复”手法在创作中的使用与突变为文学作品增姿添彩，无疑是一种重要又值得分析的特殊手法。

在中国古典小说中早有插入诗词的叙事手法，其中诗词往往格律规整严谨，在小说中更显出一种雅俗共赏的趣味。温氏武侠小说里的诗化语言却并不讲究格式押韵，反而呈现出一种自由的风味、怪诞的审美和狂欢化特征②。自由、怪诞又狂欢的诗化语言与结构中的重复要素反复地在人物、情景塑造，故事情节推进之中运用，在武侠文本之中显现非比寻常的璀璨光辉，暗藏温氏对人生际遇之无常性的深层感叹。温氏武侠里“重复”的叙事方法纷繁复杂，然而却极少为人所关注。

对于“重复”手法的分类众说纷纭，始终没有统一的标准。中国现代语言学的奠基人陈望道按照“重复”的对象，把“重复”分为“复叠”和“反复”两种。前者指字的连接使用，后者则指语句的反复使用。③ 西村真志叶曾探讨重复的民间叙事技巧，她将“重复”分为句子内部词汇的重复，句子或段落的重复和段落外部的重复，涵盖了同一语音、词汇、句子、段落结构以及段落之外的意象等诸多层次的反复。④ 本文从温氏武侠小说符号、词汇、句段、结构、情节五方面的重复手法进行分析。

一、符号之重复

温瑞安武侠小说中破折号的重复妙用是其一大亮点。这类破折号的出现不仅仅是引出解释说明的语句，也非仅仅用来表示语意的突然转折和声音延长，甚至能够呈现出清晰分明的层次，导引叙事角度的转向。这种重复的破折号往往突然出现，无规可循，常常作为一段之短句之始。为读者营造一种观赏的规整又自由的效果。“古代小说的叙事方式就不是一种角度，而是多角度的，就必然形成流动的多面的观照点，这恰恰是中国古代传统小说叙事方

---

① ［美］希利斯·米勒：《小说与重复：七部英国小说》，王宏图译，天津人民出版社，2008 年，第 3 页。

② 吴承笃：《巴赫金诗学理论概观：从社会学诗学到文化诗学》，齐鲁书社，2009 年，第 210 页。巴赫金把狂欢节上所有的表现不拘形迹的接触和自由自在的活动、语言、文学形式统称为“民间诙谐文化”，他认为，怪诞现实主义是民间诙谐文化所特有的一种物质—肉体的形象观念，以及由此而体现的审美观念。

③ 陈望道：《修辞学发凡》，上海教育出版社，2001 年，第 173、203 页。

④ ［日］西村真志叶：《中国民间幻想故事的叙事技巧：重复与对比》，载吕微、安德明：《民间叙事的多样性》，学苑出版社，2006 年，第 65～96 页。

式上的特色之一。"① 温氏小说中呈现流动的多面叙述，叙述转向包括从叙事转向至人物意识流动，从叙事转向至作者的"介入"叙述等，皆常借助重复的破折号完成转向。

《骷髅画》第三部故事行进至冷血提醒唐肯虽躲过聂千愁一劫，但聂千愁只许下一晚不杀人的承诺，于是叙述转向唐肯为众人的安危而忧心忡忡，这番意识的流动则以数个段落描述，重复性地使用五个破折号作为唐肯意识流段落的开头②。如此，叙述角度的转向恰到好处又清晰可辨，层次感分明。谈天过程中冷血望向唐肯沧桑的面容，意识流动至唐肯所受的冤枉和委屈，后至自己捕快身份如何在这般冤案中自处，又至冤案背后高官乃师门所得罪不起，重复使用四个破折号作为冷血意识流的段落开头③，又一次完成了叙述角度的转向。

从叙事转向至作者的参与性描述，作者"介入"到小说之中发出作者的声音，使得小说中有着众多各自独立而不相融合的声音和意识，在巴赫金看来是为"复调"存在，是作者参与到作品的人物故事之中，借故事的发展和人物的际遇诉说作者的想法、见解，在后代叙事学家韦恩·布思看来，是任何小说中都存在的作者与读者的"秘密交流"④。温氏小说中的作者"介入"之处不拘于形式，发表的见解涉及社会政治到世俗人情道德种种方面，且常常使用重复的破折号来导引。

《杀楚》第十四回《花刺》中石断眉一口气控制住简迅、花沾唇、洪三热、颜夕，当受制的众人动弹不得、自顾不暇时，温氏以破折号开头引出作者话语"——人，为什么要在面临危艰的时候，才想到合作团结的好处？而在平时为什么互相残杀、相互倾轧？"而后四个句子运用置换主语的重复：

——颜夕有没有后悔？

——洪三热有没有后悔？

——简迅有没有后悔？

——花沾唇有没有后悔？⑤

这四个"有没有后悔"的反复追问，亦是作者的"介入"，然后又引出一连串的感慨"人突然遇上了绝境，就会开始后悔他们平时绝不会感到后悔的

---

① 南开大学中文系《文学研究年刊》编辑部：《文学研究年刊》第一辑，南开大学出版社，1986年，第141页。

② 温瑞安：《四大名捕骷髅画》，作家出版社，2012年，第133页。

③ 同上，第134～135页。

④ [美] 韦恩·布思：《小说修辞学》，华明译，北京大学出版社，1987年，第331页。

⑤ 温瑞安：《四大名捕外传方邪真故事：杀楚》，作家出版社，2012年，第148页。

事情，至少，也会思省平日他们绝不会去思省的问题”[①]。这样的感慨显然是作者的语气，故事行进至此，破折号的妙用恰到好处地让作者介入进来，作者的“介入”又恰当地让虚幻缥缈的武侠与现实当中个人命运结合起来。

二、词汇之重复

词汇之重复包括段落开头句的重复和连续两句重复的形式，自《诗经》始重复词汇的用法便十分多见，以使诗歌脉络清晰，结构严谨，表述富有连贯性。如《小雅·鹿鸣》三段的开头句皆为“呦呦鹿鸣”，而其中“我有嘉宾，/鼓瑟鼓琴。/鼓瑟鼓琴，和乐且湛”[②] 又有连续两句的重复。又如《大雅·文王》：“王之荩臣，/无念尔祖。/无念尔祖，聿修厥德。”[③]《大雅·大明》：“文王嘉止，/大邦有子。/大邦有子，/伣天之妹。”[④] 这种重复词汇的用法延续至今，温氏武侠小说中重复词汇的手法运用自如，简单可分为三种类型：简单性重复，动作性重复，融入式重复。

（一）简单性重复

词汇的简单重复并非是作家词穷，反而是作家匠心独运的结果。巴赫金曾提出的“降格”的理论，“降格”是怪诞现实主义的主要特点，是把一切高级的、精神性的、理想的和抽象的东西移到世俗化、低级的、物质性等等层面。[⑤] 如《杀楚》第七回方邪真被敌人包围，惜惜泼水相助的一段：

> 水花，水花。
> 在漆黑里略映着晶莹，迅即没入黝黯里。
> 水花水花。
> 美丽的水花。
> 绚烂的剑花。[⑥]

方邪真把剑迎上水花，使之飞溅成千百冰刺般的暗器射杀敌人。“水花”的重复正是引出“剑花”的犀利，突显方邪真剑法之高明。

又如《逆水寒》中顾惜朝、冯乱虎、宋乱水等人分析敌我关系以及局势

---

① 温瑞安：《四大名捕外传方邪真故事：杀楚》，作家出版社，2012 年，第 148 页。

② 周振甫译注：《诗经译注》，中华书局，2002 年，第 230～231 页。

③ 同上，第 397 页。

④ 同上，第 400 页。

⑤ ［俄］巴赫金：《弗朗索瓦·拉伯雷创作与中世纪和文艺复兴时期的民间文化》，《巴赫金全集》第六卷，河北教育出版社，1998 年，第 24 页。

⑥ 温瑞安：《四大名捕外传方邪真故事：杀楚》，作家出版社，2012 年，第 73 页。

情况的一段，便是有意的“降格”，冯乱虎分析道：“息大娘是敌人的敌人，敌人的敌人是我们的朋友。雷家五虎将可能是敌人的敌人，也可能是敌人的朋友，所以与我们的似敌似友。”冯乱虎不断重复词汇“敌人”“朋友”并非糊涂，而是将高级的局势分析“降格”、俗化，引得顾惜朝流露出嘉许之色。但这一番分析后，宋乱水插口道：“管他娘的敌人朋友，杀个干净再说!”① 重复词汇的妙用在聪明人冯乱虎的脑海里已然理清了思路，而宋乱水所言显然可见其愚钝无知。因此重复之词汇突显人物性格、心理等，帮助将人物形象塑造得更为有血有肉，立体可感。

（二）动作性重复

武打动作的描述是武侠小说的基本要素，甚至是衡量武侠作品成功与否的重要标尺。创新的武侠动作描述为作品增资添彩，身为“超新派武侠”宗师的温瑞安在创新小说写作方面的探索更是奇异怪诞——重复词汇表现动作。如《惊艳一枪》中描写顾铁三战铁游夏时，描写顾铁三的快拳法时使用重复词汇“太阳穴”“肚子”“头”以表示重复动作攻打这些部位：

> 有时是：左太阳穴、肚子、肚子、右太阳穴。
> 有时：头、肚子、肚子、肚子、头。
> 有时：头、头、头、头、头……
> 不住地打头。
> 不打别的。
> 就此变幻不绝，倏忽莫测。②

这种动作性重复在温氏武侠小说中并不多见，只是偶见一二。这部分顾铁三与铁游夏的打斗并非全由这般“降格”的重复武打动作描写组成，其中也有稍高级的艺术化描写，如“他的拳法很奇怪，身形挪动如电闪，霹雳似的拳头，羽毛般的轻，箭似的疾，只攻敌人的头、太阳穴和小腹”③。高级与低级，艺术性与怪诞性的武打描写完美结合，更令读者眼前一亮，凸显奇趣怪诞的文本效果。

（三）融入式重复

融入式重复，即重复的词汇融入小说结构之中，作为结构中的一个重要部分，且在此结构中方才显现出融入式重复之美与独特。如《少年冷血》中

---

① 温瑞安：《四大名捕逆水寒》，作家出版社，2012 年，第 73 页。

② 温瑞安：《说英雄·谁是英雄：惊艳一枪》，作家出版社，2013 年，第 596 页。

③ 同上。

温约红冒死解救凌小刀的一段，格外精彩。温约红不敌“蔷薇将军”而身中剧毒，为救凌小刀重返战场，此处剑指“蔷薇将军”时：

温约红捏剑柄的手突然青筋毕露。

那柄剑也发出一种嗡嗡的青光。

“嗡”是声音。

——“嗡”得像轻泣。

青是光芒。

——像是岁月的流光。[①]

第三、四句中重复写“嗡”之剑音，暗蕴小刀被欺之轻泣，第五、六句重复写剑光，“岁月流光”暗喻此番结果难料，众人皆可能不敌“蔷薇将军”而丧命。几句中重复解释词汇“嗡嗡”“青光”，令读者感到握剑者之心虚与沉重。也正如蔷薇将军所道破的：“剑手已失去了力量”，温约红的恐惧愈烈而至身体哆嗦——“剧抖得如北风中的叶子”，“剑尖颤抖如疾风中的茅草”[②]。正难压邪的紧张对决令读者屏住呼吸。这一段打斗描写呈现一种“短句/——稍长短句/短句/——稍长短句”的结构，重复词汇巧妙融入这个结构之中，营造打斗时人物微妙的思虑情绪，将人物的品质、形象塑造得有血有肉。

更大单位的融入式重复见诸小说《破神枪》中，快意恩仇少年公孙扬眉在遇见单纯善良的孙摇红之前，那一段对之“寂寞”的描写：

他只是寂寞。

他才华洋溢，但早熟令他提早寂寞。他策马扬鞭，迎面扑来的不只是风，还有寂寞。他看长河落日圆，那是个圆而红的寂寞。他望大漠孤烟直，那是条直而长的寂寞，他长街械斗，浴血苦战，取得胜利，还有附带的伤、痛和寂寞，他纵横转战，险胜大敌，斩杀强仇，赢回来的是荣誉、拥戴和寂寞。

他画画，其实画的不是山水，不是花草，不是美女，而是寂寞。

他弹指听声，听到的是寂寞。

他养了头小狗，好像收养的是寂寞。

他的才情好像是用寂寞写成的。

剑法也是。

寂寞。

---

① 温瑞安：《四大名捕斗将军——少年冷血》，作家出版社，2014年，第462页。

② 同上。

寂。寞。
寂寞。
寂
寞。
而且孤绝。①

公孙扬眉年少飞扬却不近女色，这刻意的逃避便意味着主动承担了寂寞的痛苦。这一段重复词汇“寂寞”十四次，将公孙扬眉未遇见一生挚爱孙摇红之前的寂寞描写得淋漓尽致，书写尽了一个血气方刚少年时刻所感的深切孤独与寂寞。刻画了公孙扬眉主动选择寂寞的同时，其心中对此寂寞的痛苦是在意的。于是剧情演绎至他遇上了摇红，他的寂寞方得以瓦解殆尽。但他在摇红悲剧发生时始终没能出现相救，以至于这个人物的下落成了一个谜团。通过将重复的词汇“寂寞”插入在古诗的改写之中，或镶嵌入人物日常生活描写里，或用符号相隔等等，以至外在形式之谐美与内在意蕴之丰厚。

三、句段之重复

温氏武侠中往往一句成段，因此称为“句段”。温氏小说中句段之重复即一句或一段的重复，在民间文学中句段之重复并不鲜见，但在温氏武侠中的句段重复糅合在诗化语言之中，且变化多姿。其中有仅以符号的改变形成不同的语气语调，显露不同的情绪感情的句段重复。如《少年冷血》中蔷薇将军为赢冷血不惜杀马释放毒血，蔷薇将军残忍的手段令一向爱惜生命的冷血心痛不已：

冷血恨极了。
他不退，
他要反击。
他、要、出、剑。
他，要，出，剑。
他。要。出。剑。
他——要——出——剑。
他……要……出……剑。②

---

① 温瑞安：《四大名捕破神枪》，作家出版社，2013 年，第 185～186 页。
② 温瑞安：《四大名捕斗将军——少年冷血》，作家出版社，2014 年，第 262 页。

从“他要反击”到“他要出剑”可以见得冷血对蔷薇将军的仇恨与立即出剑之决心，但这几句中“他要出剑”每一字之间的符号从顿号变为逗号、句号，字与字停顿的时间渐长，而后的破折号、省略号更是从符号的长状形态表现字与字之间的延长语气。在战斗迫在眉睫的瞬间，“他要出剑”这一句在重复中不断加入符号以停顿、延长语气，正是用符号的停顿延长模拟拔剑时的艰难。果然“他一向快、准、狠。/那一剑、完全攻不出去。甚至还不能动，完全不能动——”[①] 只因冷血已中蔷薇将军之毒，毒性使然而不能出剑。这里的句段重复使用符号的细微变化来表现人物拔剑动作之用力与困难，以及中毒而渐渐无力之感。

还有使用叠词改写以描绘人物心境的句段重复，如《少年冷血》中温约红对战蔷薇将军时，对手一语道破其剑名为“数十年前悲壮的歌唱到数百年后会不会成了轻泣”[②]，这一剑名仿佛一个哲理性问题，此后多次重复这一剑名，但并非再指向其名，而是细描温约红之心绪、感情。当温约红一边保护着受害者小刀一边挥剑直指罪人蔷薇将军时，其剑音仿若一个又一个“轻轻且殷殷”的问题：

数年前悲壮的歌
唱到数十年后
会不会成了轻泣?
又或者问：
数百年前悲壮的歌
唱到数千年后
会不会成了轻泣?[③]

第二次复现时内容主体依然未变，但形式运用叠词以致从短句变为长句。两人刀剑相向时，温约红剑追蔷薇将军，剑之追又仿佛是追问：

数月前数月前数月前那在校场在
校场在校场悲壮悲壮悲壮的歌唱
到唱到数年数年数年之后之后……
……会不会会不会成了轻泣轻泣?[④]

重复的句段内容基本一致，但形式上改用大量叠词，以变体形式造就颤

① 温瑞安：《四大名捕斗将军——少年冷血》，作家出版社，2014 年，第 262 页。
② 同上，第 462 页。
③ 同上，第 465 页。
④ 同上，第 466 页。

抖的语气效果，描绘出饱含颤抖的剑音。剑名、剑魂、剑音合而为一，重复的诗化语言描绘独特的杀势、杀气，以及在此之中所暗蕴的温约红的心理活动——恐惧、忧虑却又决然：他虽恐蔷薇将军将在场者杀个干净，但又不愿见死不救，毅然决然与蔷薇将军斗个你死我活，赌上自身性命也要解救冷血、小刀于水火之中。叠词重复的句段呈现狂欢恣意之美感，而句段的重复又显得结构严谨，狂欢与规整互为映衬，相得益彰，造就独特的审美趣味，这也正是温瑞安笔法精彩之处。

四、结构之重复

句子内部的结构重复是重复某种句法结构。段落群的结构重复则是重复段落群组成之结构，温氏小说中常常某几段形成一个段落群，而其中段落之间有着某种结构性特征。如《少年冷血》中冷血拜师学艺，“名刀法家”牛寄娇只讲刀法论，从不使刀法，甚至用使刀的手画画。终于有一天冷血终于明白：

> “你在纸上谈刀。”
> ——纸上的字，刀气纵横。
> 牛寄娇微笑。
> “你在绢上练刀。”
> ——绢上绣刀，刀意绵密。
> 牛寄娇捋髯。
> “你在布上出刀。”
> ——布上绘刀，刀就是道。①

这一部分之中，第四、七句重复了第一句“你在X上Y刀”的句法结构，其中X填入名词，“在X上”做状语，Y填入动词，“Y刀”做谓语。第五、八句也重复了第二句的句法结构。此外，第四、五、六句的段落群重复了第一、二、三句的段落群结构，即冷血点破牛寄娇在“纸”“绢”上“谈刀”“练刀”，而“纸上”，“绢上”的刀法各自呈现不同的精彩，牛寄娇对冷血的分析欣赏得“微笑”，“捋髯”。结构性重复在温氏武侠中呈现出规整之趣味，作为狂欢与规整共舞的万千姿态之一。

温氏武侠小说中置换式重复也是结构性重复中常见的一种：重复部分的

---

① 温瑞安：《四大名捕斗将军——少年冷血》，作家出版社，2014年，第65页。

结构固定，只置换其中的部分词汇。如《逆水寒》中描写巨人罗盘古聚平生功力的一刀：“一道刀光，如电光疾闪而下！/比电还厉！/比电还烈！/比电还迅疾！”① “比电还X”的结构中置换了形容刀光的形容词。罗盘古发一刀之前曾戒斋、沐浴、上香、默祷，这一刀令他元气大伤，半晌不得复原，但这夺了众人的心魄的一刀只伤及刘独峰一只手指。这置换式重复刻画刀光衬托罗盘古出刀之猛厉，又分明地将受刀者刘独峰之厉害溢于纸上。

“这两个人高的太高了，矮的太矮了/而且肥的太肥了，瘦的太瘦了。/他们的刀长的太长了，短的太短了。”② 置换“X的太X了”结构中的词汇X，且X填入的词汇呈现反义，以塑造两人截然相反的状态，恰是如此相反的状态造就狂欢化效果，“这两人实在太可笑了”。但又立马一转而说，“不过他们的名号却一点也不可笑。/张五何八，长短二刀”③。此处的急转令人从狂欢化的喜剧感受中迅速走出，末尾一句报上两人名号极为严肃。

《风流》第二回孙青霞与耶耶渣的打斗中的置换式重复更为高明。孙青霞刀快而猛，当头斩落，小说写道：“刀锋冷。/刀意狠。/刀风厉。/刀势猛。/刀法绝。/刀劲毒。/刀气烈。/——这一刀是连同冷、狠、厉、猛、绝、毒、烈一齐一并一道在一刹一瞬一霎间砍向耶耶渣！/要他的命！/要命的一刀！/——这一刀很要命！/耶耶渣当然要命。”④ 此七句（段）重复“刀XY”的主谓结构，主语为定中短语的形式“刀X”，谓语为“Y”，而第十一句（段）又重复此前七句每一句的谓语“冷、狠、厉、猛、绝、毒、烈”。这孙青霞只下一刀，而这一刀之厉害，又通过重复词汇“要命”来显现。

每一回之名的置换式重复亦为温瑞安别具匠心的构造，如《惊艳一枪》从第九回“布局”到第五十二回“终局”皆使用“X局”的结构；第五十四回“反击”到第七十七回“对击”，皆使用“X击”的结构；第七十八回“契机”到第九十一回“动机”，皆使用“X机”的结构，其中每一回皆置换其中的X。相似的置换式重复还见诸《伤心小箭》。小说的结构设置正由每一回组成，而每一回之名进行置换式重复，便使得每回之间珠联而显出可贵的整体性。

---

① 温瑞安：《四大名捕逆水寒》，作家出版社，2014年，第380页。

② 温瑞安：《四大名捕震关东》，作家出版社，2012年，第79页。

③ 同上。

④ 温瑞安：《四大名捕战天王：风流》，作家出版社，2012年，第20—21页。

五、情节之重复

中国的武侠小说源自古代侠义小说，侠义小说本就是一种民间文学，其传统为当场演说，后经名人润色，得成为文学名著。《三国》《水浒》，无不如此。[①] 重复律，是民间故事的叙事规律之一 。中国民俗学界又称之为重复表现法 、重迭式 、三迭式 ，是由同类型情节平行反复数次而构成的。[②] 民间文学学者祝秀丽更进一步对“重复律”进行探索，按照人物与行动的对应关系把“重复律”分为三类，本部分借鉴之将“重复律”分成四类：（一）同一人物+同一言行（或后果）；（二）同一人物+不同言行（或后果）；（三）不同人物+同一言行（或后果）；（四）不同人物+不同言行（或后果）。其中“同一言行（或后果）”并非全然一致，乃是有着同类特征，而“不同言行（或后果）”亦并非全然不同，则是彼此具有同类平行反复的特点。温氏武侠小说极具通俗性与趣味性，往往以重复的方法设置情节之勾连。《逆水寒》是温瑞安所撰写的“四大名捕”系列之一，被一致评为温派武侠中期代表作。其中“重复律”的妙用形成连环效果与严谨结构，串联通篇以致脉络清晰，以下以《逆水寒》中的重复律为例。

（一）同一人物+同一言行

戚少商落难时，息大娘不惜一切代价相助，劫后余生的戚少商倍加珍惜息大娘的情意，小说中屡次描写戚少商对息大娘的依赖与爱恋。戚少商刚逃难至毁诺城时，息大娘便提及他曾经的风流韵事：“你要是真想着我，又何必跟别个女子好，难道你的一颗心，既念着我，又去念着别人?”[③] 后几次绝处逢生，息大娘又重复提及戚少商风流往事，可见虽许久未见，息大娘心里依然挂念着戚少商，但也可见戚少商已给息大娘留下刻骨铭心的伤痛。这“同一人物+同一言行”的重复情节突显息大娘的爱恨分明，有血有肉，更为后文息大娘另择他人悄埋伏笔。

（二）不同人物+同一言行

顾惜朝等人追杀戚少商至毁诺城，求见城主息大娘。毁诺城中三位妇人

① 孙犁：《陋巷集》，百花文艺出版社，2012 年，第 213～214 页。

② 钟敬文 ：《民间文学概论》，上海文艺出版社，1980 年，第 45 页。刘守华：《民间故事的叙事艺术》，《民间文学论坛》1988 年第 3 期。

③ 温瑞安：《四大名捕逆水寒》，作家出版社，2012 年，第 139 页。

依次出来，前两位妇人采取同样的行动——以信号呼唤下一位妇人[①]，这显然在拖延时间以及搪塞顾惜朝。这样“不同人物+同一行为”情节结构设置的背后，息大娘正与死里逃生的戚少商重逢叙旧“两人见面，分外情浓，浑然忘我，话说个不完”[②]，以及商量对付顾惜朝等人的对策。

模式			
A+B+C	顾惜朝求见息大娘	中年妇人出来	信号呼唤
A+D+C	顾惜朝求见息大娘	老妪出来	信号呼唤
A+E+F	顾惜朝求见息大娘	老婆婆出来	转身回城

（三）不同人物+同一后果

《逆水寒》故事一开始，戚少商遭兄弟顾惜朝背叛，痛失一臂而四处逃亡。逃亡路上顾惜朝依然不顾兄弟情谊而痛下杀手。待到戚少商洗清冤屈，始作俑者黄金鳞、顾惜朝及其亲信弟子“连云三乱”等人只能抱团取暖[③]。当顾惜朝满以为后台撑腰而祸难不及之时，先遭黄金鳞背叛失去手臂，后遭连云三乱背叛。《逆水寒》以正派人物戚少商遭人背叛开始，以反派人物顾惜朝遭人背叛结束，呈现“背叛（害人）——惩罚（害己）”首尾重复的圆环结构。温瑞安意欲借顾惜朝之结局道出人生命运之感悟。

（四）不同人物+不同言行

息大娘的帮手花间三杰前来阻拦刘独峰抓捕戚少商，三个人物采取了不同的言行，但呈现同类平行反复的特点。三个人物出场后，行不同的礼，报各自不同的名字，用不同的好处劝刘独峰停止对戚少商的追捕，因此都归为同类行为：行礼+自我介绍+好处相诱。[④]

人物	行礼+介绍	好处相诱
张钓诗	抱拳+报名字	儿子晋升
沈钩月	拱手+报名字	进献名笔
孟金风	作揖+报名字	美人献身

① 温瑞安：《四大名捕逆水寒》，作家出版社，2012年，第124～126页。
② 同上，第133页。
③ 同上，第1118页。
④ 同上，第367～370页。

总 结

温瑞安博采古今中外小说之众长，将“重复”这种写作手法置于熔炉之中百般锤炼而成其“超新派武侠小说”。在“体裁”杂交之中，温氏武侠小说在创新诗语言运用方面的语句段落独特非常，给发展成熟的武侠小说注入新鲜的血液和丰富的活力。温瑞安将“重复”叙事手法运用自如，破折号的重复妙用营造一种既整体又自由的效果，创新性地使用重复的词汇、句段，甚至将重复手法融入小说结构之中，显现奇妙的结构性美感。情节上的重复更是规整中又显得自由恣意。温瑞安用狂欢恣意的重复，挑战传统的小说形式，令读者得以在新武侠小说的海洋中恣意地嬉戏狂欢。

（作者系四川大学文学与新闻学院 2017 级硕士研究生）

回到江南

——台湾乡愁诗人的特殊情结

易灵雯

摘　要："乡愁"是台湾文学始终绕不开的母题，在台湾文坛浩若繁星的乡愁诗中可以窥探到这样的一小类现象，即诗人们偏爱书写江南或书写江南意象，考虑到"江南"一词丰富的内涵与外延，这一行为本身已经超出了单纯的抒情范畴和自然地理意涵而富有文化意味。本文选取余光中《春天，遂想起》、郑愁予《错误》两首诗歌及洛夫的三首诗作片段，试图回答为何不止一位台湾诗人会对江南有着特殊的情结，并尝试梳理"江南"作为地理场域、自然意象和文化内涵在这些台湾乡愁诗人笔下的分量。

关键词：江南　台湾乡愁诗人　余光中　郑愁予　洛夫　江南情结　江南文化

1949年，一批大陆知识分子先后随着国民党政权迁至台湾，这一去，海峡两岸从此开始了三十余年的政治、文化大隔绝。自此，一代诗人尽望乡，"乡愁"成为台湾文学始终绕不开的母题。对故国河山的怀念、对亲人同胞的思念、对回归故土的渴望及对两岸统一的期盼，成就了台湾文学史上浩若繁星的乡愁诗。"诗人是漂泊异乡的云"，漂泊会添加诗人和诗的重量，两岸分离的现实虽为不幸，但也客观上为台湾乡愁诗的勃兴提供了一片沃土，收获了余光中、纪弦、洛夫、席慕蓉、郑愁予、蓉子、覃子豪等许多优秀的诗人，他们的作品都或浓或淡、或深或浅地吐慕着拳拳的游子之心。细细品读这些作品，可以从中窥探到这样的一小类现象，诗人们自觉或不自觉地将思念的笔尖不偏不倚地伸向了祖国大陆最柔软的一个地方——江南。本文选取余光中《春天，遂想起》、郑愁予《错误》两首诗歌及洛夫的三首诗作片段，试图回答为何不止一位台湾诗人会对江南有着特殊的情结，并尝试梳理"江南"作为地理场域、自然意象和文化内涵在这些台湾乡愁诗人笔下的分量。

1951年4月29日，余光中写下了乡愁名诗《春天，遂想起》。此时，离乡已有两年，余光中站在基隆港远眺大陆，思绪纷飞，想起千古历史风流人物，想起故乡风土，想起表妹，想起母亲，日积月累的思念凝聚成字字含情的诗句迸发而出。余光中祖籍福建永春，1928年出生于南京，母亲是江苏武进人，出身书香门第。余光中后来常说自己是闽南人，也是江南人。在他9岁以前的记忆中，多雨、多湖、多寺庙、多风筝和多燕子的江南是他抹不去的童年色彩。1947年，17岁的余光中考取金陵大学外文系，重返故里求学，把书生意气而又温婉多情的十七八岁光景浸泡在柔情万种的南京城里。1950年移居台湾后，两岸隔海相望，“江南”便成了余光中日思夜想、魂牵梦绕的那一缕柔波，在心底泛起层层涟漪，久久地荡漾着。全诗重复数次“春天，遂想起江南”，从唐诗里的江南，想到吴越时的江南、乾隆时的江南，从童年时采桑叶、捉蜻蜓的江南，想到有众多表妹们的江南、幻想着有母亲呼唤我的江南。那里有杜牧、苏小小、西施、范蠡和乾隆，酒旗招展，有莲有菱、有蟹有湖，一切都是美的，甚至连战争也是美的；那里的柳堤上有青梅竹马的表妹们，一别数年，担心她们容颜老去、芳华流逝；那里还有我的母亲，杏花春雨，我母亲从一个江南的小女孩变成一个无法复活的念想；古寺亭台、烟雨钟声、多风筝多燕子的江南，本是诗人“可以从基隆港回去的”“从松山飞三小时就到的”“喷射云三小时的”却是“想，想——想回也回不去的”地方。近在咫尺而又远在天边的江南令他魂牵梦萦，历史、回忆、幻想、现实交织在一起，诗人的笔下处处皆是江南风景特有的清远淡雅的气息，各种古典意象跃然纸上，草长莺飞、拂堤杨柳、杏花烟雨，充满了浓浓的中国古典诗词韵味。记忆里和美丽温婉的表妹们一起采莲剥菱的美好时光，诗人曾以为自己永远会守在她们的身旁，却只能无奈地任她们在江南独自老去，惋惜自己只能娶其中一朵（即后来余光中的妻子范我存）。随后便想起无处可寻的母亲，只能想象着清明时听见母亲在圆通寺呼唤我，在海峡那一边的江南喊我，此时诗歌濒临结尾，意义无限扩大，“母亲”仿佛也是祖国大陆，在海峡那边深情地喊着诗人的名字，诗人对母亲的思念也自然而然地升华为对祖国大陆的思念。诗人故意用括号强调现实，画外音一般的语句切入诗中，近似自我调侃一般地道出了现实的讽刺，制造出抽离感，同时也打破了台湾与大陆的时空距离，浅浅的海峡、短短的里程竟成了两岸相隔的银河。绵延千年的人文历史为诗人的思念镀上了深厚的底蕴，江南优美秀丽的自然风光将诗人的愁绪点染晕开，想象与现实的频繁切换中，诗人吐露了他内心极度的思念与渴望。

巴乌斯托夫斯基在《金蔷薇》里有这么一段话：“写作，作为一种精神状态，可能在年少时，也可能在童年时，在写作者还没有写满几本稿纸之前就已存在了……对生活，对我们周围一切产生诗意的记忆，是童年生活给予我们最大的馈赠。如果一个人在悠长而严肃的岁月中，没有失去这个馈赠，那他就是一个真正的诗人。”[①] 余光中的江南情结无疑与他的童年生活有着密不可分的渊源，无独有偶，童年时期的一段逃难经历，成就了台湾现代诗人郑愁予的《错误》。这首写于1954年的诗歌，已经传颂了半个多世纪。

1933年郑愁予出生在山东济南，1937年，父亲郑晓岚从南京的陆军大学毕业，旋即被派往前线，4岁的郑愁予便成为抗战儿童，和母亲跟着军营中的父亲四处流浪，济南、南京、北平、山东、河北、汉口、衡阳……走遍了大半个中国。他读过数不清的小学，还曾上过乡下的私塾，居无定所，学无定校，母亲便成了他人生中第一位老师，她教他读古诗词，尤其教了很多闺怨诗，给了他最早的诗歌启蒙——

> 《错误》这首诗，我其实酝酿了非常久。童年，我是在南京上的鼓楼幼稚园，后来又在汉口路小学读书。那个时候，我在家里的院子里看到日本飞机从天空飞过。这时，我母亲就赶快把我拉到屋里，躲避炸弹。再后来，我们开始逃难，从南京向北走，一直到了山东。我能记住路上的点滴。小的时候记得南京有个栖霞山，我去栖霞山看过红叶，在山东的时候我看到一棵树的叶子是红的，我就喊“枫叶枫叶”，他们说那不是枫叶，是柿子叶。我以这样的敏感，一路上记录了战争的惨况。还有一次，铁桥被炸断了，我们经过一个小镇的时候，道路不宽，能听到“哒哒哒”的声音，后来看到几匹战马拉着炮车跑过。第一辆车经过时就把我撞到一边，所以这个声音非常强烈，直到现在留还在我的记忆里。……为什么“打江南走过”？我是从南京出发的，逃难到北京，后来又回南京。那时，我已经16岁了，回到南京后我要去的第一个地方就是莫愁湖，因为我离开南京时也是先去了那里。我小的时候最爱莫愁湖，因为我最喜欢采莲女，她们坐一个圆澡盆，转着转着，把莲叶、莲子统统采下去。诗的前两句就是在说，我打江南走过，又回到这个地方了，但是一片残败。[②]

郑愁予的孩童和少年时代，由于战争而经历了颠沛流离的生活，逃难中令人惊心的马蹄声成了郑愁予难以忘却的记忆。1949年冬天，郑愁予随父亲

---

① 转引自徐学：《余光中传》，厦门大学出版社，2016年，第4～5页。

② 夏鹏，杨卓琦：《诗人郑愁予：痛苦不是我的主题》，《瞭望东方周刊》，http：//cul. qq. com/a/20170103/004849. htm。

迁居台湾，1954 年，成名之作《错误》发表，一时间整个台湾几乎都在传唱“我达达的马蹄是美丽的错误”。随着时间的流逝，童年少年时期走过大江南北的逃难记忆或许在郑愁予尚且年幼懵懂的脑袋里已经错乱、重叠、模糊甚至消退，莫愁湖的莲花、栖霞山的枫叶、山东老家的柿子树、路上的炮火马车、急促的马蹄声、母亲教的闺怨诗……一路的经历在诗人的记忆里只剩下支离破碎的片段。为何 1954 年在遥远的台湾岛，21 岁的郑愁予会将这段酝酿了很久的记忆浓缩提炼，用笔糅进一座寂寞的江南小城。这是耐人寻味的。和余光中不同，余光中出生在南京，9 岁前都在南京生活成长，而南京于郑愁予来说，不过是漫长流浪岁月的一个驿站，是他乡而非故乡。《错误》全诗以江南小城为中心意象，写出了战争岁月中闺中思妇盼夫归来的情怀。莲花、东风、三月的柳絮与春帷、青石街道、达达的马蹄，诗人用了一连串极富古典诗歌韵味的意象，勾勒出一个玲珑雅静、美丽柔和的江南小城。短短十四行，却叙说进一段跨越时间和空间的故事，一个美丽年轻的江南女子日复一日年复一年的守候着她的爱人，四季流转、莲花开落，青石的街道幽静而冰凉，恰若她冷清的心境，突然她听见达达的马蹄声踏在青石街道上，就像敲在她寂寞的心上似的，她听着这声音越来越近、越来越近却又越来越远，她终于明白，来人不过是这江南小城的过客罢了。女子的欣喜不过是又多一次的失望，或许这样的煎熬她已经经历过无数次，而且还会有无数次。诗歌虽没有直接的抒情，但却描绘了一段欲说还休、意味深长的故事，几乎每一节都能使人联想出一幅形象生动的画面。我们可以肯定的是，《错误》的确与郑愁予的逃亡经历有关，与母亲教给他的闺怨诗有关。一边吟咏着“打起黄莺儿，莫教枝上啼。啼时惊妾梦，不得到辽西”，一边思念等待着丈夫的母亲确为诗中女子的原型。然而，《错误》的美丽终究是郑愁予虚构的场景、假定的情形，幻想的成分多过经验的碎片。流浪的脚步踏过无数土地，唯独江南可以容下他的诗心。人在台湾已是他乡，在他乡思念“他乡”（江南）。郑愁予曾说：“我这一生不存在故乡。”离开大陆的第五年，诗人借了江南安放自己的乡愁。与余光中《春天，遂想起》那样直接的、不变形的书写乡愁不同，郑愁予是传统的含蓄婉转的东方文学表达。错把他乡认故乡，又何尝不失为一个美丽的错误呢。他的思念经过艺术的浓缩变形寄托在“江南”，这里的江南显然已经远远超出了地理的范围，而暗示着整个大陆的山川河流，这一切，正是郑愁予挥之不去的故乡记忆。美丽、优雅、阴柔的江南代表了中国传统的古典的美，是中国最美的、最玲珑剔透的文化象征。郑愁予笔下等待归人的江南女子，也可以解读为等待游子回归的祖国大陆。“诗人是永远的精神漂泊者”，但故国和故乡永远都不能拒绝游子的回归。

偏爱江南的台湾乡愁诗人不止一位，可以说，江南是历朝历代中国文人墨客心尖儿上的一粒朱砂痣。洛夫先生于 1928 年 6 月 28 日出生在湖南衡阳，1949 年 5 月参军赴台，21 岁的洛夫移居台湾后，写了大量的乡愁诗。洛夫故乡在衡阳，在台期间的诗作却很少有直接提及湖南衡阳的，反而江南水乡的意象却不止一次占据故乡的地位出现在他的诗作当中。

《雨中过辛亥隧道》："……倘若这是江南的运河该多好 可以从两岸听到淘米洗衣刷马桶的水声……"①

《雨天访友》："……猝然想起/江南水声/泠泠响自/小小运河/蜿蜒绕过/我家后门/三月水涨/鱼群吹浪/河中有船/岸上有人/隔水相问/原是同村/什么样的天气/什么样的乡愁/满街只有风雨/不见一瓣杏花……"②

《车上读杜甫》："……极目不见何处是烟雨西湖，何处是我的江南水乡。"③

像这样直截了当的"我的江南水乡""我家后门"的表达，若不是了解洛夫的生平背景，恐怕真要以为他是江南人吧。实际上，赴台之前，洛夫从未到过江南，《雨中过辛亥隧道》《雨天访友》两首诗歌写于 1981—1983 年间，《车上读杜甫》写于 1986 年。根据史料记载，洛夫 1988 年才第一次真正意义上的返乡（之前仅于 1979 年到过香港），在那之后才有了与江南地区为数不多的几次交集。

一九八八年八月十六日首次携妻经广州返湖南衡阳探亲，同年九月九日赴杭州访问，四日内遍游西湖各景。④

一九九〇年十月二十七日与李元洛夫妇、杨平搭船赴南京，由诗人丁芒接待游玄武湖、秦淮河、中山陵。十一月二日赴上海，由白桦接待宿西郊宾馆。⑤

一九九二年二月十五日搭火车往杭州，由龙彼得等人接待并伴游西湖胜景。十七日晚由龙彼得陪同搭船沿运河首次赴苏州访问，往返两晚均与龙彼得在船舱畅谈新诗至深夜。⑥

二〇〇四年十月游览苏州、无锡、扬州等城市，完成江南之旅的多

---

① 洛夫：《洛夫诗全集》（上），江苏凤凰文艺出版社，2013 年，第 416 页。
② 同上，第 423 页。
③ 同上，第 475 页。
④ 洛夫：《洛夫诗全集》（下），江苏凤凰文艺出版社，2013 年，第 611 页。
⑤ 龙彼德：《洛夫传奇：诗魔的诗与生活》，台北兰台出版社，2011 年，第 366～367 页。
⑥ 同上，第 369～370 页。

年心愿。①

其实，类似的创作现象洛夫自己也做过解释："我在一九七九年写了一首《我在长城上》的诗，而我却晚于一九八八年回大陆探亲，才到了长城。可见写诗，事必躬亲的经验并非必要，有时横空而来的想象，来去无踪的灵感，反而是构成一首诗的重要因素。"② 返乡不只是身体踏上归途，诗人的精神可以随时随地的到达想去的地方。"江南"虽与洛夫没有身体的牵连，却是洛夫精神返乡的落脚点。

> 我的乡愁诗又可分为"大乡愁"与"小乡愁"两种。大乡愁写的是对神州大地、故国河山的怀念，牵动我心弦的都是那千丝万缕由历史地理积淀而成的中国情结，故我称之为文化乡愁，譬如……《车上读杜甫》……都是。小乡愁是抒发浓厚个人情感的乡愁诗……写的都是对亲人故友的深情眷恋。③

江南情结或许就是洛夫"大乡愁"最妥帖的注脚，以她独有的中国传统的优美含蓄、淡雅清新的姿态抚慰着游子无处安放的灵魂。

余光中"想回也回不去的江南"是他无忧无虑的童年记忆，郑愁予的江南是年幼的孩子奔波逃难途中的碎片印象，洛夫的江南是他精神皈依的温柔乡。其实，从数千年前的一首《采莲曲》起，柔情似水的"江南"就已化入历朝历代诗人的血液，多少文人墨客的笔尖，一触及江南就软了，梦一般的江南从来就如游丝一般温柔而有力地牵动着诗人的脉搏。为何偏偏是"江南"呢，我们还要从以下几个方面来分析。

(一) 地理的江南

由于江南始终不是正式行政区域，故提到江南，不可避免的问题就是对"江南"作一个地理区位上的界定。目前比较公认的说法是李伯重关于江南地区的"八府一州"说。所谓"八府一州"，是指明清时期的苏州、松江、常州、镇江、应天(江宁)、杭州、嘉兴、湖州八府及从苏州府辖区划出来的沧州，这一地区亦称为长江三角洲或太湖流域，总面积大约4.3万平方公里，在地理、水文、自然生态以及经济联系等方面形成了一个整体，从而构成一个比较完整的经济区。在历史上，虽然由于行政区划的变化，对江南地区的地理界定时有变化发生，但以"八府一州"为中心的太湖流域作为江南核心

① 龙彼德：《洛夫传奇：诗魔的诗与生活》，台北兰台出版社，2011年，第383页。

② 洛夫：《洛夫谈诗》，江苏凤凰文艺出版社，2015年，第22～23页。

③ 同上，第23页。

区却始终如一。对于1949年前后追随国民党政权退居台湾的文人而言，对江南的情感偏向有着更为特殊的意义。因为无论是从政治、经济还是文化上来划分，南京都是江南地区的中心城市。“一座南京城，半部民国史”，作为中华民国的首都，南京城的方方面面都被打上了民国文化的烙印，也代表着国民政府执政时期的历史岁月。故而在余光中、郑愁予、洛夫等台湾诗人的心里，回到南京无疑有着重大的意义。然而，随着所谓“反攻大陆”的政治谎言的破灭，南京越来越成为一个遥远的泡影，在台湾白色恐怖政治的包围下，诗人精神返乡的欲望愈演愈烈，而唯有江南如此博大深邃的意象可容得下诗人无法言说的昨日情怀，也可容得下诗人无处安放的今日乡愁。

（二）自然的江南

地理的江南无疑是回不去了，诗人们只能将乡愁放在江南的自然风光中。中国历史与文学的文献中可见一种特殊的共同嗜好：喜好江南。“上有天堂，下有苏杭”的夸赞颂扬至今，古往今来关于江南美景的诗文篇章更是如恒河沙数。“江南可采莲，莲叶何田田”“日出江花红胜火，春来江水绿如蓝”“春水碧于天，画船听雨眠”“千里莺啼绿映红，水村山郭酒旗风”“二十四桥明月夜，玉人何处教吹箫”“草长莺飞二月天，拂堤杨柳醉春烟”“三秋桂子、十里荷花”等辞章已经成为中国诗词永远的抒情经典，江南风景特别容易招惹起诗人的诗心，一提到江南，优美柔情的湖光山色总免不了勾起诗人的闲情逸致，连带着常引出些世事荒凉的感喟来。“一川烟草，满城风絮，梅子黄时雨”“南朝四百八十寺，多少楼台烟雨中”“未老莫还乡，还乡须断肠”等句子，借江南风光道出多少千回百转的愁绪。美丽的自然景观附带着较高层次的审美享受，“江南好风景”延展出具有独特性、丰富性、广阔性的精神审美空间。历代诗文辞赋已然为“江南”这个自然意象注入了浓浓的诗情画意，单是看到“江南”一词，就能联想到江南的杏花烟雨、拂堤杨柳、湖光山色，联想到泛舟采莲、画船听雨、秦淮歌声，联想到才子佳人、市井风情、悠闲生活，即便未曾亲历江南山水的人也不会产生一丝陌生之感。这种审美意趣和精神享受是江南自然景观的衍生物，“乡愁”附着于此，便很容易给海峡那边的诗人们制造出一种令人欲罢不能的还乡之感。“人人尽说江南好，游人只合江南老”，美丽优雅、玲珑剔透的江南景致和柔情蜜意、妩媚多情的江南女子是诗人相思之苦的最好解脱。江南自然风景及日常生活的种种细节很容易使诗人陷入一种美丽的幻觉当中，最令人消受不起的当然要算是那种朦胧暧昧的还乡感了。“能不忆江南”？余光中、郑愁予、洛夫等诗人与江南的世俗缘分虽有深浅，但都自小饱读中国古典诗词，神游物外，早就与江南结下了不解之缘。书写江南，无论诗人的经历有无、言语多寡，是回忆还是幻想，是实录或是虚构，都是借助江南自然风景这一隐含的抒情符号，让诗人的所思所想可以跨越海峡，找一个始终宁静安详而又柔情似水、始终不动声色而又含情脉脉的去处，可以卸下疲惫的身躯和沉重的压力，无须顾忌地吐露乡愁而已。梦回江南温柔乡，也就是选择最温暖美好的一个怀抱，使诗人的灵魂得以安睡罢了。

（三）文化的江南

黑格尔曾说古希腊是“整个欧洲人的精神家园”，江南无疑可以看作中华民族灵魂的乡关。江南是中国最美的、最玲珑剔透的文化象征，代表了中国传统的古典美的最高典范，即美丽、优雅、阴柔。南京大学教授刘士林认为江南文化本质上是一种以“审美—艺术”为精神本质的诗性文化形态，是中国文人精神的最高代表①。偏居台湾的乡愁诗人群体展现出来的这种共同的“江南情结”实则是其传统中国文人精神的体现。华东师范大学胡晓明也指出“江南”是一个“文化意象”，并展开了以“江南认同”为中心的文化诗学研究，认为江南认同的底蕴是家国之爱②。一言以蔽之，“江南认同”是一种超乎一般所谓地域文化的认同，江南文化是中华民族的“精神共同体”。故而，余光中的“江南”并非单纯的怀念童年、思念故土，郑愁予虚构的江南小镇也不只是他记忆碎片的艺术创造，而洛夫反复入诗的江南意象也不单是个人的喜爱和偏好所致，这一代台湾诗人的“江南情结”早已超越了地理的、自然的意涵而带有文化意味，他们思念海峡那边的一切，实则是渴望重回故乡，重回中华民族大文化的家园。

参考文献

[1] 刘永. 江南文化的诗性精神研究 [D]. 上海师范大学，2010.

[2] 刘士林. 江南与江南文化的界定及当代形态 [J]. 江苏社会科学，2009 (05)：228-233.

[3] 刘士林. 江南城市与诗性文化 [J]. 江西社会科学，2007 (10)：185-195.

[4] 郑淑梅. 中国诗化风格电影语言探讨 [J]. 浙江师范大学学报（社会科学版），2007 (01)：56-62.

[5] 朱逸宁. 江南的文化地理界定及六朝诗性精神阐释 [J]. 江淮论坛，2006 (02)：185-189.

[6] 李伯重. 简论“江南地区”的界定 [J]. 中国社会经济史研究，1991 (01)：100-105+107.

（作者系四川大学文学与新闻学院 2017 届硕士研究生）

① 刘士林：《江南与江南文化的界定及当代形态》，《江苏社会科学》2009 年第 5 期。

② 胡晓明：《江南诗学：中国文化意象之江南篇》，上海书店出版社，2017 年，第 19 页。

边缘人的挣扎与失落

——王文兴小说《玩具手枪》的主题探析

周鑫薇

摘 要：《玩具手枪》的主人公胡昭生是一个自卑且孤独的青年，作为个体，他在人群中倍感失落，于是退居角落，成为群体之外的“边缘人”。小说对个人与群体之间张力的描写精细入微：群体对个人的吞噬并非偶然，而是现代人普遍的生存困境；而个人对群体的融入则是成长的失乐园的过程。

关键词：《玩具手枪》 边缘人 个人与群体 失乐园

《玩具手枪》是王文兴的首部短篇小说集《玩具手枪》中的开篇，它描写了文学青年胡昭生在一次同学聚会中被欺诈和侮辱后进行复仇，但最终归于失败的故事。王文兴擅长对人物心理进行刻画，他以彻底直接的笔触塑造了胡昭生这一自卑、孤独和不合群的青年形象。小说表面上是写胡昭生在一次聚会上的遭遇，实际写的是个人在群体中的孤独与失落，以及作为多数人的群体对个人施予的精神虐杀。

一、被群体戕害的边缘人

“六点钟时，无边无际的黑暗，像潮涌一般，鲸吞了整座台北市。天气冰冷，一触到肌肤，就跟钢铁一样，冷得似乎具有一种刻骨的、腐蚀性的破坏力——也就像化学实验室里的强酸溶液。”① 小说开头部分写自然环境冰冷，实际上指的是社会环境（人群）的冷漠，浓得化不开的黑像一只无形的巨手，笼罩一切。小说一开头便为全文定下冰冷无情的基调，渲染了阴沉压抑的氛围，这样的开头又与喧闹的结尾形成强烈的对比，由此便更加凸显胡昭生的不合群。

---

① 王文兴：《十五篇小说》，台北洪范书店，2016年，第1页。

小说的主人公胡昭生是一个群体之外的边缘人，他在群体中感受到的陌生与孤独，以及无所依归的疏离感，是20世纪现代病的普遍症状。在小说里，胡昭生首先是以一条人影的形象出现在读者视野中的，仅仅是“一条人影”，除此之外没有任何外貌描写。“一条人影”不仅写出了胡昭生的瘦弱，也显示出了他的微末和无足轻重。后来，作者是这样描述胡昭生的外貌的——“浑身上下被衣服包裹得密不透风”，这象征着他对自己的紧密保护与隔绝，“拉链从底一直拉到顶”，脖子上又缠着围巾，只露出一张“苍白的脸”。边缘人的形成，除了群体的作用因素以外，还有个人的自我封闭。这两个因素结合起来，循环作用，最终才造成个人与人群的隔膜。

作为边缘人的胡昭生与宴会上的人皆不一样。他本应是一个埋首书斋的学者，可却经不住外面的人——马如霖的邀请，踏入“巨宅”之中。马如霖的家是“筑有高墙的巨宅”，这不免让人联想到卡夫卡的笔下的城堡。巨宅仿若一个庞大的社会机器，将胡昭生卷入、裹挟而去。胡昭生自打踏入“巨宅”，便只能承受被吞噬的命运，即使最后他冲了出来，精神上还是受到了损害。“他们的谈笑他既都不懂，充满着奇怪的绰号和暗语，他当然只好走开。”[①] 胡昭生在牌桌之间辗转，观看别人打牌，以免使自己的孤独无措看起来过于突出，避免再次回到角落，“直到他受不了那种枯燥，空洞的压迫了，才掉头走开”[②]。边缘人是被群体所排斥、所抛弃的人，他既不见容于群体，也无法与群体沟通。现代社会的悲哀之一便是人与人之间的疏忽与隔膜。

小说设定的时间背景是黑夜。黑夜可以藏污纳垢，所有不光彩的或是狂欢的都可以在夜中展开。而作为空间背景的马如霖的家则“在昏黄不亮的光线之下，客厅呈一片火红色；地板是红漆的，天花板也是枣红色，甚至沿着窗子，一一拉上的大幅窗帘也是火红的”[③]。红色让人联想到血液、屠戮和倾轧，人被吃掉之后鲜血横流，满室映红，后文中也有说道：“空出来的鲜红沙发棉垫，使他觉得精神不安。”[④] 也让人联想到狂欢、欲望与放纵，人在没有了道德礼教的面具的遮挡后，一切行为都出自本我，最为真实生动。

钟学源一见面便说他“长得越来越清秀”，对于这样一句话，胡昭生可以揣摩记恨良久。作为一个文弱的知识分子，胡昭生不仅体格弱，精神也十分衰弱。他心理活动丰富、复杂而矛盾，虽然自己因为别人的一句话而在角落里不舒服着，可还是“希望大家不会像他一样认为钟学源的话是一种对他的

① 王文兴：《十五篇小说》，台北洪范书店，2016年，第6页。

② 同上。

③ 同上，第1页。

④ 同上，第5页。

侮辱”。这无疑是一种巨大的矛盾与悖反，显示了主人公胡昭生理性的缺乏和脆弱。

然而，他这种衰弱的人格是怎么形成的呢？根据弗洛伊德的精神分析理论，我们可以知道，18个月以下的婴儿还不具备自我意识，但在力比多的作用下，通过口腔，仍能产生性快感，这便是儿童心理成长的第一个阶段——口腔期。口腔期是人格发展的基础阶段，此时婴儿的口腔活动若受到限制，便极有可能会酿成不健康，乃至不健全的人格。这样的孩童成年后便会形成所谓的“口腔性格”，他们在行为上的表现有贪吃、酗酒、吸烟、咬指甲等，甚而，在性格上悲观、依赖感强、有洁癖者，都被认为具有“口腔性格”的特征。婴儿吮吸手指是为了经由快感获得安全感，而胡昭生的心理也脆弱得如同一个婴儿，别人的一句戏言便可让他“掉在羞愤的沉思里，眼睛凝视前面，一眨也不眨，有人在他面前来来往往走过，可是他都视而不见。后来他咬着手指甲。十根指头上的指甲，都早已被他咬得只剩半片，而他还咔哒咔哒地咬着指甲根”[①]。像胡昭生这样一个体格衰弱、精神纤细的青年，面对他人施予的暴力，始终难以忘怀，虽说“他人即地狱”，可若自己也不肯宽慰自己，一直反复回想，反复痛苦，那便是作茧自缚了。

胡昭生性格的不健全还体现在他患有较为严重的癔症。“他们一大伙人，是一个集团；而他，单独一个人，是一个单位，跟他们相隔老远一段，就像是有人罚他坐在墙角落里。并且，这张椅子没有扶手，越发使他看来像是坐在警察局里受审。”[②] 他是一个以自我为中心、自我存在感极强的人，仿佛全世界都应该敬重他、巴结他，若是心中所想没有实现，他便会觉得别人瞧不起他、欺负他。他在椅子上坐不住了，去看别人打牌，却觉得别人应该招呼他，“照胡昭生的想法，他应该抬起头，和他打个招呼。胡昭生心里因此不太高兴”[③]。他站到另一个人身后，只道“这个人一定知道他站在旁边，只是有意地不搭理他”[④]。别人打牌时骂牌友，他却“忽然涌起一股莫名的气愤，仿佛这是骂他的”，于是一转身走开。从这些细节可以看出，胡昭生的人格和自我构建存在很大的问题。他的自我意识太过强烈，由此遮蔽了对周围环境的正确认知，他的极度中心化的人格本质上是一种自卑型人格：缺乏自信的他害怕被人伤害，所以便常常在别人未动手之前先将自己牢牢地保护起来，通过以自我为中心来缓解自身的缺陷和不足引发的不安与焦虑。拉康继承和发

① 王文兴：《十五篇小说》，台北洪范书店，2016年，第3页。
② 同上，第4页。
③ 同上，第5页。
④ 同上。

展了弗洛伊德的心理分析理论，指出，6 到 18 个月大的婴儿已经能认出镜子中自己的形象，并且为自我的完整性感到“狂喜”，这一阶段便是脍炙人口的“镜像阶段”。镜像阶段是主体性结构的基础，20 世纪 50 年代初，拉康已不再将镜子阶段简单地视为幼儿生活中的一个时刻，而将其看作是表现了主体性的一个永久结构。镜子阶段描述了经由认同过程的自我的形成，即自我是认同于镜像的结果，这个认同还涉及了理想自我——作为一个对未来整体性的许诺并在预期中支撑了主体的自我的功能，如果理想自我与破裂的主体之间差异过大，那么它们之间的二元冲突将会妨碍主体人格的搭建，在主体心理的发展上留下一道挥之不去的阴影。镜子阶段同样被紧密联系于自恋，正如纳西索斯（Narcissus）的故事所清晰展示的，主体爱上自己在镜中的影像。胡昭生的自我中心化人格，他的孤芳自赏其实也是自恋的一种表现，当他还处于镜像阶段的年龄时，肢体的不协调性给他一种破碎感，而镜中的形象则是完整的，由此引发自恋情结。并且，主体与镜像（理想自我）之间的差异也给他的自我确认带来不良影响，这一直延续到他日后的成长过程中，使他患上被迫害、被侮辱的癔症。纤弱的人格与自恋情结纠缠在一起，共同形成一个过度自尊、狐疑和卑琐的复杂形象。

小说对主人公胡昭生的心理刻画细致入微，其心绪种种都赫然现于笔端：胡昭生的小心谨慎、不愿落单又不敢卷入人群以及过度自我背后深深的自卑等等。“钟学源一定需要从他面前经过，胡昭生不想理他，于是急忙垂下眼睛，假装没看见。他感到钟学源走近了，走近了，经过他面前了，可是却不继续往前走，似乎站在他前面，似乎正嬉皮笑脸地端详他，似乎猜透了他的心思，要等他抬起头来时窘他。即使这样，那么，他就得无所惧地抬头迎战。于是胡昭生板起脸孔，猛一抬头。可是跟前什么人也没有。钟学源，坐在老远的聊天人堆中，正跟他们指手画脚争论着什么，显然已坐下好久了。”[①] 患有“癔症”的胡昭生是如此多疑，让人不觉为之感到可怜、唏嘘。

在同伴的眼中，胡昭生“生性胆小如鼠，体弱多病，却还要性情骄傲，孤高自赏，只知闭门念书，不和同学来往”[②]。当钟学源拿玩具手枪威胁胡昭生时，大家纷纷围拢凑热闹，想看胡昭生将如何应对，但胡昭生却感到不安，“因为这么多人对着他笑，使他觉得仿佛做了什么可耻的事，被大家当场抓到，人赃并获那么的不舒服”[③]。只有缺乏同伴友爱的人才会在面对他人笑容时，直觉那是一种嘲笑，继而产生一种自我羞耻心理。当他被别人反剪了胳

① 王文兴：《十五篇小说》，台北洪范书店，2016 年，第 6 页。

② 同上，第 9 页。

③ 同上。

膊时，内心首先涌现的情感不是愤怒，而是羞耻。这羞耻虽然与众人的围观有关，但更多却源于他内心的自卑与软弱。

软弱的人一贯是最容易被人欺负的，软弱而又势单力薄，那便更难逃脱为人鱼肉的命运。钟学源将一枚猩红的鞭炮装进有六发子弹的玩具手枪中——但谁也不知道在哪一枪时鞭炮会迸射出来。钟学源想以此威胁胡昭生说出他的恋爱史，胡昭生起先还不屈服，但在第六枪时终于放弃抵抗，承认当年求爱失败的遭遇，但令人意外的是，第六枪也没有子弹，于是，胡昭生先前所有的不屈服以及最后的软弱都成了一个巨大的笑话。他放弃抵抗的同时也就放弃了尊严，而失了尊严的生命，意义何在？羞愤交加的胡昭生决意复仇，以眼还眼。于是，观看别人打牌时，胡昭生故意泄露钟学源的牌面，几次三番之后被旁人怒骂："请你不要啰嗦好不好？"胡昭生只好恨恨地回到角落，"今天晚上是一场噩梦吗？被侮辱，秘密被公开，被戏弄，被屈服，被骂……为什么我不受欢迎？"[①] 胡昭生注定只能在角落里存身，角落是一个没有视线投射的地方，被群体流放的人在角落里缩成一团，成为透明的存在。而后，胡昭生以眼还眼，将枪口对准钟学源，以此证明懦弱的并非只有他一个。"但是他们会不会又帮他的忙而不帮我测验他？他们可能更瞧不起我！——什么？难道我他们？一个就一个！上帝！你就看我一个人来对付他们全体吧！我向他们全体挑战！"[②] 胡昭生此时将自己想象成一个伟大的挑战者，靠着一种悲壮的自我牺牲精神，激励自己勇敢地复仇，反抗群体给自己带来的压迫。胡昭生迸发的激情实际上是不自然的，或者说是非正义的，他凭借这种人为的、掺杂了主观臆想的激情就想成事，结果必然走向破败。在群体这一庞大的力量之下，胡昭生的反抗是如此微不足道，更确切地说，其悲剧的外壳下还带有一股喜剧色彩——无论是作为群体的钟学源们，还是身处角落的胡昭生，都不具备完满的人格。

胡昭生举起手枪，又仓皇出逃，他想逃离人群，可广大如海的黑暗，"只一口，就把他吞掉"。留在客厅里的钟学源们面对胡昭生的奔逃，终究也只是短暂地沉静了一会儿，随着喧闹的音乐声的涌来，人们很快便忘记了这不愉快，忘记了被黑暗吞没的胡昭生，继续投入夜的狂欢之中。

胡昭生的悲剧固然有他自己的性格原因，但主要还是身边的同伴造成的。他们作为群体，排斥异己，欺软怕硬，对待"外来者"胡昭生缺乏关怀，更甚的是，当胡昭生遭遇欺辱时，不上前解救，而是嬉笑着瞧热闹，"啊！好多

---

① 王文兴：《十五篇小说》，台北洪范书店，2016 年，第 23 页。

② 同上。

人，所有的人都在这里了，连打桥牌的也在，那胖子挤在最前面轻视地笑着，手叉着腰，像个屠夫。他们团团把他围住，挤得密不透风，围了一圈又一圈，而圈子又收得这样小，钟学源离他只有一步远。有人在人群背后伸进头来，有人找不到立足之地，就登上椅子，按着别人的肩膀，居高临下地向圈子里望近来。他们一个个都张大了眼睛，发亮，兴奋，咧着口，露着白森森的牙，盯住他看，好像一群饿狼，准备把他撕成片片，吞下肚子。”① 这一场景描写极为生动，看客围着人，不只要看的，更要吃掉那被看的人，眈眈的虎视足以从精神上虐杀别人。关于看客，鲁迅先生曾作过非常多而且深刻的描写，《药》中夏瑜被杀时，看客们“很像久饿的人见了食物般，眼里现出一种攫取的光”，到了行刑时，“只见一堆人的后背，颈项都伸得很长，仿佛许多鸭，被无形的手捏住了，向上提着，经历一回，似乎有点声音，便有动摇起来，轰的一声，都向后退，一直散到老栓立着的地方，几乎将他挤倒了”②。

群体对于胡昭生在精神上所受的损害，全然无动于衷，一言不发；对于自身造就的恶，也不以为意。一玩把具手枪，一声枪响，便将人性之种种卑琐、凶恶一尽逼出。这不仅显得悲凉，更显得虚幻和荒诞：在个人融入群体的过程中，自我被抛弃了，而促使这一抛弃的工具却是一把以欺骗为特征的玩具手枪。从某种意义上来说，这似乎暗示着个人对自我的背叛是一场得不偿失的虚假的游戏，个人通过放弃自我而获得的，也将会是双重的羞辱和悔恨。

二、成长的失乐园

王文兴小说的主人公基本都有着相似的气质，他们“对外部世界持着恐惧和排斥的态度，像蜗牛一样收缩起自己的触角，深深地回到自我的内部世界之中。在书中，他们大多皮肤白皙、身材瘦弱、患有轻度的社交恐惧症，在自我的世界中优游自在，一旦处于群体中就特别地显得孤独、特异、恐慌，在集体中倍受折磨”③。无论是《玩具手枪》中的胡昭生，还是《家变》中的范晔，抑或是《寒流》中的黄国华，都是如此。这些人物以相似的面目与性格特征共同构成王文兴小说的人物群像，赋予王文兴小说以描摹青少年成长和存在的深刻内涵。

王文兴的小说亦常常被人们视为成长小说，不仅因为其小说的主人公多

---

① 王文兴：《十五篇小说》，台北洪范书店，2016 年，第 10 页。

② 鲁迅：《鲁迅全集》（第一卷），人民文学出版社，2005 年，第 464 页。

③ 马敏：《王文兴小说的多重主题探析——以〈玩具手枪〉为例》，《电影评介》2008 年第 9 期。

为青少年，更因为他所描摹的内容和展示的题材多以主人公的成长经历和性格变迁为主。成长小说又称教育小说，它关注“一个少年或青年的成长历程，他的人格是如何形成的，这个世界是如何对他进行教育”[①]。王文兴的小说多描写天真、纯洁等童年时代的美好品质的失落，与传统的成长小说有所区别，甚至带有些许“反成长”的意味。《玩具手枪》中的胡昭生原先过着书斋里的安宁生活，每天晚上从七点开始看书，直到深夜十一点，但是马如霖的生日聚会却打破了他的计划，导致那本艾略特的诗集躺在桌上，无人问津。聚会上的嘈杂吵闹以及形单影只的孤独紧紧地扼住了他的咽喉，让他无所适从、精神紧张，而钟学源咄咄逼人的捉弄和旁观者的冷漠更是让他备受煎熬，羞愤难当。他一晚上昏昏沉沉地不在状态，想将自己藏匿起来不得法，出去活动又屡遭嫌恶。当他终于决意复仇时，又过于软弱，最终弃枪奔逃。他的出逃也是一种溃败，面对施与暴力的群体，他无力反抗，出逃的同时也将自己的尊严失却了。一个拥有稳定的内部结构的个体，一旦遭逢群体的压迫，其内部结构便会相应瓦解。个人与群体的矛盾终究难以调和，即便是作为已经融入群体的个体，他也将不再具备完整的个人属性，作为群体的一分子，当他再度出现时，使用的也都是群体的身份和面目。

《圣经》中亚当和夏娃偷食禁果以后，世界便为此颠倒。原来温暖如春的天空中盘旋着背离上帝的寒流，凉风一阵紧似一阵地吹过来，世间的一切都开始变得紊乱而不和谐。道分阴阳，动静相摩，高下相克。亚当与夏娃失去了天真烂漫、无忧无虑的童年，失去了乐园。人的成长在一定意义上来说便是失乐园的过程，胡昭生的“成长”也是如此。成长并非狭隘意义上的年龄增长，更开阔地说，它可以被理解为一种经历和过程。

此外，胡昭生虽是文学院的学生——年龄上的成人，但同作为成人群体的钟学源们相比，他更像是一个幼稚的孩子。首先，胡昭生的思维和心态完全是孩子式的：不断地臆测和怀疑、自我中心化的人格以及过于自尊背后深深的自卑等等；其次，他的心理发育程度与他的年龄极不相称，自然，他的行为也多带有孩子气。胡昭生向钟学源报复，企图以此找回尊严，重建失落的个人世界。基于此，他一共进行了三次努力：第一次他试图证明钟学源不学无术、信口开河，但却失望地发现，“知识”和“诚实”等宝贵的品质只在少年的世界中有价值，成年人对此是毫无在乎的；第二次，他不断报出钟学源手中扑克牌的花色，结果引来旁人的斥责，这种行为近乎儿戏，被骂也是寻常；最后，他以眼还眼，将玩具手枪对准钟学源的脑袋，然而，这行为终

① 李敬泽：《纸现场》，人民文学出版社，2000 年，第 88 页。

归是学来的，缺乏底气，钟学源玩世不恭的态度一出现，他便彻底泄气、落荒而逃了。

对于成长，王文兴所持的态度同塞林格等“反成长”小说家相似，他亦认为，成长便是“失乐园”的过程，在这个过程中，许多童年时期被珍视和看重的美好品质，诸如纯洁、正直、善良、怜悯、爱情等，都将被戏弄，被解构。王文兴的另外一些小说如《欠缺》《最快乐的事》和《黑衣》等都表现了丑陋的成人世界对完美无瑕的孩童世界的伤害。但失落的乐园是否可以通过模仿去重建？胡昭生在“玩具手枪”中装入六颗“真实”的猩红鞭炮的细节恰恰说明他无法真正对以欺骗为手段的“玩具手枪”式的规则进行完整的模仿，无法真正完成“成长”，融入成年人的世界，于是只好绝望地逃走。

结　论

被群体排斥的边缘人无论如何挣扎，最终都逃不脱自我失落的命运，边缘人的自我在与群体交锋的过程中逐渐崩溃、瓦解。个人被群体戕害和吞噬，显示了现代人生存的整体困境。个人与群体之间的矛盾难以调和，融入群体的个人，最终也将失去自我，失去作为一个完整个体的稳定的内部结构。个人在群体包围下的成长，最终也只是失乐园的过程。

王文兴的《玩具手枪》深刻剖析了个人与群体之间的二元张力，小说主人公胡昭生作为一个群体之外的边缘人，其自我的挣扎与失落不是个例，而是现代人存在之殇的普遍缩影。

（作者系四川大学文学与新闻学院 2017 届硕士研究生）

华裔文学研究

谭恩美小说中的抗战书写

——以《喜福会》和《灶神之妻》为例

吴敬玲

摘　要：抗战文学的研究虽已取得了较大的成就，但因战争时期的特殊性和复杂性，使其仍有很大的研究空间。抗战文学研究的丰富性和多样性不仅会推进中国现代文学史的全面把握，还可以从人道主义和人性的立场更好地反思战争和历史。本文试图以华裔作家谭恩美的两部畅销小说《喜福会》和《灶神之妻》为例，从传统英雄形象的解构、日常生活叙述视角和战争苦难的另类书写并集体记忆的重构三个角度分析其独特的抗战书写模式，以便从华裔文学的视角去展开抗战文学研究，从而丰富人类对抗日战争历史的认识。

关键词：谭恩美　抗战书写　日常生活

抗日战争从 1931 年九一八事变到 1945 年抗战胜利，长达 14 年，由此产生的抗战文学不仅有巨大的社会、历史和文化价值，还有丰富的文学史意义。随着大量史料的挖掘和新研究方法的拓展，抗战文学研究也取得了更大的进展。无论是“救亡压倒启蒙”还是抗战文学“凋零说”都不断丰富着这段特殊的文学史。但抗战文学依然有很大的研究空间，正如李怡在《战时复杂生态与中国现代文学的成熟》一文中所说：“‘战争’主题成了筛选文学作品的唯一过滤器，而‘战争周边’更为丰富和多样的文学现象或者说广义的战争年代中人的多样化生存形态却一再被遮蔽。要全面理解民国时期最后 11 年的中国文学，需要我们在一个更为广阔的背景上解读‘战争’与‘人’的相互关系。”[①] 本文试图以华裔作家谭恩美的小说《喜福会》和《灶神之妻》为例，

① 李怡：《战时复杂生态于中国现代文学的成熟——现代大文学史观之一》，《北京师范大学学报》（社会科学版）2014 年第 3 期。

分析华裔作家笔下的抗战文学想象，抛开民族和身份的禁锢，还原那段历史记忆。

谭恩美，美国华裔女作家，1989首部长篇小说《喜福会》一书的问世使她跻身于美国畅销小说家之列，随后《灶神之妻》《灵感女孩》和《接骨师之女》的相继出版，确定了她在亚裔美国文学史上的地位。现在在美国高校英语系广泛使用的《希思美国文学选集》收录有她的作品，已证明她已进入了美国主流作家行列，其作品的价值和地位已得到承认。综观东西方学界对其小说的研究评论，大都集中在揭示小说中种族、性别、身份、阶级、民族主义等方面的寓意。本文则另辟蹊径，以《喜福会》和《灶神之妻》为例，解读其母女主题背后的抗战背景及其抗战书写。两部小说都是以母亲向女儿讲述的回忆性视角切入，回溯那段战争记忆，战争虽不是其小说的主题，但依然可以给我们呈现“战争周边更为丰富和多样的文学现象”和“一再被遮蔽的广义战争年代中人的多样化生存形态”。

一、英雄主义基调的淡化和传统英雄形象的解构

抗战爆发后，救亡和国家利益高于一切，战争的特殊环境要求文学服从民族整体利益的需要，爱国主义情绪高昂，“‘救亡’压倒了一切，文学活动也就转向以‘救亡’的宣传动员为轴心”①。“要描写抗战，首先要描写在抗战的具体环境下行动着的一个个的中国人。而这是一个怎样变化万端令人惊异的环境啊！……我们的现实中正涌现着新的人，新的抗日英雄的典型。我们不能把他写成平时的人一样，因为抗战的不平凡的环境已经使他变质。”②“战争使民族得到了新生，使人民大众广泛地觉醒。”③“文学创作有了共同的爱国主义的主题和共同的思想追求：表现民族解放战争中新人的诞生，新的民族性格的孕育与形成。……英雄主义的调子一直贯穿一切创作，表现出来的统一的色彩，鲜明而单纯。”④“救亡”“觉醒”“爱国主义”“抗日英雄”等词语高频率充斥在当时和后来的抗战文学话语中，好像抗战是人类觉醒和进步的催化剂，人民在一日之间迅速成长改变，成为无所不能的抗战英雄。抛开政治意识和民族身份，我们把视线延展到华裔作家谭恩美的笔下，发现在其小

① 钱理群等：《中国现代文学三十年》，北京大学出版社，1998年，第446页。

② 周扬：《新的现实与文学上的新任务》，《抗战文艺论集》(洛蚀文编)，上海书店出版社，1986年，第18页。

③ 蓝海：《中国抗战文艺史》，山东文艺出版社，1984年，第29页。

④ 钱理群等：《中国现代文学三十年》，北京大学出版社，1998年，第447页。

说抗战叙述中，没有了响彻云霄的英雄主义的声音，也没有了高尚的以国家民族利益为重的抗日英雄，相反，谭恩美的小说里英雄主义基调被淡化，爱国主义被利己主义取代，大英雄被小人物所代替。讽刺和戏谑的文笔，反英雄的叙事模式成为其抗战文学书写的另类表达。

《灶神之妻》中的文福是小说中的主角之一，国民党的一位空军飞行员，作者一反国内传统抗战士兵的英雄形象的塑造模式，而是通过主人公江雯丽的回忆，用讽刺和戏谑的口吻，逐渐把抗战中一位自私自利、胆小怯懦、品性丑陋的空军飞行员形象呈现在读者面前。文福一开始是以真英雄的形象出现的："我很骄傲我嫁了一个未来的英雄。当时，战争还没爆发，人人都以为我是幸运儿，嫁给了空军飞行员，要知道当时整个中国所有的飞行员加起来也不过三四百名。"① "和尚们把这地方临时让出来给部队住，因为他们相信空军将拯救中国。"② 随着江雯丽回忆的不断展开，读者逐渐认识到文福的空军身份是冒名顶替其以优异成绩毕业于航海商校的哥哥文成的。当作者借江雯丽之口发现其他飞行员都叫他文成，发现那张虚假的申请加入空军的表格时，感慨道："这下子我就明白了：凭我丈夫的那点聪明才智进空军还不够格，但冒名顶替他那死去的哥哥倒是绰绰有余。"③ 至此文福的真"英雄"形象开始披上虚伪的外衣，在文福后面一系列的表现中逐渐褪去英雄的光环，成为一个不折不扣的"假英雄"。在战争爆发后，有一半的飞行员阵亡时，"只有文福安然无恙，连皮也没有擦破。你知道什么原因吗？他是个胆小鬼！每次战斗一开始，文福就驾飞机兜圈子，飞到一边去了"④。文福做了逃兵而幸存，而且在战争结束后还大言不惭以"英雄"自居："我是个国民党的英雄。"妻子江雯丽的回忆是："他不是把飞机掉过头去，怕被日本人击落吗？他不是在其他飞行员面临生死关头的时候，管自己逃命吗？"⑤ 两人完全相反的话语模式形成了令人啼笑皆非的悖论，作者对英雄形象的解构、讽刺和戏谑达到了顶峰。李新宇在对张天翼的《华威先生》的评论也同样适用于谭恩美的小说《灶神之妻》中的抗战书写："它没有满足于鼓动人们的抗战热情，也没有表现国家权威话语所要求的英雄主义，而是讽刺和揭露了抗战阵营中的官僚，显示了知识分子对独立批判的持守。"⑥ 谭恩美独特的反英雄抗战叙事模式不

---

① 谭恩美：《灶神之妻》，张德明、张德强译，浙江文艺出版社，1999 年，第 156 页。

② 同上，第 158 页。

③ 同上，第 162～163 页。

④ 同上，第 197 页。

⑤ 同上，第 324 页。

⑥ 李新宇：《硝烟中的迷失——抗战时期的知识分子话语》，《中国现代文学研究丛刊》1999 年第 2 期。

但丰富了抗日战争的文学表达，也传递了华裔作家对抗日战争这段历史的独立判断和思考。

二、宏大叙事模式的瓦解与日常生活叙事模式的建立

在抗战这一特定的一元文化语境下，传统抗战文学多采取宏大叙事模式，即："叙述者将自己定位于某一制度、国家、民族、集团、人民及其观念与信仰的'代言人'的位置上，……是一种代言性的'大我'乃至'非我'的叙事。"① "'小我'被'大我'遮蔽，'个人性'被'公共性'淹没。"② 随着新文化史研究的深入，抗战文学研究的特点也发生了显著变化，比较重要的一点就是由社会政治的大事件向日常行为与人的精神感受倾斜。范智红研究 20 世纪 40 年代小说时提到："小说不必去而且不该一味去表现时代生活的重大事件，追求超人式的'力'的表现，而应予普通人的平凡生活以更多关注，以哀矜而勿喜、讽刺却同情的态度，去表现普通的人生——它们既不是'史诗'或'悲剧'式的壮烈，它们只是人的生活或关于生活的记忆本身……"③ 抗战时期的文学亦是如此，"战争文学离不开战争，但战争文学不能仅仅是对战争历史的摹写，它更应当是作家从战争记忆中作出的一种人性的反思"④。抗战文学除了战争、空袭和逃难外，还有普通百姓的吃喝拉撒，还有忙里偷闲的娱乐，苦中作乐的消遣，还有普通人在战争时期的生活体验和生存感受。谭恩美的小说《喜福会》和《灶神之妻》在描写抗战时都瓦解了传统的宏大叙事模式，把战争搁置到作品的背景中，把叙述的重点放在了普通人的普通日常生活上，通过一系列小人物命运的书写和他们的日常行为感受的描述去挖掘战争背后人类的生存和人性的丰富。

谭恩美小说的抗战书写中，没有硝烟弥漫的战场，也没有你死我活的争斗，有的只是一个个真实的个体在战乱中如何生存，如何逃难，如何在猝不及防、朝不保夕的战乱生活中寻找生活的希望和活下去的勇气。小说《喜福会》名字的由来是由一个经历战乱的母亲在桂林逃难的过程中想到的聚会名称，聚会以打麻将、吃东西和聊天为主，以此点燃战乱时期普通中国女性活下去的希望。聚会的发起人吴宿愿这样给女儿讲述当时聚会上的故事："我们

---

① 马德生：《宏大叙事与文学的精神担当》，《文艺评论》2012 年第 11 期。

② 张国龙、谢真元：《抗战语境中中国作家主体人格新解——由重庆抗战文学的"凋零"论说起》，《红岩》2009 年第 2 期。

③ 范智红：《世变缘常——四十年代小说论》，人民文学出版社，2002 年，第 89 页。

④ 王富仁：《战争记忆与战争文学》，《河北学刊》2005 年第 5 期。

必须全神贯注，都只想着要赢牌，可以多乐呵乐呵……我们又要饱饱口福了，这次是为了庆贺我们有苦中作乐的福气。”当面对别人指责她们在物质紧缺灾难频发的战争年代还有心思开聚会庆贺时，母亲这样反驳：“其实，我们并不是对这些痛苦麻木不仁，视而不见。我们也都感到恐惧，而且各有各的悲伤。但就此感到绝望的话，无非是对已经失去的东西心存幻想，或是在延长难以忍受的折磨。……我们在一起时问这样一个问题：是整天哭丧着脸，挂着一副正确的表情等死，还是想方设法使自己更开心，究竟哪个更糟？”① 她们不是军事将领，也不是士兵，更不是懂得家国责任的知识分子，她们只是普通劳苦大众中的一员，在特殊的战争年代，她们也有痛苦、恐惧和悲伤，在灾难面前，她们只想生存，只想活下去，只想在现有的条件下寻求一点生活的乐趣，所以只想着在打麻将的短暂的时刻可以“乐呵乐呵”，在品尝各种小点心的过程中苦中作乐，这些想法完全与“抗战无关”，但却更真实地呈现了抗战时代与前线战场不一样的后方战场的人的生存现状和心理状态。这种日常生活状态在《梅贻琦西南联大日记》中也有详细地呈现：在 1941—1946 年的日记中，梅贻琦校长记载打麻将次数将近四十次，喝酒约饭次数不下 200 次，另外还有喝咖啡、听戏和跳舞等娱乐记载，难道这不是抗战时期真实生活的显现吗？这些不是真实而感人的抗战文学吗？

1941 年 7 月 7 日：午前与诸人看竹，谓纪念“七七”，实以藉消炎日也。②

1941 年 8 月 5 日：饭后至孙寓饮咖啡，月下闲谈，颇为快意。但时感有所失，未令他人知之耳。③

1941 年 8 月 30 日：归寓明月正好，坐廊上，寂对良久，为之凄然。④

1945 年 3 月 27 日：归寓后廊外月明如洗，伫视不忍离去，八年前景物如在目前。⑤

读者在“时感有所失”“为之凄然”和“伫视不忍离去”等字里行间不仅读出知识分子在娱乐消遣背后对战争生活的感触和无奈，还在“看竹”“藉消炎日”“饮咖啡”和赏月等文人在抗战时期休闲优雅的日常生活，这两种都是

① 谭恩美：《喜福会》，李军、章力译，外语教学与研究出版社，2017 年，第 9 页。
② 梅贻琦：《梅贻琦西南联大日记》，黄延复、王小宁整理，中华书局，2018 年，第 68 页。
③ 同上，第 87 页。
④ 同上，第 97 页。
⑤ 同上，第 198 页。

抗战时期文人的真实生活，这两种状态构成了他们战时生活的全部。

和抗战时期主流话语所宣扬的“救亡压倒一切”相异，在谭恩美的抗战书写中，充斥在人们心中的是生存压倒一切，在灾难和死亡面前，生存仍是他们的第一要务，这些名不见经传的小人物在战争时代，认真地去吃一顿饭，打一次麻将，睡一场好觉，就成了他们生活的第一要义，甚至这就是他们生存的全部意义。小说《灶神之妻》中的母亲江雯丽给女儿讲述战时生活的回忆时说：“我们不大谈打仗。我们谈的都是和我们直接有关的，就像你在这儿谈的一样——股票是涨还是跌啦，物价是升还是降啦，你买不起那种东西啦等等。”① 在谈到躲避空袭时这样写道：“我们一到城门口，立刻就跳进一个坑，或是躲在树背后。然后就和差不多每天要碰到的同一帮人聊天，互相交换看法，比方哪儿能买到最好的面条、最好的纱线、最好的咳嗽药等等。”② 空袭和逃难也都具有了日常性，买面条、纱线和咳嗽药是战时百姓无法回避的日常需求，作者从衣食住行等日常生活的维度去反观战争，反思普通人在战时的生存状态。“‘战争’为日常生活注入了丰富的历史内涵、深厚的哲学意蕴以及鲜活的时代气息，而‘日常生活’也成了反观‘战争’的独特视角，从而使得战争中人的生活超出了狭小的范围，而生成了‘生之意志’的张扬以及终极意义的追寻。”③

抗战文学中对“救亡压倒一切”的鼓动与宣传和对“与抗战无关论”和闲适幽默文学的批判与抵制显然是意识形态话语的一厢情愿式的呼吁，时过境迁，被压抑的“小我”的个人话语逐渐显露，抗战文学的真实性和丰富性也逐渐得到海内外作家和学者的承认。无论是华裔作家谭恩美小说中普通中国女性在抗战时期建立的“喜福会”中的聚会、空袭等日常生活书写，还是梅贻琦等文人笔下知识分子闲适淡雅的生活趣味回忆，都真实呈现了抗战时期每一个生命个体不同的应对抗战的日常生活模式，都是抗战文学的一部分，它们共同还原了抗战时期丰富而复杂的文学生态。

三、战争苦难的另类书写与集体记忆的重构

战争本身是人类的一种灾难，无论对于胜利者还是战败者，都无法逃避随战争而来的苦难和创伤，恐惧、逃难和死亡会成为一代人甚至几代人难以

① 谭恩美：《灶神之妻》，浙江文艺出版社，1999 年，第 169 页。

② 同上，第 288 页。

③ 王琦：《日常生活与抗战文学研究——以“大后方”为中心》，四川大学博士论文，2018 年，第 97 页。

磨灭的沉痛历史记忆。德累斯顿认为："文学是为历史作证的最佳途径，我们决不能忘记这些历史事件。"[①] 从抗战爆发至今，无数的作家文人给我们留下了各式各样的抗战文学文本，他们用自己的构思和想象书写下这段充满了血腥和死亡的战争历史，以便给后人提供正视历史反思战争的想象空间。王富仁在一篇文章中这样评价中国人的战争观："在中国人的战争观中，还存在着另一方面的缺陷，即对普通人生命的忽略和轻视。……这样一大群活蹦乱跳的人，一个个生灵，为了国家和君王，在一次次的战争中，年纪轻轻地便死去了、消失了，默默无闻地、悄无声息地离开了这个世界。与那些领袖、将军和英雄身上所环绕的各种各样的光环相比，这些普通士兵和众多的百姓显得微不足道。这表明，在我们民族的战争观中，还缺乏起码的生命意识和人性意识。"[②] 谭恩美小说中的战争苦难书写恰恰弥补了这样一种缺陷，她抛开传统的英雄模式书写，把描述的视角转向了普通劳苦大众，小说《喜福会》和《灶神之妻》中无论是写百姓的逃难、小人物的死亡，还是南京大屠杀，她都能从宏阔的国际视野、人道主义的立场去挖掘人性的丰富，探析普通人生命的价值和意义，重构那段不仅仅属于中华民族，更应成为全人类的集体记忆。

《灶神之妻》中描写了江雯丽这样一位坚强的平凡女性，她跟随冒名顶替的空军飞行员丈夫文福逃难，足迹踏遍了大半个中国：上海、杭州、扬州、南京、武昌、长沙、贵阳、昆明等地都留下了他们逃难的痕迹。这样一个弱小的女人，既要承受战争这样的国难，还要遭受丈夫的长期虐待，逃难期间还不得不忍受接二连三的丧子之痛：第一个孩子在颠沛流离的过程中胎死腹中；第二个孩子生病因医生和丈夫打牌而耽误治疗死于自己的怀抱；第三个孩子因感染了日本人在中国进行病毒试验而留下成千上万只带病毒的老鼠携带的病菌得急性传染病而死。江雯丽是千千万万个战时逃难人群中的一员，三个幼小的生命更是微不足道，通过描写他们的命运来反观战时中国人民的苦难现状，窥一斑而知全豹，作者通过小人物来彰显大时代，字里行间渗透着浓郁的人道主义关怀和对战争的痛恨。小说中这样界定"逃难"一词："逃难，这个字什么意思？我觉得美国没有跟它意思相同的字。'refugee'不是这个意思，不准确。'refugee'是指你逃难后还活着。……这个字的意思是指一种可怕的危险来了，不光是对你一个人的，而是对很多人的，所以每个人只

---

① 塞姆·德累斯顿：《迫害、灭绝与文学·中译者序》，何道宽译，花城出版社，2012 年，第 6 页。

② 王富仁：《战争记忆与战争文学》，《河北学刊》2005 年第 5 期。

能自己照管自己。”[①] 此时的逃难是群体性的集体大逃亡，在逃难的过程中每个人的生死都不在自己的掌控之下，性命朝不保夕，生命贱如草芥。因为自己照管自己尚且不能，所以《喜福会》中的另一位母亲吴宿愿才会把自己的亲生骨肉抛弃在逃难的路上，女儿吴菁妹通过母亲的讲述和父亲的补充，才了解了抗战时期母亲桂林逃难时是怀着怎样的绝望和苦痛才会把自己的双胞胎女儿抛弃在路上，事后多年又忍受了怎样刻骨的思念和煎熬？小说的结尾母亲吴宿愿和在美国出生的女儿吴菁妹的种种矛盾因为找到了战时遗弃的另外两个姐姐而和解，但美好的结局依然无法抹杀战争带给普通百姓的痛苦记忆和心理创伤。

南京大屠杀是抗战时期无法绕过的一个人类的污点，也成为各类抗战作品中不断书写的典型题材。《灶神之妻》中对这次惨绝人寰的灾难的书写采用一个小士兵的叙述视角，向已经逃离南京的江雯丽讲述道：“他们强奸妇女，连老太婆、小姑娘也不放过，一个又一个地轮过来，玩够了，就用刺刀剖开她们的肚皮。他们为了抢戒指把她们的手指头也割下来。他们开枪扫射小孩，让中国人断子绝孙。他们强奸了一万人，砍掉了两三万人的脑袋，数字不再是数字，人不再是人。”[②] 江雯丽在听到这个发生在自己同胞身上的悲剧后连续几个月做噩梦，成了留在心底永远无法抹去的惨痛记忆。作者借主人公江雯丽之口中还表达了自己对此次大屠杀的独特判断和思考：“那士兵说的——仅仅是谣传，因为实际阵亡的人数比这大得多。后来一个军官告诉我，也许有十几万，但他又怎么知道？谁一下子数得清那么多人？那些被活埋的，被烧死的，被抛在江里淹死的人，难道他们数过吗？那些活着的时候就没被人放在眼里的穷人又怎么算？”[③] 无论是对大屠杀客观真实的呈现，还是对其做出的深刻反思，作者都没有站在道德的制高点上去评判，也没有纠结在民族间的仇恨和战争中的矛盾，这些和屠杀的具体数字本身已经丧失了意义。她通过讲述成千上万的活蹦乱跳的生灵瞬间陨落的惨痛悲剧、通过人的生命在灾难面前仅仅变成一个数字、通过四个反问句抒发了自己对那些“活着的时候就没被人放在眼里的穷人”们——战争的无辜受害者们的缅怀和祭奠，抒发自己对战争和灾难本身的控诉，呈现了一位华裔作家对人类和平的向往和期待。哈布瓦赫说过：“每一个集体记忆，都需要得到在时空被界定的群体的支持。”“尽管集体记忆是在一个人们构成的聚合体中存续着，并且从其基础

---

① 谭恩美：《灶神之妻》，浙江文艺出版社，1999年，第201页。

② 同上，第228页。

③ 同上，第229页。

中汲取力量，但也只是作为群体成员的个体才进行记忆。”① 有着中国种族背景的华裔美国作家谭恩美通过自己对战争苦难的另类书写和中国的抗战文学一起引起人类自身对战争、历史和灾难的重新审视。

四、结语

谭恩美的两部畅销小说《喜福会》和《灶神之妻》通过西方的文化价值立场来叙述抗日战争这场中华民族的灾难，从传统英雄形象的解构、日常生活叙述视角和战争苦难的另类书写与集体记忆的重构等角度，用不同于国内的抗战文学书写模式再现抗日战争那段独特的历史记忆，作者的华裔作家身份和独特的国际视野都给抗战文学增加了新的阐释空间。今天审视和反思抗日战争应如洪治纲教授所分析南京大屠杀时所说：“审视这场大屠杀，不能只靠中国人，还需要全人类的共同努力。西方文化立场的介入，从某种程度上说，可以使这种集体记忆上升到更为宽广的层面上，更自然地获得全世界的共同反思。”②

（作者系四川大学文学与新闻学院 2017 届博士研究生）

① 莫里斯·哈布瓦赫：《论集体记忆》，毕然、郭金华译，上海人民出版社，2002 年，第 39～40 页。

② 洪治纲：《集体记忆的重构与现代性的反思——以〈南京大屠杀〉〈金陵十三钗〉和〈南京安魂曲〉为例》，《中国现代文学研究丛刊》2012 年第 10 期。

论汤亭亭小说的嵌套艺术

——以《女勇士》《中国佬》为中心

李雨庭

摘　要：汤亭亭的长篇小说《女勇士》《中国佬》等主要采用第一人称主角人物“我”的视角来讲述父母或其他华人前辈的故事以及“我”所经验的华裔生活，建构起一个移民后代的中国想象和“他者”体验。在叙述上用嵌套结构将神秘彪悍又闭塞愚昧的中国与种族、性别等世界问题衔接成一个关于移民身份的深层思考，这种古今中外的见闻嵌套在一个文本中，不仅实现了叙述层次的多向度和文本的时空大跨度，而且实现了复调叙述，丰富了小说的表现内容和意蕴。本文从叙述学的角度来探析汤亭亭小说最为常用的嵌套结构的叙述策略，希望能够为华裔文学研究提供一种角度。

关键词：汤亭亭　嵌套　《女勇士》　《中国佬》

华裔作家汤亭亭的小说以其自传家史富有东方异域情调和鲜明强悍的性别意识而独步于华文文学、蜚声于美国文坛。她小说的成功不仅仅是在于题材的别致、主题的鲜明，更在于小说的结构形式完美地承载了小说的内容。诺贝尔文学奖获得者莫言就尤其强调小说的形式结构，他说：“结构从来就不是单纯的形式，它有时候就是内容。长篇小说的结构是长篇小说艺术的重要组成部分，是作家丰沛想象力的表现。好的结构，能够凸现故事的意义，也能够改变故事的单一意义。好的结构，可以超越故事，也可以解构故事。前几年我还说过，‘结构就是政治’……我们之所以在那些长篇经典作家之后，还可以写作长篇，从某种意义上说，就在于我们还可以在长篇的结构方面展示才华。”① 汤亭亭能够在华裔作家群中脱颖而出，很大程度上得益于匠心独

---

① 莫言：《捍卫长篇小说的尊严》，《红高粱家族》（代序言），上海文艺出版社，2012年，第6页。

具的形式和结构。纵观为汤亭亭带来极大声誉的四部长篇小说《女勇士》《中国佬》《孙行者》《第五和平书》等，在叙述故事、结构内容上都呈现出一个共同的特点，即嵌套——叙述者将“事实与虚构、幻想与现实、个人反思与其他人的故事等等自由地交织在一起”[①] 装进叙述中，嵌合成一个文本。这种艺术手法不仅极大地容纳了作者古今杂糅虚实真假的素材，把中美文化在年轻一代华裔身上的理解、融合与阐释自然呈现出来，而且构成叙述的多层次性，有力地扩展了文本的空间性、立体性与画面感，产生多种叙述声音的交响和鸣和蒙太奇的艺术效果。具体说来，作者所情有独钟的这种嵌套，我们可以从以下几方面来解读。

一、嵌套的叙述形式

经典叙述学理论将叙述整体上分为两种形式，一种是框架叙述，一种是嵌套叙述。框架叙述为其他叙述提供一种背景，嵌套叙述是嵌入进框架叙述的另一文本，是叙述中的叙述。《女勇士》的框架叙述由第一人称叙述者“我”所闻所见所想的言语构成，主要叙述“我”的姑姑（“无名女子”）、父亲（“白虎山学道”）、母亲（“乡村医生”）、姨妈（“西宫门外”）以及“我”（“羌笛野曲”）的人生和成长历程，这一层叙述是文本的主叙述层（框架叙述），为文本中其他叙述提供叙述背景和框架基础。而嵌套进主叙述的叙述包含了从当事人角度穿插讲述的中国女性的绞脸、缠脚，给死人烧纸衣服、冥钱，洪水里捞浮财，鬼的故事，有钱人吃猴脑，等等。而这些嵌套的故事的叙述重心又共同聚焦于像“我”一样的在美国出生又从未到过中国土地的年轻一代的华裔对中国这个国度的理解和一种想象性建构，也就是中美文化的交流碰撞在“我”身上所形成的新的生命体验——“当一个华裔美国人对她意味着什么”的“个人意义上的本来面貌”[②]。

汤亭亭的嵌套叙述可以用美国叙述学家内尔斯的分类来说明。内尔斯将嵌套叙述分为两种：平卧式和垂悬式。在平卧式中，叙述话语处于同一故事层次，但由不同的叙述者连接叙述，为下一层叙述提供一种框架和背景；而垂悬式，是不同的故事层次的话语互相嵌套。汤亭亭的叙述策略是根据表现对象和主题，交织使用平卧式和垂悬式叙述。《女勇士》中“无名女子”“白虎山学道”“乡村医生”“西宫门外”“羌笛野曲”这五个部分构成的叙述层是

---

① 汤亭亭：《女勇士》“序言”，李剑波、陆承毅译，漓江出版社，1998 年，第 8 页。
② 同上，“译序”，第 9 页。

平卧式，这几个不同的故事共同统一于“我”所认识的“我”的族人前辈和“我”体会的美国社会的主题之下，一起组成了“我”的成长岁月的具体日常，并成为“我”表达自己、寻找自我身份的精神动力。而在每个故事的内部又采用了垂悬式嵌套叙述。如，“无名女子”这一章节中，故事主要讲述姑父去美国淘金几年后，姑姑却怀孕了，在姑姑分娩的这一天晚上，村民对姑姑家进行了打砸抢，第二天早上姑姑和婴儿溺死在井里。接着，叙述者自己对姑姑和致使姑姑怀孕的人进行了猜测建构，形成了另一个故事“我的姑姑不可能是独身的浪漫主义者，不顾一切地追求性生活。旧中国的女人没有选择。某个男人命令她和他睡觉，成为他秘密淫乱的对象。我怀疑在他参与袭击她家的时候是否戴上了面罩……她顺从了他，她逆来顺受惯了。”① 叙述者对姑姑不忠的行为进行了大胆的符合中国文化习俗和道德情理的推断，从女性主体的角度揭穿了姑姑人生的冤枉、无辜以及男权社会的霸道、虚伪、荒诞，为沉默千年的女性发声正名，从而形成对男权文化的批判；“白虎山学道”一节将花木兰替父从军的故事化用到叙述者“我”身上，完成了童年的“我”对母国女性生存地位的改写。又将“我”在美国的出生、求学等现实生活、父亲收到的来自中国祖籍的叔叔伯伯姨妈等的信件中所透露的“文化大革命”遭遇嵌套在主叙述之中，从跨文化、旁观的视角让处于相同时间里的美国现实和中国社会进行比较映衬，形成对中国文化和美国文化的批判与反思，从而让文本的社会文化深度和人文思考的内涵得到极大的提升。

而《中国佬》的嵌套更为直观坦然，目录的章节命名上就能一目了然地感受到这种嵌套结构：关于发现、关于父亲、中国来的父亲//鬼伴、檀香山的曾祖父//论死亡、再论死亡、内华达山脉中的祖父//法律、阿拉斯加的中国佬、其他几个美国人的故事//沼泽地里的野人、鲁滨逊历险记、生在美国的父亲//《离骚》：挽歌、在越南的弟弟//百岁老人、关于听。很明显，文本是将7个可以单独成篇又可连缀一体的故事嵌套成一部主题相同的华裔奋斗史：从“我”熟知父亲的生存情况追溯到家族上的祖父、曾祖父、叔叔伯伯等第一代男人闯美国的历史，再以成为法律意义上的美国人的弟弟的生存状况作结，构成了“我”的家庭在美国旧金山立脚的家族史和斗争史，充满了华工的边缘弱势和血泪屈辱，一代一代的忍辱负重才赢得了在强势的美国白人社会的生存空间，成为为华人华裔立此存照的早期文本和后现代族裔文学的典范。这种根据表达需要而选择的或平卧式或垂悬式或两者交织的嵌套叙述，让汤亭亭小说的结构形式完美地服务了表现内容和主题，为文本意义表

① 汤亭亭：《女勇士》“译序”，李剑波、陆承毅译，漓江出版社，1998年，第5页。

达和阐释提供了恰当的艺术平台。

二、嵌套的叙述功能

汤亭亭的嵌套结构在叙述上达到了怎样的效果和作用呢？我们还得从这种叙述的功能说起。文学批评家、结构主义叙述学家热奈特认为嵌套有三种叙述功能：第一是元故事事件和故事事件之间直接的因果关系，它赋予第二叙述解释的功能。第二是一种纯主题关系，因此不要求元故事和故事之间存在任何时空的连续性，这是对比的关系。第三是在两层故事之间不包含任何明确的关系，在故事中起作用的是不受元故事内容牵制的叙述行为本身，比方分心作用和阻挠作用。最著名的例子当推《一千零一夜》中山鲁佐德借助各式各样（只要能使苏丹感兴趣）的叙述推迟死期。[①]《女勇士》的"无名女子""白虎山学道""乡村医生""西宫门外""羌笛野曲"五个故事的叙述行为是处于同一层次的叙述，但是都自有其鲜明的表达主题，在每一个独立的故事中又嵌套进与这一叙述主题相关的其他内容来进一步扩充和说明这一主题，形成另一层叙述的同时进一步解释上一层叙述的主题，让各个故事之间形成张力——一种对比、补充和互动的有机关系，进而构成多声部、立体性叙述"我"的母亲们的悲惨、怪诞的人生，让读者脑洞大开，形成独特的审美体验。"乡村医生"主要讲述母亲成为乡村医生以及行医的故事并随时根据叙述情节而嵌进"预知死亡""买丫鬟""吃蝎子、蟑螂、蛀虫、蟋蟀""草茎涂抹擦伤"等各种存在于中国的历史和民间的异俗奇风，让出生于美国的"我"惊奇不已，神秘彪悍又愚昧边缘的中国、种族、性别等问题就自然衔接成一个关于移民身份的深层思考。作者用前一叙述行为为下一叙述行为的提供叙述的基础和叙述者，叙述自然分层的形式又起到为主叙述和主题服务的作用，两层故事转换自然，人事、认知、价值观念纷纭交汇，整个文本就形成多种叙述声音，从而产生一种众声喧哗的效果，生成阐释的多重性和复杂效果。当然，作者的价值判断也隐含于这种多层叙述形式中，极大地扩展了小说的内容，文本的蕴藉性也得到进一步加强。

在《中国佬》中，叙述者将中国古代文学经典的《镜花缘》中唐敖在女儿国的故事嵌套进文本，使其成为叙述"中国来的父亲"的楔子，两个故事相互关联，两种文本间另一种可能的阐释就被表现出来——隐喻父亲在美国生存的艰难和尴尬，只是苦巴巴地靠经营洗衣店来维持一大家人的生计问题，

---

① 热奈特：《叙事话语》，王文德译，中国社会科学出版社，1990 年，第 161～163 页。

这与林之洋身陷女儿国被女人们穿耳洞、裹小脚的难堪是一致的，当美好的雄心壮志遭遇残酷的现实时，生而为人的悲哀悲壮之情油跃然纸上——主要文本与嵌套文本之间或紧密或疏松的关系都切合了故事的发展和主题表达。还比如："檀香山的曾祖父"中"王子长着一对猫耳朵"的童话、"内华达山脉中的祖父"中关于"银河""牛郎织女"的传说等等通过嵌套进入叙述中，叙述者"我"对世间的一切认知都得到了适当的呈现和表达。每一个嵌套的故事边界清晰，故事与故事之间衔接自然融洽，形成一个交错并置的繁复的世界，反映了叙述者对历史、民族、身份等观念的历史理性和民族主义的人文关怀精神。

从这些分析中，我们不难得出嵌套结构的符号意义——家族父辈在美国奋斗的故事和"我"知道这些故事后的理解重组，并让这两个叙述层形成一种空间立体效果和空间隐喻作用，让叙述的内容成为一幅幅画面展现在读者面前，最终完成一种在几个不同的层面和意义上都共同指向移民艰苦卓绝的奋斗的身份焦虑和被认同的渴望的表达。曾祖父、祖父、父母在中国的不幸促使他们远走他乡发愤图强，勉强生存中为中国的父老亲友寄钱寄物，几代人的努力也并没有实现他们幸福生活、家庭团聚的平凡梦想，然而又不得不继续这种妻离子散的境况。生存的艰难、思维的异质、沟通的困难、性别的不平等、种族的弱势、战争的非理性……把这些嵌套的意蕴综合起来理解，就进一步发现这些故事其实表达了更深刻的诉求——移民先辈的艰难生活和顽强生命力，残暴者与牺牲品的历史和现实，华裔美国人的追寻与定位，华裔美国文化的建构和流变等有关存在的问题。这正如内尔斯说言：所有的嵌套叙述都具有主题功能。每一种不连贯或表面上看起来没有意义的关系也可以当作在主题上产生意义来进行解读。所以汤亭亭小说中的嵌套都具有主题意义——有关地位、种族、性别、文明、愚昧、现实与虚幻的深度思考，在视觉和想象上达到一种思接千载、视通万里的效果。

三、结语

汤亭亭的长篇小说在叙述形式上特点鲜明，《女勇士》《中国佬》等都是采用第一人称主角人物的视角，将古今中外的见闻嵌套到一个主题中，将"我"听到的父母或其他华人们讲述的中国故事和"我"所经验的华裔生活熔于一炉，不仅实现了叙述层次的多向度和文本的时空大跨度，更为我们建构起一个移民后代的中国想象和"他者"体验。这使汤亭亭的小说在美国拥有大量的读者，在华裔文学中也占有极高的地位。其坦白直率的语言结合嵌套的形式为我们呈现了一个有光怪陆离的神话思维的民间、一个有独特的悠久历史与文化的中国、一个年轻一代移民后裔对中美文化的沉思。汤亭亭用族人经验与自己经验建构起一种中国故事与美国文化沟通的中介，用人文精神和历史理性解构美国白人主流社会对华人的歧视性印象，用较高的学术水平丰富了文学表达的艺术手段，用华裔女性的自信打破了弱势群体的极度沉默，用血脉、前世的异域风情，拓展了美国文学表达的话语空间。同时，我们也应该指出汤亭亭反复使用这种嵌套的形式，难免会让读者对其小说产生审美疲劳和千篇一律的僵化之感，从而影响了小说艺术的传播。所以，我们期待看到作者在小说形式上能有更新和突破。

（作者系四川大学文学与新闻学院 2017 届博士研究生）

宿命时空旅行中的人物自由意志

——析华裔科幻作家姜峰楠小说《商人与炼金术士之门》

张佳祺　魏全凤

摘　要：本文从哲学角度出发，分析了美国华裔科幻作家特德·姜的小说《商人与炼金术士之门》中人物的自由意志。本文首先介绍了小说独特的穿越叙事结构及宿命的时空旅行主题，其次在对自由意志理论发展研究的基础上，通过分析人物的宿命结局，探究自由意志在人生轨迹中所起的作用，并激励读者思考其小说丰富哲学内涵的现实意义。

关键词：特德·姜　《商人与炼金术士之门》　哲学　宿命　自由意志

宿命的时空旅行是美国华裔作家特德·姜（姜峰楠）的短篇小说《商人与炼金术士之门》的主题。在时间穿越系小说泛滥的今天，该短篇小说依旧赢得了星云、雨果双奖，其独特的故事结构和对人物自由意志的探寻赋予了“时空旅行”全新的内涵。有别于特德·姜多数科幻小说中严谨的技术设置和缜密的细节描述，小说《商人与炼金术士之门》用一种形而上学的哲学手法，借助“时空旅行”这一方式为叙述背景，用几起互为因果、前后照应的穿越故事，巧妙地揭示了故事背后的人生哲理和宿命的结局。不同于传统的悲观宿命论小说，《商人与炼金术士之门》虽然带有宿命论的影子，但本质是以“时空旅行”为背景，探讨自由意志在人物行为里发挥的作用。人类是否存在自由意志的问题向来是哲学界长期争论的话题，但是哲学家们的探讨大多数比较抽象，而特德·姜的《商人与炼金术士之门》巧妙地利用科幻小说这一特殊文学体裁，省略对时光旅行机器具体技术构造的阐释，并假设时光旅行是完全能实现的，进而用几起宿命结局的穿越故事让这一话题拥有了更加具体的、形象的讨论空间。本文通过分析小说人物的性格、行为等，探寻自由意志在宿命时空旅行中所发挥的作用。

一、时空旅行与宿命结局

常见的时间旅行类科幻小说中，经常会涉及一个经典的悖论，那就是“祖父悖论”（Paradoxe du grand-père）。这个悖论最先由法国科幻小说作家赫内·巴赫札维勒（René Barjavel）在他1943年的小说《不小心的旅行者》中提出的[①]。其内容是：假如你通过时间旅行机器回到过去，在自己的父亲出生前把自己的祖父母杀死，那么你是谁呢？这项举动会产生一种矛盾的情况，如果你成功回到过去杀了你年轻的祖父，祖父死了也就没有父亲，没有父亲何来的你呢？既然你是存在的，表示祖父并没有因你而死，这就是祖父悖论。量子物理学认为可以用平行宇宙的概念来解释这种悖论，即当你回到过去杀死了你的祖父，实事上你杀死的是另一个世界的人，而这个人的死只会让在那个平行宇宙的“你父亲”和“你”都不存在，而在如今这个平行宇宙的你却相安无事。

《商人和炼金术士之门》中，特德·姜所构建的时间旅行最后也没能造成“祖父悖论”，但他用了另一种特殊的观点来解释原因——宿命。他笔下所有人物的时间穿越最终都无法改变既定的结局，他称这是“安拉的旨意”：世间万事万物，无不源自安拉。[②] 作为一个男性无神论者，他的许多作品却基于宗教背景，这篇《商人与炼金术士之门》里充满着阿拉伯文明的气息，他在一次采访时说到原因：“这是虚构写作的特性，如果作者们局限于写作他们自己的生活经历，就没有虚构故事存在了，只会有自传。在探究一个主题的时候，我和其他作者一样，阅读关于这个主题的书籍并和其他有此经验的人讨论。”而这篇小说的创作灵感来自伊斯兰教，他笔下的“安拉”正是伊斯兰教《古兰经》里记载的真主。这位真主称：“大地上所有的灾难，和你们自己所遭的祸患，在我创造那些祸患之前，无不记录在天经中。（57：22）”“凡他们所做的事，都记载在天经中。（54：53）一切小事和大事，都是被记录的。（54：54）”[③]但根据《古兰经》记载，穆斯林并不知道“安拉”为他们写在“天牌”上的命运是什么，所以不能以宿命作为借口去拒绝做人生的选择和决定，所以伊斯兰教是相信人类拥有自由意志的。而特德·姜在创作的时候也巧妙地利用了伊斯兰教的这一观点，为他笔下的“时空旅行”不产生悖论提供了合

---

① René Barjavel，*Le voyageur imprudent*，Norwich：Bertrams，1943.

② 特德·姜：《商人与炼金术士之门》，王荣生等译，四川科学技术出版社，2004年，第278页。

③ 马坚译：《古兰经》，中国社会科学出版社，1981年，第422页，第413页。

理的解释和理论依据。宿命的结局总是给读者带来沉重的悲剧色彩，仿佛任何人物的行为都受到“一种神秘力量的控制”[①]，但特德·姜想要呈现的并不是这种宿命的悲剧，在这篇宗教色彩十分浓厚的小说里，他却巧妙地赋予了笔下人物丰富的情感和鲜活的意志，自由意志（free will）促使他们本能地去做出改变。

二、自由意志研究的发展

关于自由意志难题的讨论贯穿于整个哲学、宗教、科学技术等领域的历史进程中，是我们人类面对的根本性理论难题，其定义没有一个标准可言，在哲学概念里，它可以广义地被理解为存于人脑里的意识来选择做什么的决定，也就是强调意志的主动性。对于这个难题的争论最初主要存在两种截然相反的对立观点：决定论（determinism）和非决定论（indeterminism)。决定论者认为每个事件的发生，包括人类的认知、举止、决定和行动都是因为先前的事而有原因地发生，而自由意志是不可能的。古希腊哲学家德谟克利特斯（Democritus）就是一个典型的决定论者，他就坚持事物之间的因果联系是必然联系，自由意志是不存在的。而非决定论者驳斥这种必然性，他们以自然界或人的自由意志的偶然性出发来解释宇宙中的所有现象，强调了人的自由意志在各种情景下的作用，以及否定了客观自在的规律性和制约性，因此非决定论通常又被称作自由意志论。古希腊时期最有影响的哲学学派之一伊壁鸠鲁学派（Epikurs，前 314—前 270）的原子论就论证了自由意志的可能，他认为虽然原子的运动很大程度上是由机械力量决定（决定论），但其也会因其“重量”的不同而引起“偏斜”，而这种“偏斜”就是自由意志发挥的作用。罗马时期的哲学家卢克莱修（Lucretius，前 96—前 55 年）在对伊壁鸠鲁学派的研究中就解释了这种“偏斜”：我们正是借着这个自由的意志而向欲望所招引的地方迈进，同样我们正是借这个意志而在运动中略为偏离，不是在一定的时间和一定的空间，而是在心灵自己所催促的地方。很明显伊壁鸠鲁肯定了存在于人脑里的自由意志，人的行为都是完全依据自身心灵所想而做出的不同选择（偏斜)，完全拒斥决定论所强调的规律性和必然性。

早期的哲学家总是趋于两个极端，即对自由意志的完全肯定或完全否定。而随着探讨的展开，更多当代哲学家持一种相容论的态度，从强决定论逐步过渡到强调人的自主性的相容论。早期相容论是以霍布斯（Thomas Hobbes，

---

① 叔本华：《作为意志和表象的世界》，石冲白译，商务印书馆，1982，第 227 页。

1588—1679)、大卫·休谟(David Hume，1711—1776)、伊曼努尔·康德(Immanuel Kant，1724—1804)等为代表的经典相容论者。休谟的怀疑论通过两个问题对因果关系加以思考:“第一，我们有什么理由说，每一个有开始的存在的东西也都有一个原因这件事是必然的呢?第二，我们为什么断言，那样一些的特定原因必然要有那样一些的特定结果呢?我们的因果互推的那种推论的本性如何，我们对这种推论所怀的信念(belief)的本性又是如何?”[①] 他认为建立在因果关系上的事实既没有直观的确定性也没有理性的确定性。经典相容论者认为决定论与非决定论的冲突在于他们混淆了自由的本质和决定论的本质，人们的行为可以是有原因的，但同时也是自由的，人做一件事的愿望与自身内部的因果关系息息相关，所以一个人自由地在众多选项中做出了一个选择A，那么只要他想要做出别的选择B，同样也是可行的，没有人逼迫他去选择A，他根据意愿做出的选择是没有被强迫的，但肯定是有原因的。因此，与自由相对立的是逼迫，而不是“有原因”，就如霍布斯所言，如果自由的意义是“没有强制力阻止他去做他意愿、想要或者倾向于做的事情”[②]，那么决定论和自由就是相容的。他们的意愿或欲望是由他们自身的原因(性情、经历、兴趣等)决定的。在康德形而上学的学说中进一步深究了“自由”的内涵，与休谟不同的是，自由在康德的理解中是指先验自由，而先验自由很可能体现在人的意志中，偶然性始终是与感觉、经验相伴的。经典相容论者的论断为之后对自由意志的探讨提供了广阔的空间。

当代新相容论者认为经典相容论者只提出了行动层面上的自由，而对于意志层面上自由的探讨并不充分，对人行为的独特性也没有说明。新相容论者从自由意志的另一种含义出发，即独立于外部限制却依赖于行动者内部动机和目标、自我决定论的自由意志，他们认为不是某个人实际上自由地做了某事才叫自由，自由的含义包括行为者有这种能力，有自主性独立地思考认同或拒绝被控制的行为。当代美国著名哲学家哈里·法兰克福(Harry Gordon Frankfurt，1929—)的“层序动机理论”(Hierarchical Theory of Free Will)就明确提出了一阶欲望和二阶意志，他通过欲望的分层来论证，二阶欲望是关于其他欲望的欲望，也是人类具有的一种自我反思的能力，这类欲望可能改变他们最初的目的和行为。而法兰克福理论里所谓自由意志的行为就是行为者在二阶欲望(二阶意志)中认同的目的或行为。当代新相容论的另一方向研究是诸如苏珊·沃尔夫(Susanne Wolff)、彼得·斯特劳斯

---

① 休谟:《人性论(上)》，关文运译，商务印书馆，2005年，第41页。

② Hobbes Thomas，*Levithan*，Indianapolis：Bobbs-Merrill，1958，P. 108.

（Peter Frederick Strawson，1919—2006）等的把对自由意志的评判与道德价值判断联系起来。自由意志与道德责任之间关系的研究也贯穿着整个哲学发展史中，当然，当代相容论者精细的理论也面临着半相容论等理论的挑战。

各时期和领域关于自由意志的理论都是从其定义的不同切入点着手进行探讨，解释了自由意志不同内涵，虽没有无懈可击的一种理论，但哲学家们都对自己的理论进行了精妙的论证，这让我们可以在小说文本这个更具体的讨论空间里真切地体会自由意志的丰富内涵。

三、自由意志在小说人物中的体现

特德·姜在《商人与炼金术士之门》中展现给读者几起有趣的穿越故事，虽然故事主人公不同，情节各异，但结局已经注定。宿命式的结局或许不那么让人满意，但这是作者为了既满足不造成时空旅行悖论，同时又让读者对人物行为的讨论有更加具体和形象的空间而采取的巧妙方式。文中几起富有情节的穿越故事不禁让读者拍案叫绝，也让细心的人去思考作者传递的丰富哲学内涵。文中年长的炼金术士巴沙拉特警醒着每一个穿越年门的人无论过去还是未来，我们都无法改变，只能更深刻地理解它们，每一个站在年门前的人，虽然都知晓注定的结局无法改变，但他们还是在回到过去的旅程中本能地去尝试做出改变。那么在每一个宿命结局的故事中，人物行为一直都是“安拉”写好的剧本，还是他们有自由意志去自由选择呢？

《商人与炼金术士之门》里四位穿过年门的主人公各自的结局不同。故事一中的主人公哈桑穿过年门来到二十年后，在年长的老哈桑的指导下成为富裕的大商人。相反的，故事二中的阿吉布在去到二十年后发现年长的自己仍贫困不堪，他偷了老阿吉布积攒的一大箱金子，然后大肆挥霍，最后不得不勤俭一生积攒金子，等着年轻的自己再来偷。故事三中的女主人公拉妮娅是哈桑的妻子，她穿过年门回到才刚认识哈桑的时间点，意图同年轻的哈桑约会，却同年长的自己一起拯救了自己的丈夫。故事四的主人公是阿巴斯，就是小说的叙述者，他听了拉妮娅的故事后也希望穿越到过去，去拯救意外去世的妻子却没能如愿，但也得知了妻子生前非常爱他的消息。四个时间交错的故事，不同的人物性格，有喜有悲的结局，读者有巨大的讨论空间去探究故事的哲学内涵和主体自由意志的意义。

故事一中的主要人物是哈桑，因为穿越小说的特殊体裁，故事中出现了年轻的哈桑、年长的哈桑和更年长的哈桑，为便于讨论以下分别称之为：哈桑 Y、哈桑 O 和哈桑 E。读完整个哈桑的故事我们不难发现，这位男主人公是一位忠厚老实的绳匠，心地善良、为人正直。对于他成为富裕商人的原因，在故事情节中他是得益于哈桑O的正确指导，哈桑O也得到了哈桑E的指导。但在哲学层面上，决定论者认为，人一生的轨迹被认为是可以通过自身性格、生活环境、思维等因素推断出来的，英国著名的哲学家和经济学家约翰·斯图亚特·密尔（John Stuart Mill，1806—1873）提出被称为哲学必然性的学说就是“只要知道一个人心灵的各种动机，同时知道他的性情和意向，那么他的行为模式就可以被正确地推断出来；如果我们能够彻底地了解一个人，知道作用于他的种种诱因，那么我们就能像预测任何物理事件那样准确地语言他的行为”①。故事里哈桑的性情可以很清楚地推断出来，他眼中看到的世界都是美好的，他穿过年门来到二十年后的开罗时，觉得自己“踏进了一幅织在挂毯上的美景”②；他非常谦虚，当别人问他是否想知道自己未来有没有财运的时候，他谦虚地说“我是个绳匠，我知道我没财运”③；他有怜悯之心，他抓住了偷自己钱包的小偷却并没有斥责他，并把小偷放走；他为人正直善良，获得一箱金子后他开始雇用工人进行纤维制绳，并给工人们非常公道的薪水，自己正当地经营，获取应得的利润。决定论者认为，以上哈桑的性情和心灵动机都使此人不可避免地成为一个成功的商人。决定论者认为任何事件都有其可解释的原因，哈桑的性格、行为等如此都是有原因的，提前被决定好的，他自己没有主观的自由意志让他选择别的经历，也无法选择让自己不成为一个成功的商人。强决定论者将事物之间的因果联系等同为必然联系，完全否定了人的自由意志，这是值得商榷的。人类果真没有自由意志吗？哈桑Y追小偷的一幕就能很好地说明自由意志所发挥的积极作用。经典相容论者就认为人的行为可以是有原因的，但同时也是可以拥有自由意志的，也是自由的。

哈桑Y在哈桑O的指导下多次避免灾难，但唯独有一次哈桑O没有提醒他将会有一个小男孩偷走他的钱包。当他被一个小男孩碰了一下，然后发现自己钱包不见了的时候，他选择竭尽所能去追赶小偷，当自己成功的追回钱包后，他感受到了这次经历的愉快，这就是自由意志所发挥的作用。如果哈桑O在事先就告诉哈桑Y将会被小偷偷掉钱包，并且他能够成功追回，那就无法感受到其中的愉快了，这同特德·姜另一篇小说《你一生的故事》想传

---

① 所罗门，希金斯：《大问题：简明哲学导论》，张卜天译，广西师范大学出版社，2014年，第294页。

② 特德·姜：《商人与炼金术士之门》，王荣生等译，四川科学技术出版社，2004年，第282页。

③ 同上，第283页。

递的意义是相似的，外星人七肢桶拥有预知未来的能力，它能同时感知过去、现在、未来的事件，它没有自由意志去选择，未来对于它来说和现在过去并无差别，都已经是写好的剧本，所以它完全感受不到未来未知的奇妙。那么，如果只是从哈桑Y的行动就判断他有自由意志，是不是太武断了呢？我们只是观察到哈桑Y的行为没有受到外部的约束，比如身体上的束缚（突然他被小偷的同伙绑架了），身体受到伤害（他的腿摔断了），受到了其他人的恐吓（有小偷的同伙拿枪指着他），仅凭没有这些约束条件就判断他自由，这是片面的，而新相容论者在经典相容论者理论的基础上更多地探讨了内在于人脑中的意志的自由。哈桑Y在抓住了小偷之后的行为值得探讨，他抓住男孩后，男孩害怕地哭了起来，这时善良的哈桑怒气渐渐消退并放走了男孩。哈桑Y在做出这个行为时经历了怎样的心理活动？当代美国著名哲学家哈里·法兰克福的层序动机理论恰巧能说明这一点，他认为人之所以区别于其他动物，是因为人类具有高阶欲望和受自己控制的意志。这种高阶的欲望是人类的一种自我反思的能力，这类欲望可能改变他们最初的目的和行为。上文中提到，这个高阶欲望也被称为二阶意志，而法兰克福理论里所谓自由意志的行为就是行为者在二阶意志中认同的目的或行为。从小说中传递的信息来看，哈桑Y在自己的钱包被偷后是非常生气的，他的一阶欲望就是想要去追回钱包并将小偷绳之以法，但是当他追到后瞪着男孩，怒气渐渐消退并放走了男孩，在哈桑Y的这个行为中，不难看出他发挥了人类二阶意志的作用，他反思了“先知教诲众人要有怜悯之心”[①]，这种反思改变了他原来的欲望和目的。这和被动染上烟瘾的人是不同的，染上烟瘾的人会控制不住想吸烟（一阶欲望），但是为了自己的身体考虑，他也非常想去控制他吸烟的冲动（二阶意志），但是法兰克福认为这类人的二阶意志是没有效果的，因为上瘾的人是无法靠自己的反思抵制这种行为的，所以上瘾的人是缺乏意志的自由的，这和喜欢抽烟的人不同，仅仅是喜欢抽烟而非上瘾的人的二阶意志就能够抵制他想要吸烟的一阶欲望，这样就是拥有自由意志的。哈桑Y的行为同样是以自己的理性统治欲望而不是被欲望所控制，或许让他做出放了男孩的决定也可能由较早的因果联系所致（他正直善良的品格），可以想象是因果关系决定一个人自由地去想他所想要的事。或许因果决定了一个人享有一种自由意志，所以从这个全新的解释自由意志的角度出发，哈桑是拥有自由意志的，并且这个自由意志还为他带来了快乐。

---

① 特德·姜：《商人与炼金术士之门》，王荣生等译，四川科学技术出版社，2004年，第285页。

慕哈桑之名的阿吉布也穿过年门到二十年后，但却得到了一个完全相反的结局。与哈桑不同的是，阿吉布的故事一开篇就提到了他“总想品尝富人享受的奢侈的滋味”[①]，总是很自信自己一定会像哈桑一样成为富有的人，但实际上他在二十年后仍旧如现在一样贫穷。用以上决定论者的观念解释原因也是能说通的，有自然的、必然的解释性原因（如性格）决定了他注定只能成为一个穷人。在看见年长的自己存了整木箱的钱但依旧过着贫苦的日子后，他决定拿走那些钱，然后铺张浪费，并且觉得理所应当，因为是花的自己的钱。法兰克福的理论说，拥有自由意志的人的一阶欲望遵从二阶意志，那么像阿吉布的这种行为，他的一阶欲望也同样遵从二阶意志，但这个二阶意志值得考究。显然，法兰克福的理论中对自由意志的界定仅同高阶欲望相联系，是不完整的。就如故事中阿吉布盗取钱财的行为，他的高阶欲望是不理性的也是不道德的，他放弃了更好的选择，而去选择做欲望驱使他去做的事情，仅从高阶欲望出发来判断就显得过于片面，但阿吉布的行为仍然是自由的。他受到了钱财的诱惑而削弱了自由意志对其行为的影响，人都有意志力薄弱的时候。如果我们说一个人的欲望遵从于他的理性的人就有自由意志，而欲望不受理性控制的时候就不自由的话，那人所有的意志薄弱的行为都不需要为之负责了。另一些相容论者如盖里·沃森（Gary Watson）就认为偶尔人的意志会受到程度不同的诱惑而驱使他做出与理性相反的行为（并不是被强迫），这仍是受控于他自己的自由意志。[②] 故事的叙述者“我”听了这个故事后说，“他的所作所为带来的后果，必然由他自己承担”[③]，说明由于人的自由选择而导致的后果必然由自己承担，当阿吉布后悔自己的行为，并决定努力攒钱去偿还的行为，就是他自我的反思性评价和欲望达到和谐的时候，这是意志在遵从道德法律，属于伦理学的范畴，自由意志讨论的发展与道德责任也有所关联。康德在《纯粹理性批判》提到：“人类理性之立法（哲学），有二大目标，即自然与自由，因而不仅包含自然法则，且亦包含道德法则”[④]，他认为人一方面决定于自然法则，另一方面人类是自由的，因为他们有遵从道德律令的能力。康德哲学虽支持决定论，但他认为决定论不是看待事物唯一合理的方法，他同时主张人的自由能动和责任。自由意志与道德责任问题

---

① 特德·姜：《商人与炼金术士之门》，王荣生等译，四川科学技术出版社，2004年，第288页。

② Watson Gary, “Free Agency”, The Journal of Philosophy, Volume LXXII, No. 8, 1975, p. 205.

③ 特德·姜：《商人与炼金术士之门》，王荣生等译，四川科学技术出版社，2004年，第292页。

④ 康德：《纯粹理性批判》，蓝公武译，商务印书馆，1960年，第351页。

的讨论也贯穿在整个西方哲学历史的发展进程中。

后两个故事的主人公穿过年门回到了过去，和前面两个故事不同的是，主人公都穿回到了过去的某个时间节点。他们仍旧没能造成祖父悖论，因为老哈桑的妻子如果没能在穿越回过去的旅程中解救年轻的丈夫，那么“老哈桑的妻子”这个人就不会存在了。最后一个故事的主人公也是小说的叙述者“我”如果成功解救了他的妻子，那么“我”也不会来到巴格达的这家店铺，希望穿越年门回到过去。即使故事都是宿命的结局，但回到过去的他们仍在自由意志的作用下遇到了意料之外的事。

在主体的行为中，自由意志和道德责任存在着逻辑上的关联性，又是主体这一行为的前提。行为主体做出的选择和道德行为能全面反映主体的意志、目的、情感等，是验证自由意志是否存在的前提。黑格尔认为意志作为主观的或道德的意志表现于外时就是行为，这也解释了自由意志与行为、道德责任的相互关系。当一个人怀揣着信念和目的，有意向地做出行动和选择时，并能自由地控制他的行为时，他就对自己的行为负道德上的责任，反过来说，主体对自己的行为选择负道德责任也就证明了主体自由意志的存在。拉妮娅回到过去后意外地帮助了自己未来的丈夫，虽然她知道在那之后哈桑正要变卖的项链成了她的首饰，自己也同哈桑结为了夫妻，那说明当时哈桑是没有遇到危机或危机被成功化解，她当时本可以本着袖手旁观的态度去观看“安拉”为他们写好的剧本，但拉妮娅在那时的行为选择是去帮助哈桑脱离困境，因为“安拉的旨意绝不会是让她袖手旁观，安拉让她来到这里，正是要她充当工具”①。拉妮娅做出的这个行为选择是她自己的一种有意向的、出于自身意愿的行动。亚里士多德认为出于意愿的行为是指在一个人知情的情况下，并了解行为带来的影响和后果下做出的行为选择，这种行为就是主体自身意志自由的行为，而行为主体都应负道德责任。拉妮娅的行为是她自由意志驱使的结果，她选择了不袖手旁观去帮助哈桑，那么不论结果好坏，她都需要对自己的这个行为负道德责任。

和第三个故事不同的是，最后一个故事里的主人公“我”没能成功解救意外去世的妻子。悲剧的起因是“我”和纳吉娅结婚一年后，“我”企图去做贩卖奴隶的工作赚钱但纳吉娅不同意，由此两人大吵，“我”还对纳吉娅恶语相加，作者十分巧妙地将“我”穿越故事的起点放在主人公和妻子大吵之后，也就是说“我”要去做贩卖奴隶的生意，“我”和纳吉娅大吵，“我”对纳吉

---

① 特德·姜：《商人与炼金术士之门》，王荣生等译，四川科学技术出版社，2004 年，第 294 页。

娅恶语相加这几件事情都是确定的，就像文中说那是“出口的话，离弦的箭，逝去的生活和失去的机会”[①]，都不能回头。“我”意志里的行动倾向就是选择去贩卖奴隶，意志自由与其行为选择有必然的联系，因为在人脑意识里的，没有外界强制的行动倾向、偏好、目的等都在行为选择时表现出来。所以这件事是“我”发挥自由意志的行为选择。那么，如以上分析所言，主体的行为与道德责任也有所关联，主人公是否对他的行为负道德责任呢？作者既然把起点设置在这件事情发生后，目的就是让故事主人公无法收回“出口的话”，他意向去贩卖奴隶，并为了此事与妻子发生口角，该行为是一种完全出于行为主体意愿的，在没有受到外界压迫，并了解会带来什么后果的情况下做出的抉择，自由意志是引起这个选择的直接原因，也是主体负道德责任的前提：“凡是出于我的故意的事情，都可以归责于我。”[②] 这里的“故意”其实就是指的由主体自由意志引起的行为选择，因此由主体自由意志所引起的行为都需要负道德责任。那又有这样一个问题了，主体所负的道德责任有何程度上的不同？比如一个人在间接受到威胁的情况下杀人了，和一个完全出于意志自由的选择去杀人，谁担负的道德责任更重？按照道德准则和法律条约来看，后者肯定要担负更多的道德责任，这就说明了责任度和自由度之间有某种程度的联系，小说中“我”和妻子大吵并离开后没多久就得知了妻子的死讯，在不知妻子去世原因的情况下，“我”认为妻子的死完全由我自由意志的行为引起以至于需要负完全的道德责任，因此“悲痛像冥世的烈焰，灼烧着我的身体”[③]。当“我”穿越年门回到悲剧发生的节点，经历了返回的途中镇子水井干涸，士兵染上痢疾，沙尘暴，高温等等后，到达妻子去世的清真寺时还是太迟。但像巴沙拉特所说的“回到过去，仍旧可以遇到出乎意料的事件”[④]，清真寺的毛拉告诉了“我”曾不知道的妻子对我的想念和幸福后，我仍旧伤心地哭了，但是文中提到，这是“解脱的哭泣”[⑤]，从哲学层面上来说，这其实是主体所承担责任轻重的影响，第一次“我”认为妻子的去世完全由自己自由意志的行为引起，感觉“仿佛是我用自己的双手杀死了她”[⑥]，所以担负完全的道德责任，心里备受道德责任的折磨；第二次“我”穿越年

① 特德·姜：《商人与炼金术士之门》，王荣生等译，四川科学技术出版社，2004 年，第 301 页。

② 黑格尔：《法哲学原理》，范扬等译，商务印书馆，1961 年，第 118 页。

③ 特德·姜：《商人与炼金术士之门》，王荣生等译，四川科学技术出版社，2004 年，第 300 页。

④ 同上，第 297 页。

⑤ 同上，第 306 页。

⑥ 同上，第 300 页。

门重新经历时我努力地挽回,但水井干涸、沙尘暴、高温等都是阻碍自主意志行为的障碍,这些客观的障碍限制了主体发挥其自由意志的程度;再者,"我"已经努力地去营救妻子,但主观的个人努力都无济于事。在主客观条件都对悲剧的挽回产生限制时,主体所负的道德责任相应减轻,从主体所担负的道德责任轻重可以推断出其发挥自由意志的程度,所以小说中的"我"最后流下了"解脱的眼泪"。对于判定道德责任的方法,英国语言哲学牛津学派代表人物彼得·弗雷德里克·斯特劳斯(Peter Frederick Strawson,1919—2006)提出了"反应态度"(reactive attitudes)① 的概念,他从人与人在社会交往实践行为中的情感态度,如高兴、难过、责备、赞扬等对待行为主体,使之并进而建立起道德责任。读了故事四的开始,"我"准备去做贩卖奴隶的工作并还为此对妻子恶语相加,这之后"我"得知了妻子的死讯。当"我"把这件事告诉毛拉后,毛拉让"我"用忏悔和赎罪抹掉过去的罪孽,毛拉的反应态度是一种不认可的态度,所以"我"开始努力忏悔、赎罪(承担道德责任)就在此反应态度上建立。到最后得知妻子生前对于"我"的情感态度是原谅而不是指责时,"我"需要承担的道德责任即被削减,最终卸下了心里的重担。

四、结论

《商人与炼金术士之门》全书虽弥漫着宿命论的基调,但从作者笔下主人公的思想和行为中却读不出任何的服从和不思进取,也不是一味地传递悲剧色彩,这就是自由意志的力量,它是一种不被命运强迫的自主行为和权力。自由意志的力量在这篇宿命的穿越小说中显得尤为可贵,一个坚持无神论的作者在整篇文章中营造了一种形而上学的、神定的氛围,在此大氛围下他刻画了一个个具有鲜活自由意志的人物,这些主人公虽在事前都被传递了"过去和未来都无法改变"的思想,但自由意志的力量仍旧引导他们在经历过去和未来的事件中做出改变。在宿命论、穿越小说都不是什么新颖题材的今天,《商人与炼金术士之门》依旧能赢得星云、雨果双奖的荣誉,得益于文章丰富的哲学内涵和作者独特的叙事手法。每个故事的主人公都至少有两重身份,包括正在经历事件的身份 A,年长的身份 B,可能还有更年长的身份 C。身份 A 从叙事视角来看属于限知视角,而身份 B 虽然也属于限知视角,但更胜于前者,因为前者经历过的事情他都经历过,在这个意义上,年长身份的 B 就

---

① Strawson Peter, *Freedom and Resentment*, Oxford: Oxford University Press, 1982, p. 4.

可以跳出故事本身来向年轻的A，同时也是向读者传递哲理，而经历更多的C甚至站在一个接近全知的视角上来洞悉历史，面对无法改变的过去，C站出来评说历史和发表感慨。作者通过对人物在过去、现在、未来不同阶段所表现出来的心理状态的描写，让他笔下的人物在读者面前展现得更加生动、立体，同时也促使读者更多地立足于现在，去深刻思考当下的生活，因为只有现在充分发挥好自由意志的作用，做出明智的、不后悔的抉择，才能让自己并不想去重塑过去的生活，也并不幻想着有一个美好的未来，自己选择的现在就是最好的过去和未来。

（张佳祺，女，硕士，电子科技大学外国语学院专职实验教师；魏全凤，女，博士，电子科技大学外国语学院副教授）

汉学·比较文学

史景迁《王氏之死》对中国传统社会结构图景的书写

王嘉胤

摘　要：史景迁（Jonathan Spence），当今美国最著名汉学家之一，其作品《王氏之死》对中国传统社会的乡土本质和差序格局的社会结构进行了真实刻画，深入剖析了乡土中国的社会阶层矛盾和传统家庭结构下的女性问题，通过其独特的研究视角和写作风格为西方世界建构起一个“东方观念”下的乡土中国。在深刻揭示中国传统社会图景的同时也展现了中西方文化差异影响下西方世界对中国社会的关注和期待，并且为中国在作为“他者”时的研究做出了巨大贡献。

关键词：王氏之死　中国传统社会　乡土性　建构

一、史景迁及《王氏之死》的创作

史景迁（Jonathan Spence）是当今美国著名的中国历史研究专家，其独特的写作风格和研究视角也使得其在众多知名汉学家中独树一帜。当然，在研究过程中由于他自身语言方面的限制导致其在一定程度上受限，但其卓越的研究能力和扎实的学术背景却成为其学术研究道路上丰厚的宝库，最终形成的“观测”与实地考证相结合的研究风格也与其学术经历密不可分。首先，史景迁的妻子金安平（美籍华人）是美国历史学家，史景迁曾直言其妻子在中国学研究方面给予其不可忽视的帮助和影响，二人在学术研究中结识并在生活中大量的学术交流为史景迁的历史研究提供了助力，也在一定程度上弥补了其语言问题所造成的研究障碍。

另外，史景迁学院派的研究背景对其研究风格的影响同样值得重视。

1936年史景迁出生于英格兰萨里郡，其父母与兄妹均受过良好的教育，家庭氛围中浓厚的学术气息对其幼年的影响极为深远。同时，史景迁自身也十分热爱史学研究，其于1949年就读于温彻斯特学校，读书期间便开始显露其在文学创作方面的才华，并凭借优异的学习成绩和文学创作才华获得了历史奖。1954年从温彻斯特学校毕业后史景迁在德国服兵役两年，兵役服满后，史景迁进入英国剑桥大学克莱尔学院，期间还担任了剑桥大学报刊和文学杂志的编辑，并对中国历史逐渐产生了兴趣。1959年由于学习成绩优异，以及在报社和杂志社中的突出表现，史景迁获得了麦仑奖学金和到美国耶鲁大学进行交换深造的机会。就读耶鲁大学期间，史景迁从师于中国近代史和中国文献研究的权威专家芮玛丽（哈佛大学终身教授费正清的学生）以及中国文化的研究专家芮沃寿，并正式开始了中国学的研究，芮沃寿和芮玛丽夫妇二人曾在中国进行过较长时间的学术访问，因此二人对于中国的历史文化有着很深入的理解，史景迁就是在他们的指导下在研究中国学的道路上不断前行，在研究方向和创作风格上也受到导师的极大帮助和影响。

由于撰写博士论文的需要，芮玛丽将史景迁推荐给了澳大利亚著名中国文明研究专家、《清代名人传》的作者房兆楹。在这位满腹经纶的饱学之士的熏陶下，史景迁对于中国文明更是崇敬不已，史景迁评价芮玛丽是“激励人的导师”，评价房兆楹是“伟大导师的楷模”，这些优秀导师的指导，为史景迁的中国史研究奠定了坚实的基础。1965年史景迁顺利获得美国耶鲁大学博士学位，之后便开始在耶鲁大学任教至今并正式走上了研究中国学的道路，其中国学研究的关注点和风格的形成几乎可谓一气呵成，这与他一脉相承的学术历程和学院背景的影响是不可分割的。如今史景迁是耶鲁大学历史系斯特林讲席教授、历史系和东亚研究中心主任，是美国研究中国近代史的重要领军人物之一。1995年史景迁获得香港中文大学荣誉文学博士学位，之后又担任了2004—2005年度美国历史学会主席，是该机构自成立以来仅有的三位中国史研究学者之一。

在半个多世纪的学术生涯中，史景迁曾先后在英国、美国、澳大利亚、中国大陆、中国台湾和中国香港等地深入学习和进修中国语言和中国历史，累计出版了10余本研究专著，其对中国史的研究以明清史见长，主要代表作品有《中国皇帝：康熙自画像》《曹寅与康熙：一个皇室宠臣的生涯揭秘》《天国之子和他的世俗王朝：洪秀全与太平天国》《皇帝与秀才：皇权游戏中的文人悲剧》《王氏之死：大历史背后的小人物命运》（简称《王氏之死》）等。由于史景迁十分崇敬中国西汉的史学家司马迁，所以才取了“史景迁”这个名字，其中的“景”字意为“敬仰”，因此司马迁的“寓论断于序事之中”的叙事方法对史景迁也有一定的影响，加之在史景迁的学术生涯中，曾辗转多个国家，他将多个民族的文化融汇贯通，并依靠自身的努力与探索，成功地孕育出了独具一格的学术风格，那就是注重历史个案的考察。

其研究的独特之处是从小人物的故事出发，引发对于历史宏大事件的思考，在特定的历史背景下，通过讲故事的方式，站在“小人物”的立场来看待整个历史事件，借助第三人称的口吻，以“讲故事”的方式娓娓道来整个事件错综复杂的人物关系和情节，尽管作品中没有一句史景迁自己的观点，但读者却能够切身体会到“当事人”对事件的看法和态度，从而引发对历史事件的思考。正是因为史景迁的行文方式的特殊性和生动性，他的作品赢得了许多西方普通读者的青睐。史景迁以其在中国史方面独特的视角和通俗易懂的表达方式在西方中国学领域享有很高的声誉和影响，他的历史研究书籍以文学化风格著称，同时，也正是因为这种风格而使得其作品饱受争议。以文学化的语言表达来阐述历史的内容并进行寓意分析，比单纯的晦涩拗口的历史性解释要浅显易懂得多，为了让读者更好地了解中国历史，史景迁尽量避免文中出现典故或生僻字。正是因为史景迁的书籍读起来朗朗上口，深入浅出，所以他的书籍一度成为历史畅销读物，在世界范围内吸引着历史文学修养参差不齐的各类读者，不少人都是由于阅读过他的书籍才对中国的历史和文化有所了解。刊于《读书》1997 年第 6 期的《耶鲁怪杰史景迁》的作者马敏曾给予史景迁“开辟了美国东亚史研究领域中的‘平民’史学先河”的美誉。

1978 年，史景迁《王氏之死》一书在美国出版后，迅速掀起一股浪潮，不仅仅因为他独具特色的叙述风格，还由于史景迁借这本书作为载体在历史研究方面进行的新的创新。这种创新主要体现在两个方面，一方面是在研究对象选择上的创新，另一方面则是在参考史料范围方面的创新。在研究对象的选择上，史景迁不拘泥于历史研究领域中利用历史大人物、大事件作为载体来阐述分析历史的传统，而是以不知名的小人物作为切入口进行“讲故事”，从而给读者呈现出了与以往史学研究的宏观事件所不同的另一面。在史料的应用上，史景迁也体现出了过人的胆识和创新。他不局限于一些官方史料的收集，还使用了包括官绅的私人笔记、蒲松龄的《聊斋志异》在内的其他题材的资料，在借鉴这些资料的基础上，通过自己的想象以及生动易懂的描述，史景迁以“叙述故事”的方式围绕小人物“王氏”再现了一段底层人物眼中的历史。

二、《王氏之死》对中国传统社会结构及文化内涵的刻画

费孝通先生在其学术著作《乡土中国》中对中国由小农经济和儒家文化所共同构建的社会结构做了深入的分析和阐述，将其归结为具有乡土性的“差序格局”社会结构。他认为，在差序格局中的社会关系是私人联系的增加，是以圈层的形式递推出去的，社会范围是由一条条由私人联系所编织成的网络，因此，中国传统社会里所有的生活方式和社会道德也只有在特定的差序格局下的私人联系中才发生意义，所有的价值标准也不能超脱于“差序”的人伦而存在。基于这种理论，他进一步论证中国的家庭结构更多的是一种绵延性的事业社群，主轴为父子、婆媳之间，即所谓的“纵向结构”，而感情定向也趋于一种“阿波罗式”夫妻关系，并以此形成一种稳定的社会关系的力量。

《王氏之死》全书篇幅并不大，但从内容上来讲，虽然全书只是呈现了清初山东郯城和淄川农村人民的生活图景，却有着十分庞杂的涵盖面。从明末清初的土地制度、律法规定到这一地区的税收情况和百姓生活都有刻画和呈现，甚至史景迁通过对《聊斋志异》中相关章节的借鉴，加之蒙太奇式处理叙事的方法，在一定程度上暗示了书中人物的内心动态，也深刻展现其结构背后由小农经济和儒家文化所共同建构出的乡土图景。

首先，史景迁对中国农村社会的乡土本质和差序格局的人物关系有着深入的展现和描述。《王氏之死》由介绍郯县的地理人文开始，到叙述王氏之死所引起的命案纠纷结束，整篇作品自始至终都贯穿给人一种波澜不惊的感觉。并且，作者也直言，郯县在明末清初时期可以算山东境内最为落后和贫穷的县城之一，但我们会发现，作品中的人物观念和当时整个大时代的先进程度并非格格不入，而更多是一种遵循自己所固有的生活方式来循规而生的理所应当。同时，对于17世纪中期的中国而言正是处于朝代交替、社会动乱的年代，各地义军蜂拥而起，这对于一个社会而言是不可避免要造成巨大影响的。然而，无论书中所写的明末清初的李自成进京，还是清军入关等一系列历史事件，对于郯城人来说似乎都与他们的日常生活没有关系，全书人物结构和生活环境十分固定，从未提及大规模人口迁徙和流动。即使是与郯城百姓生活息息相关的地震、洪涝、饥荒、蝗灾等灾害的轮番侵袭也未能使郯城百姓有过放弃土地、背井离乡的念头。纵观全书，史景迁在凸显苦难和郯城村民在基本生活受到威胁而产生的非理性暴力冲突中，还有意展示了中国传统农村社会中社会结构停滞不前，甚至是一潭死水似的景象。同时，作品对于中

国传统农民坚守世代更替、安土重迁思想的刻画也十分深入，作品中的所有人物都在既定的生活环境中遵循规范和法律生活着，甚至在面对恶劣环境的威胁时也选择按照时代遵循的原则寻找解决方法。书中有关王氏之死的章节仅仅最后两章，然而史景迁却以《王氏之死：大历史背后的小人物命运》作为全书的标题，这正是作者对于这种一成不变的社会制度和生活方式提出的疑问，而王氏违反了社会礼法并做出一种看似合理的求生方法，最后却被既定的社会结构判处"死刑"，这本身就是中国社会的乡土性向读者给出的答案。

中国由于广袤的土地和小农经济的基础形成了各地域长期以来在空间和时间上的阻隔，世代更替形成了以熟悉的环境和传统继承为基础的生存结构，这种生存结构也造就了小农经济的孤立，并且以上一辈的经验传递和下一代的反复习得为基础，即一个人或社会的"当前"也包含了这个民族的"过去"，这也就导致了相较西方更为稳固，社会变革更为缓慢的中国传统的社会结构。对于固有的礼法制度来看，这一点无疑是求之不得的，然而这也正是作者最为关注和担忧的一点，这种结构更多的是要求以父子传承为基础，反映在人物关系上就是一种差序格局的社会结构，从而形成以夫权为中心的稳固但却具有压迫性的家庭结构。史景迁在作品中也深刻揭示了此种社会结构下的中国图景。

其次，从史景迁对于中国传统女性问题的研究也进一步揭示出中国传统社会下的家庭结构以及作者对女性悲剧命运根源的思考。基于中国社会小农经济孤立的乡土性，也就就了区别于西方家庭结构的，以父子为主体具有绵延性的"纵向家庭结构"，这种结构之下的家庭不仅仅是以情感为基础，更多的是一种集合生存、传承、宗法等为一体的事业组织，也就更为强调团体的重要性，团体对于个人的作用更类似于神对信徒们的庇护。而史景迁在《王氏之死》中对于女性，尤其是对于守寡女性的刻画中也深入探讨了中国传统女性守寡的内涵和动机，他深入剖析了守寡女性所面临的生存压力和生活危机，例如如何面对财产继承的困境，如何面对抚养孩子以及保证自身基础生活的压力等。并且，史景迁选用《聊斋志异》中《云翠仙》一章与书中的守寡女性进行对比，同样是为逃离夫权社会的家庭的压迫，云翠可以靠仙法和金钱逃离，而郯城的妇女呢？也由此进一步看出乡土中国之下的纵向家庭结构对于女性的束缚和压迫，同时也揭示出中国差序格局的社会之下的纵向家庭结构。

费孝通先生将这种纵向结构下的夫妻关系定义为"阿波罗式"两性爱情，即中国传统社会之下的两性关系。这种两性关系排斥两性之间相同的可能性，强调同性相聚，例如“男女有别”的传统社会观念，认定男女间不必求同，并在生活上加以隔离，两个性别间存在着不可跨越的鸿沟。这种两性关系强调差异是冲突的根本，导致同性原则大于异性原则，并以此来保证纵向社会结构的稳定。这一点在《王氏之死》中也有深入刻画，《郯城县志》中对于“贞节烈女”事件的记载有相当大的篇幅，并且，对于女性的伦理道德限制也规定得十分具体，县志中关于女性的传记共有56篇，其中关于已婚妇女的记录有53篇之多，其中有多个为夫自杀的烈女的记载，史景迁在《王氏之死》中对于女性伦理道德限制的民间描写，包括《大清会典》中对于“贞节烈女”的规定也有较多记载，这也侧面反映了中国传统社会下“阿波罗式”的两性关系所带来的宗教礼法对女性的压迫，作品在展现宗教礼法制度下中国农村女性的生活和心理压力外，还深刻揭示了此种宗法制度所形成的社会条件。

综上，无论作品中的女性是出于“守节”的礼法制度还是如作者所说的迫于生存的压力才选择做到传统意义上的“贞女节妇”，都反映了乡土中国的社会属性和夫权社会下纵向的家庭结构关系。因此，史景迁对于中国社会乡土性和传统家庭结构的理解和刻画也十分深入，向西方社会展现了一个具有乡土色彩的传统中国图景。

最后，史景迁对于中国社会礼法秩序和社会矛盾之下的横暴权力冲突的揭示也极为深刻。费孝通在论述中国传统社会制度时将其定义为“教化权力”及“长老统治”下的社会契约。他认为权力之所以诱人是由于经济利益的影响，统治者通过“同意权力”和“横暴权力”达到在社会冲突持续的过程中一种休战状态的临时平衡。而这种统治所依靠的重要一点就是文化对于社会新分子的强制的教化权力，进而扩大到成人之间的关系必须以稳定的文化传统作为有效的保障。

因此，中国传统社会由于其乡土性的特质，更多采用人治大于法治的社会模式，强调长老统治的教化性权力，最后达到孔子口中“无讼”的社会环境。虽然书中以案件和法典为主要史料，其中也有大量关于《大清会典》的具体法律条文记叙，但这些案件的本质却都是中国传统社会长期教化的结果。例如书中王氏与他人私奔即被视为大逆不道的举动，即使被任某故意杀害也被判为“死有余辜”，而书中也提到，在《大清律》中有记载男子可根据“七出”条件（不顺父母、无子、淫、妒、有恶疾、口多言、窃盗）休妻，但是在此等条件下的命案也被视为情有可原，这也反映出当时案件的审判和法律的制度实际皆是根据中国传统礼法秩序所定，进一步证明稳定的文化基础在此种统治模式中的重要性要比当时西方世界对于教化性文化所要求的地位高很多。史景迁对中国教化性社会的统治模式也着墨甚多，甚至于将其作为全书线索，作为建构中国乡土社会的基础，同时，在叙述中国礼法主基调的同时，史景迁也对其对立面有所分析，即横暴权力冲突的产生。《王氏之死》第一、二、四章对清初的社会矛盾进行深刻描写，涉及土地分配、赋税劳役、武装冲突等，农民在经受地震、蝗灾等天灾之后还要承担繁重的赋税和强盗土匪的洗劫，生活困苦不堪。史景迁对此进行深刻揭示，并展示了农民因繁重的经济压力不得已而向地主豪门发起“挑战”，从他们手中争夺税赋减免的权力。多年来各地方势力与官府之间因深厚积怨而爆发的武装冲突和起义斗争。这些描写在中国历史上不断重复上演，作品也充分揭示出中国传统社会在皇权开疆拓土后，乡土社会中的平民百姓无法承担强健的皇权所带来的压迫而爆发的起义和横暴权力冲突。

三、“东方观念”建构下的中国传统社会图景及其变异原因

从西方世界进入后殖民时代开始，西方哲学和文学界几乎同时掀起了一场对于西方主体性“自我”价值的考量，而“他者”作为这场思想革命中最为常见的术语之一，其在后殖民主义研究的一系列概念和范畴中也成为最具特色的中心范畴。从哲学上讲，“他者”概念的应用主要源于黑格尔和萨特的理论，二人都注重“自我意识”在“他者”形成过程中的本体论意义，但黑格尔跟强调其冲突的基本关系，将其类比为主仆双方一场不可调和的冲突对抗，他们都在试图消灭对方，但却都将对方视为来证明自身存在的一种中介，“因此它们彼此相互承认着它们自己”。萨特则放弃了从“我主体”的角度出发，而从“自我意识”出现过程的角度考量“他者”的确立，他在《存在与虚无》中举例，一个人通过锁孔窥视屋内的人，而当有人经过时其愧疚感由此产生来证明“自我意识”的产生是“他者”存在的根本，我们只有将“自我意识”投射，“他者”真正被意识到或想象到时，“我主体”才真正存在。“他者”理论的发展也为拉康的精神分析学研究奠定了基础。

拉康作为“二战”后法国最为著名的精神分析学家，他从语言学的角度出发重新审视了弗洛伊德的学说。他在“他者”研究对“自我意识”的审视上进一步提出了象征性的威力和“想象的关系”。他认为，“主体”与“他者”之间是存在相互转化的，其复杂的关系和开放性、运动的特征导致其间的转化存在无限的可能。而由于这种互动关系的介入，也就出现了象征性世界和“想象的关系”，这就像直接介入两者的第三者，而这种“想象关系”附属于象征性，因此，它也就造成了主体与他者间的直接联系的阻隔，甚至使二者相互对立。而在史景迁的研究中更提出了西方对于中国社会的研究更多地以

一种“观测”式研究为主，这也就导致了中国作为西方世界的“他者”不可避免地被象征性的建构，从而形成了西方世界的“东方观念”。因此，由于西方对于东方长期“观测”式研究和中西方的文化背景的不同，使得中国在“主体”与“他者”开放、运动的关系中不可避免地被建构，进而在“东方观念”下被书写和研究。史景迁通过对《郯城县志》、《福惠全书》以及《聊斋志异》的研究和整理建构起一个具有乡土色彩的中国图景，甚至已经完全模糊了史料记载与虚构想象的界限，但这也正是中国在作为“他者”时所要面对和不可逃避的——被“东方观念”建构。同时，由于中西方社会结构的不同而导致截然相反的家庭结构和这种结构下传统妇女的地位差异也是史景迁关注并着重研究的一点。因此，基于这两点，我们可以通过对《王氏之死》的研究以了解西方社会对于传统中国的了解途径和态度，从而认识到中国作为“他者”时的吸引力何在。

首先，史景迁通过想象为西方人建构起一个具有吸引力的乡土中国。当然，史景迁创作的出发点还是基于具体可查的真实史料，但在运用想象建构的过程中难免会带有西方人对东方世界的既有观念。他在其作品《大汗之国：西方眼中的中国》一书中就深入讨论了这一点，并且选择用“观测”一词来阐释西方人对东方的探索途径和表达方式，其中，他将 48 种不同类型的对中国社会的“观测”结合起来，并分为三类——早期中国探险家；西方关于中国的虚构文本，例如小说、诗歌、戏剧、电影等；西方思想者及理论家对中国思想和社会的体系化判断。我们不难发现，他们中大部分研究者都未见到真正意义上的中国，更多是凭借文本和想象相结合的“观测”和主观“建构”。因此，在西方人观念中对于中国形象的想象都是趋于极端的综合体，中国往往被建构为有着精致而细巧、趣味而优雅，但同时又具有残暴、压迫、专制的特性。但是，在 19 世纪末 20 世纪初列强打开中国大门并进入中国后，西方在原有对“他者”的期待的基础上又多了落后、贫穷、野蛮暴力的观念建构。因此，在《王氏之死》中透露着一种暴力甚至有悖于正常道德秩序的血腥氛围。例如书中对于追捕凶手王三一段的描写，王三仅因邻居的猪进入自家田界就杀害其家男丁，而县令宣称为了给王三的仇人报仇而借助王三仇人的力量抓捕王三，但王三的仇人一旦泄密就被立即处死。再如陈相国三兄弟为继承权谎称其父被陈太祯所杀，为达目的不择手段等行为，以及书中王氏丈夫任某为嫁祸仇人不惜亲手杀死王氏和士兵对无辜百姓的肆意凌辱等描写，都反映出西方视角下对中国的观念性建构。另外，由于史景迁采用的文本多为历史文献，加之其个人中文水平所限，在创作的过程中不可避免地产生偏差，例如书中寡妇李氏一案，作者对于明末清初的科举制度流程描写有较大误差，在描写过程中的对其的理解也有谬误；再如王氏之死一案，作者对当时的案件审理制度流程描写也存在同样的问题。因此，史景迁在创作过程中对于中国乡土图景的描写也融合了大量西方社会固有的观念性建构，在一定程度上深化和巩固了西方人固有的“东方观念”，为西方人建立起一个具有吸引力的乡土中国的同时也让我们了解到西方人通过“观测”图景了解的中国图景是怎样的。

同时，由于西方世界的社会结构之下所形成的家庭模式与东方截然不同，所以史景迁在作品中也将关注点重点放在了对此的描写和剖析上。西方世界的家庭结构是以夫妇为家庭主体的横向结构，其以情感为纽带作为维系家庭的主要手段，与东方差序格局下所形成的传统事业性家庭截然不同，这也就形成了与东方相反的两性关系模式——“浮士德式”两性关系，这种关系下强调追求与探索，不以实用为目的，而更重视“变”的内涵，因此，形成了变革节奏较快的社会结构，这一点也与东方稳固的社会结构不同。而史景迁相较其他汉学家来说有着更浓厚的西方色彩，因此其在《王氏之死》中也将对中国传统社会的家庭结构描写放在突出位置，叙述基调虽然较为平和，不含褒贬，但从中我们还是能发现，西方世界对于中国乡土性的特点还是十分关注的。中西方不同的，甚至是截然相反的社会模式也导致了史景迁对于中国传统社会结构的强烈关注，由此我们也能看出，西方世界对于中国传统社会的兴趣点依然集中在其乡土性的本质上。

综上所述，由于社会结构的不同而产生巨大差异的人物关系导致西方世界对于中国乡土性的本质关注有加，但同时由于西方世界对中国长期“观测”性的研究导致的固有观念使得大部分研究者在创作过程中通过固有观念“建构”起一个更符合西方人预期的中国图景，这也导致了中国作为“他者”在面对西方视野时与中国对自身的认识和中国的实际情况产生了一定意义上的偏差。

四、结语

史景迁《王氏之死》的创作不仅为西方世界展现了一个具有乡土性的中国传统社会结构，同时，大量的原始文献整理使其对中国的社会结构有着深刻认识和真实刻画，进一步分析和揭示了中国差序格局下的社会关系和家庭结构形态。另外，在“东方观念”、中西文化差异和家庭结构差异的影响下，史景迁对于暴力冲突和女性问题的有着重要关注和深入剖析，为西方世界“建构”起乡土中国图景的同时，也为中国在作为“他者”时的研究做出了巨大贡献。

参考文献

[1] 史景迁. 王氏之死：大历史背后的小人物命运［M］. 广西师范大学出版社，2011.
[2] 费孝通. 乡土中国［M］. 北京大学出版社，2012.
[3] 史景迁. 美国史学大师史景迁中国研究系列［M］. 上海远东出版社，2005.
[4] 何吉龙. 史景迁的中国研究［M］. 华中师范大学，2009.
[5] 郭琳波. 变与不变：史景迁《王氏之死》中的中国形象［J］. 内蒙古农业大学学报，2012 (1).

（作者系四川大学文学与新闻学院 2017 届硕士研究生）

宝島文心

近五年台湾校园文学调研报告

樊佳源　张靖仪　林　媛

摘　要：台湾校园文学长期以来都保持创作活跃的特点，在文学场域中占据一席之地，具有较高的社会认可度。尤其是20世纪70年代以来在各高校陆续举办的校园文学奖，更是为台湾文学教育注入了新的发展动力。但目前海峡两岸关于台湾校园文学奖以及大学生文学创作的研究仍旧几乎处于空白状态，可供研究的相关作品资料也极为有限。本文立足于收集近五年间台湾大学生文学创作的第一手资料，对其展开文本细读与社会历史分析相结合的整理研究。旨在对台湾当代大学生文学创作现状做出比较客观详实的概述，并在此基础之上展望未来台湾高校文学创作的发展趋势。

关键词：台湾　大学生　文学奖　文学创作　现状分析

一、概述

（一）校园文学概况

两岸有关台湾地区大学校园文学发展的研究基本处于空白状态，尤其是对台湾校园文学第一手材料的调研和汇总更是很少见到，所以本课题在内容和材料上都有极大的新颖性和开拓性，但仍可从台湾文学史方面著作和论文中对其稍作管窥。

根据叶石涛《台湾文学史纲》[①] 一书的相关论述，直到战后60年代校园文学才正式作为一支文学力量介入台湾文坛。当时正在台湾大学外文系就读的白先勇与志同道合的王文兴、陈若曦、欧阳子、李欧梵等人创办《现代文

① 叶石涛：《台湾文学史纲》，春晖出版社，1999年，第113～114页。

学》。《现代文学》从1960年4月到1973年9月的十二年间共出刊五十一期。第一期即有《卡夫卡特辑》，之后又连续介绍了加缪、亨利·詹姆斯、福克纳、贝克特等欧美现代作家，把存在主义、意识流、超现实主义等现代前卫文学思潮引进台湾。此外作为校园文学期刊，《现代文学》还连载发表过众多青年学子的文学作品，培养了许多年轻作家，如黄春明、七等生、林怀民等，余光中、姚一苇等成名作家也曾先后担任过编辑工作。

70年代初期继《文学季刊》《现代文学》等重要文学刊物先后停刊或无法定期出刊，由台湾大学外国语文学系于1972年创办的《中外文学》月刊成为台湾校园文学刊物的重要阵地。刊物致力于提携文坛新人、引介新文学思潮。此外，1969年由苏绍连、萧文煌、洪醒夫等人于台中师专校内成立“后浪诗社”，并在1972年9月发行《后浪》双月诗刊。

80年代校园文学刊物如雨后春笋般迅速崛起，办刊成风。其中光80年代创立的诗刊即有东吴大学汉广诗社的《汉广》诗刊、“中央大学”《大风诗刊》、文化大学《传说》、东海大学写作协会《空间诗刊》、东吴大学文艺研究社《南风》、明志工专《逆时钟》、中山大学文社《人工岛》等七家。另有跨校的《地平线》诗刊等。[①] 虽然80年代文学刊物数目众多，但质量良莠不齐，寿命普遍不长且影响力有限。

80年代中后期以后，各大校园文学奖逐渐取代文学刊物成为高校校园文学创作的主要输出口，如“中央大学”金笔奖、东华大学东华文学奖、淡江大学五虎岗文学奖等。文学奖征文类型涉及小说、散文、新诗等多种文学体裁，获奖作品最后将由大学相关承办单位集结成册出版发行。

（二）高校校园文学奖概况

自20世纪70年代以来，各级文学奖在台湾地区纷纷设立，依其性质大致可以分为以下四类：一、全国性文学奖，如联合报文学奖、林荣三文学奖等；二、地方性文学奖，如台北文学奖、南瀛文学奖等；三、民间文学奖，如台积电青年学生文学奖、吴浊流文学奖等；四、校园文学奖，如台湾大学举办的台大文学奖、东吴大学举办的双溪文学奖等。研究发现，曾获得过文学奖者计有792位作家，占台湾所有作家作品目录中收录1800名作家的44%[②]，几乎成为台湾文学场域中不可或缺的重要的文学生产机制。

本项目所研究的高校校园文学奖是针对台湾地区“一般大学（含师范）”

① 林德俊：《校园诗社/刊的跨世纪走向》，《文讯杂志》2003年7月。

② 须文蔚：《大专校园文学奖类型及其在文学场中之位置》，《东华汉学》2007年第6期。

的71所高校而言的[①]，在该类大学中举办文学奖的院校约占五成左右。大部分校园文学奖举办届数为15—30届，也有少部分举办届数超过40届，如历史最为悠久的由成功大学举办的凤凰树文学奖，自1973年举办首届以来，迄今已举办超过45届；同样地，也有少部分大学起步较晚，如大同大学举办尚志现代文学奖，截至2017年只举办了8届。追溯至20世纪80年代中后期，台湾高校兴办文学奖伊始，通识类课程体系在各大高校普遍开展。[②] 其中包含了例如国文写作课、纳兰词选修课等系列人文通识课，一方面有助于大学生人文学习的持续化跟进，另一方面也为有艺文兴趣的各院系学生提供了良好的课程平台。在一定程度上，为文学奖的顺利举办奠定了基础。

在各高校举办的文学奖中，征文类型以现代文学中的散文、短篇小说、现代诗三种类型为主，同时也有少部分文学奖涉及有文学评论（如成功大学的凤凰树文学奖）、剧本（如台湾师范大学的红楼文学奖）、主题文学（如台湾清华大学的月涵文学奖）等类别。相较于现代文学、古典文学显得颇为寂寥，一方面由于校园文学奖对参赛者通常不设专业限制，是面向各系所在学学生的文学创作比赛，因此门槛颇高的古典文学并不适合此类大众化的文学创作；另一方面白话文作为日常交流和书写用语，相较于文言和古典诗词更贴于生活，更易于掌握和使用。在这样的情况下，也仍有极少数文学奖设有古典文类，如世新大学举办的舍我文学奖，下设古文、古典诗、古典词三个古典文学奖项。

高校校园文学奖相对于其他三类文学奖在独立性和权威性上有较为明显的优势，这主要取决于校园文学奖的主办单位和评审机制。首先，校园文学奖的主办单位均是由校级单位或相关院系单位担任，诸如学校教务处、通识科、中国文学系等，一定程度上保证了文学创作的独立性和自由性，既避免了全台性文学奖涉及特定社会意识形态的可能性，也避免了地方性文学奖期望借由文学奖推广地方文化的活动主张，更避免了民间文学奖含有的商业品牌宣传或特定文化观念的输出。其次，校园文学奖评审机制方面。就公开评审名单的高校来看，超过半数的文学奖评审由高校国文院系老师或有丰富创作经历的老师担任，剩下不到半数的评审由资深作家或新生代作者担任，如由台湾政治大学举办的第37届（2018年）道南文学奖，新诗组决审会议由诗人兼台北教育大学老师的向阳老师、诗人散文家兼台湾大学老师的唐捐老师、

① 台湾教育主管部门统计处：“一般大学（含师范）校数”2016年统计数据，https://stats.moe.gov.tw/qframe.aspx?qno=MQA3ADkAMwA1。

② 梁燕：《台湾地区大学通识教育开展的回顾与反思》，《河北师范大学学报》（教育科学版）2013年第12期。

台湾新生代诗人作家及记者的罗毓嘉老师三位担任评审。此外，部分高校会将评审票选记录以及会议记录、老师评语等公开化，进一步保障了校园文学评审机制的权威性和公正性。

“文学奖”自身带有的奖励属性，使得参赛作品有别于一般意义上的单纯文学创作。根据东华大学华文系教授须文蔚的相关数据统计，各大专院校文学奖的最高奖金平均值为新台币 7800 元[①]，折合人民币约为 1600 元。不低的奖励金额在一定程度上激发了学生创作的积极性，另一方面也从侧面反映出学校的重视程度。荣誉方面，文学奖认可度与作者之间相辅相成。青年创作群体往往在文学作品出版上有着不可避免的劣势：一方面迫于创作初期经济、名气、市场等各方面压力，大多数作者难以有机会将作品出版发行；另一方面，青年作者尚处于个人风格的探索阶段，作品以零散、不成熟居多。故由台湾高校自主独立举办的各类文学奖成为青年创作群体作品公开发表的重要渠道。校园文学奖相较于其他网路文学等提升知名度的方式而言，具有社会认可度高、成名快、初期投入成本低等特点。因此，高校校园文学奖为台湾青年创作群体提供了一个不可多得的平台。

二、研究资料整理

（一）作品集收集状况概述

本项目致力于 2013 年至 2017 年五年间台湾高校文学奖情况的调查研究。由于台湾地区高校数量较多，且设立有文学奖的高校约占所有高校的百分之五十[②]，因此在研究涉及的具体文学奖的选择上需谨慎周全。现关于项目主要的研究资料来源作以下说明。

首先，台湾地区高等教育主要分为一般大学（含师范）和技专院校两大类。由于课题中所涉及的关键词“高校”在大陆词汇系统中与“大学”词义相近，故对应的是台湾高等教育中“一般大学（含师范）”类。在此类别中，高校数量共计有 71 所，其中 34 所为公立高校，37 所为私立高校[③]，近似1∶1比例。因此根据文学奖主办单位（即高校）公私立情况，分别选择了 4 个由公立大学、4 个由私立大学举办的文学奖。

其次，虽然大部分高校文学奖是由某一所高校独自举办，但也有极少数

① 须文蔚：《大专校园文学奖类型及其在文学场中之位置》，《东华汉学》2007 年第 6 期。

② 同上。

③ 台湾教育主管部门统计处：“一般大学（含师范）校数”2016 年统计数据，https：//stats. moe. gov. tw/qframe. aspx? qno=MQA3ADkAMwA1。

文学奖是由多所高校联合举办，如医学生联合文学奖。因此在本项目所涉及具体研究的文学奖中选择了一个联合举办类文学奖。

再次，由于各高校举办文学奖的历史长短不一、质有优劣，故在选择时尽可能做到所选文学奖覆盖各种情况，能较为全面地体现出全台湾高校文学奖的概况。

最后，在搜集第一手作品资料的过程中发现，部分文学奖并没有公开发表获奖作品。而公开发表的文学奖作品主要有两种形式，一是集结成册，作为实体书出版发售；二是以网页或社交平台专栏等形式免费供读者阅读甚至下载。在此，项目组成员既通过网络收集了部分作品资料，同时也从台湾"中央大学"校图书馆借阅了部分作品集。

鉴于对以上四个方面的考量，最终筛选出以下九个文学奖，共计30本作品集、761篇文学创作作品：（1）中兴湖文学奖（2013—2017年五届作品集）；（2）西子湾文学奖（2017年作品集）；（3）凤凰树文学奖（2016—2017年两届作品集）；（4）月涵文学奖（2013—2017年五届作品集）；（5）双溪现代文学奖（2013—2017年五年作品集）；（6）长庚文学奖（2013—2016年四届文学作品集）；（7）舍我文学奖（2013年作品集）；（8）尚志现代文学奖（2013—2014年两届作品集）；（9）医学生联合文学奖（2013—2017年五届作品集）。

（二）公立大学文学奖及作品集简述

1. 中兴湖文学奖

中兴湖文学奖由台湾中兴大学举办，面向全台湾大学院校在校学生，借以"深化校园人文精神，镌刻成长记忆，提供校园写手青春发声的平台"。1984年举办了首届中兴湖文学奖，迄今举办届数已逾34届。该文学奖征文类型主要有新诗、散文、小说、古典文学（包括古文、骈文、古诗、词、曲等）四类，每届累计奖金逾35万新台币。本次收集的第30—34届（2013—2017年）五届作品集均为网页电子版。

2. 西子湾文学奖

西子湾文学奖由台湾中山大学举办，面向该校在校学生，以"倡导写作风气，提升文学创作水准，培养文学创作人才"为宗旨。自1992年举办首届西子湾文学奖以来，已举办超过26届。其征文类型主要有现代诗、现代散文、短篇小说三个类别，每届累计奖金新台币6万元左右。本次收集的第26届（2017年）作品集为实体书版。

3. 凤凰树文学奖

凤凰树文学奖由台湾成功大学举办，面向该校各系所在校学生，以"鼓励学生创作风气，提供同学作品发表及自我肯定的机会，从而能培育写作与评论人才，为文坛注入新血”为宗旨。凤凰树文学奖是台湾高校举办的历史最长的文学奖之一，自1973年举办首届凤凰树文学奖以来，共举办超过45届。其优质的作品集在高校及社会范围内备受肯定。征文类型繁多，共涉及三大类九个小类：古典文类（下分为古典散文、诗、词、曲四项）、现代文类（下分为散文、现代诗、短篇小说、舞台剧本四项）、文学评论。每届累计奖金逾25万新台币。本次收集的第44—45届（2016—2017年）两届作品集均为网页电子版。

4. 月涵文学奖

月涵文学奖由台湾清华大学举办，面向该校各系所在校学生，目的为“鼓励清华学子创作文学、思考人生，厚植清华校园人文土壤”。1988年举办了首届月涵文学奖，迄今已逾30届。征文类型主要有现代诗、散文、小说、主题文学四类，每届奖金金额逾9万新台币。本次收集的第26—30届（2013—2017年）五届作品集均为网页电子版。

（三）私立大学文学奖及作品集简述

1. 双溪现代文学奖

双溪现代文学奖由东吴大学举办，面向该校各系所在校学生，目的在于“提升现代文学创作风气，延续学校优良文学传统，创造清新的校园文化，传承双溪精神，以使‘百年双溪，文化长青’”。自1979年举办至今，已逾37届。征文类型有短篇小说、散文、现代诗三类，每届奖金金额超过6万新台币。本次收集的第33—37届（2013—2017年）五届作品集均为网页电子版。

2. 长庚文学奖

长庚文学奖由长庚大学举办，面向该校各系所在校学生，以“提升学生文学创作风气、厚植人文素养、强化长庚办学精神及职场伦理、涵泳道德情操”为宗旨。于2008年举办第一届，征稿类型有短篇小说、散文、新诗、企业伦理·长庚精神论述四组。每届奖金金额逾11万新台币。本次收集的第6—9届（2013—2016年）四届作品集均为实体书。

3. 舍我文学奖

舍我文学奖由世新大学举办，面向该校在校学生，征文分为现代文学组和古典文学组两大类，下面有现代小说、现代散文、现代诗、古典诗、古典词、古文六个小类。1999年举办至今已超过19届，每届累计奖金新台币14万左右。本次收集的第15届（2013年）作品集为实体书。

4. 尚志现代文学奖

尚志现代文学奖由大同大学举办，面向该校各系所在校学生，以“提振大同大学校园读书风气，启发‘大同人’之创造力及多元思维，进而提升写作能力，并培养其乐观、正面之人生态度”为宗旨。征文类别有散文、现代诗、短篇小说三类。2010 年举办了第一届尚志现代文学奖，迄今已举办超过 8 届，每届奖金金额约 2 万新台币左右。本次收集的第 4—5 届（2013—2014 年）作品集为实体书版。

（四）多校联合文学奖及作品集简述——医学生联合文学奖

医学生联合文学奖简称为“医文奖”，是全台湾各医学系及中医学系一同合办的文学奖，“希望提供给医学生以文会友、发挥文采的平台”。第一届医文奖之前，曾有多个医学系一同合办“蛇杖文学奖”，该文学奖是医文奖的前身，于 2008 年才正式改为“医文奖”，成为医学生固定的艺文活动。该文学奖面向全台湾各医学系、中医学系在校学生，征文类别有新诗、散文和短篇小说。迄今举办超过 10 届，每届奖金金额约 5 万新台币。本次收集的第 6-10 届（2013-2017 年）五届作品集均为网页电子版。

三、作品分析

（一）分类判准论述

大陆学者关于台湾文学的分类与发展观点纷呈、角度多样。通览相关文献研究，总体的分类判断标准以文学主题与文学思潮两大角度为主。如古远清在《当代台湾文学思潮掠影》[①] 中论述的 1945 年 8 月至新世纪台湾文学发展，包括孤儿意识、战斗文艺、自由人文主义文学、乡土文学、台湾民族文学论、后现代主义文学、二二八论述、后殖民论述等文学类别。此外亦有研究从社会历史和政治经济角度着眼，如田承亮、于建军在《历史意识·都市景观·家国情怀——新世纪台湾文学简论》中指出，社会政治小说仍然是台湾文学的重要组成部分，经济的进一步发展和代际的自然兴替使都市文学形成新的景观。台湾文学写作的边缘化、年轻化与个性化成为新世纪台湾小说新的生长点，新世纪台湾散文成绩斐然，台湾诗歌在喧哗与骚动中继续高扬现代大旗，多声部、多重奏的台湾戏剧也蓬勃发展。[②] 可以看到，新世纪台湾文学游走于传统与现代之间，强烈的社会意识与人文关怀是台湾文学的突出特点。

---

① 古远清：《当代台湾文学思潮掠影》，《华文文学》2013 年第 3 期。

② 田承亮、于建军：《历史意识·都市景观·家国情怀——新世纪台湾文学简论》，《泰山学院学报》2016 年第 2 期。

台湾学者关于台湾现当代文学研究着眼于台湾20世纪社会历史的发展变迁，从社会历史批评的角度剖析了台湾文学发展脉络。回顾历史，20世纪20年代为台湾新文学萌芽期，在文学语言、文学理论和创作范式上受到大陆新文学思潮的深刻影响。进入30年代，台湾作家的中文创作虽然受到日本侵略者的严厉打压，但作品仍以现实主义为主，反映被压迫的台湾民众的悲惨生活。40年代后期至50年代，台湾文坛一方面为大陆赴台人士所统领，另一方面又处于与大陆相隔绝的真空状态，因此30年代形成的左翼现实主义文学受到重创，作家纷纷逃到理想主义的旖旎世界中。文坛此时割裂成赴台人群反共怀乡和台湾原生作家遁入鸳鸯蝴蝶派文学的格局。60年代，白先勇、余光中等赴台第二代作家在文坛初露锋芒，其作品受到欧美现代主义思潮影响，以“无根的放逐”为文学的基本精神，呈现出敢于批判的现实主义特点。70年代台湾社会进入资本主义快速发展的阶段，社会矛盾丛生，台湾文坛受到波及。1977年到1978年展开的乡土文学论争，比较深入地提出大众文学和民族文学问题。80年代以后，台湾文坛受到欧美后现代主义影响，加之自身社会阶级日趋分化，后现代主义文学由此大量涌现。

在参照两岸学者对台湾文学类别划分和思潮演变的研究基础上，项目组成员对已搜集到的近五年台湾校园文学奖获奖作品材料进行了提取关键词式阅读，汇总和整理，发现随着台湾社会的变迁，近五年的台湾校园文学呈现出较强的时代独特性，最终形成以下六个主题类别：

1. 青春文学

以学生青春成长为主题，包含青春理想、校园爱情、家庭与友情、成长与迷茫等方面，内容多为青春成长道路中的经历与感悟。这类作品多以大学生的视角，对自身经历进行观察、记述、审视和思考，充分展现台湾大学生生活状态与精神世界，体现当代青年对自身生活和内心的关注。

2. 社会文学

社会文学主要指对于作者所处社会时代的某些现象、热点事件给予思考、评价的一类文学创作。例如成功大学举办的第四十四届凤凰树文学奖现代小说入选作品《镜头下的悲剧》，文章通过女主人公的镜头，叙述了一个无营业执照的街头青年小贩在失意生活和炎凉世态的双重压力下失手杀人的悲剧。体现了作者对市井小人物的关注和对酿成这出悲剧的现实的反思。再如第十届医文奖获散文组首奖的作品《琵琶鼠》，有大量篇幅在讨论台湾社会的热点事件，如捕捉流浪犬猫或禁止喂食的提议在社会上引起的争论以及对这两种声音的思考，对呼吁同性婚姻平等、尊重多元的思考，对医学生弃医从文等社会议题的思考，表现了大学生对社会的关怀。

这类社会题材的文学创作，具有一定的深刻性和反思性，但同时也由于作者有限的社会阅历，这类作品在剖析的深度性上存有局限性。

3. 乡土文学

乡土文学是以描绘与都市生活相对立的乡村风土人情、风俗文化为主的一类文学题材。这类作品往往立足于台湾本土社会，多见于社会现代化发展的洪流中人们对于逐渐消逝的乡土淳朴风俗、宁静生活的缅怀和留恋。结合作者群体的出生时代背景，发现随着作品时间的拉近，乡土文学的题材逐渐减少，乡土对于当代青年日渐陌生化的现实由此可见一斑。

4. 奇幻文学

奇幻文学近年来成为青年学生新兴的重要创作阵地。其内容可谓包罗万象，从势力、异能之大乱斗到架空种族、时代之对抗，武侠与科幻互相穿插，给读者以强烈刺激性的阅读体验。在一定程度上反映了新一代青年群体丰富的想象力和创造力。但值得一提的是，此类作品虽数量居多甚至成为新时代大学生的创作主流，质量却良莠不齐，尤其是在有限篇幅的文学比赛中，更是难见优质之作。

5. 传统文化类

传统文化类主要是指内容涉及古典文学、传统文化题材的文学作品。此类作品多是向古人质朴淳古之习尚与思想致敬，涉及儒、释、道、传统节日、神话故事等传统中华文化，表达了对中国传统文化的认同与文学关怀，体现了两岸文化共源、血浓于水的特点。

6. 生活纪事类

生活记事类主要是指生活记述与随感的一类文学作品，其较之青春文学的最大不同之处是前者描绘的事件和人物中几乎看不到“校园”“青春”等作者身份暗示，弱化作者或人物的存在感，而重在记述生活中的某个事件，如第十五届舍我文学奖古诗组《北投观星》记录在北投区夜晚自然之美景；或是随感杂思，如第四届尚志现代文学奖现代诗组《日夜颠倒》记录沉静黑夜对人的意义。

7. 酷儿文学

在此次收集的作品资料中，描写同性恋题材的酷儿文学作品占有一定的不容忽视的比例。在台湾主流文化中，酷儿文学仍然以亚文化的身份存在。酷儿文学作品通常描写同性恋情感关系的纠葛与痛苦。作品由于题材缘故，普遍呈现出消极、病态的特点。

（二）作品文本分析

表1为本次课题研究分析的30本作品集（共计761篇文学作品）中关于

七类文学作品各年份数量，图 1 为总体占比情况饼状分析图。

表 1 各类文学作品各年份数量统计

分类 年份	2013	2014	2015	2016	2017	总计
青春文学	50	39	27	47	58	221
社会文学	29	22	14	20	18	103
乡土文学	12	4	6	9	8	39
奇幻文学	12	12	12	16	8	60
传统文化	4	7	3	16	5	35
生活纪事	42	35	36	97	57	267
酷儿文学	5	4	7	11	9	36

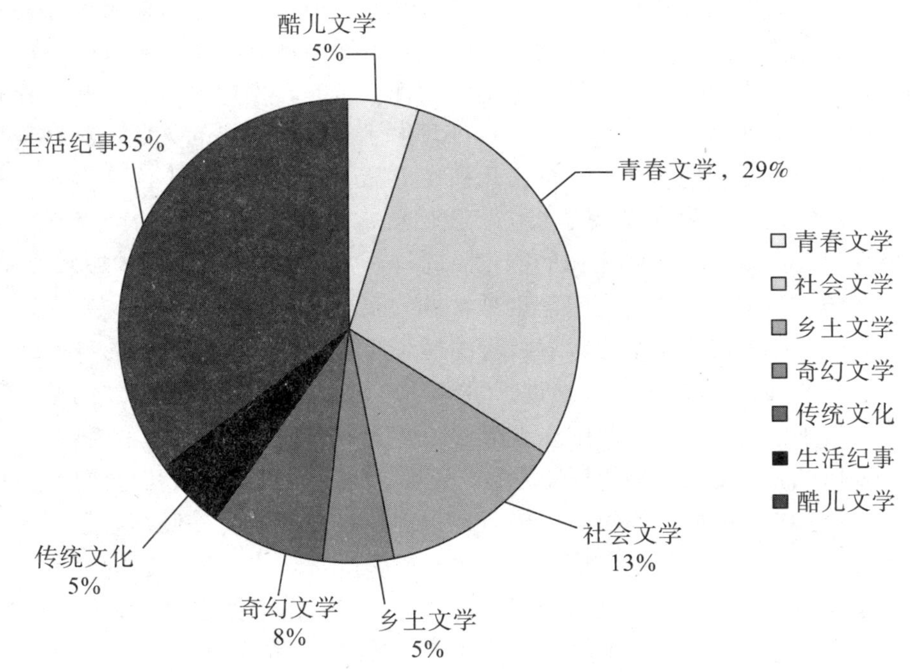

图 1 2013—2017 年各类文学占比饼状图

1. 青春文学及其特点

“‘青春文学’既针对着文学的主体，也针对着文学的内容。也就是说，青春文学大致上是指处于青春期或刚刚度过青春期的年轻一代作家所写作的表现青春期生活的文学作品。”① 青春文学在台湾地区校园文学奖作品中占据相当大的比例，创作主体为正处于青春时期的二十岁左右的台湾高校学生，创作内容为反映其青春成长生活的理想与迷茫，符合青春文学的特点。

台湾地区校园文学的青春文学书写主要以大学生青春成长为主题，包含校园、理想、友情、爱情、亲情等方面，内容多为青春成长道路中的经历与感悟。这类作品以大学生的视角，通过对自身的观察、审视和思考，充分展现了台湾大学生青春生活状态和丰富的内心世界，体现了当代青年对自身生活和内心的关注。通过对校园文学奖中的青春文学作品进行梳理，其中的主题关键词有爱情、亲情、友情、成长、死亡等，从多方面展现了台湾高校学生的青春感悟。通过文本细读和对比分析，笔者总结台湾校园青春文学的特点主要有三：一是突出了自我观照和身份体认，二是浸染了忧郁感伤的色调，三是凸显了迷茫叛逆的探寻。

首先，自我关照和身份体认是青春文学的突出特点，台湾校园青春文学相较其他文学类型少了一份虚构性，而更多表现出贴近学生日常校园生活的特点，且青年大学时期正处于学生生涯和社会生涯转型过渡时期，此时青年学生写作文学作品时，自然少不了对自我生活和精神世界的关照，对自身身份和定位的追寻和探索，这个特点几乎在每篇青春文学作品中都或多或少有所体现。如在医学生联合文学奖中，我们就常见以医院实习为背景的作品，也常见对医学理想和职业道德的探索。此外，大学生日常生活中的大部分内容如爱情、亲情、友情、理想等也是常见的表现对象，在与恋人、亲人、朋友相处过程中，青年学生探索着自身的理想与价值，寻找着自己的身份和定位。如散文《新年快乐》② 就通过医学实验、工读生活、与同学朋友的相处等日常生活细节的描写，在其中探索自身的方向和理想。在《不幸的它》③ 中，作者就以试验台上被解剖的青蛙为喻，表现了青年学生处于家庭与社会之间，没有完全独立，故而面临家庭期望与自我理想之间的冲突，艰难地定位自身的状况。也常见以青春视角描绘异性之间或朦胧暧昧或激情大胆的爱情，呈现出暗恋、失恋、苦恋、三角恋等多种样态，在爱情中体察自我和他人与世界的关系，如《一头爱情小象》④《晚安》⑤《牙疼》⑥ 等。

---

① 贺绍俊：《以青春文学为“常项”——描述中国当代文学的一种视角》，《文学评论》2011 年第 1 期。

② 陈禹安：《新年快乐》，第八届医学生联合文学奖，散文组首奖。

③ 刘小路：《不幸的它》，第二十六届清大月涵文学奖，主题文学类佳作。

④ 林冠宇：《一头爱情小象》，第三十三届双溪文学奖，现代诗组佳作。

⑤ 沈钰恩：《晚安》，第四十四届凤凰树文学奖，现代小说组入选作品。

⑥ 李政翰：《牙疼》，第四十四届凤凰树文学奖，现代小说组入选作品。

其次，台湾校园青春文学忧郁感伤的色调也较为突出，青春时期的迷惘、感伤与忧郁都有较多体现。青年时期正处于价值确立和自我探寻的过渡时期，青年学生面对新情况、新问题会感到迷茫难以应对，加之青年学生情感丰富但经验不足，就会进而产生一种青春特有的无力感和忧郁底色。这种忧郁感伤的情调首先是作为一种风格出现的，可以从作品的语言使用和叙述中看到，如《我们曾经听见的看见的》[①] 就以书信的形式对自我心灵和青春经历进行了剖析，字里行间感情流露，感伤色彩浓厚。另一方面，这种忧郁感伤也直接表现在作品的内容和主题上，台湾校园青春文学对死亡主题书写非常集中，在对亲人好友离世内容的书写中，呈现出了青春低沉阴郁的一面。如《红灯》[②] 就表现了绝望的生活、和学长的婚外情以及自杀，色调昏暗。《无伤无痛》[③] 就表现了校园中抽象暴力逼到同学自杀的灰暗之处。这种对青春时期对死亡的经历和书写无疑更加渲染了这种忧郁感伤的色调。

再次，青春文学迷茫叛逆的探寻也是一突出特点，“谁的青春不迷茫”一句看似已经被娱乐化成了一句玩笑，但实际上这也是一个青春时期客观存在的现象。迷茫中的青年们寻找自我，追求理想，渴望自我标榜；但有时也会在一些探寻尝试中误入歧途，台湾校园青春文学也有部分表现出了这些抽烟、酗酒、吸毒等颓废堕落的生活。此外还有一突出的特点便是常见的身体书写和性描写，这也是青年时期探寻自我的明显表现。如《变态》[④] 就表现了狂放的青春、变态的性和颓废放浪的生活，充满了叛逆乖张的色彩。《死大学生》[⑤] 就集中呈现了迷茫而喧哗的青春，其中涉及各种不健康行为如吸毒等。《弥赛亚人鱼》[⑥] 涉及少年的性启蒙，青年的性冲动和性尝试。这些迷茫和尝试甚至弯路可以说是青春独有的迷茫叛逆的探寻，寻找自我定位的过程。

综上，台湾校园青春文学形式丰富、内容多样，突出表现了台湾大学生青春生活状态和丰富的内心世界，体现了当代青年对自身生活和内心的关注，其中也不乏忧郁感伤和迷茫叛逆的因素。总体而言，台湾校园青春文学的作品质量较高，在描摹生活、表现感情时也较为自然贴切，但也不可避免地存在一些问题，如部分作品色调过于低沉、故作感伤以至于滥情，表达内容千篇一律难见创新之作，等等，这些不够成熟之处还需进一步提高。

---

① 吾名氏：《我们曾经听见的看见的》，第六届医学生联合文学奖，散文组评审奖。
② 黄成鹏：《红灯》，第十届医学生联合文学奖，小说组佳作。
③ 林新惠：《无伤无痛》，第三十三届双溪文学奖，散文组贰奖。
④ 佚名：《变态》，第六届医学生联合文学奖，小说组评审奖。
⑤ 蔡幸秀：《死大学生》，第四十四届凤凰树文学奖，现代小说组入选作品。
⑥ 陈英任：《弥赛亚人鱼》，第三十届中兴湖文学奖，小说组佳作。

2. 社会文学及其特点

“一般来讲，‘社会文学’是区别于风俗小说、私小说而存在的，具有浓厚的社会意识的文学。”“文学描写注重社会背景的交代、注重广阔的社会画面和复杂的社会矛盾的描绘、注重揭示社会发展的必然规律、分析社会结构和社会走向，因此理所应当地应该称之为社会文学。”[①] 可见，社会文学在描写内容、表现主题、关注对象等方面都和其他文学种类有明显的区别。社会文学在台湾校园文学中所占比例不大，但内容丰富宏阔，独具特色。在台湾校园文学调研过程中，笔者发现很多青年作者对所处的当下社会的某些现象、热点事件给予思考和评价的作品，并且在这种思考和评价过程中体现了大学生对社会发展的关注、对国际热点的探讨和对人类境遇的反思。这类社会题材的文学创作，具有一定的深刻性和反思性，但同时也由于作者有限的社会阅历，这类作品在表现社会事件的视角、追问事件原因的深度上存有一定的局限性。

通过总结发现，台湾地区校园文学中的社会文学主要关注三类社会现象：对弱势群体处境的关注、对政治时局的关注和反思、对都市文明和科技异化的关注。

首先，对弱势群体、边缘群体关注是一个重要话题，台湾青年学生对弱势群体的关注涉及方方面面的内容，比如对难民、劳工、流浪者、清洁工、妓女等社会底层人民的关注，对虐童、校园霸凌事件的反思，对同属社会底层的动物群体流浪猫狗的关注，表现出青年学生对社会结构和权力关系的思考，为弱势群体和边缘群体的发声的勇气和关怀。如《见叙利亚难民有感》[②] 就表现出对叙利亚难民的同情关爱；《英雄联盟》[③] 就将劳工等城市边缘群体视为城市不可或缺的英雄，赞颂他们为城市付出的努力；《酸臭》[④] 就以深入底层民众内部的视角展现了一位普通清洁工的日常生活，情感细腻丰富；《临终》[⑤] 也集中表现了对社会弱势群体的关怀。对虐童和校园霸凌事件的关注与书写也同样表现了对处于社会弱势受到欺凌的群体的关注。《酒红色的乐谱》[⑥] 就呈现了校园霸凌事件，以及事件过程中大部分人冷漠求生的状态和人性的脆弱性。《家豹》[⑦] 就表现了家庭暴力、虐待儿童的事件，从隐约幽微处折射

---

① 李俄宪：《社会文学：日本左翼文学的滥觞》，《外国文学研究》2010 年第 6 期。

② 沈钰恩：《见叙利亚难民有感》，第四十四届凤凰树文学奖，古典诗组入选作品。

③ 刘邦彦：《英雄联盟》，第三十届中兴湖文学奖，新诗组佳作。

④ 陈俊翰：《酸臭》，第三十四届中兴湖文学奖，小说组佳作。

⑤ 陈乃瑜：《临终》，第 15 届舍我文学奖获奖作品集，小说组第三名。

⑥ 张弘政：《酒红色的乐谱》，第三十五届双溪文学奖，短篇小说组佳作。

⑦ 黄婉郁：《家豹》，第三十三届双溪文学奖，现代诗组佳作。

孩子受到的家庭创伤和恐惧的内心。

其次，对政治时局的关注和反思是社会文学的另一重要内容，青年学生关注社会时事政治时局，敏锐地发现其中的问题，为社会带来了一种新鲜的反思和批判的力量。此外，这种眼光不只是局限在台湾地区，而是放眼世界，对整个人类社会的战争与和平问题加以反思，表现出了一种国际视野和对人类命运共同体的关注。但囿于经验和视域的限制，这种反思有时还不到位或者较为褊狭，还需要进一步深入。如表现战争与和平主题的《原子能为和平服务》[①] 呼吁对原子能和平开发利用；《鸢尾花天堂》[②] 呈现以阿尔及利亚为背景的战争的惨烈和对向善人性的呼唤，表现出反战向往世界和平的主题。还有一系列反映政府拆迁问题的，如《不可见的拆迁》[③]《圈圈里的颓瓦是我的家园——华光社区》[④]《溪洲故事》[⑤]，表现出政府强制拆迁破坏了原有田园和自然环境，给人的心灵带来的陌生感和怀乡病。还有一些立足校园和学生的政治生活，现实反映学生运动的作品，如《赌徒之城》[⑥]《痒》[⑦]《璀璨公路》[⑧] 等，在对学生运动的书写中体现青年的朝气和对社会的关怀。

最后，对都市文明的冷漠和科技造成的异化的书写也是社会文学的重要主题。这也是人类社会当下面临的重要考验，密集的都市丛林却没有人类心灵的栖息地，人与他人之间关系淡漠，人与世界间的理解被切断，形成一种都市文明的冷漠景观。而随着科技的发展，人类在享受生活便利的同时，往往也被科技所奴役，在被异化和物化的处境中挣扎。如《突然很怀旧》[⑨] 就表现了科技发展、人被产品异化的状态，呈现出渴望返璞归真的都市人心态。《我们死去，不用数位的方式》[⑩] 同样在缅怀胶片时代。《寄居》[⑪] 则重在描写社会的病态、人格的异化，人在世界中出于寄居的状态。《潜规则》[⑫] 也表现了对现实社会虚伪、崩坏的批判，对纯净本真生活的向往。

---

① 陈信源：《原子能为和平服务》，第六届医学生联合文学奖，新诗组佳作。

② 张钧杰：《鸢尾花天堂》，第七届医学生联合文学奖，小说组佳作。

③ 郑宇同：《不可见的拆迁》，第十届医学生联合文学奖，新诗组首奖。

④ 邓安妮：《圈圈里的颓瓦是我的家园——华光社区》，第三十届中兴湖文学奖，主题征文组佳作。

⑤ 王驰萱：《溪洲故事》，第三十届中兴湖文学奖，主题征文组佳作。

⑥ 李辰翰：《赌徒之城》，第三十四届双溪文学奖，现代诗组佳作。

⑦ 徐振辅：《痒》，第三十二届中兴湖文学奖，小说组第二名。

⑧ 高博伦：《璀璨公路》，第三十一届中兴湖文学奖，小说组第一名。

⑨ 郭柏君：《突然很怀旧》，第四届大同大学尚志现代文学奖，散文贰奖。

⑩ 郑明杰：《我们死去，不用数位的方式》，第十五届舍我文学奖，新诗组第二名。

⑪ 刘邦均：《寄居》，第七届长庚文学奖，短篇小说组第三名。

⑫ 吕政谚：《潜规则》，第七届长庚文学奖，新诗组第三名。

综上，台湾校园文学的社会文学真实体现了大学生对弱势群体处境的关注、对政治时局的关注和反思、对都市文明和科技异化的剖析，题材丰富多样，选材范围较广，具有一定的深刻性和反思性。但囿于学生和校园视角的限制，也存在对一些问题的看法不够成熟透彻的弊病。

3. 乡土文学及其特点

在台湾校园获奖文学中每年乡土文学占比均不多，主题遍及小说、散文、新诗体裁，其中以小说体裁反映乡土文学题材的作品相对较少，而散文和新诗则较多。其原因有二：一是乡土文学题材要求有现实感，这与散文和新诗的特点相符；二是21世纪的台湾大学生对于乡村生活的认知大都不全面、不深刻，这使得他们难以塑造乡土场景以及生动鲜明的人物形象，也就难以写出优秀的以乡土文学为题材的小说了。

这些乡土文学的作品按内容可分为两类，一是童年忆旧，二是反映乡土背景下特定问题。

童年忆旧的作品主要是散文和新诗，记述了作者童年时期在乡村里的生活，往往从一个人或一件具有乡土特色的事物入手，折射出乡村风貌。如在第三十三届中兴湖文学奖散文组《那泥泞的小路》中，作者回忆并讲述了童年时期与蜗牛有关的三个场景：与外公在菜园里捉蜗牛、父亲与母亲烹饪蜗牛、与父母和弟弟一起吃蜗牛为主菜的饭，然后作者又拉回现实，讲述母亲重病、外公与“番仔”父亲生出嫌隙，并且生发感慨：“蜗牛角上争何事，石火光中寄此身。”长大后进入学院，读到白居易的《对酒》，遥想庄周寓言的隽永意义，总会无端想起父亲与外公。细想他们劳碌一生，亦不过争个栖身的方寸田地，能弯腰捡拾，能无愧立足顶天。在这份共有的情操前，或许生命中的误会、摩擦，种种难以割舍的执取，便已是蜗角上那左右小国的争夺，渺小而不足道了。“‘随富随贫且欢乐，不开口笑是痴人’，我记得白居易是这么说的。虽然父亲与外公从没享受过荣华；虽然他们为了生活，皆是紧咬牙根的痴人。”①

作者以蜗牛比喻外公与父亲，他们都是朴实、坚毅、沉默的庄稼人，但同时也是“紧咬牙根的痴人”。他们像蜗牛一样执拗，一辈子都无法真正地理解彼此，稍一碰触就会缩回触角；他们又像蜗牛一样外刚内柔，沉默的外表或刻薄的语言下总是含着温情。苦难与美好的品质共同伴随着他们。而作者在文中表达的不仅是对幸福和睦的童年生活的怀念，更是对以外公为代表的执拗、排外、坚毅的乡村人的侧写，和初窥乡村独有的苦难与温情并融的

① 潘秉旻：《那泥泞的小路》，第三十三届中兴湖文学奖，散文组第三名。

慨叹。

与《泥泞的小路》写法类似的，还有获 2017 年第三十届清大月涵文学奖的散文《流金岁月》[①]，以“土芒果”来追忆童年乡野生活；获 2017 年第二十六届西子湾文学奖的现代诗《樱木花道》[②]，以“阿嬷”为串联童年的主要人物；获 2015 年第八届长庚文学奖的散文《乡间忆事》[③]，描写了具有代表性的家乡的人和事；获 2014 年长庚文学奖的新诗《巷口》[④]，围绕巷口的老树、乡谣、瓜香等意象来描写儿时生活；等等。这些作品都共同表达了对童年时期乡村生活的怀恋，其中的主要人物大多是坚强、木讷、勤劳、特色鲜明的庄稼人或渔民形象，主要场景多是田间地垄、鱼塘港口的劳动景象，其语言风格大多清新自然，感情充沛且带有一定的朦胧感。

而反映乡土背景下特定问题的作品则以小说和散文为主。如获 2017 年第四十五届凤凰树文学奖的小说《本叶》[⑤]，反映了日据时代基隆渔港的人事；获 2016 年第四十四届凤凰树文学奖的散文《民俗禁忌》[⑥]，描述了乡村里严明的民俗禁忌及其带着神圣性的消亡；获第三十三届中兴湖文学奖的小说《土香》[⑦]，讲述了台北人离开乡村之后再回归乡里时的身份认知错乱；获 2013 年第三十三届双溪文学奖的小说《出巡》[⑧]，以阿水伯的形象展示了老式乡村的衰老，以及部分村民在乡村变化中的无所适从；等等。而最具代表性的是获第三十三届双溪文学奖的散文《雾城》[⑨]，作者在其中讲述了去阿里山旅行时的见闻和与邹族青年“阿将”的交谈。阿将是少数民族邹族的青年，一场台风摧毁了他的部落，他带着幸存的家人来到阿里山，希望能够重建邹族部落。在阿将的口中，邹族是一个带着原始的血性，同时又崇拜大自然，因着血腥的历史而更加温柔、更加谦卑的民族。文中描写了朴实温厚的阿将与将嫂的形象，他们是一个衰落的民族的希望。同样的，现在有很多民族濒临衰亡，但总有一些人是这些民族的火种，传承着血液中的文化与精神。

台湾校园文学中的乡土文学作品往往是选取一个角度来写作，无法驾驭全景式书写模式，因此在叙述和描写上会比较细腻但不够宏大。而且其内容

① 张咏涵：《流金岁月》，第三十届清大月涵文学奖，散文组佳作。
② 林艺君：《樱木花道》，第二十六届西子湾文学奖，现代诗组第三名。
③ 李金烨：《乡间忆事》，第八届长庚文学奖，散文组佳作。
④ 黄宸峙：《巷口》，第七届长庚文学奖，新诗组第一名。
⑤ 许明涓：《本叶》，第四十五届凤凰树文学奖，现代小说组佳作。
⑥ 徐式谦：《民俗禁忌》，第四十四届凤凰树文学奖，散文入选作品。
⑦ 洪苡宁：《土香》，第三十三届中兴湖文学奖，小说组佳作。
⑧ 陈逸如：《出巡》，第三十三届双溪文学奖，小说组第三名。
⑨ 黄睿筌：《雾城》，第三十三届双溪文学奖，散文组佳作。

与情感较为单向且趋于表层，难以表达出丰满而深刻的思想。这些与台湾大学生的生活阅历有关，也可侧面反映出如今台湾大学生的乡土意识多存在于回忆与游记中的社会现实。

4. 奇幻文学及其特点

奇幻文学作为一种文体在西方已有半个多世纪的历史，在中国的引入则在20世纪90年代，“台湾学者朱学恒率先引进‘fantasy’，将之翻译为奇幻，对奇幻文学在中国的传播与接受起到了重要作用。对于奇幻，他的理解是：‘这类的作品多半发生在另一个架空世界中（或者是经过巧妙改变的一个现实世界），许多超自然的事情（我们这个世界中违背物理定律、常识的事件），依据该世界的规范是可能发生的，甚至是被视作理所当然的。’”① 奇幻文学想象丰富、内容新颖，多超自然力量的表达和书写，给读者带来独特的“惊奇”的体验。“奇幻文学的最重要的魅力在于其架空的叙事，以及在这种架空之下的不羁的想象，这种夸张式的叙事，背离了传统文学时空的束缚，叙事就变得张扬，在这种大的时空背景之下，一切在现实世界中被认为是荒诞、虚幻乃至变态的事情搁置在奇幻文学的载体之中都将具有合理性。”②

奇幻文学近年来成为青年学生新兴的重要创作阵地，在大陆地区和台湾地区都是如此，大陆地区的网络小说、校园文学中多见表现奇幻内容“异世界”的作品，台湾校园文学中也不乏此类内容。台湾校园文学中奇幻文学的内容可谓网罗万象，从势力、异能之大乱斗到架空种族、时代之对抗，武侠与科幻互相穿插，给读者以强烈刺激性的阅读体验，在一定程度上反映了新一代青年群体丰富的想象力和创造力。但需要注意的是，此类作品虽数量较多甚至成为新时代大学生争相尝试的创作主流，作品质量却良莠不齐，尤其是在篇幅有限的文学比赛中，更是难见优质之作。

台湾校园文学中的奇幻文学呈现出多种丰富的样态，并且在其中既可以发现西方奇幻文学的影子，也可以找到中国传统志怪小说的影响。其中集中书写的有以下三个主题，志怪灵异类、虚构世界类、梦境幻象类，此外还有其他零碎难以归类的如寓言童话、续写故事、穿越时空等，总体看来这类创作想象丰富，文笔流畅，给人独特的阅读体验。

表现最为集中的是志怪灵异类的作品，主要包括对鬼怪灵异等超自然现象和想象世界的描摹，其中有些又掺杂着中国古典的乡土传说和民间风俗。如《哲学式忧郁剧》③ 就以我和年轻女鬼的对话，来反思探讨平凡的生活和短

① 夏小芝：《论中国当代奇幻文学的文化承传与再创》，暨南大学硕士学位论文，2013年。

② 蒋勇：《奇幻文学的叙事时空》，《重庆三峡学院学报》2010年第1期。

③ 吴纹绫：《哲学式忧郁剧》，第九届医学生联合文学奖，小说组佳作。

暂的一生中所要经历的种种问题，其实是对自身做一个更为宏观的外部关照和定位。《公寓里的鬼》[①] 表现的是与鬼同住在一个公寓的故事，一言不发的鬼和主人公共同经历了他的生活、工作、爱情，在最后主人公要搬离公寓时离开了。类似的作品还有表现人与鬼的《我是鬼》[②]，书写灵异事件的《母亲的面具》[③]。此外还有带有中国民间风俗色彩的写到冥婚和爱情的《鬼新娘》[④]；和中国传统文化密切相关的模仿山海经写作的《轶事闻》[⑤]，多志怪录奇；以山难为背景写人鬼、怪物的《错过》[⑥]，等等。

虚构世界也是奇幻文学的重要内容，如科幻、表现新世界异世界、平行宇宙的作品等。科幻作品如《New Ark》[⑦] 就呈现了一个科幻新世界的生活；《男孩、机器人与小树》[⑧] 就构建了一个小男孩和机器人的科幻世界；《博士与医生》[⑨] 主要呈现的是虚拟高科技未来，探讨机器人伦理的问题。此外，还有《废墟手记》[⑩] 展现了虚构的不同星球的文明，《猎心》[⑪] 虚构了新世界中许多生物猎手的场景，构建了新的游戏和捕猎规则。

梦境幻象也是奇幻文学集中表现的内容，梦境是潜意识的拼贴和呈现，其中掺杂着很多非理性不现实的因素，描绘梦境和疯癫的幻象有共通之处，都带有离奇梦幻的色彩。记梦描绘梦境的作品有《净土》[⑫]《你为什么要怕一个梦呢?》[⑬]《驭梦使》[⑭] 等，描绘梦与现实交织的作品有《倾听，梦》[⑮]。此外，还有表现疯癫状态的《重力指向左》[⑯]，以精神病日记为载体书写的《日记本》[⑰]等，都呈现出癫狂或分裂的精神状态，存在很多奇幻因素。

在以上三种类别之外，还存在一些其他零碎难以归类的作品，如寓言童

---

① 陈俊翰：《公寓里的鬼》，第九届医学生联合文学奖，小说组佳作。
② 邱俊瑄：《我是鬼》，第二十六届清大月涵文学奖作品集，小说类第三名。
③ 李嫚珊：《母亲的面具》，第四届大同大学尚志现代文学奖得奖作品集，短篇小说佳作。
④ 林孟柏：《鬼新娘》，第七届长庚文学奖得奖作品专辑，彬雅集短篇小说组佳作。
⑤ 陈心恬：《轶事闻》，第七届长庚文学奖得奖作品专辑，彬雅集短篇小说组佳作。
⑥ 余亭萱：《错过》，第九届长庚文学奖得奖作品专辑，采燿集短篇小说组第二名。
⑦ 洪嘉懋：《New Ark》，第五届大同大学尚志现代文学奖得奖作品集，短篇小说首奖。
⑧ 蔡欣颖：《男孩、机器人与小树》，第四十四届凤凰树文学奖，现代小说入选作品。
⑨ 孙庆语：《博士与医生》，第八届长庚文学奖得奖作品专辑：缤纷集短篇小说组第二名。
⑩ 许钧宜：《废墟手记》，第十五届舍我文学奖得奖作品集，新诗组第一名。
⑪ 陈鎣庭：《猎心》，第五届大同大学尚志现代文学奖得奖作品集，短篇小说佳作。
⑫ 宋育凯：《净土》，第八届医学生联合文学奖，小说组佳作。
⑬ 蒋亚妮：《你为什么要怕一个梦呢?》，第三十一届中兴湖文学奖，散文组第二名。
⑭ 林映镕：《驭梦使》，第十五届舍我文学奖得奖作品集，小说组佳作。
⑮ 李嫚珊：《倾听，梦》，第五届大同大学尚志现代文学奖得奖作品集，短篇小说贰奖。
⑯ 张询：《重力指向左》，第八届医学生联合文学奖，小说组评审奖。
⑰ 王昱婷：《日记本》，第六届医学生联合文学奖，小说组佳作。

话、续写穿越等，如《夜间图书馆/雨天动物园》[①]就叙述了一个梦幻的精灵故事，富有童话意境；《Wonderland》[②]是爱丽丝重返仙境故事的续写；《22》[③]写到了时光机和穿越的故事。

总之，奇幻文学借用陌生的主题和想象的色彩，呈现出了一个缤纷绚丽的奇幻世界，但其本质上还是对人的世界的深度把握和探索，对人性的追问与反思，“奇幻故事建立了一个遥远的世界，在这个世界里呈现出了现实世界中不可能存在的事物。奇幻之所以可贵，也就在于它借助人的想象超越经验认识的局限，得到一个全新的视野和深刻的洞察力，因而呈现出精神性的价值。从一定程度上来说，它唤起了人的精神力量来超越他的感官所限，从而与现代的物质性相对立”[④]。台湾校园文学中的奇幻文学作品在这方面也做出了很多有益的尝试，在多元化的书写中呈现出对现代性价值的反思和批判。但也存在创作不够成熟，作品良莠不齐的状况。

5. 传统文化类及其特点

传统文化是相对于当代文化与外来文化而言的，“其内容当为历代存在过的种种物质的、制度的和精神的文化实体和文化意识。例如说民族服饰、生活习俗、古典诗文、忠孝观念之类，也就是通常所谓的文化遗产”[⑤]。

传统文化类作品在台湾校园文学创作中相对数量较少，但整体质量颇佳。主要集中在中兴湖文学奖的“古典文学组”，“舍我文学奖”的古诗组、古词组和古文组、“凤凰树文学奖”的古典散文组、古典诗组和古典词曲组。其他的奖项也会在一届获奖作品中有一至两篇的传统文化类作品。

台湾校园文学中的传统文化类作品指以我国传统文化为主要内容元素的作品，对传统文化中的某个内容进行描写，且往往来源于作者自己的感悟。这类作品并不多见，如以新诗形式写经典的《注解》[⑥]，描写过年礼俗形式变迁的散文《年》等[⑦]。

而涉及中国历史的文学作品，主要是对历史事件或人物的感怀。如记述

---

① 沈宗霖：《夜间图书馆/雨天动物园》，第四十四届凤凰树文学奖，现代小说入选作品。

② 谢馨仪：《Wonderland》，第八届长庚文学奖，短篇小说组第一名。

③ 诸盈均：《22》，第四十四届凤凰树文学奖，现代小说入选作品。

④ 郭星：《超越“现实”——当代奇幻文学的认识论意义》，《解放军外国语学院学报》2009 年第 4 期。

⑤ 庞朴：《文化传统与传统文化》，《科学中国人》2003 年第 4 期。

⑥ 吴乃钧：《注解》，第二十八届清大月涵文学奖，新诗组首奖。

⑦ 李金烨：《年》，第七届长庚文学奖，散文组佳作。

三国风起云涌历史的《英雄》[①]，描写郑成功收复台湾历史的《围城》[②] 等。以《秦臣十咏》[③] 为例，该篇以十首七律来歌咏商鞅、张仪、魏冉、吕不韦、李斯、白起、王翦等十位秦时的名臣良将，不仅形式上是格律严整的七律，其表达的思想感情也是对这些名臣良将或去势失宠，或功高震主，最后往往不得善终的慨叹。在这里，作者始终站在古代的语境下，以古语发古情写古事，所蕴含的是传统的“学成文武艺，货与帝王家”的儒家入世理想以及“时运不济，命途多舛”的亘古悲剧理念。

总之，台湾校园文学的传统文化类作品质量上乘，可以看出台湾高校学生接受了很好的传统文化教育，这可以归功于台湾高校对于国文等传统文化学科的重视，这种重视从很多奖项专门设立古典文学组就可见一斑，这很值得大陆高校学习。此外，台湾校园文学中的传统文化类作品中的民俗、文化信仰以及精神观念，无不体现出了海峡两岸同根同源的文化基础与传承。

6. 生活纪事类及其特点

生活纪事类文学不针对特定问题地描写人生百态，抒发生活感悟。这一类文学的写作自由度很高，阅读体验多种多样，且作者与叙述者不一定具有一致性。

台湾校园文学中的生活纪事类文学占比较多，每十篇作品中就有三四篇属该类作品。它呈现以下三个特点：（1）写作题材具有广泛性；（2）叙述模式碎片化；（3）思想情感正向性。

与社会文学不同，生活纪事类文学不针对某一社会问题或某一特定的问题，因此其题材广泛，内容驳杂，可涉及所见所闻、自身经历、情感体验、学科感悟、人生思考等等，较之青春文学的最大不同之处是前者描绘的事件和人物中几乎看不到“校园”“青春”等作者身份暗示，弱化作者或人物的存在感。在台湾校园文学的该类作品中，“家庭与亲情”是一大主题。在这里有必要区分青春文学类作品中亲情主题与生活纪事的差异性。首先是视角的差异性，青春文学类通常以孩子或晚辈的视角切入，而生活纪事类文学则借用孩子以外的他人视角或索性弱化局部视角。其次，前者通常描写成长过程中与长辈的冲突或长辈的关爱，后者则更多是思考作为社会组成单位的家庭所反映的社会时代状况。如记述了从家庭传承与兴替的角度，描写一家三代的

---

① 陈令容：《英雄》，第四十四届凤凰树文学奖，古典散文组入选作品。

② 宋羿慈：《围城》，第四十五届凤凰树文学奖，古典诗组首奖。

③ 白修安：《秦臣十咏》，第三十四届中兴湖文学奖，古典文学组佳作。

幽微错综的感情的《烟都》[①]；《小黑马》[②] 以父亲开的轿车“小黑马”为隐喻象征记叙其与家庭沉浮之间的关系，等等。对于台湾高校学生来说，亲情是最好取材且体验最深的主题，因此以家庭为主题剖析社会与家庭关系的作品大都思想深刻质量上乘，且笔触细腻、情感动人。第二大主题是“游记”，如记述登山经历的《我在台湾屋脊上有个约会》[③]，记述布拉格之旅的《布拉格变虫记》[④]，记述北极之旅的《北极的呼喊》[⑤] 等等。这些作品既有游记所必备的纪实性，又加入了作者自己的感悟甚至奇幻的想象。第三大主题是“感悟”，即由身边的某一事物生发感慨成文，如描写失眠状态的《失眠》[⑥]，描写一只小母猫来表现人猫之间相似或相异、相近或相远的关系的《人》[⑦]，表现书店里多元的情节及画面的《信仰书店》[⑧]，等等。这些作品写作手法多样，情感也未必贴合作者自身，但往往新奇有趣。

台湾校园文学中生活纪事类文学作品在叙述上往往采用碎片化的模式。这种模式不同于以往的单向写作，作者会将时间、空间顺序打乱，或者删除叙述板块间的连接。如在《欲渡》[⑨] 里面，文章一开头就描写了“那种像是胸膛里刺上一把剪刀的痛，金属尖端卡在肉与骨的缝隙，觉得很痛很痛的、向外扩散的压抑情感”，而接下来并不是解释这种压抑情感产生的原因，而是开始转而写“梦境”，梦境中母亲是主人公，但她并未完成特定的事，马上就在“一恍神，还搞不清楚梦是如何被剪接，视角如何跳来跳去”的情况下，转到了下一长镜头。之后的梦境、镜头、音乐全是这样，既不完整，又没有连接。这种碎片化叙事结构之所以存在于台湾校园文学作品中且不在少数，是由于21世纪以来的台湾高校学生在精神与写作方式上都深受现代、后现代影响，“让渡，是让出、转移。现实转化为文学作品，它必须有一个让渡的过程。现实要求现实主义用现实本身的方式对它进行描述和讲述，现代主义所让渡的方式不是直观物理的直接让渡，而是你对它的感觉、心情、情绪。这三种因素都因人而异。”[⑩]这种叙述模式虽然晦涩，但是可以更直观地让读者感受到作

---

① 林尚纬：《烟都》，第六届长庚文学奖，散文组第一名。

② 陈庭玮：《小黑马》，第三十三届双溪文学奖，散文组佳作。

③ 林珈辰：《我在台湾屋脊上有个约会》，第六届长庚文学奖，散文组第二名。

④ 曾资斌：《布拉格变虫记》，第六届长庚文学奖作品，散文组第三名。

⑤ 曾资斌：《北极的呼喊》，第七届长庚文学奖作品，散文组第三名。

⑥ 张家宁：《失眠》，第四届大同大学尚志现代文学奖得奖作品集，散文组佳作。

⑦ 陈怡萱：《人》，第三十六届双溪文学奖，散文组佳作。

⑧ 洪逸辰：《信仰书店》，第三十四届双溪文学奖，现代诗组第二名。

⑨ 林彦均：《欲渡》，第三十五届双溪文学奖，散文组第三名。

⑩ 郭小东：《现代小说的碎片化叙事》，《广东技术师范学院学报》2013 年第 8 期。

者所感。台湾校园文学中的生活纪事类作品虽然常用，但在处理上仍显青涩，晦涩过多，感染力却有待提升。

台湾校园文学中的生活纪事类作品存在思想情感上的正向性，也就是说，绝大多数作品表现出来的是对幸福生活以及传统美好情感的描摹或追求，比如对美好往昔的一再回忆、对生活中某些经历的享受体验、对摆脱逆境或悲伤压抑情感的希冀等等。这一方面是由于台湾高校学生的经历或环境还比较单纯，其价值导向也是传统正向的。另一方面是由于生活记事类文学日常性写作的需求。日常性是与突发性和特殊性相对的，它要求以持续存在的思想情感和价值观念作为基础，而对美和幸福的追求几乎是每个人的本能诉求，因此正向的思想情感也就是必需的了。

总之，台湾校园文学中的生活纪事类文学内容庞杂丰富，是现代性写作手法与传统思想情感的统一。这些丰富多彩的作品也可为大陆校园文学所借鉴，激发大陆校园文学创作的灵性与激情。

7. 酷儿文学及其特点

“酷儿理论是 20 世纪 90 年代在西方兴起的一个新的性理论。在过去数年间，一个新的指称‘酷儿’（queer）从男女同性恋和双性恋的政治和理论中发展起来。”“‘酷儿’这一概念作为对一个社会群体的指称，包括了所有在性倾向方面与主流文化和占统治地位的社会性别规范或性规范不符的人。”[①] 酷儿文学就是描绘酷儿群体生存处境和心理状态的一类文学。酷儿文学在台湾校园文学中是一个突出主题，表现出了自身鲜明的特色。

台湾校园文学中的酷儿文学涉及题材内容多样，包括男同性恋、女同性恋、双性恋、异装癖、变性、三角恋等，表现了不同倾向和不同处境下酷儿群体的自我认同和身份确立，也包含着外部社会和家庭对酷儿群体的宽容理解程度的体认。

台湾校园文学中的酷儿文学突出特点有三：一是对身份认同的书写，包括自我认同、家庭认同、社会认同等；二是突出的性探索，包括对自身性取向的探索以及大胆的情欲流露和性尝试；三是在色调方面阴郁与清新并存，既有阴郁的死亡和创伤书写，也有朦胧纯爱的表现。

首先，台湾校园酷儿文学突出表现了对身份的书写。酷儿群体作为性少数群体，在社会和家庭中常常得不到充分的认可，需要承受较大的社会压力，在自身定位上也往往要经历一段自我认同的过程。故酷儿文学就集中表现了

① 李银河：《酷儿理论面面观》，《国外社会科学》2002 年第 2 期。

酷儿群体的身份焦虑以及在迷茫中寻求认同和定位的体验。如《降B调》[①] 以乐声比喻不同的爱恋模式，而同性恋则是其中被排斥被歧视的模式，而主人公也正是因此默默隐瞒压抑了自己的感情，从侧面呈现出酷儿群体在校园和社会上的内心苦闷压抑的状态。《化妆》[②] 一文则以“化妆”隐喻酷儿群体迫于家庭社会压力不敢以真实的自我示人，而要通过装饰打扮成社会认同的模样求得认可，实则内心受到创伤的状态。文中的兄妹都是同性恋者，他们不被父母接受，甚至自认卑微，正如文中所说的“只能抱紧一身秘密，安存在隐蔽性的黑暗里。并且，甘做蝼蚁。”《镜面》[③] 讲述了一位双性恋者在不同感情经历中对自身性取向和情感认同的探索，用镜面影像和“我是谁”的追问探索自身的性别认同和情感认同。

其次，台湾校园酷儿文学另一突出特点是大胆露骨的情欲书写。“对于新世代写作者来说，随着解严之后社会环境的开放，当性变成一项可论说的禁忌，而不再是一种威权体制中明文规定的禁忌时，新世代在无惧于性禁忌的情况下写性，乃是一种基于自由意志的‘选择’。相较于前世代的严肃动机与使命感的企图，新世代的情欲书写所展露的自由尺度较大，嬉游玩乐的意味也较为浓烈，以一种近乎狂乱的姿态进行‘酷儿’写作。”[④] 如《失忆》[⑤] 就集中表现了单纯的情欲，甚至表现出对此感到麻木厌倦的态度。《城之色》[⑥] 是对一对女同性恋之间情欲的集中书写，其中又多处涉及热烈、美艳而又危险的性爱，大胆张扬。作品《她与她的故事》[⑦]《轮廓》[⑧] 等作品则大胆展示了酷儿群体性和感情的探索。《那女人的声音》[⑨] 写到一位女孩迷恋着隔壁美丽的女房客，通过偷听女房客和恋人欢爱的声音以获得性想象和满足感，并以一把同样的椅子作为性暗示的一种，风格暧昧、情欲凸显。但值得注意的是，这种大胆赤裸的情欲书写并不只是为了宣泄或玩乐，而是带有酷儿群体张扬“我们无罪”和表现自身寻找理解的诉求。

最后，台湾校园酷儿文学还存在色调阴郁与清新并存的特征，既有表现备受压抑、死亡灰暗的主题，又有和异性恋书写和模式几乎没有太大差异的

---

① 郭家玮：《降B调》，第三十三届中兴湖文学奖，散文组第二名。

② 余佩安：《化妆》第三十三届中兴湖文学奖，小说组第一名。

③ 纷玮：《镜面》，第十届医学生联合文学奖，小说组评审奖。

④ 刘洋：《台湾“同志书写”中的主体认同研究》，河南大学硕士学位论文，2013年。

⑤ 江离：《失忆》，第二十七届清大月涵文学奖，主题文学类第一名。

⑥ 翁萱雅：《城之色》，第三十四届中兴湖文学奖，散文组佳作。

⑦ 刘育志：《她与她的故事》，第四十四届凤凰树文学奖，现代小说入选作品。

⑧ 花散里：《轮廓》，第十届医学生联合文学奖，小说组佳作。

⑨ 林晏：《那女人的声音》，第三十三届双溪文学奖，短篇小说组佳作。

青春校园、暧昧清新的主题。《弱冠》[①] 一文就涉及同性恋自杀的内容和追忆当初暧昧朦胧感情的情节，充满感伤阴郁的色调；《香水》[②] 讲述的是父亲有异装癖而被误认为有外遇，导致母亲自杀、家庭不和的故事，而最后真相大白之后，儿子选择宽容原谅了父亲。此外，在青春校园、暧昧清新的酷儿文学主题书写中，我们还可以看到酷儿文学书写的内转向，笔者发现校园文学中的酷儿文学很多都已经不再是单纯表现对社会压抑的反抗和迷茫绝望的心态，而是将自我的酷儿身份淡化，更多关注于爱情、校园生活本身的书写，这种内化书写在一定程度上也与社会关怀和宽容度增加、酷儿群体的自我接纳和认同度提高有关。如《梦土上》[③] 就集中表现了女生和女生友情以上、恋人未满的暧昧、纯爱；《学姊》[④] 一文也表现了一对校园女同性恋，学姐学妹之间的暧昧感情经历等。

总之，台湾校园文学中的酷儿文学和台湾社会酷儿运动密切相关，酷儿文学的写作也成为声援酷儿运动、为同性恋群体发声的重要内容，在台湾校园文学中成为一种前卫而趋时的主题。这类作品多表现酷儿群体生存处境和心理状态，涉及内容丰富、角度多样，对增进对酷儿群体的理解和认同有很大的推动作用。但此类文学也存在一些问题，如有些作品故事不够真实、品味格调不够高等。

（三）社会历史分析

就课题研究的 2013—2017 年五年间的文学奖获奖作品而言，创作群体为 20 世纪末出生的一代青年，这一代青年身上有着诸多划时代意义。下文将从社会历史角度分析台湾当代大学生文学创作背景与独特的时代意义。

其一，台湾大学院校自 20 世纪中叶（1954—1972 年）到 21 世纪初（1997 年迄今），经历了两次大规模的扩张，使得台湾高等教育从传统精英教育向大众教育变迁。大众化教育带来生源的多样性，学生群体间家庭背景、地域文化、价值认知、社会经验的差异性拉大。一方面增加了个体与群体关系处理时可能面临的冲突与矛盾，从而出现以孤独、忧郁、封闭等消极情绪主导的作品。这些作品往往具有强烈的存在哲学意味，作者目光不断向内审视，剖析自我世界与外在世界的矛盾关系，描摹自己或人物内心的阴影面，述说融入集体失败后的寂寞焦虑甚至自我毁灭的痛苦。例如第 26 届月涵文学

---

① 谢宜安：《弱冠》，第三十三届中兴湖文学奖，小说组佳作。
② 林高魁：《香水》，第四十四届凤凰树文学奖，现代小说入选作品。
③ 许玄妮：《梦土上》，第八届长庚文学奖，短篇小说组第三名。
④ 白酌：《学姊》，第二十八届清大月涵文学奖，小说类第三名。

奖散文类第二名《是你的错》[①]，主人公坏仔在文中死于一场斗殴，“我”得知死讯后开始追忆有关坏仔的日子，透过追忆揭露出一个骇人的事实：为大家所“不容”的坏仔终究会夭折。文题的“你”颇具深意，究竟是大家认为的坏仔，还是反向直指集体？另一方面，差异性间接拓展了高校学生创作素材和灵感来源，促进高校文学创作的多元化。由于大学生生命经验尚浅加之前二十年相似的求学经历，很难从创作素材上跳出年龄的桎梏达到突破和创新。然而大学相较于初高中，学生群体更为丰富多样。以大学为中介，通过结识不同的同龄人来获取不同的生活素材，间接地延伸了青年作者的生命体验。具体表现在生活纪事类作品中，此类作品可视为作者对成长题材以外创作素材的挑战。但由于此类题材相较于所熟悉的亲情、爱情、校园生活等显得庞杂而用力不足。如第四十五届凤凰树文学奖散文组佳作《你所怀疑的》[②]，文章叙述了一对夫妻创业做家教，却没有顺应市场需求而几近破产，同时又穿插描写了夫妻争夺家中地位以及妻子出轨等一系列副线，以电话证实妻子偷情作结，内容驳杂琐碎而深度有限，读来颇有隔靴搔痒之感。

其二，这一代青年代表了台湾戒严令解除后的第一代新生群体。1987 年 7 月 15 日，台湾结束了历时 38 年又 56 天之久的全境戒严法令。此前数十年被压制的社会力与经济力一涌而出，以不可低挡之势迅速跨入“民主化”的历史新阶段。这一阶段被台湾历史学者称之为“后戒严时代”，这一阶段个人自由及群体意志都获得空前的舒展机会。因此，各类社会运动在台湾几乎同时展开，长期以来处于社会边缘的非主流群体逐渐走进公众视野，在大众面前为自己正声和争取权利。其中影响尤为广泛的是 20 世纪 90 年代初开始的台湾同性恋运动。在运动早期，文艺媒介是主要的传播、发声渠道，例如 1990 年 8 月蓝玉湖发表了男同性恋主题的小说集《蔷薇刑》[③]，同年 11 月，凌烟长篇女同性恋小说《失声画眉》[④] 出版，台湾文坛一时间涌出大量高质的同性恋文学作品，同性恋领域著名学者纪大伟在其著述《同志文学史：台湾的发明》中指出：“九〇年代是台湾同志文学的黄金时期。”[⑤] 紧接着 1993 年电影《霸王别姬》与 1994 年长篇同性恋小说《荒人手记》[⑥] 相继问世，引发台湾同性恋运动的第一波风潮，风潮之后慢慢进入社会运动时期。在此次作品

① 李安婷：《是你的错》，第二十六届月涵文学奖，散文类第二名。
② 陈书伶：《你所怀疑的》，第二十八届月涵文学奖，小说组佳作。
③ 蓝玉湖：《蔷薇刑》，台中晨星出版社，1990 年。
④ 凌烟：《失声画眉》，台北自立晚报社，1990 年。
⑤ 纪大伟：《同志文学史：台湾的发明》，台北联经出版社，2017 年，第 342 页。
⑥ 朱天文：《荒人手记》，台北时报文化出版社，1994 年。

分类中，酷儿文学便是指同性恋题材的创作。“酷儿”一词源于英文“queer”的音译，并得到台湾文学界以及社会的广泛接受。自90年代以来，台湾同性恋文化在东亚及东南亚文化圈中一直走在前沿，而此次课题研究的作者群正是在对同性恋文化相当开放的时代成长起来的，故也不难解释为何酷儿文学在获奖作品中占据了不容忽视的比重，以至于需要单独归为一类加以分析说明。相较于90年代，21世纪的酷儿文学不再需要将为酷儿正声作为创作的主要目的，因此其作品中的反叛性、非主流价值自然有明显削弱，青年作者开始更关注于人物自身的情感纠葛，少了政治性企图，更为纯粹。但也因此，普遍存在格局小的缺陷，对酷儿文化为社会普遍接受前提下面临的社会问题思考极为局限，绝大多数只停留在青春文学意义上的爱恨纠葛。此外，戒严令的解除还使得台湾民众的社会主体性得到回归，对政治问题、社会问题尤为关注并积极发表个人观点。

其三，1987年解严的同年年底，海峡两岸长达三十多年的隔绝状态被打破。由于两岸随之而来的经济、贸易、文化、旅游等各项交流日益频繁，台湾官方成立了授权与大陆联系与协商的“海峡交流基金会”，随后中共中央也成立了“海峡两岸关系协会”。1992年10月28日，台湾海峡会与中央海基会就海峡两岸事务性商谈中如何表述坚持一个中国问题进行了讨论。11月，双方就该问题达成口头方式表达的“海峡两岸均坚持一个中国原则”的共识。大陆早在1979年提出的两岸三通政策也逐步实现。1993年海协会与海基会签署《两岸挂号函件查询、补偿事宜协议》标志着两岸正式实现通邮，1996年更是实现了两岸直接的电信业务关系；通航方面，1997年实现海上试点通航，2003年为便利台商返乡实现空中通航，2008年正式实现两岸航班直通；而通商方面，自大陆改革开放后，1979年大陆方面即对台湾商品开放市场，同时给予优惠政策。据2002年统计，大陆已成为台湾第一大出口市场，同年台湾也成为大陆第二大进口市场。20世纪末以来两岸人民交流往来不断加强，加深了两岸人民血浓于水的骨肉同胞情义，大量描绘祖国人文景观、地理风光的佳作涌现，例如第七届长庚文学散文组第一名《农村的记忆》描写了作者在青岛农村的一次走访体验，赞美了当地淳朴的人文风貌，由台湾新青年的视角延伸思考了农村生活给予自己独特感悟。[1] 此外还有《江城子——记秦淮

① 陈和谦：《农村的记忆》，第七届长庚文学奖，散文组第一名。

酒甜》[1]《巴蜀行记》[2]《访定陵》[3]《游玉龙雪山》[4] 等记录作者游历祖国大好河山和历史文化古迹的古典文学作品。由此可见台湾当代新青年虽成长环境与大陆同龄人虽有殊异，但两岸中国心始终同一，对祖国山川河海的热爱与对中华文化的敬仰与自豪不减犹增。

其四，进入新世纪以来，台湾由 20 世纪 80 年代末解严效应推动下社会经济民主的迅速发展阶段转入疲软期。社会整体发展迟缓，物价上涨、垃圾围城等一系列社会问题相继显露。而台湾自解严后迅速发展起来的“民主化”自身具有不成熟性，导致由全民选举产生的政府不能满足公民期待，政府的失能加之蓝绿两党斗争对社会人力物力的消耗，使得民众不满情绪日益积蓄。2014、2015 年两年间大学生对社会的关注与思考大幅增加，并反映在文学奖的作品中。如《变革》[5] 《信仰的相对论》[6] 等等。但由于大学生认知有限，在思考此类复杂、沉重的社会问题时缺乏成熟度，因此此类文章多是从情绪和个体经历的层面加以叙述。

综上，台湾当代大学生作为解严后成长的新一代青年，其成长环境具有高等教育大众化、社会高度开放、两岸交流密切、经济持续走缓等特点。在这样独特的时代环境下，90 年代末出生的青年作者普遍具有强烈的自我意识和社会责任感，同时在传统等相关话题上热烈真挚地表达对祖国河山与文化的认同与热爱。因此在文学创作中，他们将这一代青年共有的生命体验化作创作资源，表现出强烈的世代视野，凸显了 20 世纪末至新世纪初期具体社会语境下一代人的鲜明特性。除此之外，由于大学生一方面自身阅历有限，另一方面社会不成熟的“民主化”造成这一代青年在深入探讨某个话题时常常囿于自我视界，难于从社会时代高度加以思考和剖析。

---

① 刘震宇：《江城子——记秦淮酒甜》，第十五届舍我文学奖，古词组第三名。

② 张志伸：《巴蜀行记》，第十五届舍我文学奖，古文组第一名。

③ 王莜雯：《访定陵》，第四十五届凤凰树文学奖，古典散文组第一名。

④ 徐意涵：《游玉龙雪山》，第四十五届凤凰树文学奖，古典散文组佳作。

⑤ 萧家凡：《变革》，第七届长庚文学奖，短篇小说组第一名。

⑥ 许根豪：《信仰的相对论》，第七届长庚文学奖，新诗组佳作。

四、总结

（一）近五年台湾大学生文学创作现状总结

通过对2013—2017年台湾高校文学奖作品的阅读与分析，对近五年台湾地区大学生文学创作总体情况作如下总结：

其一，亲情、爱情、友情三大题材作为校园文学的大宗，占据了相当部分的比重。此三类题材在具体叙述时，通常以作者成长历程范围内的某阶段视角展开叙述，仅有少部分作者会从超越自身经验范畴的其他视角切入，例如中年人视角。因而此类作品想要从众多同题材作品中脱颖而出，往往只能力求内容文字的锤炼。而且为了达到心中预设效果，在事件的选择上，极端化的死亡、自杀、出轨、复仇等情节越发频见，尤其是涉及酷儿文学的作品。虽使作品整体的戏剧性有所提升，但反而少了一种汪曾祺、沈从文等作家作品所呈现的人文关怀，不能给读者以温暖正能量的阅读体验。部分情感类作品色调过于低沉，或暧昧不明或流于滥情。

其二，青年对社会时事较为关切，对时下台湾社会、甚至世界范围内的社会问题都有所探讨和反思。一方面体现了新世代青年在处理社会与个体关系上的主体意识和社会责任感，另一方面则难免浮现年轻作者因生命经验尚浅，缺乏足以驾驭社会类题材的成熟度与深刻度，在思考领悟能力追不上探索生命之好奇心的情况下，命题读来显得浅尝辄止、用力不足。

其三，传统文化类作品下分为两大类，一类关乎中华传统文化和人文自然风光，另一类则关乎台湾民间传说与地域风俗。前者多见于现代散文与古典诗词文赋之中，行文之间对祖国山川之壮美和传统文化之深厚充满热爱与景仰，中华审美与中国心的同一由此可见一斑。后者则多见于奇幻类题材，新瓶装陈酒，在不改变传统民间文化的情况下，追求形式上的创新，给人以耳目一新之感。传统文化类作品虽整体占比较为有限，但佳作屡见。

（二）台湾大学生文学创作发展趋势展望

结合台湾新世纪以来的社会状况，对于未来十年台湾大学生文学创作做出以下趋势预测与展望：

首先，未来在总体的创作主题和形式内容上较之现今不会有太大改变。由于文学创作与作者的生命体验密切相关，每一代青年都是其具体社会成长环境的发声体，反映了时代语境下青年生活与思想的动态表征。联系台湾社会历史，发现20世纪80年代末是其社会发展的一个重要节点，因而在节点前后青年作者在创作内容和动机上有着显著差异。但90年代末以来，台湾整体发展迟缓，因此相对而言未来十年，即21世纪10年代出生的台湾青年，在创作的总体方向上仍然与本次课题研究的2013—2017年五年间创作状况相近，亲情、爱情、友情等成长类主题仍然是未来青年创作的主要题材，在作品内容、形式和主旨上个体意志的表达将更为自由和多样化，

其次，未来十年的青年创作呈现出新世纪台湾的社会特征，会更多给予社会文学更多关注与思考。进入21世纪以后的台湾社会虽未有影响深远的社会变革发生，但仍然具有一定的时代特性。相对于20世纪末解禁后社会经济和民主化进程均产生划时代意义的迅速腾飞，新世纪社会经济成长率多数时候处于低位，社会阶层结构由20世纪末经济起飞后的中产化“橄榄型”向两极化的“M”型演变。[①] 同时，在90年代迅速发展起来的民主政治自身具有不成熟性，因而政治上的蓝绿党争、垃圾论战等问题不断暴露。因而新世纪环境下成长的青年一代会更关注社会问题和时事政治，更热衷于参与到社会生活与民主建设中，并将个体的思考和反省呈现于文学创作之中。

再者，在两岸交流日益密切的大格局下，新世纪青年关于中国山河和传统文化的了解愈加充分深入，以此为创作题材的文学作品在数量和深刻性上都将有所提升。从20世纪末到2008年正式完全实现两岸三通政策以来，两岸经济文化交流以不可低挡之势快速发展。同时网络时代信息交互传播日益频繁，而以网络为主要社交媒介的两岸青年对对岸的时事信息和同龄人生活有了更具时效性的了解渠道。因此，在原有的两岸共通的情感与文化基础之上，新一代青年对大陆的认知逐渐具象化和丰富化，相关题材的创作将日趋增多，深刻性也将日趋提高。

(作者系四川大学文学与新闻学院2015级本科生。此文系四川大学吴玉章学院2017年“星火”科研项目结题成果，指导教师张放)

---

① 李鹏:《台湾社会阶层关系现状及其对政局的影响》,《台湾研究集刊》2012年第3期。